人民共和國文化與文學叢書

八　編
李　怡　主編

第 14 冊

觀看與被觀看：
西方國際電影節與中國大陸藝術電影

牛　毅　著

花木蘭文化事業有限公司

國家圖書館出版品預行編目資料

觀看與被觀看：西方國際電影節與中國大陸藝術電影／牛毅 著
-- 初版 -- 新北市：花木蘭文化事業有限公司，2020〔民 109〕
目 2+222 面；19×26 公分
（人民共和國文化與文學叢書 八編；第 14 冊）
ISBN 978-986-518-222-9（精裝）
1. 電影評論 2. 影展
820.8   109010911

特邀編委（以姓氏筆畫為序）：

吳義勤　孟繁華　張 檸
張志忠　張清華　陳思和
陳曉明　程光煒　劉福春
（臺灣）宋如珊
（日本）岩佐昌暲
（新西蘭）王一燕
（澳大利亞）鄭 怡

ISBN-978-986-518-222-9

9 789865 182229

人民共和國文化與文學叢書
八 編　第十四冊　　　　　　　　　ISBN：978-986-518-222-9

觀看與被觀看：
西方國際電影節與中國大陸藝術電影

作　　者　牛 毅
主　　編　李 怡
企　　劃　四川大學中國詩歌研究院
總 編 輯　杜潔祥
副總編輯　楊嘉樂
編　　輯　許郁翎、張雅淋　美術編輯　陳逸婷
印　　刷　普羅文化出版廣告事業
出　　版　花木蘭文化事業有限公司
發 行 人　高小娟
聯絡地址　235 新北市中和區中安街七二號十三樓
　　　　　電話：02-2923-1455 ／傳真：02-2923-1452
網　　址　http://www.huamulan.tw 信箱 hml810518@gmail.com
初　　版　2020 年 9 月
全書字數　223547 字
定　　價　八編 18 冊（精裝）台幣 55,000 元

觀看與被觀看：
西方國際電影節與中國大陸藝術電影

牛毅　著

作者簡介

牛毅，新加坡籍，東北師範大學中國語言及文學系學士，新加坡國立大學社會科學與藝術系漢語言研究專業碩士，並於 2019 年獲台灣國立中央大學文學博士學位。

提　　要

　　回顧中國大陸電影海外發展史，時至今日經過幾代電影人三四十年的努力發展，中國大陸藝術電影在西方國際電影節上無論從獲獎電影節的級別或是獲獎數量、獎項種類等層面來看均取得了不俗的表現，成功躋身於於全球文化視野的中心。藝術片可謂是中國大陸電影海外傳播史上成功實踐跨國跨文化流動的一種電影風格類型，具有一定的世界影響力。

　　正因為西方國際電影節對電影的評選與認可在很大程度上影響了什麼樣的中國電影可能走入西方觀眾視野，被他們所熟知，由此藝術電影也成為廣大西方受眾接觸機會最多的中國影像。因此在某種程度上，西方國際電影節不僅僅是西方世界瞭解中國大陸電影，認識中國社會生活、政治文化、人文風貌的重要平台，更意味著主動為西方觀眾選擇了一種觀看中國的方式。本文將以西方國際電影節作為觀察基點，從輸入方的接受視閾出發，以中國大陸藝術電影作為主要研究對象，選取具有代表性或較高關注度的獲獎影片、獲獎影人和由此而生的相關評論和思潮等電影現象，剖析西方國際電影節運作及其對中國大陸藝術電影生產創作所產生的影響，聚焦於觀看者與被觀看者之間存在的互動關係及動態發展。同時，為了增強觀點可信度，建構客觀有效立場，本文將適當結合重要電影節宣傳信息及評論、美國市場票房、（網路）普通觀眾、大眾媒體和專家評鑑等第一手信息，規避主觀臆測，嘗試站在西方語境的角度進行換位思考，正視中西方文化差異，探討中國大陸電影被海外觀眾接受的可能性與可行性。謹此冀望本文起到拋磚引玉之效，以中國大陸藝術電影作參照範本為中國大陸電影海外傳播與接受提供啟示與借鑒。

全球化時代如何討論當下的文學問題
——《人民共和國文化與文學》第八編引言

李　怡

　　我們常常說，這是一個「全球化的時代」，也就是說，對當下文學的討論，「全球化」是一個不可回避的語境。但是「全球化語境下的中國當代文學」這個題目所包含的意蘊以及它所昭示的學術立場本身就是意味深長的。我覺得，在我們積極地研究當下文學自身成就的同時，適當的反顧一下我們已經採取或者可能會採取的立場，也不失為一種新的推進方式。「全球化」是新世紀中國學術的一個重大課題，「中國當下的文學」雖然已經闡述了多年，但在今天的「新世紀」或者說「新時代」的時間段落中，無疑也具有了特殊的意義。只是，如果我們竭力將這些關鍵詞置放在一起，其相互的意義鏈接就變得有點曲曲折折了。

　　從表面上看，「全球化」與「中國當下」，這是一個普遍性的時間和一個特殊空間的問題。我們常常在說「全球化時代」如何如何，這也就是說我們正在經歷一個正在怎麼「化」的過程，這是一個時間的過程。「全球化語境中的中國文學」，似乎應當考慮的是一個局部空間的文學現象如何適應更有普遍意義的時代發展的要求，當然，關於這方面的話題我們可以談出許多。例如全球化時代的經濟一體化進程與民族文化矛盾對於不同民族文化交流與融合的影響，而這種文化的衝突與融合對於文學藝術的創造又取著怎樣的關係，接踵而來的另一個直接問題就是：中國當下的文學，這一目前可能民族性呼聲很高的區域文學如何在呼應「全球化」時代的主體精神的同時保持自己真正的有價值的個性？近40年來的學術史上，關於這樣的「時代要求」與民族

國家關係的討論曾經也熱烈地進行過，那就是上一個世紀 80 年代中期的「走向世界」，當時，人們通過重述歌德與恩格斯關於「世界文學」時代到來的論斷，力圖將中國文學納入到「世界文學」時代的統一進程當中，因為這樣一來，我們就可以有力地走出地域空間的封閉而更多地呼應世界性的時代思潮了。

那麼，「全球化」的提出與當年的「走向世界」有什麼不同，它又可能賦予我們文學研究什麼樣的新意呢？在我看來，當年的「走向世界」思潮與其說是關於文學的理性的分析，毋寧說是一種文學呼喚的激情，一種向所有的文學工作者吹響的進軍的號角，除了面對啟蒙目標的偉大衝動外，關於文學特別是文學研究的新的理性評判系統並沒有建立起來，而啟蒙本身的意義也常常被闡述得籠統而模糊。所謂「全球化語境」，其實是為我們的文學特別是文學的研究提供了一個比較完整的新的思考的框架。例如作為人類精神發展基礎的「經濟」的框架：當前全球經濟一體化的過程對於文化與文學究竟會產生怎樣的影響？一個民族國家（諸如中國）的精神創造是如何回應或如何反抗這樣的「同一」過程的？而經濟制度本身又如何對精神生產形成制約或推動？這些思路從宏觀上看將與目前熱烈進行的「現代性」問題的討論相互聯繫，與所謂世俗現代性／審美現代性的分合問題相互聯繫，從而在文學的「內」、「外」結合部位完成細節的展開。顯然，這比過去籠統的「經濟基礎決定上層建築」或者「文學發展與經濟發展的不平衡原則」要具體而充實。從微觀上看，今天我們所討論的「民族國家文學」問題本身就聯繫著「一帶一路」這樣經濟的事實，我們似乎沒有必要將民族國家文學的發展局限在知識分子書齋活動之中，這裡所產生的可能是一個更具有深遠意義的「文化審視」問題——不僅當下中國的人們有了重新自我審視的機會，而且其他地方的人也有了深入審視中國的可能，其實文學的繁榮不就是同時貢獻了多重的視線與眼光嗎？或許正是在這個意義上，我以為，新世紀的「全球化」思維具有了比 80 年代「走向世界」思維更多的優勢。

但是，「全球化」思維又並非就可以敞開我們今天可以感知到一切問題，我甚至發現，在關於文學發展的一個基本的困惑點上，它卻與「走向世界」時代所面對的爭論大同小異了，這個困惑就是我們究竟當如何在「或世界或民族」之間作出選擇，或者說全球化時代的文學普遍意義與民族文學、地區文學之間的矛盾是否還存在，如果存在，我們又當如何解決？無論我們目前

的議論如何竭力「消解」所謂二元對立的思維，其實在學術界討論「全球化」與「民族性」的複雜關係時，我們都彷彿見到了當年世界性與民族性爭論時的熱烈，甚至，其基本的思維出發點也大約相似：全球化時代與世界化時代都代表了更廣大的普遍的時代形象，而中國則是一個局部的空間範圍。這兩個概念的連接，顯然包含著一系列的空間開放與地域融合的問題，也就是說「中國」這個有限空間的韻律應該如何更好地匯入時代性的「合奏」，我們既需要「合奏」，又還要在「合奏」中聽見不同的聲部與樂器！這裡有一個十分重要的理論假定：即最終決定文化發展的是時間，是時間的流動推動了空間內部的變化——應當說，這是我們到目前為止的社會史與文學史都十分習慣的一種思維方式，即我們都是在時代思潮的流變中來探求具體的空間（地域）範圍的變化，首先是出現了時間意義的變革，然後才貫注到了不同的空間意義上，空間似乎就是時間的承載之物，而時間才是運動變化的根本源泉，我們的歷史就是時間不斷在空間上劃出的道道痕跡。例如我們已經讀過的文學史總先得有一章「五四新文化運動的發生」，然後才是「五四在北京」、「五四在上海」或者「五四新文化運動在詩歌領域裡引發的革命」、「在小說領域裡產生的推動」、「在戲劇中的反映」等等。這固然是合理的，但從另一方面來說，它所體現的也就是牛頓式的時空觀念：將時間與空間分割開來，並將其各自絕對化。在這一問題上，愛因斯坦的「相對論」是從打破時空絕對性的立場深化了我們對於時間、空間及其相互關係的認識。在這方面，被譽為繼愛因斯坦之後最偉大的科學家的史蒂芬·霍金有過一個深刻的論述：

> 相對論迫使我們從根本上改變了對時間和空間的觀念。我們必須接受的觀念是：時間不能完全脫離和獨立於空間，而必須和空間結合在一起形成所謂的時空的客體。〔註1〕

這是不是可以啟發我們，在所有「時代思潮」所推動的空間變革之中，其實都包含了空間自我變化的意義。在這個時候，時間的變革不僅不是與空間的變化相分離的，而且常常就是空間變化的某種表現。中國現當代文學決不僅僅是西方「現代性」思潮衝擊與裹挾的結果，它同時更是中國現代知識分子立足於本民族與本地域特定空間範圍的新選擇。只有充分認識到了這一事實，我們才有可能走出今天「質疑現代性」的困境，為中國現當代文學尋找到合法性的證明。

〔註1〕 史蒂芬·霍金：《時間簡史》第21頁，湖南科學技術出版社2002年版。

在時間變遷的大潮中發現空間的本源性意義，這對我們重新讀解中國當下的文學，重新展開「全球化語境中的中國文學」這一命題也很有啟發性。比如，當我們真正重視了空間生存的本源性地位，那麼我們就會發現，從表面上看，這是一個普遍性的時間和一個特殊空間的問題，但在實質上來說，其實所包含的卻是中國自身的「空間」與全球化的「時間」的問題，所謂「全球化」，與其說是一個普遍的時代思潮，還不如說西方人的生存感受。是中國的經濟方式與生活方式在某種意義上匯入了「全球性」的漩流之中，於是，他們將這一感受作為「問題」對包括中國人在內的其他人提了出來，自然，中國人對此也並非全然是被動的對於外來「時間」的反應，他們同樣也在思考，同樣也在感受，但他們感受與思考的本質是什麼呢？僅僅是在「領會」外來的思潮麼？當經濟開發的洪流滾滾而來，當國際的經濟循環四處流淌，當外來的異鄉人紛至遝來，當接受和不能接受、理解和不能理解的文化方式與宗教方式，生活方式與語言方式都前所未有地洶湧撲來，中國的精神世界是怎樣的？中國的文學又是怎樣的？很明顯，在貫通東方與西方、全球與中國的「時代共同性」的底部，還是一個人類與民族「各自生存」的問題，是一個在各自具體的空間範圍內自我感知的問題。

理解中國當下的文學，歸根結底還是要理解中國人自己的感受。這裡的「全球化」與其說更具有普遍性還不如說更具有生存的具體性，與其說可能更具有跨地域認同性還不如說可能包含了更多的地域分歧與衝突的故事，當然，也有融合。既然今天的西方人都可以在連續不斷的抗議和攻擊中走向「全球化」，那麼，我們為什麼不是？所要指出的是，在文學創造的意義上，這裡的抗議與拒絕並非簡單的守舊與停滯，它本身就是一種「有意味」的姿態，或者，它本身也構成了「全球化」的一部分。

2019 年 12 月改於成都長灘

誌　謝

如此多觀看者將某種特定的目光聚焦在我身上，凝視令我頗感壓力，凝視令我驚慌失措。這種觀察者的視線無處不在如影隨形，恰恰是我將其內化為一種自我審視所帶來的威壓感。這是一把雙刃劍，在無形中不斷鞭策著自己在學術中摸索前行之時，也難免令我心浮氣躁、焦慮不安。當然，這正是因為我缺少了師長的那份從容的氣魄和淡定的智慧。

幸運的是遇到兩位恩師——堅如磐石的力堅老師和善解人意的宜文老師，他們做我強大後盾，為我指點迷津，真誠的關懷更讓我倍感溫暖。同時，也要感激百忙中撥冗參與論文評審的諸位老師——鍾怡雯老師、陳大為老師、李振亞老師、鍾正道老師——對我的悉心指導和提出的中肯意見，讓我從中獲益頗豐。來自師長的種種教誨，學生永將銘記於心。為何春風會化雨？因感恩於懷去回饋大地，得以代代相傳。Pay it forward！也要感謝系辦工作人員黃卉雯小姐的耐心協助。

此外，還要特別感謝撰寫論文的過程中陪伴和照顧我的老爸老媽、給予關心和鼓勵的親朋戚友、患難與共的親密戰友——李達和吳堯，彼此加油打氣，偶爾發發牢騷，令我緊繃的神經得以暫時舒展。尤其作為「留守（學校）兒童」的李達，每每有求必應，毫無怨言。友情是我人生最為珍貴的財富之一。來自每一位閨蜜好友的一個問候或一聲讚許或一份理解都會讓我感動不已。再次感謝身邊所有人對我的包容和諒解。

這段歷練無疑是我人生中極為重要的一堂課和轉捩點，期間促使我心靈成長的每一點一滴都彌足珍貴！這段艱辛的徵程亦是我人生中同時收穫師生情、親情、友情最為豐盛的時光。感恩上帝將這些可愛善良的人兒帶到我的生命中。

感恩於心！

目次

第一章　緒　論

第一節　研究目的

　　可以毫不誇張地說，當下電影正發揮其無與倫比的吸引力、感染力以及滲透力在有聲有色中無聲無息地逐步取代印刷（文字）文化。作為一種新的視覺語言文化形式，電影具備傳播文化與提升文化「軟實力」（Soft Power）的功能特質，成功塑造著美國形象的好萊塢電影即是最佳的佐證。反觀中國大陸電影，雖說從於 1905 年北京「豐泰照相館」出產的黑白無聲電影《定軍山》作為中國人自己攝製的第一部華語片，標誌著中國大陸電影的誕生，至今已有百餘年歷史。但以國際認知度為觀察點，若美國電影好似如日中天的青壯年，那麼 1980 年代才在國際影壇嶄露頭角的中國大陸電影大概只是蹣跚學步的嬰幼兒，尚處於自我想象和尋求認同的「鏡像階段」。或許比喻不甚貼切，然此言卻不為虛。近年來中國大陸電影不但在國際市場的參與度差強人意，帶給海外觀眾的存在感與能見度不增反降，而且，海外受眾仍以留學生和華裔移民為主，西方觀眾只佔 15%，受眾十分有限。〔註 1〕「2017 年度中國大陸電影北美地區傳播調研報告」顯示超過 20%的受訪者沒有看過中國大陸電影，即使看過也只是佔年觀影總量較小的一部分〔註 2〕；而在「2016 年度中

〔註 1〕〈華語電影海外之路不順利，究竟要如何走出國門〉，北京：《人民日報》2016
　　　年 5 月 17 日（來源：http://ent.163.com/16/0527/07/BO2BUUHO000300B1.html，
　　　瀏覽時間：2018 年 3 月 27 日）。

〔註 2〕據悉，「中國電影文化的國際傳播研究」數據調研項目自 2011 年啟動。相關信
　　　息詳見黃會林、孫子荀、王超、楊卓凡：〈中國電影與國家形象傳播──2017
　　　年度中國電影北美地區傳播調研報告〉，《現代傳播》2018 年第 1 期（總第 258
　　　期），頁 24。

國電影國際傳播調研報告」顯示「約三分之一的受訪者表示一年中不會觀看一部中國電影。……從選擇偏好來看，受訪者在選擇觀看周邊其他國家電影（本國除外）及美英法意電影時，對中國電影顯示出最低的偏好度」〔註3〕。從類型偏好上來看，動作片成為觀影熱門，對於其他類型片海外觀眾則興趣索然。然而出人意表的是歷來作為知名度最高、備受追捧的武俠片／功夫片卻淪落為海外觀眾最不感興趣的類型片。由此可見，不僅觀影頻率及數量差強人意、觀影類型偏限，而且與其他非電影強國相比中國大陸電影吸引力仍嫌不足。

另一方面，迅猛發展的中國大陸電影市場不斷刷新紀錄，2017 年電影總票房突破 500 億元，為 559 億元，僅次於美國位居世界第二位。銀幕數量已達到 50776 塊，位居世界第一。電影故事片產量 798 部，總觀影人次為 16.22 億人次。此端（海內）的喧囂熱鬧與彼端（海外）的冷冷清清形成鮮明的對比，其間的落差應證了裴開瑞（Chris Berry）提出的質疑：不是說中國能不能製造出電影，而是電影能不能製造出中國。〔註4〕能不能在海外製造出中國，其前提在於如何成功進軍國際市場，實現跨文化傳播。

回顧中國大陸電影海外發展史，不難發現中國大陸電影得以亮相國際銀幕的主要途徑有三種：一是由政府主導的在海外籌辦的各種影展和交易會等國際文化交流活動；二是通過跨國合拍、合作等商業運作模式，共享發行渠道及營銷系統，進入海外市場主流院線；三是在國際上的各類電影節上參賽獲獎，以此獲得進入各國的藝術院線、電視播映等海外投資發行的機會，也是迄今為止中國大陸電影海外傳播的主要途徑。

1985 年陳凱歌導演的《黃土地》在法國南特三大洲電影節、瑞士洛迦諾國際電影節、英國倫敦愛丁堡國際電影節等多項海內外國際大獎之後，來自兩岸三地的華語片在國際各類電影節上捷報連連，於是乎啟動了一系列多米諾骨牌效應〔註5〕。「以第五代為首的中國藝術電影開始步入了輝煌時期。1985

〔註3〕黃會林、李雅琪、馬珺、楊卓凡：〈中國電影在周邊國家的傳播現狀與文化形象構建──2016 年度中國電影國際傳播調研報告〉，《現代傳播》2017 年第 1 期（總第 246 期），頁 27。

〔註4〕呂新雨、魯曉鵬、孫紹誼等：〈「華語電影」再商榷：重寫電影史、主體性、少數民族電影及海外中國電影研究〉，《當代電影》2015 年 10 期，頁 52。

〔註5〕多米諾骨牌效應：在一個存在內部聯繫的體系中，一個很小的初始能量就可能引起或許只是察覺不到的漸變，但是它所引發的卻可能是翻天覆地的變化，構成一系列的連鎖反應。

年到 1994 年，共有 63 部中國藝術電影在國際電影節上獲獎」，此後這一走向海外的模式尤其讓大陸第五代導演張藝謀、陳凱歌等，第六代導演如張元、王小帥、賈樟柯等紛紛脫穎而出，在戛納、威尼斯、柏林國際電影節上囊括了所有 A 類電影節獎項。時至今日，經過幾代電影人三四十年的努力發展，中國大陸藝術電影在西方國際電影節上無論從獲獎電影節的級別或是獲獎數量、獎項種類等層面來看均取得了不俗的表現，成功躋身於於全球文化視野的中心。藝術片可謂是中國大陸電影海外傳播史上成功實踐跨國跨文化流動的一種電影風格類型，具有一定的世界影響力。

正因為西方國際電影節對電影的評選與認可在很大程度上影響了什麼樣的中國大陸電影可能走入西方觀眾視野，被他們所熟知，由此藝術電影也成為廣大西方觀眾接觸最多的中國大陸電影、中國影像。此外，藉由藝術院線等放映渠道也培養了一批海外藝術片受眾，在電影藝術院線發展較為成熟的美國尤為突出，是中國大陸藝術電影在北美票房上保持一定票房成績的重要因素之一。從上可見，西方國際電影節為西方觀眾提供了關於中國的一系列影像系統，指引著西方觀眾的視線所向之處。約翰·伯格（John Berger）在《觀看的方式》（1972）中揭示出「我們只看見我們注視的東西。注視是一種選擇行為。這行為將我們看到的事物帶到我們可及之處……我們注視的從來不只是事物本身；我們注視的永遠是事物與我們之間的關係」，而且「我們的知識和信仰會影響我們觀看事物的方式」。〔註 6〕一語道出觀看之道的詭譎之處：一是觀看本身的意義與分歧，二是科技和意識形態薰陶並影響著我們觀看藝術和世界的方式。

在某種程度上，西方國際電影節不僅僅是西方世界瞭解中國大陸電影，認識中國社會生活、政治文化、人文風貌的重要平台，更意味著主動為西方觀眾選擇了一種觀看中國的方式。值得我們深思的是：為什麼中國大陸藝術電影會得到西方電影節的青睞？這種選擇性接受的理由是什麼？這一平台為觀眾呈現了哪些作品？獲獎的背後其文化、藝術、商業乃至政治考量是什麼？他們選擇注視的理由何在？又以什麼樣的方式觀看這些影像？審視的結果如何？觀看者與被觀看者之間存在著怎樣的互動關係？

故在上述問題意識的牽引下，本文將以西方國際電影節作為觀察基點，

〔註 6〕（英）約翰·伯格（John Berger）：《觀看的方式》，台北：麥田出版，2005 年，頁 11。

從輸入方的接受視閾出發，以中國大陸藝術電影作為主要研究對象，〔註 7〕選取具有代表性或較高關注度的獲獎影片、獲獎影人和由此而生的相關評論和思潮等電影現象，解析西方國際電影節與中國大陸藝術電影作品生產運作之間密不可分之關聯及動態發展。同時，為了增強觀點可信度，建構客觀有效立場，本文將適當結合重要電影節宣傳信息及評論、美國市場票房、（網路）普通觀眾、大眾媒體和專家評鑑的第一手信息等實證，規避主觀臆測，嘗試站在西方語境的角度進行換位思考，正視中西方文化差異，探討中國大陸電影被海外觀眾接受的可能性與可行性。謹此冀望本文起到拋磚引玉之效，以中國大陸藝術電影作參照範本為中國大陸電影海外傳播與接受提供啟示與借鑒。

　　根據電影節的權威性、影響力、知名度，得到國際電影製片人協會（FIAPF）官方認定的世界三大國際電影節為：法國戛納國際電影節、德國柏林國際電影節、意大利威尼斯國際電影節（以下簡稱為「世界三大電影節」）。本文的重點研究對象將聚焦於世界三大電影節，除此之外還會論及國際電影製片人協會（FIAPF）批准認可的其他幾個重要的 A 類國際電影節〔註 8〕，如瑞士洛迦諾國際電影節、西班牙聖塞巴斯蒂安國際電影節、加拿大蒙特利爾國際電影節、捷克卡羅維法利國際電影節、俄羅斯莫斯科國際電影節等。

第二節　文獻回顧

　　1980 年代始華語電影在世界電影版圖上扮演著越來越重要的角色，隨之國內外各種學術著作、學術論壇暨會議、專業期刊雜誌、電影節出版物、電影評

〔註 7〕有鑒於香港、台灣及海外華語電影發展和大陸存在一定的差異性，將不列入本文的討論範圍之內，以便更為清晰地呈現西方國際電影節對大陸電影的影響作用。

〔註 8〕國際電影製片人協會（FIAPF）就其性質將其分為四類：A 類即競賽型非專門類電影節（以競賽為主，但沒有規定具體的主題），B 類即競賽型專門類電影節（以競賽為主，有規定的具體主題），C 類非競賽型電影節（以電影展映為主），D 類即紀錄片和短片電影節。需強調的是，這四種分類是電影節的類型劃分而非等級劃分。15 個 A 類國際電影節：法國戛納國際電影節、德國柏林國際電影節、意大利威尼斯國際電影節、瑞士洛迦諾國際電影節、西班牙聖塞巴斯蒂安國際電影節、加拿大蒙特利爾國際電影節、捷克卡羅維法利國際電影節、埃及開羅國際電影節、日本東京國際電影節、印度國際電影節、俄羅斯莫斯科國際電影節、阿根廷馬塔布拉塔國際電影節、波蘭華沙國際電影節、愛沙尼亞塔林黑夜國際電影節、中國上海國際電影節。

論文集等相關研究大行其道，蔚然成風。此外，相關電影專業如雨後春筍般爭相在海內外各高校設立。短短30年間，華語電影研究已儼然發展成為一門顯學，中西學術界的一些專著和論文集從不同視角切入對華語電影展開了研究。

一、美學與文化研究

鄭樹森（William Tay）主編的《文化批評與華語電影》（2003），匯集了大陸、港台及海外華裔知名學者以及著名美國理論家詹明信和畢克偉的精彩論文。這些論文從不同的角度對當代華語電影中的認同困惑、族群意識、文化尋根、移民生態、對傳統和歷史的追尋等進行立體的透視，試圖發掘電影影像背後蘊含的民族心理文化背景；同時，對當代華語電影與中國傳統戲曲等藝術形式的關係也進行了探討。美籍學者魯曉鵬（Sheldon Lu）、葉月瑜（Emilie Yeh）主編，《華語電影：歷史書寫、詩學與政治》（*Chinese-Language Film: Historiography, Poetics, Politics*, 2005），彙集了以華語電影的歷史、美學、風格、國族觀（nationhood）、身份政治為主要議題的多篇論文。由陳犀禾等人組成的上海大學的華語電影研究團隊主編《華語電影研究系列》叢書，系統而全面地介紹華語電影的研究現狀。北京大學陳旭光編的文集《華語電影：新媒介、新美學、新思維》（2012），就世界華語電影的新美學與文化、創作與趨勢策略、發展趨勢、資本合作與華語電影的發展關係等諸多議題進行探討，為開拓華語電影的持續有效的發展道路、中國大陸電影的新方向帶來嶄新的啟示和思考。

二、歷史與區域研究

一些學者針對大陸電影、香港電影和台灣電影及海外華語電影（如：新加坡、馬來西亞）的政治、文化、美學及產業發展進行比較研究中，在挖掘影像背後的各種差異之外，也關注到華語電影文化融合的趨向和探索華語電影作為一個文化整體走向海外的可能性。由英國學者裴開瑞（Chris Berry）主編《中國電影視角》（*Perspectives on Chinese Cinema*, 1985）及《聚焦中國電影》（*Chinese Films in Focus II*, 2008）系列論文集首次使用了跨學科的方法將西方的中國電影研究推向新層面。徐剛（Gary Xu），《中國景：當代中國電影》（*Sinascape-Contemporary Chinese Cinema*, 2007），討論大陸、香港和台灣電影共同構成的中國景觀，涉及了版權問題、審查制度、現實和記憶等方面。

謝柏柯（Jerome Silbergeld），《中國面孔的希區柯克：電影的雙重身份、俄底浦斯的三角關係和中國的道德聲音》（*Hitchcock with a Chinese Face: Cinematic Doubles, Oedipal Triangles, and China's Moral Voice*, 2004），從文化道德和社會心理層面切入，分別針對香港嚴浩的《天國逆子》、台灣侯孝賢的《好男好女》和大陸婁燁的《蘇州河》進行文本分析。尼克‧布朗（Nick Browne）、畢克偉（Paul G. Pickowicz）、維恩‧索沙克（Vivian Sobchak）與邱靜美（Esther Yau）主編，《華語新電影：形式、身份與政治》（*New Chinese Cinemas: Forms, Identities, Politics*, 1994），這是一本從後現代主義和後社會主義等視角討論大陸、香港和台灣三地華語電影的選本。台灣學者焦雄屏的《映像中國》（2005），論述對象包括從宏觀的特定時期的電影風潮、電影現象，到具體的電影作者及電影作品，從中可見中國大陸電影的幾經興衰與作者對中國大陸電影前途與命運的憂慮和深思。上海大學影視學院陳犀禾教授在〈大陸、台灣、香港新電影中的「中國經驗」〉一文中探討兩岸三地電影在表述各自文化經驗上所展現的共性與特性。台灣學者莊宜文擅長觀察兩岸三地改編或創作背後的社會意識形態的內驅力，將電影文本進行橫向或縱向的比較研究，行文多篇，在〈文革敘事，各自表述——《棋王》、《霸王別姬》跨地域改編電影之研究〉（2009）一文中，聚焦於自文革題材小說的電影《棋王》和《霸王別姬》，揭示了來自不同地域的原著作者與電影編導雖然皆強化了原著的文革敘事但卻展現了迥異的國族意識和文化視野。

　　一些學者則聚焦於華語電影的跨國流動的文化現象。美籍學者周蕾（Rey Chow）《感傷的寓言、當代中國電影：依附於全球視覺時代》（*Sentimental Fabulations, Contemporary Chinese Films: Attachment In the Age of Global Visibility*, 2007），該書深入探討了來自大陸、香港、台灣和美國華裔導演的部分作品，從離散、鄉愁、移民、身份等層面分析了華語電影特有的感傷寓言模式。美籍學者肯尼斯‧陳（Kenneth Chan）《重造好萊塢：全球化中國在跨國電影中出場》（2009），「聚焦於跨國流動，內容章節有 1997 年香港回歸後中國人的流散、全球對武俠片的興趣和好萊塢對中國風格的重拍和挪用」[註9]。澳大利亞籍學者朱英馳（Yingchi Chu）在著作《香港電影：殖民者、祖國與自我》（*Hong Kong Cinema: Coloniser, Motherland and Self*, 2003）中，一

〔註9〕（美）張英進，張慧瑜譯：〈牛津在線參考書目「華語電影」〉，《華文文學》2017　　　年第一期（總第 138 期），頁 64。

書中考察了殖民地時代香港電影的製作、市場、作品和批評傳統，同時梳理了其在歷史、政治、經濟、文化等層面與台灣、大陸乃至東南亞華語電影之間的聯繫，並重點闡述了香港搖擺於殖民者與母體中國大陸之間的獨特身份，折射於銀幕之上呈現出的不過是一部模糊不清、殘缺不全的「國族電影」。

三、產業與傳播研究

美國學者駱思典（Stanley Rosen）的〈狼來了：好萊塢與中國電影市場〉、〈全球化時代的華語電影：參照美國看中國市場的國際市場前景〉以及陳吉的〈當代好萊塢電影票房市場與類型關係——兼論產業化背景下的中國電影類型發展〉以好萊塢為參照物為中國大陸電影市場的發展提供頗有價值的建議。饒曙光所撰《中國（華語）電影發展與對外傳播》，系統全面地梳理和分析了改革開放以來中國（華語）電影發展以及對外傳播的歷程，指出了階段性特徵、結構性問題、存在的主要矛盾及其解決的途徑和方法。聶偉編的《華語電影的全球傳播與形象建構》立足華語電影跨地域傳播與形象建構這一主題，圍繞文化傳播與國家形象、跨界傳播與理論建構、合拍片、全球視野與產業實踐等分支，匯聚國內外專家學者的在場觀察與理論思考，希冀探索華語電影未來發展新圖景。陳犀禾的《華語電影的美學傳承與跨界流動》，以「歷史回望：流變與傳承」、「博弈互動：中國電影與全球語境」、「影像美學：回溯與展望」以及「跨區流動：影響與播散」為研究切入點，以期對「華語電影」的概念進行釐清和辨義，以期拓展華語電影研究的歷史維度，並填補海內外學術界的一些空白。

此外，由北京師範大學中國文化國際傳播研究院主持並實施的「中國電影國際傳播」調研，是以外國觀眾為調研對象、以中國大陸電影國際傳播為核心指向的數據調研項目。該項目自 2011 年啟動以來，已連續開展五屆，形成了 10 萬字的調研報告和五本論著（《銀皮書：中國大陸電影國際傳播年度報告》），為中國大陸電影國際傳播的相關研究提供了大量分析數據和研究依據。〔註10〕《當代電影》雜誌於 2016 年初，也開闢了「中國電影的海外傳播」研究專欄，專家學者從對外傳播戰略制定、影片內容豐富創新、區域推廣步驟策略、海外院線發行宣傳等方面各抒己見。

與本文有關聯的學位論文則有吳鑫豐的《國際節展與中國電影的海外傳

〔註10〕黃會林、李雅琪、馬琛、楊卓凡：〈中國電影在周邊國家的傳播現狀與文化形象構建——2016 年度中國電影國際傳播調研報告〉，《現代傳播》2017 年第 1 期（總第 246 期），頁 19。

播研究》（2013）一文以世界三大電影節上獲獎的中國電影為切入點，總結中國電影通過國際電影節平台實現海外傳播這種方式的成功經驗及失利的原因，並在此基礎上反思進一步拓展中國電影海外傳播的途徑；熊焱煦的《2003～2013 中國電影海外傳播狀況研究——基於北美市場的分析》（2014）選取近十年在北美上映的中國電影票房數據和對應文本為研究對象，從而思考如何提高在國際上的影響力，塑造電影品牌；劉芳的《華語電影進入美國市場的文本策略研究》（2016）從華語電影在美國市場上的傳播和發展脈絡進行梳理。

四、國家、民族主義與文化形象研究

伴隨著電影「軟實力」在國際舞台上重要性的日益凸顯，對銀幕上有關國家、民族、文化形象的探討也隨之增多。美國華裔學者張英進的《影像中國：當代中國電影的批評重構與跨國想像》（*Screening China: CriticalInterventions, Cinematic Reconfigurations, and the Transnational Imaginary in Contemporary Chinese Cinema*, 2002）集中考察中國大陸電影以影像來展示中國的眾多文本和批評層面，回溯中國大陸電影研究在西方體制化的歷史，建議以一種自省性對話式批評的範例來代替跨文化研究中的歐洲中心主義，並將一系列影片類型放在特定的歷史和社會政治語境中進行研究：懷舊電影，少數民族電影，民俗電影，戰爭電影以及都市電影。全書始終貫穿跨國文化政治的問題，指出中國大陸電影與中國大陸電影研究在跨國文化生產領域里正在進行的全球性本土性構建中所扮演的重要角色。魯曉鵬在此之前已在其主編的《跨國華語電影：身份認同、國族、性別》（*Transnational Chinese Cinemas: Identity, Nationhood, Gender*, 1997）導言中開創性地提出「跨國華語電影」（transnational Chinese cinema）這一概念，並認為基於目前華語電影所具有的跨國（區）的主要性質，「民族電影」也不再適用於當今跨國資本興起的格局之中，應轉變為對「跨國電影」的研究。從而在此新視野下，討論大陸、台灣、香港影片中身份認同、國家、性別構造等問題。跨國視野在裴開瑞（Chris Berry）、胡敏娜主編的《銀幕中國：電影與民族》（*China on Screen: Cinema and Nation*, 2006）中得到進一步拓展，通過對已有理論成果的批判性借鑒和典型影片的深入分析，提倡以全新的民族電影研究範式重新審視不同歷史時期和地理政治語境中電影和民族之間的關係。裴開瑞（Chris Berry）與瑪麗·法奎爾（Mary Farquhar）合著的文章〈從民族電影到電影與

國家：對跨國華語電影中國家的重新思考〉中更進一步地闡述華語電影研究
中國家與跨國之間的關係，從而對民族電影這一界定模式重新進行思考。

　　除了上述領域之外，還有涉獵電影類型與種類、作者與電影、性別與性、
電影與其他藝術其他媒介的相關研究。從以往的研究文獻上看，以海外觀眾
為核心來探析他者視域下文化想像的文章相對匱乏。同時，鑑於本論文實證
研究的需要，亦將美國大眾類電影報刊雜誌和一些瀏覽量較高的影評網站納
入文獻研究範疇。

第三節　研究方法

一、類型研究

　　類型（Genre）是電影作為藝術創作商品化的一種表現形式。電影研究領
域里的類型研究是伴隨著 20 世紀以來好萊塢商業電影的蓬勃發展而成長壯大
起來，並日益凸顯出其不可或缺的必要性。類型電影以及類型研究的發展本
身都是不斷劃界與越界的過程，類型是「電影製作人與觀眾之間遭遇協商的
結晶，調和工業的穩定性和不斷進步的流行藝術的刺激性的途徑」〔註 11〕，
大衛‧波德維爾認為：「類型片最好被認為是觀眾和電影製作者憑直覺進行的
粗略分類。這一分類既包括無可爭辯的影片，也包括一些較含糊的影片」〔註
12〕。這一論斷與羅伯特‧斯塔姆的見解相契合，通常被放置於類型電影對立
面的「藝術電影」（Art Film）〔註 13〕或稱作「獨立電影」（independent film）
〔註 14〕理應視為一種類型電影。不同類型電影的滿足不同觀眾的審美心理，
以及「觀眾帶進影院並在觀影過程中和影片本身相互作用的特殊期待和假設
系統不同的觀影期待」〔註 15〕。

〔註11〕　（英）斯蒂文‧尼爾《類型問題》，《銀幕》第 31 卷，1990 年第 1 期，第 45、
　　　　　67 頁。轉引自陳犀禾、陳瑜編譯：〈西方當代電影理論思潮系列連載三：類型
　　　　　研究〉，《當代電影》2008 年第 3 期，頁 63。
〔註12〕　（美）大衛‧波德維爾、克莉絲汀‧湯普森：《電影藝術——形式與風格》，
　　　　　彭吉象譯，北京：北京大學出版社，2003 年，頁 41。
〔註13〕　有關「藝術電影」的概念界定，將在本文第二章詳細探討。
〔註14〕　「藝術電影」與「獨立電影」之異同，將在本文第二章具體說明。
〔註15〕　（美）大衛‧波德維爾、克莉絲汀‧湯普森：《電影藝術——形式與風格》，
　　　　　彭吉象譯，北京：北京大學出版社，2003 年，頁 68。

因此，本文結合類型研究有助於分析研究電影觀眾認知模式和審美經驗，進一步深化本文對藝術電影的探討，以及對如何創作出符合廣大觀眾需求的類型電影來具有一定的啟發意義。

二、內容分析法

內容分析法常應用於傳播學研究過程中，是一種對於傳播內容進行客觀、系統和定量的描述的研究方法。其實質是對傳播內容所含信息量及其變化的分析，即由表徵的有意義的詞句推斷出準確意義的過程。內容分析的過程是層層推理的過程。本文將採用定量和定性分析相結合的方法，力求客觀地推斷出西方電影節作為傳播宣傳平台的特徵和態度，來判斷其在社會運作中的地位和立場，明確大陸藝術片獲獎的深層因素，解析評選及發放獎項的意圖和對接收者或社會情境——中國大陸電影和西方觀眾的影響。

三、觀眾研究

闡釋電影和觀眾的關係一向是解讀電影的關鍵，結合接受和觀眾反應批評等研究範式，瞭解人們為什麼以及如何對影片在情感和理性層面做出反應，不但是電影研究的核心問題之一亦是在電影市場攻城掠地的不二法門。深諳此道的好萊塢自 1940 年代始已將電影觀眾設為重點研究對象，進行海量的市場調研，匯總數據，剖析觀眾心理，以消費者為導向制定營銷策略，投其所好製作符合觀眾觀影需求的影片。

早在 1916 年，德國心理學家雨果·閔斯特伯格（Hugo Munsterberg）發表了《電影：一次心理學研究》（*The Photoplay: A Psychological Study*, 1916），他將感知心理學應用於電影經驗，由此開啟電影觀眾心理學的相關理論研究。他指出電影創作不僅僅是藝術家基於現實生活的感知、創造或是改造，更是由觀影主體參與才得以完成的。

而 1960 年代末作為接受美學的創始者漢斯·羅伯特·姚斯（Hans Robert Jauss）提出「接受美學」（receptional aesthetic），指出接受者在進入接受過程之前，會根據自身的閱讀經驗和審美趣味等，對於文學接受客體的預先估計與期盼，形成觀眾的「期待視野」（expectation horizon）。而沃爾夫岡·伊瑟爾（Wolfgang Iser）在「讀者反應批評」（reader-response criticism）理論中提出文本的「召喚結構」（appealing structure），認為藝術作品因空白和否定所導致

的不確定性，呈現為一種開放性的結構，這種結構本身隨時召喚著接受者能動地參與進來，通過想象以再創造的方式接受。換而言之，作品中所書寫的現象與現實中的客體之間不存在確切的關聯作用，因為這種運作是依賴接受主體的反應來完成的；接受主體卻又是具有歷史性、差異性的。其核心均是重視讀者的能動作用，漢斯・羅伯特・姚斯（Hans Robert Jauss）認為「只有當作品的連續性不僅通過生產主體，而且通過消費主體，即通過作者與讀者之間的相互作用來調節時，文學藝術才能獲得具有過程性特徵的歷史」〔註16〕，強調作者、作品、讀者之間，創作與接受之間的交互關係和動態構建。

　　由此可見，電影的生產過程是辯證的相對的，既有觀眾嘗試理解作品的維度，亦有作品呼喚觀眾理解的這一維度。

　　一方面，作為慾望主體的觀影者承擔著電影機制的客體和合作者的角色。在異質的文化現實語境下接受或是生成的華語電影，與西方受眾構建了全新的獨特的語境驅動，形成全然不同的背景組合（background sets）或期待視野（horizon of expectation）〔註17〕。西方觀眾對於華語電影的觀影行為是怎樣開始的，究竟哪些人在看華語電影，他們為什麼會看？觀影的過程是怎樣的，最後又產生了什麼樣的效果？探究西方觀眾對華語電影的接受即可以總結西方受眾文化審美的特質，釐清華語電影在海外發展中出現的更替、跌宕的現象的脈絡，同時也可以考察電影生產者、電影作品、電影類型等在國際電影市場上的價值與地位的浮動與升降。

　　另一方面，觀影者的慾望又不斷地被電影催化和制約。美籍華裔學者周蕾（Rey Chow）一語道破「電影從其誕生以來一直是一種跨文化現象，具有跨越文化的能力──即創造富有魅力的形式，這種形式易於接觸，並以獨立

〔註16〕（聯邦德國）漢斯・羅伯特・姚斯、（美）R. C.霍拉勃著；周寧、金元浦譯；《接受美學與接受理論》，遼寧：遼寧人民出版社，1987年，頁19。

〔註17〕美國新電影史學家克里斯琴・湯普森（Kristin Thompson）提出了「背景組合」（background sets）的概念；「影片援引著其他系統並用這些系統中的元素構成一個獨特組織；影片的讀解者就是根據源生於這些系統或背景的程式和規範來理解這部影片的」。（參見艾倫・戈梅里・電影史：實踐與理論〔M〕，李迅譯，北京：世界圖書出版公司，2010年。）此概念與漢斯・羅伯特・姚斯（Hans Robert Jauss）提出的「期待視野」相呼應。「期待視野」指接受者在進入接受過程之前，根據自身的閱讀經驗和審美趣味等，對於文學接受客體的預先估計與期盼。參見童慶炳主編：《文學理論教程》（第四版），北京：高等教育出版社，2008年，頁324。

於觀眾的語言和文化特徵的方式與其交流」。〔註18〕也正是如此，在全球化語境之下這些通過西方國際電影節「走出去」的華語電影在海外的投射首先形成了一個影像系統，而且不斷在建構、解構中形塑、衝擊著西方觀眾對於大中華的想像。

本文意欲從觀眾（audience）和觀看者（spectator）的層面結合美學和心理學理論解析包括電影觀眾的觀影心理機制、審美要求及心理特徵、觀眾的預期心理，進而較為全面地觀注西方觀眾對華語電影作品的接受、反應、觀影過程和觀者的審美經驗以及接受效果。

四、凝視研究

視覺文化批評理論中，「凝視」（gaze）是當代研究觀看者觀影狀態和心理狀態的一個重要概念，絕大程度上是心理精神分析法對電影理論的一種介入。「凝視」（gaze）不僅是一種聚精會神的、長時間專注的、認真審視的「觀看」，更是一種視覺交流，即為一種雙向「觀看」，或曰觀看者（spectator）亦同時被觀看。一般認為，凝視理論源自西方由來已久的「視覺主義」（又名「視覺中心主義」，perspectivism），又以如讓－保羅·薩特（Jean-Paul Sartre）、雅克·拉康（Jacques Lacan）和米歇爾·福柯（Michel Foucault）等理論家相關學說出發並不斷得到發展和深化。

讓－保羅·薩特（Jean-Paul Sartre）強調對視覺的關注，揭示了「凝視」在建構人的主體性方面的重要性。按照雅克·拉康（Jacques Lacan）的理論闡述，處於鏡像階段（mirror stage）的嬰兒通過觀看鏡中映像而意識到自身存在並認識人際環境，通過鏡中映像，嬰兒不但可以在自己的眼中實現自我，還可以在另一個人的眼中進一步認識自己。同時，他也意識到母親與父親之間形象和生理的差異及其互補關係，並意識到其不完整性，從而激發出完善自我的慾望。〔註19〕所謂的「鏡像」並不限於真實的鏡子，同時也包括來自周遭「他者」的目光及其對自我的反映，主體在成長過程中的所形成的認同是經過各種不同的鏡像反射，在與「他者」的互動與交流中確立起來的。換言

〔註18〕Rey Chow, *Film and Cultural Identity*, in J. Hill and P. Gibson (eds.), The Oxford Guide to Film Studies, Oxford University Press, 1998, p.171.

〔註19〕Jacques Lacan, "The Mirror Stage as Formative of the I as Revealed in Psychoanalytic Experience", in Jacques Lacan, *Ecrits: The First Complete Edition In English*, W. W. Norton & Company Ltd., 1977, p.2.

之，個人身份的確立，離不開「他者」語境，身份確認既來自於個人，又來自於與「他者」的關係。在此基礎之上，米歇爾・福柯（Michel Foucault）則發掘了「凝視」之中的權力維度。這樣，「凝視」導致了「觀看」與「被觀看」的過程中產生了複雜多元的社會性、政治性關係，「凝視」概念因而具有種族、性、性別、主體、客體，以及慾望、權力、操控及身份等政治文化內涵，也促使人們開始探討慾望與主體性、視覺與權力等問題。

在「凝視」這一充斥著雜揉著權力運作和慾望糾結以及身份政治的觀看方式中，觀看者多是「觀看」這一行為的主體，也是權力及慾望的主體；被觀看者多是「被觀看」的對象，也是權力主控操縱的對象，同時亦是足以引起觀看者慾念的可欲的（desirable）對象。通過「觀看」與「被觀看」的行為建構了「主體」與「客體」、「自我」與「他者」，然而主體與客體的位置在多重目光的交織中又面臨著互換轉化的可能性。眾多女性主義電影理論家如英國學者勞拉・穆爾維（Laura Mulvey）（《視覺快感與敘事電影》，1975）等在此母概念的基礎之上闡發並對雅克・拉康（Jacques Lacan）等之男性中心主義提出了異議，指出「觀看」之後蘊藏著的鮮明的性別意識從而揭示了歷史上長久以來存在著的「男性凝視」（male gaze）。英國藝術批評家約翰・伯格（John Berger）進一步剖析了這種「男性凝視」，認為在歐洲的裸像藝術中，畫家、觀賞者、收藏者通常是男性，而畫作的對象往往是女性，從中我們可以發現把女性視作及定為景觀的標準和規定，形成了把婦女定位於「被觀察者」（surveyed）「被看者」並置於男性「觀察者」（surveyor）的主控操縱的傳統社會文化現象，女性把內在於她的「觀察者」與「被觀察者」，看作構成其女性身份的兩個既有聯繫又截然不同的因素，於是，她們以男性對待她們的方式來對待自己，她們像男性般審視自己的女性氣質，而鏡子則起到縱容女子成為其同謀的作用，刻意把自身當作景觀來展示。〔註20〕這不平等的「觀看」關係深深植根於我們的文化中，不止構成眾多女性的心理狀態，通常，人們還把「男性凝視」加以自然化，令其成為佔據主導地位的觀看行為。

從後殖民主義觀點出發，西方「觀看」東方的動作實為一種權力關係和支配行為。作為一種文化現實，具有種族意識和文化優越感的人往往「凝視」其他種族和文化，使其他文化成為「自我」的一種附屬物。在後現代文化景

〔註20〕（英）約翰・伯格（John Berger），戴行鉞譯：《觀看之道》，桂林：廣西師範大學出版社，2005年，頁45～50。

觀時代，視覺文化大行其道，隨著形象本身的變化和「觀看」方式的歷史變遷，「凝視」圖像／影像儼然成為當今全球視覺文化中的一種邏輯思維與批評範式。

當觀看主體西方國際電影節憑借著自身的主導地位施加於被觀看者大陸藝術電影時，自然無法否認其中隱含的主體與客體、壓制與被壓制之關係。大陸藝術電影如何在攝影機面前表現自己，以及如何借助於攝影機來表現客觀世界，其間亦無法剝離觀看者／觀察者的凝視視線之影響及作用。故此，筆者在西方過節電影節與中國大陸藝術電影之間視覺交流的語境中融入「凝視」問題的討論，側重於此概念在電影藝術闡釋活動中的實踐意義，探究凝視主體和凝視對象如何通過互動完成想象性的關聯，嘗試作為影像的解放者，以更客觀更恰當的位置來做出有意義的判讀。當然，正因為「凝視」本身是複雜且多樣的，其答案也將永遠是开放且多元的。

除上述研究方法之外，將視論文需要適當參考電影改編理論、性別理論、種族理論、文化工業理論、後殖民主義、後現代主義等方法論，以期加深文章深度及增強觀點可信度，建構有效立場。

第四節　研究步驟

本文共分為五章。

第一章，緒論：闡明研究目的，綜述中西研究現狀，從而提出問題意識。在此基礎之上明確研究對象說明研究方法，概述研究思路及論文架構。

第二章：第一節首先全面性概述國際電影節之後，聚焦於「觀看者」一方的西方國際電影節及其選片方式、運營機制以及探析評選標準及其嬗變。第二節，基於國際藝術電影是「觀看者」西方國際電影節觀看及接受的主要類型，著重闡明類型研究的意義以及對「藝術電影」概念進行界定。第三節，筆者嘗試在全球化語境中探討中國大陸藝術電影在西方國際電影節上的獲獎情況，將其放置於世界電影時期（world cinema phase）和全球電影時期（global cinema phase）兩個時期框架之下梳理大陸藝術電影在西方國際電影節上的發展脈絡，試圖揭示西方電影節神話的背後以其商業、政治及藝術標準，挖掘影片獲獎原因。

第三章：第一節闡述西方國際電影節在時代語境中和長久的東方主義情結下縱橫交錯而成的「遠觀」中國的視角。第二節探析這種「期待視野」如

何波及了中國導演的創作及電影的生成，以第五代導演為主的大陸藝術電影在自我建構的鏡像階段如何迎合這種審視的目光，相應地採取了何種意識形態策略以影像「寓言」，將結合《黃土地》、《孩子王》、《炮打雙燈》、《紅高粱》等影片深入研究。第三節，結合影片《黃土地》、《霸王別姬》、《活著》等從文化內核、文化包裝、文化認同三方面全面剖析第五代民俗電影的文化策略。第四節，從公式化「寓言」敘事和自我景觀化「寓言」視聽兩個層面探討民俗電影所呈現的藝術特徵，重點分析《黃土地》、《紅高粱》、《大紅燈籠高高掛》等作品。餘論，在前文闡述解讀的基礎之上勾勒出以第五代為主導的大陸藝術電影在西方國際電影節網路這一權力場運作之下的發展軌跡，突顯兩者之間的張力衝突，揭示第五代影人「倒錯性實踐」行為實為印證了其淪為西方期待視閾下的影像囚徒這一事實。

第四章：第一節，集中關照全球電影時期西方國際電影節的發展與轉變，在國際電影節對大陸電影期待視野由「遠」及「近」的推進下，大陸藝術電影的發展方向也發生了策略性的改變和調整，以反映真實現狀的影像取代了國族寓言影像。第二節，以 90 年代初開始掀起的獨立製片電影獲獎風潮為核心現象，探悉此現象背後西方國際電影節的意識形態考量。第三節結合《媽媽》、《北京雜種》、《站台》、《三峽好人》、《陽光燦爛的日子》、《小武》、《鬼子來了》等影片從文化內核、文化標籤以及文化認同三個方面全面剖析第六代現實題材電影的文化策略。第四節結合《站台》、《三峽好人》、《小武》、《洗澡》等影片來分析第六代以紀實主義風格為影像主要特徵呈現「真實電影」的藝術策略。餘論，在前文論述解析的基礎之上，揭示以第六代為主體的大陸藝術電影在參與「文化調和者」西方國際電影節所主導的「文化遊戲」的過程中不得不屈從於遊戲規則的無奈，並以付出相應的代價為前提博得西方認同。

第五章：結論，對全文歸納總結，並延展深化思考，最後展望願景。

第二章　中國大陸藝術電影及其西方接觸

　　藝術創作過程與物質生產過程一樣，藝術家就生產者，藝術品就是商品，而藝術創作技巧就組成了藝術生命力。一定的創作技巧代表了一定的藝術發展水平，而藝術生產者與藝術消費者之間的關係則組成了藝術生產關係。

（德）瓦爾特・本雅明（Benjamin W.）：《作為生產者的作家》〔註1〕

　　瓦爾特・本雅明（Benjamin W.）在《作為生產者的作家》中提出了藝術生產理論，並認為「對藝術問題在本質上是正確的解釋方法就是去檢驗它的『生產關係』」。〔註2〕作為「消費者」的西方藝術電影市場與中國大陸藝術電影這一「商品」類型的相結合絕非偶然，而是彼此互相選擇的必然結果。

　　放眼看去，現今全球商業電影市場幾乎被好萊塢所壟斷已是不爭之事實，而「二戰」結束之後，以歐洲為中心長期試圖與美國好萊塢相區別、對抗以及無可避免地交融互動的藝術電影市場，是除全球商業電影市場之外唯一具有國際性的海外電影市場。以國際電影節為展銷平台，以歐洲國家扶持政策為護航，以藝術院線、電影發行公司等為壁壘，以媒體宣傳評論為東風，以西方影迷為目標性受眾群體，令這一市場成為從第四代、第五代以至第六代中國大陸電影人「走出去」的少數法門之一，亦是目前為止華語電影賴以維

〔註1〕程孟輝主編：《現代西方美學》，北京：人民美術出版社，2008年，頁452。
〔註2〕（德）瓦爾特・本雅明（Benjamin W.）著，王才勇譯：《機械複製時代的藝術作品》，北京：中國城市出版社，2001年，頁172～173。

生的主要途徑，使中國大陸電影得以作為國族文化形象的代言人，在世界文化地圖及史冊上佔有一席之地。

　　然這條海外銷售之路也並非康莊大道一路坦途，電影產品時而熱銷或時而滯銷。以世界三大電影節主競賽單元為參照，自 1988 華語電影《紅高粱》第一次獲三大國際電影節主競賽單元獎項，整整 30 年過去了，至今 3 年沒有獲得柏林電影節金熊獎，11 年沒有獲得威尼斯電影節金獅獎，24 年沒有獲得戛納電影節金棕櫚獎。2013 年，威尼斯電影節主席阿爾貝托·巴貝拉到中國選片，幾乎找不到符合金獅獎參賽水準的影片，最終只有文晏導演的處女作《水印街》（2013）入圍電影節影評人周單元。在威尼斯電影節開幕式上，有意大利記者咄咄逼人地質問：「大家都在說中國電影市場如何好，但我們看到，只有一部中國電影出現在主競賽單元。中國電影究竟為世界電影貢獻了什麼？」〔註3〕犀利地道出中國大陸電影迄今在國際交流與境外傳播中不斷面臨的衝擊挑戰和尷尬境遇，種種亟待突破的或被動的制約裹挾或主動的自我設限。

　　一方面我們不得不直視中國大陸電影自身的硬傷，另一方面也必須清醒地認識到國際電影節是以保護歐洲電影市場及電影工業為依歸，其他外語片只能作為陪襯，佔有率充其量不過百分之十。這正如瓦爾特·本雅明（Benjamin W.）所言，「當藝術創作的原真性標準失靈之時，藝術的整個社會功能也就得到了改變。它不再建立在禮儀的根基上，而是建立在另一種實踐上，即建立在政治的根基上。」〔註4〕貌似與好萊塢迥然不同的更為「神聖」、「超凡」的國際電影節，雖然高呼著「藝術至上」但亦不能全然免俗，實則自始至終秉持著自己的商業、藝術乃至政治準繩，而這些準繩無形中對近幾十年中國大陸電影的藝術創作、生產帶來了潛移默化的影響。

第一節　觀看者：西方國際電影節概述及評選標準

一、國際電影節概述

　　國際電影節（international film festival）與好萊塢截然有異，一向被視為

〔註3〕 李邑蘭：〈有時候我們太怕不得獎：威尼斯電影節上的中國人〉，《南方週末》，2014 年 9 月 12 日。

〔註4〕（德）瓦爾特·本雅明（Benjamin W.）著，王才勇譯：《機械複製時代的藝術作品》，北京：中國城市出版社，2001 年，頁 94。

高雅藝術的最高評鑒平台，既是把持著世界電影藝術審判權的審判者又是不斷推動世界電影藝術發展的幕後推手，為無數有藝術追求及人文情懷的電影人提供了展示的舞台，進而豐富了世界觀眾的視聽體驗，甚至肩負起了藝術的使命，如塔科夫斯基（Andrey Tarkovsky）所言去「影響靈魂」。

世界上第一個定期舉辦的國際電影節是於 1932 年在意大利威尼斯創辦的威尼斯國際電影節，「二戰」結束後，電影節逐漸在歐美各地普及開來。發展至今，據不完全統計目前全球的電影節林林總總將近 3000 個，而歐洲作為國際電影節的發源地及重鎮，在數量上居世界首位，其次是北美的美國和加拿大。迄今由國際電影製片人協會（FIAPF）〔註 5〕批准認可並有著較高質量的國際電影節共有 55 個左右。就其性質而言，國際電影製片人協會將其分為四類：A 類即競賽型非專門類電影節（以競賽為主，但沒有規定具體的主題），B 類即競賽型專門類電影節（以競賽為主，有規定的具體主題），C 類非競賽型電影節（以電影展映為主），D 類即紀錄片和短片電影節。需強調的是，這四種分類是電影節的類型劃分而非等級劃分。

根據國際電影製片人協會（FIAPF）官網公佈，截至 2015 年全球共有 15 個 A 類國際電影節〔註 6〕，屬於本文「西方國際電影節」範疇的則有 10 個：法國戛納國際電影節、德國柏林國際電影節、意大利威尼斯國際電影節、瑞士洛迦諾國際電影節、西班牙聖塞巴斯蒂安國際電影節、加拿大蒙特利爾國際電影節、捷克卡羅維法利國際電影節、波蘭華沙國際電影節、俄羅斯莫斯科國際電影節、愛沙尼亞塔林黑夜國際電影節。其中，法國戛納國際電影節、德國柏林國際電影節、意大利威尼斯國際電影節是國際電影製片人協會承認的世界三大國際電影節（又稱為歐洲三大國際電影節），在各自的發展中有著明確的定位及自身的特色，從而在國際上引起廣泛的關注和形成強大的號召力，同時對中國大陸藝術電影產生了不容忽視的影響力，因此本文的重點研

〔註 5〕國際電影製片人協會（FIAPF）是國際性電影製片行業的組織機構，由電影業相對發達的 23 個國家組成，現有國際團體會員 26 家，是國際電影行業最具權威的組織。中國於 1992 年加入該國際組織。

〔註 6〕15 個 A 類國際電影節：法國戛納國際電影節、德國柏林國際電影節、意大利威尼斯國際電影節、瑞士洛迦諾國際電影節、西班牙聖塞巴斯蒂安國際電影節、加拿大蒙特利爾國際電影節、捷克卡羅維法利國際電影節、埃及開羅國際電影節、日本東京國際電影節、印度國際電影節、俄羅斯莫斯科國際電影節、阿根廷馬塔布拉塔國際電影節、波蘭華沙國際電影節、愛沙尼亞塔林黑夜國際電影節、中國上海國際電影節。

究對象將聚焦於世界三大電影節。〔註 7〕

（一）義大利威尼斯國際電影節（Venice International Film Festival）

威尼斯國際電影節（Venice International Film Festival）被稱之為「國際電影節之父」，成立於 1932 年，比戛納電影節早 14 年，比柏林電影節早 19 年，是歷史最為悠久的電影節。威尼斯國際電影節自誕生，底色就已被抹上了濃重的政治色彩，多次因政治因素導致停辦，意大利社會對政治、文化、藝術、政治的思索和掙扎盡現在電影節多舛的命運上。創辦者是當時的義大利首相尼貝尼托·阿米爾卡雷·安德烈亞·墨索里尼（Benito Amilcare Andrea Mussolini），因堅信電影宣傳能加強其鐵腕統治力量，一方面操控電影節，力推義大利和德國電影，將獎杯稱為「墨索里尼杯」，一方面極端地採取禁止引進美國影片的手段以與好萊塢電影一爭高下，淪為法西斯的政宣工具。1932 年至 1942 年，設有最佳故事片、紀錄片、短片、意大利影片、外國影片，以及最佳導演、編劇、男女演員、攝影、音樂等獎。此外，還有特別獎、綜合獎、「墨索里尼杯」、「雙年節杯」等。二戰期間曾一度停辦（1943 年～1945 年），於 1946 年重新亮相，並取消了「墨索里尼杯」。二戰後的威尼斯國際電影節擺脫了法西斯政府意識形態的左右，「1949 年增設「聖馬克金獅獎」、「聖馬克銀獅獎」、「聖馬克銅獅獎」等，成為諸多世界級電影藝術大師的搖籃。然而 1969 年至 1979 年，威尼斯電影節再次遭挫，因政治原因被迫廢除原有的評獎制度與頒獎活動，改為觀摩放映，直至 1980 年才恢復。也就是在這段期間，威尼斯國際電影節幾乎淪為無人問津的電影節，讓其他後輩有機可趁，加快了發展步伐，甚至被法國戛納國際電影節迎頭趕超。

威尼斯國際電影節每年於 8 月至 9 月間在義大利威尼斯利多島舉辦，為期兩週，最高獎為「金獅獎」，其宗旨是「電影為嚴肅的藝術服務」。該電影節「獎勵世界各國有藝術價值、有創新精神並適合在意大利發行放映的優秀影片，促進世界各國電影工作者的交流與合作，為發展國際電影貿易提供服

〔註 7〕美國奧斯卡金像獎雖是世界最著名的電影獎項，但並不在本文所討論的範疇中：一，奧斯卡金像獎是美國表彰電影業成就的年度獎項，是國家級學院形式的頒獎禮，不屬於國際電影製片人協會（FIAPF）所認定的 A 類國際電影節，兩者性質截然不同；二，奧斯卡獎前十九屆奧斯卡獎只評美國影片，從第二十屆起，才在特別獎中設最佳外語片獎。其參選影片必須是上一年十一月一日至下一年十月三十一日在某國商業性影院公映的大型故事片。華語電影除了李安的《臥虎藏龍》於 2001 年摘冠之外，大陸電影至今在該獎項上顆粒無收。

務」。〔註 8〕以全球性的眼光關注並發掘世界各地電影行業的先行者，推崇形式獨特、手法新穎的影片，相較於選出最好的作品更注重於創新與突破，以起到引領電影藝術發展潮流的指導作用。電影節的一大特色是每屆都設有獨立的主題，一個指定的評選方向，但評選標準卻萬變不離其宗——藝術性。

（二）法國戛納國際電影節（Cannes International Film Festival）

法國戛納國際電影節（Cannes International Film Festival，亦譯作坎城國際電影節）創立於 1946 年，是當今公認的世界上最具影響力、最具權威性的國際電影節之一，最高獎為「金棕櫚獎」。可以說戛納國際電影節的發軔與威尼斯國際電影節有著直接的關聯。二十世紀三十代末期，法西斯囂張的氣焰燃及威尼斯電影節，為了對抗當時受意大利法西斯主義職權者控制的威尼斯電影節，法國公共行政及藝術部長尚・傑伊（Jean Zay）決定在戛納創立新的國際電影節，並於 1939 年舉辦第一屆「國際電影節」（Festival international du film），後因戰爭爆發而宣告取消，成為戛納國際電影節的前身。二戰後 1946 年 9 月，法國藝術行動協會又在法國外交部、教育部、電影聯合會的支持下再辦戛納電影節，成為正式的第一屆。為了於威尼斯電影節競爭，在舉辦時間上早於威尼斯電影節，1951 年正式改為 5 月進行，為期 12 天左右。

戛納國際電影節偏重藝術與商業相結合，除影片競賽外市場展亦同時進行，為電影創作者和商家提供接觸和交流的機會。電影節常設的官方單元包括「主競賽」、「非競賽」、「一種關注」、「特別展映」、「電影基石」以及「短片」單元，而「導演雙周」和「影評人周」是由獨立機構組織的與戛納平行進行的非官方單元。「主競賽」是最重要的也是最受關注的單元，最高獎項為「金棕櫚獎」，其次為「評審團大獎」。此外還設有最佳導演、最佳男主角、最佳女主角、最佳編劇、最佳攝影、最佳剪輯等眾多獎項。

戛納國際電影節的出現本身即為電影藝術的獨立宣言，掙脫任何意識形態的束縛，為電影人開闢自由創作的空間，並且通過強大的媒體宣傳將獲獎作品展現給世界觀眾。電影節在保有其核心價值的基礎上，也一直在進步發展，致力於發現電影行業新人並且為電影節創造一個交流與創造的平台。自開辦以來，始終堅守創辦初衷——推動電影節發展，振興世界電影行業，為世界電影人提供國際舞台。與此同時，電影節也不斷接收新的概念新的想法。

〔註 8〕陳振興：《世界電影電視節手冊》，北京：中國電影出版社，2000 年，頁 291。

每一屆電影節，新的策劃得以孵化，經驗得以分享，不同的文化特色得以被發現，正是此種活力促進了戛納電影節持續的發展並成為與當今時代與時並進的映像。〔註9〕

（三）德國柏林國際電影節（Berlin International Film Festival）

德國柏林國際電影節（Berlin International Film Festival）原名西柏林國際電影節，於1990年更名為柏林國際電影節。二戰後1951年6月在百廢待興的西柏林舉辦第一屆電影節，也是世界三大電影節中起步最晚的。該電影節1950年代初由電影歷史學家阿爾弗萊德‧鮑爾（Dr. Alfred Bauer）發起籌劃，得到當時的聯邦德國政府和電影界的支持和幫助，但真正在創辦中起到關鍵作用的實為美國駐德的文化官員，明確的目的是「要把電影節做成一個向以蘇聯為首的東方陣營展示『自由』西方的窗口，並顯示美國在西柏林長期待下去的決心」〔註10〕。美國是促進其前期發展壯大不可或缺的角色，在美國政府及好萊塢的支援下終在1956年成功躋身於A級國際電影節。整個六十年代作為冷戰下的政治產物，電影節被塑造成鼓吹西方文明制度反對共產主義的揚聲器，選片標準有失偏頗，政治性壓倒一切，好萊塢影片充斥電影節，對社會主義國家的影片壁壘森嚴。直至1970年代中期，東德和西德簽署了友好條約，政治氣候發生了變化，至此柏林電影節將自己重新定位，成為國際電影生產的一面鏡子，使電影節在東西方之間的匯合與調停中扮演了更重要的文化和政治角色。1990年柏林牆倒塌之前，西柏林電影節一直以促進東西方對話為標榜。從2002年開始，柏林電影節隸屬於商業性質的「柏林藝術展出有限公司」，在關注東西電影文化交流與合作的同時，更為重視德國本土電影事業的進步與發展。

目前柏林國際電影節於每年2月舉行，原在6～7月間舉行，後為與戛納電影節和威尼斯電影節競爭，自1978年起提前至2月舉行，為期兩周。主獎設有「金熊獎」和「銀熊獎」。「金熊獎」授予最佳故事片、紀錄片、科教片、美術片；「銀熊獎」授予最佳導演、最佳男演員、最佳女演員、編劇、音樂、攝影、美工、青年作品或有特別成就的故事片等。除了主獎之外，也有國際評論獎、評委會特別獎等。如今柏林電影節在全球範圍的影響力日益提升，

〔註9〕 參見法國戛納國際電影節中文官方網站，（來源：http://www.ergengtv.com/film festival/Cannes，瀏覽時間：6月5日）。

〔註10〕 王懷成：〈閒話柏林電影節〉，《光明日報》，2010年2月17日第四版。

成為國際電影節中不可小覷的一股力量。

　　世界三大電影節個性鮮明且各有優勢定位，威尼斯電影節因偏重藝術與先鋒電影而被稱為「先鋒茶話會」，戛納電影節偏重商業與藝術結合電影，擁有歐洲交易量最大的電影市場而被稱為「噱頭拍賣行」，柏林電影節最為關注政治性和社會性而被稱之為「政治教管所」，當然此評論不乏戲謔的成分但還是從某種程度上生動形象地突顯出三大電影節獨具的內在個性和對影片的評選標準及口味。同時，隨著電影科技的不斷推陳出新、電影語言的不斷充實豐富、電影美學的流派更迭、電影世界的格局變化，其評選標準與口味絕非一成不變。

二、神話的背後——解讀西方國際電影節評選標準

　　奉藝術性為最高圭臬仍是西方國際電影節的共同堅守，以「藝術家的避難所」號稱。這種堅守與追求也主要表現在對藝術電影的青睞上，因此令世界各地懷揣藝術夢想的電影創作者爭相而來，哪怕只是在電影節上提名亮相亦是一種認可與殊榮，可以說電影節的每一部獲獎影片都成為當代西方乃至世界電影製作重要的參照範本和電影文化潮流的風向標。許多人們認為西方國際電影節把持著國際電影藝術的最高審判權，其中一個公認的理由即是西方國際電影節似乎與好萊塢一雅一俗形成了鮮明對比。世界關注度最高的好萊塢奧斯卡獎有著明確的市場指標，以美國本土電影為主要評選對象，從商業和政治角度解析即以影片是否與美國主體意識形態相吻合以及是否能在全球範圍內取得高關注、高票房成為主要參考。反之，國際電影節不僅獎項不受地域限制向全世界開放，力求促進世界各地電影的彼此交流，推進電影藝術水平的不斷提高，而且觀照電影的個性化與創新性，高關注、高票房不是獲獎作品的關鍵考量因素，看似評選標準不受商業運作或是政治因素影響，於是乎被賦予了這樣那樣的傳奇色彩。然而事實並非如此，在神話的背後，西方國際電影節各自秉持一套驗收藝術商品的標準，關乎藝術、關乎商業乃至關乎政治。

　　如今國際電影節從選片到評獎在流程和規則上所呈現的日漸趨同，實際上是在長期的演化發展，相互影響相互角力相互學習中自然而然形成的結果。另一方面，地理、歷史、文化、政治等各個維度交織建構，又形成了西方國際電影節的迥異特色，也代表了各自的文化立場與價值體系。

（一）獎項設置

世界三大電影節的主競賽單元諸獎項如前文所述，其中備受矚目的環節當屬主競賽單元「大獎」。據統計威尼斯國際電影節大獎「金獅獎」自 1949 年設立以來，大多數獎杯都被歐洲男性導演捧走，歷史上獲此殊榮的僅有 4 位女性導演的作品，分別來自於印度、德國、比利時和美國。而且自 2000 年以來美國電影一直是參加威尼斯國際電影節的大戶。戛納國際電影節獲得大獎「金棕櫚」次數最多的國家是美國，其次是意大利和英國、法國。世界三大電影節也設有「評審團大獎」，是僅次於最高獎項的第二大獎項。基於同類電影節的可比性與競爭性的考慮，各西方國際電影節的主競賽單元獎項設置大同小異，傾向於國際化、大眾化，其立場與個性在非主競賽單元上則可一見端倪。

在提攜新人培養電影界新生力量方面，各大國際電影節課可謂不遺餘力。譬如柏林電影節的「青年論壇」單元，戛納電影節的「一種關注」單元、「金攝影機獎」，以及威尼斯電影節的「地平線」單元以及荷蘭鹿特丹國際電影節、加拿大蒙特利爾國際電影節、西班牙聖塞巴斯蒂安國際電影等電影節都有為鼓勵新晉導演創作而設的專門單元。這些獎項與主競賽單元大師雲集不同，旨在介紹各國具有「原創性和不同」的新人導演處女作或新作。其中贏得世界一流聲譽的柏林國際電影節「青年論壇」單元已有四十多年的歷史。「青年論壇」善於挖掘那些具有不尋常視角的電影，關注歷史反思。七十年代和八十年代，「青年論壇」集中介紹了歐洲、美國及拉美等地的獨立前衛電影。在八十年代末期和九十年代，則加強了對亞洲獨立電影的發掘。到了 2002 年，更以中國為重點主題，推介了 13 部青年電影。「青年論壇」單元不拘泥於任何風格和定式，為全世界真正熱愛電影藝術作者提供一個實現「不可能」之夢想的新平台。許多著名電影人也藉由「青年論壇」開始走向世界，獲得國際影壇的承認，比如昆汀·塔倫蒂諾（Quentin Tarantino）、李安、侯孝賢、楊德昌、王家衛、陳果、杜琪峰、陳凱歌、寧瀛、賈樟柯、張元、王小帥等等。柏林電影節在進入新世紀以來一直致力於扶植新銳導演和促進新電影拍攝，成立了口碑極佳的電影節「天才訓練營」，為自世界各地的有著夢想的新人導演提供機會切實地接觸到電影拍攝，並接受電影前輩的指導。1968 年以抵制當時正日趨商業化的趨勢，由法國新浪潮電影大師弗朗索瓦·特呂弗（François Truffaut）創辦「導演雙周」，1969 年正式納入戛納電影節的平行單元。此外，

「一種關注」單元也在 1978 年正式啟動，素以關注具有獨特審美和新穎奇異的小眾風格的藝術影片聞名，最佳影片也會頒給名不見經傳的導演。2013 年威尼斯電影節在獎項方面進行變革時，除了增設「評委團大獎」之外還在「地平線」單元也增加了「最佳導演獎」和鼓勵創新的「地平線單元特別獎」。總體來說，威尼斯電影節的「地平線」單元側重實驗和先鋒電影，捕捉國際電影未來的潮流和趨向，該單元也是威尼斯電影節的特色之一。

戛納、柏林、瑞士洛迦洛、加拿大蒙特利爾以及捷克的卡羅維發利等電影節也會每年頒發一項特殊獎項──「天主教人道獎」，該獎項通常由 6 名信奉天主教的電影人、媒體人組成的評審團選出，頒發給那些「通過關注人類自身的苦難、失敗以及希望來揭示人性神秘的深度同時又擁有藝術價值」的作品。〔註 11〕自 1978 年設立以來，「天主教人道獎」的獲獎影片大多來自歐洲國家，張藝謀以敘述人間苦難為題材的《活著》也曾獲得這一獎項。

此外，戛納的「同志棕櫚大獎」與柏林的「全景」單元中的「泰迪熊」獎，威尼斯的「同志獅」獎相類似，專門為男女同性戀題材電影特設的電影獎項。柏林國際電影節還設有一些特別的獎項，如 2007 年新增了水晶熊獎以鼓勵創作適合青少年觀看的電影，頒發給年輕歐洲演員的流星獎，以及紀念創辦人阿弗雷·鮑爾的阿弗雷·鮑爾獎。〔註 12〕

（二）評選制度

當今國際 A 類電影節（競賽型非專門類）通常採用評委會制度，與奧斯卡金像獎評選方式有著明顯的不同。奧斯卡金像獎的評選經過兩輪：先採用記名方式由美國電影藝術與科學學院下屬各部門負責提名，獲得提名的影片將在學院本部輪流放映，所有會員觀影後再採用不記名方式進行第二輪投票，影片是否獲獎最後取決於得票的多少。而競賽型國際電影節設立一個國際評選委員會，推選一人擔任評委會主席，對正式參展的影片進行評選，評委會委員觀影後投票產生最終結果，並對每屆優秀影片及其電影人包括導演、編劇、演員、攝影、作曲、剪輯、服裝、美工、特技等授予獎項等。國際電影節鼻祖威尼斯電影節在 1932 年舉辦第一屆時並沒有固定的評審委員會，而是由觀眾僅憑個人喜好直接投選，其結果千奇百怪，連米老鼠都成為了最佳男

〔註 11〕〈天主教人道獎〉，（來源：http://edu.1905.com/archives/view/1390/，瀏覽時間：
　　　　2018 年 6 月 16 日。
〔註 12〕參考柏林電影節官網相關資料。

主角的候選。兩年後的第二屆威尼斯電影節才首次引入競爭機制，於 1936 年成立了第一個國際評委會。柏林國際電影節也是在 1956 年將投票權從普通影迷手中交給評審團。目前國際電影節每一個競賽單元均設有獨立的「評委會主席」及「評委會成員」，評審團基本上以在業內已擁有較高聲望的製作人、導演、編劇、演員、影評人等組成，委員人數一般在十名左右。相較於奧斯卡金像獎近乎「全民投選」的千人投票方式，國際電影節則是採取了「精英政治」的方式評獎，評選權力顯然掌握在少數權威手裡。

（三）選片策略及評選標準

無庸置疑，選片環節等於是進入電影節的第一道門檻，一部優秀電影是否能擁有入場券的關鍵之處在於影展的選片策略。而嚴苛的評選標準更是操著生死大權。雖說西方國際電影節在全世界範圍內選片，來自任何國度的電影人若要成功躋身於電影節的候選清單，自然應先清楚了解其遊戲規則。總的來說，威尼斯國際電影節和戛納國際電影節，有專門的選片委員會來負責選片，評委團則是由電影節委員會來確定，這些成員一般都是業內著名的製片人、導演、編劇、演員等組成；而柏林國際電影節，則是由電影家委員會的委員和每個單元的主席來選片，選片範圍是來自全世界的報名參選的電影，評委團是由中央柏林電影委員會的顧問團投票選取。

義大利名導貝納爾多·貝托魯奇（Bernardo Bertolucci）認為「義大利共和國的第一個五十年中，總共換了六十多屆政府，而我們威尼斯影展的主管也同樣換的如此頻繁，這造成了影展政策的不穩定和沒有延續性」〔註 13〕。2013 年，威尼斯電影節迎來創辦 70 週年，借此機會就獎項與單元設置做出重大變革。主競賽單元固定為 20 部，都是首次在國際 A 類電影節上展映的新作。非競賽影片確定為 12 部，已獲過獎的大師級導演的新作品將被優先考慮。而「地平線」單元影片與主競賽單元一樣也是 20 部，用於鼓勵新銳導演的創作。例如劉傑的《馬背上的法庭》（2006）、賈樟柯的《無用》（2007）、王兵的《三姊妹》（2012）等都先後獲得過這個獎項。威尼斯國際電影節可謂是大陸電影導演的伯樂。張藝謀能夠順利躋身國際導演大師行列，威尼斯電影節可謂功不可沒。1991 年，張藝謀以《大紅燈籠高高掛》摘得銀獅獎之後，一年之後憑著《秋菊打官司》摘冠金獅獎，鞏俐也憑此片戴上了影后的桂冠。1999 年

〔註 13〕〈戛納的選片工作〉，（來源：http://group.mtime.com/movteach/discussion/928960/，瀏覽時間：2018 年 6 月 18 日）。

再次以作品《一個都不能少》捧回金獅獎，成為威尼斯電影節上獲得大獎金獅獎次數最多（兩次）的導演之一。賈樟柯也是以《三峽好人》在威尼斯獲選最佳影片金獅獎後，躍居國際級導演行列。田壯壯的《小城之春》（2002）、張元的《過年回家》（1999）、蔡尚君等都先後得到了威尼斯電影節的認可。連任威尼斯電影節主席多年的馬可・穆勒被稱為「中國電影走向世界的幕後推手」，他在任的八年期（2004～2012）間華語電影更是頻頻亮相威尼斯。然而近年來大陸影人在威尼斯電影節上無所表現，就此現任電影節主席阿爾貝托・巴爾貝拉提出建議：「我認為中國電影應該更加關注電影的多樣化，因為這才是吸引世界各地不同觀眾的關鍵，而不應僅集中在商業電影、喜劇電影或動作電影等少數題材上。」〔註14〕

　　戛納影展的組委會最早是從世界各國官方選送的影片中選取符合他們標準的影片，而自1972年始，官方選送的影片不過僅供參考，組委會可自行選擇任何符合他們標準的影片。這意味著影展的選片制度發生了巨大改變：「影展主管發現不可能再萬事親歷親為了，他一定是需要旁人大量的建議和推薦，於是選片委員會就應運誕生了。這個委員會的成員包括了記者、評論家、歷史學家，以及一些重要的電影專家。但是最後的決定還是由影展主管做出」，整個委員會選片的工作量大大增加，幾乎全年無休地在看片。〔註15〕2001年起擔任戛納電影節藝術主任，負責參賽影片遴選的蒂埃里・弗雷莫（Thierry Frémaux）說明戛納選片的「三個平衡標準：審美情趣的平衡、地理分布上的平衡、觀眾興趣的平衡」。〔註16〕此三個平衡標準說明所有參賽影片都須有很高的審美情趣；在地理分布上，不限於歐美幾個電影大國，而是反映更多國家的電影發展水平；考量觀眾的興趣則主要從電影與市場的供需關係出發。1993年陳凱歌的《霸王別姬》摘得最佳影片「金棕櫚」，是大陸藝術電影在戛納電影節上獲得的最高榮譽，也是迄今為止唯一的一次。除此之外，張藝謀的《活著》（1994）、姜文的《鬼子來了》（2000）、王小帥的《青紅》（2005）等先後獲得「評審團大獎」，以及婁燁的《春風沈醉的夜晚》（2009）、賈樟柯

〔註14〕 刁澤，顧敦禹：〈專訪：中國電影將為威尼斯電影節帶來更多活力——訪威尼斯國際電影節主席巴爾貝拉〉，《新華社》，2016年，9月9日。

〔註15〕 刁澤，顧敦禹：〈專訪：中國電影將為威尼斯電影節帶來更多活力——訪威尼斯國際電影節主席巴爾貝拉〉，《新華社》，2016年，9月9日。

〔註16〕 〈專訪電影節藝術代表：戛納選片出新招〉，《南方都市報》，2002年5月14日。

的《天註定》（2013）獲最佳劇本獎。2015年，戛納電影節頒給賈樟柯導演雙周終身成就獎「金馬車獎」〔註17〕，認為賈樟柯的作品「講述了人的孤獨與精神探索，見證了集體的生存狀態」〔註18〕。賈樟柯亦是獲此殊榮的首位華人導演。

縱觀德國柏林電影節發展史，柏林電影節自母體就已被打上深深的政治烙印，它曾作為「抵抗布爾什維克主義的文化橋頭堡」和西方「自由世界之窗」，曾籠罩在冷戰的陰霾之下長達幾十年，直至柏林牆倒掉。然而在日漸壯大的電影節市場營銷系統背後，一直被詬病的強烈的政治使命感，旗幟鮮明的政治取向性似乎已成為區別於其他電影節的一種標新立異，一種生存策略。金融危機過後的柏林電影節嘗試讓政治因素讓位成為點綴，嘗試去滿足世界觀眾的需求，正如柏林電影節主席迪特‧考斯里科解釋選擇競賽片的標準時所說「我們選擇的電影，幾乎都在探討一個全球化的世界。它們深深影響了普通人的生活。這些作品講述了意味深長或者是悲愴性的經歷；反映了國際性的衝突，或者為世界燃起了希望。」〔註19〕由此可以看出做為世界三大電影節中最年輕的柏林電影節實現全球化的決心。柏林一直被稱為中國藝術電影的「福地」，就連西方媒介也認為「柏林一直是新中國電影的首選平台。」〔註20〕大陸藝術電影曾四度摘得最高獎項金熊獎，分別是《紅高粱》（1988）、《香魂女》（1993）、《圖雅的婚事》（2007）、《白日焰火》（2014），表現弗洛伊德式的性壓抑與觀照女性生存困境是這幾部影片的相似之處。柏林電影節無論是世界三大電影節中最早給予大陸藝術電影獎項也是給予最多的電影節，成就並挖掘了眾多才華橫溢的導演新秀，帶給大陸幾代電影人許多鼓舞和肯定。如今的柏林國際電影節，在秉承其一貫宗旨，即「能夠向世人呈現同時期全世界最優秀的電影作品以為榮耀」的同時，「將把目光更多投向那些關注現實問題、突出人文關懷、反映共通的人性和人內心真實情

〔註17〕戛納國際電影節導演雙周為法國導演協會主辦，由法國導演協會來挑選影片，雖非戛納電影節官方主辦，但選片過程與官方無異，「金馬車獎」設立於2002年，用來表彰那些獨立電影人以及電影天才。

〔註18〕新娛：〈賈樟柯獲戛納金馬車獎〉，《山西晚報》，2015年3月15日。

〔註19〕〈柏林電影節主席迪特‧考斯里科解釋選片的標準〉，《現代快報》2009年02月03日。

〔註20〕Berlin: "Chinese Film Noir 'Black Coal, Thin Ice' Wins Golden Bear",（來源：https://www.hollywoodreporter.com/news/berlin-chinese-film-noir-black-680344，瀏覽時間：2018年6月14日）。

感的影片。」〔註21〕王小帥的《左右》（2008）、王全安的《團圓》（2010）、
婁燁的《推拿》（2014）、刁亦男的《白日焰火》（2014）等作品獲獎體現了
柏林電影節近年來的轉變。

　　誠然，戛納國際電影節是現在公認的全球國際電影節中擁有最大選片自
由度的，但這也造成了戛納近年選片策略的一個困境，那就是日趨保守。考
察幾十年來戛納電影節的入圍名單，不難發現戛納更願意接受藝術風格成熟
並在國際上已經打響知名度的電影人製作的影片佳作，有著一批備受青睞的
寵兒，譬如科恩兄弟、達內兄弟、拉斯・馮・提爾、庫斯圖力卡、肯・洛奇、
侯孝賢、王家衛、賈樟柯幾乎每一部作品都出現在了戛納的舞台上。戛納很
少主動去挖掘一些新晉導演，而更多地是把在其他電影節中已嶄露頭角的導
演帶進來，予以肯定和認可，這在某種程度上，是保障影片市場的一種手段，
力求兼顧影片的商業性和藝術性。反觀柏林和威尼斯等其它影展卻在選片方
面愈發大膽。柏林是第一個到被戛納忽略的地方去尋找更有力量，更激進，
更不同尋常的電影的電影節，挖掘新生力量，及時把握並引領最新的世界電
影風向。「相對於戛納和柏林電影節而言，威尼斯電影節的最大特點正是其獨
立自主的原則和冒險精神。」〔註22〕

　　此外，還有一條所有國際 A 類電影節須共同遵守的遊戲規則。國際電影
製片人協會（FIAPF）對於國際 A 類電影節的參賽影片有特殊規定，要求任何
國家的任何一部影片僅有一次參加評選的機會不得同時他投，若在選片中慘
遭淘汰，才可轉投其他國際 A 類電影節。由此自然形成一條電影節系統中的
「食物鏈」：地位顯赫的國際電影節令全球的電影人趨之若鶩，佳作雲集，競
爭激烈；而一些缺乏競爭力的電影節只能退而求其次，從其他電影節淘汰的
二手、三手影片中篩選。

　　近年來西方國際電影節發生的最大變化，莫過於好萊塢主流娛樂影片和
其他電影之間對立的舊有觀念現已日漸減退，甚至從拒絕接受到喜聞樂見。
這種發展模式其實緣於柏林影展，尤其是在上世紀八十年代至本世紀初，發
展到最後每屆大概都有六部左右的美國電影參加競賽，而且都是被奧斯卡金
像獎提名的影片，柏林電影節幾乎變成了美國年度經典電影的展覽會。戛納

〔註21〕潘旭：〈專訪：柏林電影節主席迪特・科斯里克〉，（來源：http://roll.sohu.com/
　　　　20130205/n365624607.shtml，瀏覽時間：2018 年 6 月 14 日）。
〔註22〕里爾、姚迅編：《三大電影節完全手冊》，上海：上海畫報出版社，2002 年，
　　　　頁 128。

更是對美國電影極為推崇，不但「新好萊塢」電影輝煌時期給予了最高榮譽，在美國獨立電影復興的 90 年代初讓《性，謊言，錄像帶》、《我心狂野》、《巴頓芬克》這三部美國獨立電影連續三年在戛納拿下「金棕櫚」大獎，而且迄今為止美國仍是領取戛納最高獎項最多的國家。

　　隨著電影大師時代的逝去，歐洲藝術電影在好萊塢電影的長期抗衡中日漸式微，這是不爭的事實，藝術最終不得不向生存低頭妥協。各大西方國際電影節不單單邀請好萊塢明星或者大導演來到電影節助陣、撐場面，以博取關注度和點擊率，還將好萊塢影片做為開幕首映片和閉幕影片，顯露了西方國際電影節企圖吸引世界矚目的野心以及對商業化的迫切需求。

（四）同期電影市場

　　如果說大牌明星的曝光度決定了一屆國際電影節的知名度，那麼決定一屆電影節成敗的實則是電影交易市場的活躍程度。戛納國際電影節自 1959 年建立了第一個同期電影市場，是有兩位法國電影製片人協會成員埃米爾‧納坦（EmileNatan）和伯特蘭‧巴格（Bertrand Bagge）最早提出，設在官方競賽之外，主要是利用這一年度盛會推廣法國電影，為法國電影尋找國際買家。目前戛納電影節已設有「電影市場」、「大師課堂」、「製片人網路」等多樣性的各具功能的商業文化活動。以 2016 年戛納電影市場的數據統計為例，此屆電影節共有來自 118 個國家共計 11900 人參展，985 部電影共計 1426 場展映會，僅註冊費就能帶來 280 萬到 400 萬歐元的收入，同時還有 4000 多部電影在電影市場進行交易，銷售額高達 10 億美元（8.9 億歐元）。〔註23〕柏林電影節也是如此，開闢讓電影人與電影公司進行交易的「歐洲電影市場」、「柏林合作製片市場」以及「世界電影基金」單元，現今已成為德國電影工業的主要市場。威尼斯電影節雖是世界上歷史最悠久的電影節，但在電影市場方面的起步卻是最晚的。之前很長一段時間內，威尼斯電影節並沒有設立電影節市場的想法，與戛納成熟龐大的電影市場相比，生意慘淡，甚至不如加拿大多倫多電影節（Toronto International Film Festival）〔註24〕市場熱鬧。直至 2012 年，阿爾貝‧托巴貝拉

〔註23〕〈成交額達 10 億美元，中國金主們如何入局戛納電影市場？〉，（來源：http://www.sohu.com/a/145827759_115178，瀏覽時間：2018 年 6 月 18 日。

〔註24〕有別於柏林、戛納和威尼斯世界三大電影節，多倫多電影節並不以評獎為主，而是以電影展映數量多而著稱，它主要服務於市場，不少在多倫多展映的影片，都由此走進北美市場。

上任執掌威尼斯電影節後，才將建立電影市場作為最重要的改革之一。然而，一是落於人後被其他西方國際電影節搶佔了先機，二是每年8、9月舉行的時間點不合時宜，被年頭的戛納和年尾的北美電影節搶去了大多數的片商，是威尼斯電影節目前面臨的尷尬。近年來威尼斯電影市場為了擺脫這種處境，努力為電影節製造商機，帶來了數字錄像圖書館、商業特別放映和產業商業中心，還拓展了產業俱樂部，藉此「希望市場能夠為這個世界最古老的電影節帶來商業吸引力，與戛納的喧囂熱鬧不同，威尼斯電影市場的特點是希望能夠提供一個放鬆的氛圍和宜人的環境，與影人建立長期項目的合作」。〔註25〕

除了展映和進行電影交易，很多西方電影節都設有基金進行電影投資，而且有專門面向非電影大國開設的專項資金扶持有潛力的創作者。例如荷蘭鹿特丹電影節 HBF 基金，專門資助發展中國家的電影製作，從婁燁、賈樟柯到張元、王小帥等許多大陸知名的第六代導演都得到過它的資助。同時，國際電影節也扮演著世界電影中介人的角色，為有投資意願的製片商、發行商、放映商等和有才華的導演、製作人、編劇等之間搭建合作橋梁。切實介入到世界電影的生產鏈條，從而進一步加深了跨國電影合作。

國際電影節不僅是重要的文化盛事，在全球電影日趨商業化的影響下，也是重要的經濟項目，大批的影片放映、大量的版權交易、合作簽約等，不但為電影節帶來可觀收益，還吸引一波波遊客觀光、購物，帶動當地旅遊業、零售業以及媒體的曝光率。西方電影節電影市場的日益壯大讓電影節電影擁有更多機會走出去與世界各地的多元觀眾見面，為世界電影提供了一個差異化的流通機制，一個有異於好萊塢全球商業發行體系之外的別樣選擇。

誠然如此，但如果把國際電影節「直接當成歐洲對美國主宰地位的反擊，未免過於簡單。正如美國公司會投資歐洲電影，它們同樣也通過在歐洲的分公司參與聯合製片」，「美國電影在歐洲電影節上既獲獎又簽訂發行合同」，奧斯卡金像獎「最佳外語片」也是對其他電影同行的敬意，「獲得者將在美國佔據良好的成功機會，而一些美國公司和影院也能得到一份收益」，可以說「好萊塢及其歐洲對手達到了共同贏利的穩定狀態」。〔註26〕所以說電影節在好萊塢

〔註25〕〈威尼斯電影節的尷尬：如果沒有生意可以談〉，（來源：http://ent.sina.com.cn/m/f/2013-09-07/06224003928.shtml，瀏覽時間：2018 年 6 月 19 日）。

〔註26〕（美）克里斯汀‧湯普森（Kristin Thompson）、大衛‧波德維爾（Bordwell, D）著，陳旭光、何一薇譯：《世界電影史》，北京：北京大學出版社，2004 年，頁 460。

的競爭關係中既有合作，也有對好萊塢電影工業成功模式的學習和借鑒。西方國際電影節評選標準的嬗變及其心照不宣的「潛規則」逐步浮出水面，恰恰折射了出其對商業功能不斷強化的過程。電影既是機械複製的一門藝術，同時也是需要消費的一類商品，吸引消費者是必要的，打出爭取更多觀眾和「吸引一切類型的電影」的口號乃無可厚非之舉，也是與時並進的需要。然能否在商業與藝術之間的博弈中取得均衡，以及如何成功為電影的藝術功能護航並樹立各自獨特風格，無疑是各大國際電影節亟待面對和解決的核心問題。

第二節　觀看類型：藝術電影

藝術電影以電影節為堅強壁壘形成與好萊塢電影的對立，藝術電影在國際電影節上獲得盛譽，並借助國際電影節的東風持續刷新在世界電影版圖上的存在感，使得具有國際性的藝術電影蓬勃發展起來。「國際藝術電影」（international art film）的目標市場是與主流商業市場相對應的以電影節為導向的低成本、「藝術」、「獨立」、「作者」標籤的小眾市場／邊緣市場。藝術電影與商業電影相比，具有更複雜的創作規則和市場結構。作為國際流動過程中的主要電影類型之一，國際藝術電影一直與堅持藝術創意、尊重電影作者思想形態及其自主能動性的多重表達的密切關聯，並通過不同的營銷策略來建構藝術家和觀眾之間的消費關係。在這種藝術生產實踐中，作為國際藝術電影的最大消費者的國際電影節同時亦兼任著連接藝術生產者與小眾藝術消費者之間的重要媒介，在很大程度上確立了在國際藝術電影中實現跨文化效力的通用性規則。

中國大陸藝術電影也正藉由國際電影節這一龐大網路進入國際影像消費市場並由此獲得參與全球電影格局的機會。自 1979 年至 2017 年，在 A 類國際電影節上中國大陸獲獎影片共百餘部，從獲獎電影類型上來看，基本上都屬於藝術電影的範疇。西方國際電影節是大陸影像文化對外輸出交流的重要窗口，而其中成就最為顯著的大陸藝術電影則是與其接觸最為頻密的電影類型，是「觀看者」西方國際電影節觀看和接受的主要類型，當然這正是前文中所解析的電影節其文化產業背景及特徵所帶來的自然選擇結果。

一、類型（genre）研究的意義

2017 年第 70 屆法國戛納國際電影節華語電影無一入圍，難免些許失落，

然而更令華語電影界學術界輿論沸騰的是戛納主席福茂蒂耶里・福茂（Thierry Frémaux）的一番話，在達記者問時他犀利地一語道出：「中國（大陸）電影越來越發展成撕裂的狀態，一邊是作者電影、經典電影，和我們在歐洲和在戛納經常看到的電影類似，另一邊是更商業的電影，是拍給你們國家的大眾群體看的，這種片子就算我們不是一點都不看，我們看得也很少，也沒有人拍這樣的電影給我們看，也不是我們會期待能在戛納放映的東西。」〔註 27〕其實，西方國際電影節可謂是促成當今中國大陸電影創作生產撕裂狀態的一股關鍵力量。作為西方受眾的福茂其眼中這一撕裂狀態是現下大陸電影類型嚴重分化的體現，在創作生產之前，大陸影人自覺地主動選擇「觀看者」，明確電影的目標市場：走哪一條路，是大路或是小徑，走向主流市場、面向大眾，抑或走向國際影節、選擇小眾，抑或企圖兩者兼顧，以此來策略性定位電影類型。有趣的是，一些在當地觀眾反響與市場表現俱佳的商業化影片，在實現了跨文化流動之後，按照藝術電影的運作模式發佈放映，流入了國際藝術電影市場，這些不同區域、國家的國際藝術電影自然是存在著某種共同屬性，呈現出一些特定的影象表徵，因此被海外受眾自動歸類。這一現象本身也側面凸顯出進行電影類型研究的必要性。

　　以被國內稱之為「國產大片」鼻祖的《英雄》（張藝謀執導，2002 年）這部電影為例。該片雖在國內定位為中國大陸武俠大片的開山之作，但在美國業界卻被視為藝術片進行發行，如同經典藝術片《性、謊言和錄像帶》（史蒂文・索德伯格（Steven Soderbergh）執導，1989）與《低俗小說》（昆汀・塔倫蒂諾（Quentin Tarantino）執導，1994）等一樣，作為發行商獨立電影公司米拉麥克斯影業公司將該片冠以美國獨立電影品牌——「昆汀・塔倫蒂諾（Quentin Tarantino）〔註 28〕出品」，於 2004 年先在美國藝術院線上映，《英雄》在藝術院線取得成功之後又被引入商業院線，一度成為當年的北美票房冠軍。美國大眾媒體對其讚譽有加，認為結構上以色彩切換作為故事不同版本分段的處理方式頗有致敬《羅生門》（黑澤明執導，1950）的意味，而且影片無論動作設計、色彩的運用、服裝音樂及攝影畫面等均具有突破創新〔註 29〕，甚

〔註27〕魯雪婷：〈馮小剛：拍片瞄准電影節或票房都叫「算計」〉，《搜狐娛樂》，2017年 4 月 25 日。

〔註28〕昆汀・塔倫蒂諾（Quentin Tarantino）是 1990 年代美國獨立電影革命中重要的年輕導演，以獨特的個性和對商業電影和藝術電影均有深刻理解著稱。

〔註29〕《英雄》於 2013 年獲第 53 屆德國柏林國際電影節特別創新獎。

而《紐約時報》以整整兩個版面的篇幅來報道《英雄》在美國各大院線上映的盛況，評論稱：「《英雄》這部中國電影，經典得就像中國的《紅樓夢》，也是我們美國奧斯卡的無冕之王」〔註30〕。

其中雖不乏一些溢美之詞，但也揭示出大部分西方媒體對《英雄》的評價遠超過對一部商業大片的肯定和認可，更是對其藝術貢獻的表彰，將其供上藝術神台，堪稱與文學巨著《紅樓夢》並駕齊驅的藝術經典。〔註31〕張藝謀在談到創作初衷時如是說：「我希望西方人能看到，東方武術裡面除了打的美，打的身手矯健，還有武俠裡面的道義」。〔註32〕主演李連傑也表示《英雄》「不只是武打，還有更深的意義」，望藉此片顛覆西方觀眾眼中的「李小龍、成龍、李連傑只會打打鬥鬥，除此之外就什麼都沒有」、「內心是空的」的膚淺印象，強調「我們需要展現我們的歷史和更深的意念，《英雄》在這點上幫了忙」。〔註33〕《英雄》試圖商業與藝術兼得，在華美武術動作的包裝下向西方觀眾展現東方武俠文化的俠義精神實為該片的藝術內核，已超越了港式武俠傳統，頗有人文藝術氣質與具有一定的話題深度。此外，海外觀眾的解讀焦點也主要集中在《英雄》的隱喻層面，諸如文化身份認同、美學概念、「國家共同體」國族觀念等方面，同時更為強烈地感受到了張藝謀作為藝術片大師的個人魅力——《亞利桑那每日星報》的菲爾·維拉瑞爾（Phil Villarreal）的評論聲稱：「96 分鐘的視覺奇蹟令人口乾舌燥、靈魂出竅，你別無選擇，只能在癲狂狀態中驚呼一個字：張！」。〔註34〕

從製作、發行到評論的考察，以及作品中突出鮮明的藝術特徵、創作者個性濃郁的電影語言、以藝術片受眾群體為觀眾取向，無論就建構認同與快感的文本敘事體系或是市場營銷的策略制定而言，把《英雄》歸類為藝術電影類型並不牽強。基於羅伯特·斯塔姆（Robert Stam）提出的「顯性」和「隱

〔註30〕〈美國媒體一片贊譽《英雄》：奧斯卡無冕之王〉，新華網（2004 年 08 月 31 日），（來源：http://news.sina.com.cn/o/2004-08-31/14573544356s.shtml，瀏覽時間：2018 年 5 月 7 日）。

〔註31〕本章中有關影片《英雄》的討論僅停留在類型劃分的層面。中外對該片的評價褒貶不一，在接下來的章節中將會針對其他層面進行深入探討。

〔註32〕〈為知己李連傑猶豫不決含淚接《英雄》〉，（來源：http://ent.cntv.cn/20110808/100274.shtml，瀏覽時間：2018 年 5 月 8 日）。

〔註33〕李如一：〈《英雄》北美髮威打破兩項紀錄，嚇倒中外媒體〉，《南方都市報》，2004 年 8 月 31 日。

〔註34〕李如一：〈《英雄》北美髮威打破兩項紀錄，嚇倒中外媒體〉，《南方都市報》，2004 年 8 月 31 日。

性」復調類型層次，從外在形式來看，《英雄》儼然應屬於一部武俠動作片，但從文本深層意涵探究《英雄》又不失為一部在武俠動作這一基礎元素之上「注入新鮮活力」和「進步因素」之後「把以一種『低俗』類型高雅化」的藝術片。〔註35〕這與金庸武俠小說遊走於雅俗之間並將下里巴人的通俗文學提升為文學經典的貢獻有著異曲同工之妙。

羅伯特・斯塔姆（Robert Stam）還指出，「電影類型的真正價值在於，一方面，就單個類型電影而言，其內部具有『復調』類型層，充分運用則可增加文本的內在張力，由此使得單個類型電影富有活力；另一方面，就單個電影類型而言，可以作為一種基礎性元素進行改進、變形、誇張、嘲諷，甚至作為這種類型的反類型的堅實基礎，由此使得單個電影類型始終保持生機」。〔註36〕從第二個方面來審視，片中無名、殘劍、飛雪等諸位英雄不惜殺身成仁、捨身取義以停止殺戮成就「天下」，蘊藏於刀光劍影的背後《英雄》也可視為一部反武力、揚俠義的反類型片。

以此為例，不難發現豐富性、層次型、多樣性解讀一部影片類型的可能性，一部影片究竟該劃分為哪一類型電影是極具相對性的，而切入點的選擇主要受限於文化社會語境。換言之，如羅伯特・考克爾（Robert Kolker）在《電影的形式與文化》中所提出的，「類型可以是非常具有伸縮性的、有彈性的，是隨著不同時期的文化需求而不斷演變的」。〔註37〕因此，在進行電影的類型研究之時，需靈活地具有伸縮性和彈性地結合具體語境及文化需求來處理。只要類型以下述方式發揮著作用：「（1）電影工業的金融安全保護傘，類型通過為電影工業組織生產提供一種邏輯或框架，使其投資於過去的成功模式，從而減小金融風險；（2）觀眾觀看的一套規則和期待；（3）一種批評框架，影評人用之評判影片的特殊性和其假定的成功，以及影片潛在觀眾的口味」。〔註38〕電影類型的產生與研究雖然伴隨著1930年代、1940年代好萊塢電影發展壯大與擴張世界電影版圖的需要應運而生，是電影藝術品大量機械複製之

〔註35〕轉引自何開麗：〈羅伯特・斯塔姆電影類型理論解讀〉，《四川外語學院學報》2008年5月第24卷第3期，頁59。

〔註36〕何開麗：〈羅伯特・斯塔姆電影類型理論解讀〉，《四川外語學院學報》2008年5月第24卷第3期，頁59。

〔註37〕（美）羅伯特・考克爾著，郭青春譯：《電影的形式與文化》，北京：北京大學出版社，2004年，頁122。

〔註38〕陳犀禾、陳瑜編譯：〈西方當代電影理論思潮系列連載三：類型研究〉，《當代電影》2008年第3期，頁63。

下的副產品，顯然商業化的考量大於藝術創作的需要，但除了關注類型電影的類型特徵、演變過程以及與電影工業的密切關係等，還需關照類型電影與受眾群、評論界之間的交互影響及社會、文化、政治等功能性。

二、藝術電影的「先鋒」

　　廣義上而論，先鋒意識是指任何時代的文化先驅超越他們時代的前瞻性思維方式，是文化發展過程中一種開拓性經驗的體現，使人類思想從先在的、固有的思維秩序中釋放出來。「先鋒」（avant-gadre）從最初的戰爭術語轉移到了 19 世紀的文化領域，作為政治激進思想在文化領域的投射，先鋒意識逐漸成為一種動態概念——內涵及外延不斷地發生著改變。其內涵正如歐仁·尤奈斯庫（Eugène Ionesco）所指出「先鋒」「應當是藝術和文化的一種先驅的現象，這符合這個詞的字面意思。它應當是一種前風格，代表了覺醒和變化的方向，而且這種變化終將被接受，並且真正地改變一切。」〔註 39〕

　　先鋒意識不僅是對傳統文學和藝術表現形式的挑戰和反叛，關鍵之處在於它代表了一種開拓性的文化概念，亦是一種與時代有序的常規系統之下的主流文化思維方式相對而立的文化概念，而兩者之間不可逾越的溝壑是文化得以持續且長久發展不可或缺的契機。真正的先鋒意識是一種個性化的求索，一種基於個人經驗的創造性文化行為。如弗雷德里克·卡爾·弗里塞克（Frederick Carl Frieseke）所指出，「在文化和政治意義上，該術語表指對現存秩序的反抗」〔註 40〕。

　　結合歷史的宏觀視角來考察這層意義，人們則發現，所謂先鋒藝術應以超越傳統文化模式實現對未來的想像式預設為前提。其思想和作品成為主流化、經典化之時，亦正是這一創造性行為的終結之際。先鋒藝術則是一種具有明顯症狀的現代症候群，將這個時代的精神分裂症隱喻地表徵：持續地在反叛、突破、革命，不斷地在時代的劇烈震盪中在危機中誕生或者滅亡，前仆後繼。我們也可藉此探究西方國際電影節藝術電影節及大陸藝術電影所呈現的先鋒性其嬗變過程。毫無疑問，先鋒意識是藝術電影的開路「先鋒」，其所帶來的覺醒和變化的指向性，我們可以在藝術電影的輻射性影響力和中國

〔註39〕（法）歐仁·尤奈斯庫，李化譯：《法國作家論文學》，北京：生活·讀書·新知三聯書店，1984 年，頁 568。

〔註40〕（美）馬泰·卡林內斯庫（Matei Calinescu），顧愛彬譯：《現代性的五副面孔》，北京：商務印書館，2003 年，頁 8。

大陸藝術電影對華語電影跨文化交流的貢獻及藝術引領力上可見一斑。

　　在西方歐美電影界，尤其是評論界常常用「先鋒派」一詞去形容具有獨創性意圖的影片或創作手法，雖然已脫離狹義上所指涉的電影創新運動的語境，但卻不無關聯。默片結束之前的 1920 年代末，第一次世界大戰中止並破壞了許多歐洲國家的電影製作活動，而遠離戰場的美國好萊塢電影已經相對構成複雜體系的敘事規範，與之相對應的工業化生產模式也初步形成，並逐步打入歐洲電影市場，一戰結束後，便已佔據了大多數歐洲國家的電影市場。歐洲電影在藝術上幾乎停滯不前，商業化趨勢變得愈加嚴重。於是，自 1917 年至 1928 年歐洲的法國、德國、西班牙、匈牙利等國家出現了有別於好萊塢電影的所謂先鋒派電影運動，遍及整個歐洲。這與當時風靡歐洲的各種現代藝術思潮有著明顯的對應關係，因而並非統一的創作流派，而是流派紛呈交錯，主要包括：表象主義、抽象主義、印象主義、超現實主義等，另外還有純電影、街道電影、室內電影等紀錄電影理念及實踐。各個創作流派間相互區別而又相互關聯。〔註 41〕運動大致經歷了從理念到具體、從抽象到形象、從現代主義到後現代主義的衍變歷程。從某種程度上說，歐洲先鋒派電影運動正是一次努力推動電影藝術發展成為一門獨立藝術的嘗試與實驗。運動中法國的印象主義和超現實主義、德國的表現主義和蘇聯未來主義藝術家在表演手法、鏡頭技巧等方面所進行的探索對日後的藝術電影發展產生巨大影響，並秉承了其可貴的先鋒意識及自由精神。

三、「藝術電影」（art film）之界定

　　論及何謂藝術電影（art film）及其來源之際很難避免的思維模式是以一貫視為的對立物——商業電影為參照展開分析。

　　為藝術電影與商業電影的百年之爭尋找一個節點，被廣泛接受的說法是始於 1911 年喬托·卡努杜（Ricciotto Canudo）發表了名為《第七藝術宣言》的經典論述，第一次宣稱電影是一種藝術，是一種綜合建築、音樂、繪畫、雕塑、詩和舞蹈這六種藝術的「第七藝術」〔註 42〕。邵牧君對此定位提出強烈質疑：「如果承認電影與科技的密切關係，承認電影的製作、發行和放映是一系列需要投入巨資的商業行為，承認電影的再生產對市場的嚴重依賴……

〔註41〕華明：《西方先鋒派電影史論》，北京：中國電影出版社，2006 年，頁 11。
〔註42〕有關「第七藝術」的概念參見：許南明編：《電影藝術詞典》，北京：中國電影出版社，2005 年，頁 29。

為什麼仍然相信電影藝術是一門與既不需要高額成本，所以沒有市場仍可存在下去的傳統藝術屬於同類的藝術呢」？以此來「顛覆『第七藝術』，清算藝術電影」。〔註43〕其實，邵牧君並非質疑電影是藝術的第一人〔註44〕，自電影誕生起對於電影絕非藝術的言論就早已不絕於耳。1930 年代理論家魯道夫・愛因漢姆（Rudolf Arnheim）就曾指出：「現在還有許多受過教育的人堅決否認電影有可能成為藝術。他們硬是這樣說的：『電影不可能成為藝術，因為它只是機械地再現現實。』」〔註45〕這些有文化修養的人鄙視電影的主要原因是：「電氣工程或機械裝置是沒有創造力的。它們只能複製。而它們複製的東西不是藝術。」〔註46〕

《第七藝術宣言》揭示了電影藝術對於其他六種傳統藝術的依附性，而瓦爾特・本雅明（Benjamin W.）一方面將電影定位於機械複製時代的藝術品，另一方面則更進一步闡述了電影藝術與傳統藝術之間的本質上區別，持反對言論的所強調的機械複製性所帶來的必然結果是傳統藝術品中神韻（aura，或譯為韻味、靈光、光韻等）的逝去。他認為「我們可以把藝術史描述為藝術作品本身中的兩極運動，把它的演變史視為交互地從對藝術作品中這一極的推崇轉向對另一極的推崇，這兩極就是藝術作品的膜拜價值（Kultwert）和展示價值（Ausstel-lungswert）」，將這種功能性轉變做到最大限度體現的非電影藝術莫屬。〔註47〕這即意味著電影作為新崛起的藝術門類，經大量機械複製後使藝術作品從令人瞻仰膜拜的神台上走入大眾，使電影藝術成為大眾可隨時把玩、欣賞或批評成為可能的大眾化藝術。從本質上講藝術和商業特質共生共存於電影之中，電影與生俱來的商業屬性無礙於電影成為一門藝術，糾結於「藝術」或是「商業」之間非此即彼的爭端也可迎刃而解。

如此必然導致在世界電影發展史上使藝術品「展示價值」得以體現的主

〔註43〕邵牧君：〈顛覆『第七藝術』，清算藝術電影〉，《電影藝術》2004 年第 3 期，頁 77。

〔註44〕邵牧君曾在文中提到「但令我不解的是，從未有誰因這些特點而對『第七藝術』的定位提出過質疑」。參見邵牧君：〈顛覆『第七藝術』，清算藝術電影〉，《電影藝術》2004 年第 3 期，頁 77。

〔註45〕（德）魯道夫・愛因漢姆著，邵牧君譯：《電影作為藝術》，北京：中國電影出版社，1981 年，頁 8。

〔註46〕轉引自（英）V・F・帕金斯著，聞谷譯：〈早期電影理論批判史〉，《世界電影》1983 年第 5 期，頁 7。

〔註47〕（德）瓦爾特・本雅明（Benjamin W.）著，王才勇譯：《機械複製時代的藝術作品》，北京：中國城市出版社，2001 年，頁 19～22。

體——觀眾的地位不容小覷。類型電影的建構同樣離不開觀眾，是由「觀眾帶進影院並在觀影過程中和影片本身相互作用的特殊期待和假設系統」平等建構起來的，因此斯蒂文・尼爾（Steve Neale）發現「類型不簡單是作品本身，而是被分類的、貼了標籤的和被設計的」。〔註48〕當觀眾對電影感到厭倦乃至觀影期待相對缺失之時，必然會引起電影危機。「藝術電影」作為一種類型電影便是在「1907 年到 1908 年這段時期，很多人都認為電影將趨向滅亡」之際，「為了從不景氣的情況中擺脫出來，為了把那些比光顧市集木棚的觀眾更有錢的人吸引到電影院裡來，電影就必須在戲劇和文學方面去尋找高尚的題材」的時代背景下誕生的。〔註49〕

　　由此可見，藝術電影產生的內驅力則是電影無法保障為觀眾提供基本的觀影快感，勢必根據觀眾的心理變化和需求做出相應改變甚至革新，以調動和滿足觀眾的審美願望。1910 年代，蓬勃興起的運動在歐美各地開花結果，其中由法國拉菲特兄弟於 1908 年創建的「藝術影片公司」是世界電影史上的一座里程碑，該公司出產的電影被稱之為「藝術片」（film d'art）。「藝術影片公司」集結名作家擔任編劇、名演員出演與多方藝術家合作，企圖擺脫千篇一律的模仿、「缺乏想像力」的「鬧劇」模式，提升電影的藝術性而使其高尚化，「一種為爭取高尚戲劇的觀眾所不可缺少的明星制度就此開始了」。〔註50〕在德國，「作者電影」（autorenfilm）也開始興起，「『作者』一詞並非意味著今天所說的作為一部電影的導演的『作者』。與此不同，作者電影主要是指一部著名作家所創作的原著劇本，或是劇本係改編自文學名著的電影」，「與法國的藝術電影基本相當」。〔註51〕無論是法國的「藝術電影」或是德國的「作者電影」，都是對藝術電影的初步嘗試，為藝術電影鋪開了底色。如前所述，第一次世界大戰結束之後的 1920 年代左右，德英法試圖建立歐洲大陸電影市場

〔註48〕（英）斯蒂文・尼爾：〈類型問題〉，《銀幕》第 31 卷，1990 年第 1 期，頁 46，轉引自陳犀禾、陳瑜編譯：〈西方當代電影理論思潮系列連載三：類型研究〉，《當代電影》2008 年第 3 期，頁 63。

〔註49〕（法）喬治・薩杜爾著，徐昭、胡承偉譯：《世界電影史》，北京：中國電影出版社，1995 年，頁 73～74。

〔註50〕（法）喬治・薩杜爾著，徐昭、胡承偉譯：《世界電影史》，北京：中國電影出版社，1995 年，頁 73～74。

〔註51〕（美）克里斯汀・湯普森（Kristin Thompson）、大衛・波德維爾（Bordwell, D）著，陳旭光、何一薇譯：《世界電影史》，北京：北京大學出版社，2004 年，頁 30。

基礎，以法國的印象派、德國的表現主義、蘇聯蒙太奇為主要代表的歐洲先鋒派電影運動為挖掘電影作為獨立的新藝術的潛力做出努力和嘗試，一反以好萊塢為代表的傳統敘事範式，凸顯創作者「我」的個體化表述。根據克里斯汀・湯普森（Kristin Thompson）和大衛・波德維爾（Bordwell, D）的梳理，當時「包括一些精英知識份子定位的雜誌、電影俱樂部、小型藝術影院、電影放映活動、演講活動等等」構成的「另類電影的網路」（the alternative cinema network），「一致的目標都是致力於推動電影成為一種純粹的藝術形式」，促進了藝術電影體制的形成與發展，「使得許多影評家越來越傾向於在主流的商業電影和支流的『藝術電影』之間進行清晰的劃分。無論這種劃分合適與否，這種劃分方法從那時開始被廣泛運用」。〔註52〕

當時的電影世界則呈現出電影歐洲（Film Europe）對抗好萊塢電影的趨勢，這一趨勢直至二戰結束之後形成格局。二戰後歐洲重建期間在現代主義「新的震撼」（the shock of the new）的呼喚之下，湧現出一類具有國際性的藝術電影，如意大利新現實主義，法國「新浪潮」和新德國電影，呼應、繼承並發揚著 1920 年代歐洲先鋒派電影運動的成果，所秉持的實驗性和創新性在很大程度上背離了大眾傳統，以文化知識層次較高的觀眾群為對象。進一步促使「藝術電影」成為與好萊塢電影敘事模式和風格鮮明對立的具備完整的敘事結構的類型電影，以具有突出的國族電影風格和作者屬性為鮮明特徵的「優質電影」。這也是一般在西方學界得到共識的特指層面上的「藝術電影」。

「由於這樣的影片被認為是導演的個人聲明，所以藝術電影使好萊塢（工業化、缺乏個性的創作、偏重娛樂）與歐洲（不受商業的束縛、天才的創作、偏重藝術）之間的差別加深」。〔註53〕然而，強調個體生命體驗並不意味走向極端。極端地將藝術電影視為純藝術，全盤否定商業考量是極為不切實際的。脫離大眾的精英藝術觀，在與生俱來需要面向大眾以實現「展示價值」的電影領域，顯得極為荒謬。有學者認為「處在漩渦中心的法國，在讓商人走開的號召下，已經在世界電影市場上獨佔鰲頭的法國百代公司向法

〔註52〕（美）克里斯汀・湯普森（Kristin Thompson）、大衛・波德維爾（Bordwell, D）著，陳旭光、何一薇譯：《世界電影史》，北京：北京大學出版社，2004 年，頁 145。

〔註53〕（美）大衛・波德維爾（Bordwell, D）著，李小剛譯：〈藝術電影的敘事〉，《世界電影》2000 年第 6 期，頁 46～47。

國作家協會拱手稱臣，放棄大眾，不再『媚俗』，改走『藝術電影路線』，為『精英分子』服務。其結果是歐洲把世界電影市場拱手讓給了新興的好萊塢。」〔註54〕毋庸諱言，若從歷史的角度審視，的確如此。「藝術電影」一路走來多有落敗以至迷失，但也正因為這樣才難能可貴地保留了世界電影的多元化、多樣性，堅守著電影的創造性、生命力，作為電影界的拓荒者開闢拓展著電影的新領域，也不斷地為目前所謂的以好萊塢電影為主導的主流電影輸送新鮮血液。

　　將藝術電影與商業電影視為截然相反的兩種類型，或將歐洲與好萊塢全然對立起來，「這是某種站不住腳的劃分，而如果在一場『文化』爭論中採取如下立場，也許可以避免老調重彈：那就是將好萊塢與歐洲的對立僅僅看作是更為一般的發展過程中的一個特例，藝術電影和其他電影的身份和意義只是在這發展過程中經常根據一些顯然是表面的特徵來如此這般地界定的，而進一步考察這一過程時，我們就會看到在一幅電影文化的示意圖上，各種風格之間並不存在界限，而是有力地共同顯示了電影的生命史」〔註55〕以好萊塢電影為主導的主流電影不時地從歐洲藝術電影中汲取養分和靈感，譬如好萊塢大片場以外的許多獨立製作的影片（可歸為廣義的藝術電影），則融合了歐洲藝術電影的特質；另一方面，也有愈來愈多歐洲電影人吸收好萊塢電影的表現方法，也同樣是「強調形式感和視覺衝擊力」的「看的電影」。〔註56〕可見，藝術電影與以好萊塢為主導的主流電影兩者在抗衡、交流、融合、共生的狀態下持續共同成長。

　　那麼究竟何謂廣義「藝術電影」？斯蒂文‧尼爾（Steve Neale）對「藝術電影」提出了一個「本文式」（Textual）的定義：「藝術電影以本文狀態為其標誌，而本文狀態又由作為宣傳式的特徵在影片中表達出來，因此也強化了作者的聲音（和畫面）。由於部分地派生自另一共識作用（其本文區別於好萊塢製作地本文），藝術電影的準確特徵具有歷史和地理上的差異性，因此，它們

〔註54〕　邵牧君：〈顛覆「第七藝術」清算「藝術電影」〉，《電影藝術》2004年第3期，頁78。

〔註55〕　（美）T‧艾爾薩埃瑟著，王群譯：〈歐洲藝術電影〉，《世界電影》1996年第4期，頁176～177。

〔註56〕　（美）克里斯汀‧湯普森（Kristin Thompson）、大衛‧波德維爾（Bordwell, D）著，陳旭光、何一薇譯：《世界電影史》，北京：北京大學出版社，2004年，頁145。

與好萊塢電影一同變化，其支配性或本質性特徵在不同時間裡感知和表達出來就各不相同。」〔註57〕從斯蒂文・尼爾（Steve Neale）的定義中，可以得出兩個結論：一是作者的個人化表達；二是藝術電影的準確特徵具有不確定性和差異性，在不同的歷史階段或不同的地域表達和感知均有所不同。大衛・波德維爾（Bordwell, D）在《藝術電影的敘事》一文中解讀了藝術電影的三種環環相扣的程序模式：客觀的現實主義、主觀的或表現的現實主義、顯而易見的敘事「評論」。〔註58〕此外，他在《世界電影史》中詳細論述了作者論對藝術電影形成與發展的影響。陳旭光則認為「西方『藝術電影』的限定主要是三方面的內容，第一是相應的體制上的支持；第二是風格上的，有一定的藝術追求和人文性深度，具有『作者』電影特徵；第三是融資渠道與發行渠道上的獨立性，區別於好萊塢大片廠制度」，從體制、風格及製作三方面加以歸納。〔註59〕廖炳惠亦對西方「藝術電影」這一概念進行了梳理和總結，「藝術電影基本上採取表現主義或前衛藝術的手法，在本質上強調導演是一個藝術家，可以創作自己的腳本，藝術本身的價值及實驗性才是其主要關懷所在，並不以商業的市場流通作為主要的考量。在敘事的手法上則比較偏於零亂、片段化，而且不以情節取勝，聲音與許多情節上的對應也不如一般的主流商業電影那麼一貫或者融合無間。在藝術電影的訴求與製作中，導演主體與其個人認同如何通過影像來表達呈現，才經常是其主要關懷對象。藉由這個方式，觀眾可以有一個反省的空間，由此產生某種批判的距離，並通過觀影來形成其批判的主體性。」〔註60〕這一定義從藝術手法、本質特徵、藝術與商業的關係以及觀眾接受的四個層面全方位進行了闡釋。

　　參照以上中西學者觀點，筆者對本文討論的「藝術電影」進行一個大致的界定：一，不否認和排斥電影的商業性，但不以贏利為主要考量；二，追求電影的藝術價值，具有實驗性與創新性，探索電影語言的革新，不拘泥於模式規範；三，呈現鮮明導演創作視野的『作者』電影特徵，表達主體性和個人認同；

〔註57〕Steve Neale, "Art cinema as institution", Screen 22.1, 1981, pp.11～39.

〔註58〕（美）大衛・波德維爾（Bordwell, D）著，李小剛譯：〈藝術電影的敘事〉，《世界電影》2000年第6期，頁26。

〔註59〕陳旭光：〈潮湧與蛻變：中國藝術電影三十年〉，《文藝研究》2009年第1期，頁86。

〔註60〕廖炳惠編著：《關鍵詞200：文學與批評研究的通用詞彙編》，南京：江蘇教育出版社，2006年，頁14。

四,具有人文關懷與思辯深度,給予觀眾反思的空間和解讀的權利。「藝術電影」在不同歷史時期、不同地域甚至針對不同觀眾群而言都存在差異性解讀,鑒於本文以接受視閾下的輸入方為觀察基點,因此筆者以西方視閾下的定位為主。

　　較於世界電影大語境之下的「藝術電影」,在中國大陸有著相對狹義的指涉,且因沒有等同於西方的藝術院線體制而呈現複雜性。文革結束新時期〔註61〕以來,藝術電影在不同的社會歷史時期肩負著不同的文化責任,與大陸社會不斷嬗變的文化訴求休戚相關。因此,在中國大陸藝術電影往往被冠以嚴肅的刻板印象,甚至被視為「文以載道」的教化工具。1970 年代後期至 1980 年代末,還沒有出現商業電影或是娛樂電影,當時大陸新政府在電影生產和發行上基本是支持藝術電影發展的,但由於整個運作仍被計劃經濟體制操控,很難逃脫與政治的干係。因此,只要政宣意味不像之前革命影片一般露骨,藝術上較為創新,那麼大致就可以納入藝術電影的範疇。從第三代、第四代導演開始,他們企圖將藝術電影漸漸從政治宣傳工具中分化出來,也是作為對文革時期政治思想乃至藝術領域出現的「左傾思想」的一種摒除與反思,跳出「樣板戲」等文革遺風的窠臼,在藝術上有所創新,更具思想性。至第五代導演則將中國藝術電影領入世界舞台,成功博取西方各大電影節的關注,宣告藝術電影發展新里程的到來。如陳旭光所指出,「第五代導演富有主體理性精神和理想主義氣質,致力於深沈的民族文化反思和民族精神重建。在藝術上,他們致力於對銀幕視覺造型和象徵寫意功能的強化,以富有視覺衝擊力的畫面,進一步強化了影像美學的崛起。他們的成就代表了新時期電影的最高峰,也標誌著中國電影走向世界。」〔註62〕八十年代中期大陸電影市場受到港台娛樂片的強烈衝擊,迫於電影市場的壓力和觀眾對電影娛樂性的訴求由此展開了「娛樂電影」(或稱娛樂片)和「藝術電影」(或稱藝術片)的討論。1987 年,中國廣電部電影局局長騰進賢正式確立了「主旋律」電影的基本發展方向,之後逐漸形成商業電影、藝術電影三足鼎立的基本格局,各有分工——意識形態、商業盈利與藝術訴求,然而彼此之間並非涇渭分明,尤其是進入新世紀之後,三種類型界限模糊難辨,但仍各有側重。而中國大

〔註61〕「新時期」在政治層面上是指 1976 年粉粹「四人幫」黨中央宣告文化大革命結束,1978 年召開的十一屆三中全開啟了實行改革開放建設有中國特色社會主義的新時期。

〔註62〕陳旭光:〈潮湧與蛻變:中國藝術電影三十年〉,《文藝研究》2009 年第 1 期,頁 88。

陸「藝術電影」在好萊塢電影的席捲之下，也如同歐洲及其他國家藝術電影一般置身於與好萊塢電影對抗交融的全球電影的大環境之中。

以上梳理了在世界範疇與在中國大陸語境之下的「藝術電影」發展歷程，綜上所述「藝術電影」一個在理論實踐中不斷更迭發展的狀態下泛化的概念，對其的定義不一而足，拘泥於任何劃分法只會陷入誤區。並且，如T・艾爾薩埃瑟（Thomas Elsaesser）所言：「事實上，正是美國藝術電影院線的影片發行實踐賦予了『藝術電影』以時下人們所接受的含義」，「確實，這可能是一種『文化』觀點與常規認識發生碰撞的地方。根據接受學的邏輯來看，一部影片被怎樣理解，最終還得由觀眾決定。他們不僅從片名、宣傳畫、演員和國別得到提示，而且常常以放映影片的場所來猜度一部電影的性質」〔註63〕前文所提到的《英雄》正是如此被賦予了藝術電影的性質。「藝術電影」一方面並非一成不變，在複製類型的同時，尋找相似之外的意想不到的不同，可以說它的自我界定仍在繼續，且自其出現始即是一個不斷化解越界的過程；另一方面，一部影片如何被劃分、如何被定位，還要取決於部不同語境不同視閾之下的接受者。然「這類存在歧義的影片要求一種能夠闡釋它的機制」，以便「填隙補漏、破解符號並闡釋導演意圖」。〔註64〕

第三節　被觀看者：大陸藝術電影在西方國際電影節發展綜述

美國電影理論家比爾・尼克爾斯（Bill Nichols）認為：歐洲國際電影節不僅投先鋒電影愛好者所好，同時也扶持了這批群體，正因如此，電影節加速了非好萊塢電影被歸類為「藝術電影」的進程，並建構了一個持續的圖像文化流通和交換的國際平台，由此維持了國際範圍內的電影流通。〔註65〕從這段論述中可以看出幾個問題：一是歐洲國際電影節對電影類型的偏好選擇——藝術電影；二是與好萊塢電影之間有著鮮明的區別性；三是歐洲國際電影節成為國際電影文化流通的一個重要渠道。換而言之，藝術電影、異於好萊

〔註63〕（美）T・艾爾薩埃瑟著，王群譯：〈歐洲藝術電影〉，《世界電影》1996年第4期，頁176。

〔註64〕（美）大衛・波德維爾（Bordwell, D）著，李小剛譯：〈藝術電影的敘事〉，《世界電影》2000年第6期，頁46。

〔註65〕Bill Nichols, "Global Image Consumption in the Age of Late Capitalism", East-West Film Journal 8, no. 1, 1994, p. 68.

塢電影、具有國際性的圖象文化即是決定一部電影是否可以進入這個國際電影流通管道的評估標準。

從這個層面上來看，中國大陸獲獎藝術電影便是作為這樣一股新生力量被選擇性地納入了國際電影節的龐大網路中。西方國際電影節作為以歐洲為核心的「他國」電影工業抵制好萊塢電影工業輾壓的前沿陣地，需要與好萊塢電影顯著不同的第三世界國家電影的聯手。既可以擴大歐洲電影工業的影響力，加強與其他國家、區域的合作，保護多元電影文化以抗衡好萊塢的文化霸權。但從另一個角度看，這何嘗不是「一人之下萬人之上」的另一股強權勢力呢？張揚著的乃是西方價值體系和文化立場。它雖然為世界上的非電影強國或地區的藝術電影提供了展示的機會和可能，但選擇權、話語權和解釋權皆在甲方手中，中國及其非電影強國不過是被動地去配合甚至主動地迎合的乙方乃至於丙方。

反觀中國大陸電影對西方國際電影節的選擇卻有著諸多無奈，受到本土電影市場與電影製作現狀的制約，對中國大陸電影而言西方國際電影節是好萊塢之外唯一具國際性的海外市場。但經過大陸幾代影人的不懈努力，「電影節之路」已成為目前大陸藝術電影主要的海外傳播渠道。〔註66〕盡如魯迅所言：希望本是無所謂有，無所謂無的。這正如地上的路；其實地上本沒有路，走的人多了，也便成了路。(〈故鄉〉)

讓我們一起通過以下的表格回顧一下新時期以來在西方國際 A 類電影節上獲獎的中國大陸藝術電影。

表1：1979～2017年中國大陸藝術電影在國際電影節中獲獎影片統計表

	獲獎年份	電影片名	電影節	獎項	導演
1	1983	《陌生的朋友》Strange Friends	第 33 屆西柏林國際電影節	特別榮譽獎	許雷
2	1983	《一盤沒有下完的棋》The Go Masters	第7屆加拿大蒙特利爾電影節	美洲大獎（最高獎項）	段吉順佐藤純彌（日本）

〔註66〕相關論述請參見第一章。

3	1985	《黃土地》 Yellow Earth	第 38 屆瑞士洛迦諾國際電影節	銀豹獎	陳凱歌
4		《邊城》 Border Town	第 9 屆加拿大蒙特利爾電影節	評委會榮譽獎	凌子風
5	1986	《野山》 Wild Mountains	第 33 屆西柏林國際電影節	國際天主教電影組織促進獎	顏學恕
6	1986	《大閱兵》 The Big Parade	第 10 屆加拿大蒙特利爾電影節	評委會特別獎	陳凱歌
7		《紅高粱》 Red Sorghum	第 38 屆西柏林國際電影節	金熊獎 （最高獎項）	張藝謀
8	1988	《芙蓉鎮》 Hibiscus Town	第 26 屆捷克卡羅維法利國際電影節	水晶球獎 （最高獎項）	謝晉
9		《孩子王》 King of the Children	第 41 屆法國戛納國際電影節	教育貢獻獎	陳凱歌
10	1989	《晚鐘》 Evening Bell	第 39 屆西柏林國際電影節	評委會特別獎	吳子牛
11		《本命年》 Black Snow	第 40 屆德國柏林國際電影節	傑出個人成就獎	謝飛
12	1990	《菊豆》 Ju Dou	第 43 屆法國戛納國際電影節	首屆路易斯·布努埃爾特別獎	張藝謀
13		《黃河謠》 Ballad of the Yellow River	第 14 屆加拿大蒙特利爾國際電影節	最佳導演	滕文驥
14	1991	《出嫁女》 The Wedding Maidens	第 17 屆俄羅斯莫斯科國際電影節	特別獎	王進
15		《大紅燈籠高高掛》 Raise the Red Lantern	第 48 屆義大利威尼斯國際電影節	銀獅獎	張藝謀

16	1992	《秋菊打官司》 Story of QiuJu	第 49 屆義大利威尼斯國際電影節	金獅獎 （最高獎項）	張藝謀
17		《霸王別姬》 Farewell to My Concubine	第 46 屆法國戛納國際電影節	金棕櫚獎 （最高獎項）	陳凱歌
18		《香魂女》 Woman Sesame Oil Maker	第 43 屆德國柏林國際電影節	金熊獎 （最高獎項）	謝飛
19		《雙旗鎮刀客》 Swordsman in Double Flag	第 43 屆德國柏林國際電影節	青年論壇獎	何平
20	1993	《四十不惑》 Family Portrait	第 43 屆德國柏林國際電影節	青年論壇獎	李少紅
21		《血色清晨》 Bloody Morning	第 43 屆德國柏林國際電影節	青年論壇獎	李少紅
22		《媽媽》 Mum	第 43 屆德國柏林國際電影節	青年論壇獎	張元
23		《找樂》 Looking for Fun	第 43 屆德國柏林國際電影節	青年論壇獎	寧瀛
24		《北京雜種》 BeiJing Bastard	第 45 屆瑞士洛迦諾電影節	評委會獎	張元
25		《炮打雙燈》 Red Firecracker, Green Firecracker	第 42 屆西班牙聖塞巴斯蒂安國際電影節	評委會特別獎	何平
26	1994	《活著》 To Live	第 47 屆法國戛納國際電影節	最佳導演獎 人道精神獎	張藝謀

27	1995	《民警故事》 On the Beat	第 43 屆西班牙聖塞巴斯蒂安國際電影節	國際電影節評委會特別獎、國際影評人獎	寧瀛
28		《黑駿馬》 Black Beauty	第 19 屆加拿大蒙特利爾國際電影節	最佳導演獎	謝飛
29	1997	《小武》 Xiao Wu	第 48 屆德國柏林國際電影節	青年論壇獎	賈樟柯
30	1998	《趙先生》 Mr. Zhao	第 51 屆瑞士洛迦諾國際電影節	最佳影片獎	呂樂
31		《太陽鳥》 Sun Bird	第 22 屆加拿大蒙特利爾國際電影節	評委會特別獎	王學圻
32	1999	《過年回家》 Seventeen Years	第 56 屆義大利威尼斯國際電影節	最佳導演獎	張元
33		《洗澡》 Shower	第 47 屆西班牙聖塞巴斯蒂安國際電影節	最佳導演獎	張楊
34		《一個都不能少》 Not One Less	第 56 屆義大利威尼斯國際電影節	金獅獎（最高獎項）	張藝謀
35	2000	《我的父親母親》 My Father and Mother	第 50 屆德國柏林國際電影節	銀熊獎	張藝謀
36		《站台》 Platform	第 57 屆義大利威尼斯國際電影節	最佳亞洲電影獎	賈樟柯
37		《鬼子來了》 Devils on the Doorstep	第 53 屆法國戛納國際電影節	評審團大獎	姜文
38	2001	《十七歲的單車》 Beijing Bicycle	第 51 屆德國柏林國際電影節	評審團大獎、銀熊獎、新人才獎演員	王小帥
39		《菊花茶》 Chrysanthemum Tea	第 23 屆俄羅斯莫斯科國際電影	影評人特別獎	金琛

40	2002	《和你在一起》 Together	第 50 屆西班牙聖塞巴斯蒂安國際電影節	最佳導演獎	陳凱歌
41		《小城之春》 Spring in a Small Town	第 59 屆義大利威尼斯國際電影節	聖馬可最佳影片獎	田壯壯
42	2003	《盲井》 Blind Shaft	第 53 屆德國柏林國際電影節	藝術貢獻銀熊獎	李楊
43		《英雄》 Hero	第 53 屆德國柏林國際電影節	特別創新獎	張藝謀
44	2004	《一個陌生女人的來信》 Letter From An Unknown Woman	第 52 屆西班牙聖塞巴斯蒂安國際電影節	最佳導演獎	徐靜蕾
45		《看車人的七月》 The Parking Attendant In July	第 28 屆加拿大蒙特利爾國際電影節	評委會特別獎	安戰軍
46	2005	《向日葵》 Sunflower	第 53 屆西班牙聖塞巴斯蒂安國際電影節	最佳導演獎	張楊
47		《孔雀》 Peacock	第 55 屆德國柏林國際電影節	評委會大獎銀熊獎	顧長衛
48		《青紅》 Shanghai Dreams	第 58 屆法國戛納國際電影節	評審團大獎	王小帥
49		《日出日落》 Sunrise, Sunset	第 29 屆加拿大蒙特利爾國際電影節	最佳藝術貢獻獎	滕文驥
50	2006	《江城夏日》 Luxury Car	第 59 屆法國戛納國際電影節	一種關注單元最佳影片	王超
51		《三峽好人》 Still Life	第 63 屆義大利威尼斯國際電影節	金獅獎（最高獎項）	賈樟柯

52		《馬背上的法庭》Courthouse on Horseback	第 63 屆義大利威尼斯國際電影節	地平線單元最佳影片	劉傑
53		《雪花那個飄》Snow in the Wind	第 30 屆加拿大蒙特利爾國際電影節	評委會特別獎	楊亞洲
54	2007	《圖雅的婚事》Tuya's Marriage	第 57 屆德國柏林國際電影節	金 熊 獎（最高獎項）	王全安
55		《無用》Useless	第 64 屆義大利威尼斯國際電影節	地平線單元紀錄片獎	賈樟柯
56		《左右》In Love We Trust	第 58 屆德國柏林國際電影節	最佳編劇銀熊獎	王小帥
57	2008	《李米的猜想》The Equation of Love and Death	第 56 屆西班牙聖塞巴斯蒂安國際電影節	最佳導演獎	曹保平
58		《紡織姑娘》Weaving Girl	第 33 屆加拿大蒙特利爾國際電影節	評審團特別大獎、國際影評人獎	王全安
59		《南京！南京！》City of Life and Death	第 57 屆西班牙聖塞巴斯蒂安國際電影節	金貝殼獎（最高獎項）	陸川
60	2009	《春風沈醉的夜晚》Spring Fever	第 62 屆法國戛納國際電影節	最佳劇本獎	婁燁
61		《中國姑娘》She, a Chinese	第 62 屆瑞士洛迦諾國際電影節	金 豹 獎（最高獎項）	郭小櫓
62	2010	《寒假》Winter Vacation	第 63 屆瑞士洛迦諾國際電影節	最佳影片	李紅旗
63		《團圓》Apart Together	第 60 屆德國柏林國際電影節	最佳編劇銀熊獎	王全安

64	2011	《人山人海》 People Mountain People Sea	第 68 屆義大利威尼斯國際電影節	最佳導演獎銀獅獎	蔡尚君
65	2012	《三姊妹》 Three Sisters	第 69 屆義大利威尼斯國際電影節	地平線單元大獎	王兵
66	2013	《天注定》 A Touch Of Sin	第 66 屆法國戛納國際電影節	最佳劇本獎	賈樟柯
67		《白日焰火》 Black Coal Thin Ice	第 64 屆德國柏林國際電影節	金熊獎（最高獎項）	刁亦男
68	2014	《推拿》 Blind Massage	第 64 屆德國柏林國際電影節	傑出藝術貢獻銀熊獎（攝影）	婁燁
69		《心迷宮》 The Coffin in the Mountain	第 30 屆波蘭華沙國際電影節	華沙大獎（最高獎項）	忻鈺坤
70	2015	《路邊野餐》 Kaili Blues	第 68 屆瑞士洛迦諾國際電影節	金豹獎當代電影人最佳處女作	畢贛
71		《長江圖》 Crosscurrent	第 66 屆德國柏林國際電影節	傑出藝術貢獻銀熊獎（攝影）	楊超
72	2016	《我不是潘金蓮》 I Am Not Madame Bovary	第 64 屆西班牙聖塞巴斯蒂安電影節	最佳影片「金貝殼」（最高獎項）	馮小剛
73		《塬上》 Crested Ibis	第 39 屆俄羅斯莫斯科國際電影節	聖喬治金獎最佳影片獎（最高獎項）	喬梁
74	2017	《殺瓜》 To Kill A Watermelon	第 33 屆波蘭華沙國際電影節	華沙大獎最佳影片（最高獎項）	高則豪

　　從表 1 統計數據分析，我們可以看出：1979 年至 2012 年，在國際 A 類電影節上獲獎的大陸藝術電影共有 74 部。在戛納、柏林、威尼斯世界三大電影節上獲獎的影片就有 48 部之多，柏林國際電影節 28 部（其中四度摘得最高獎項金熊獎，《紅高粱》、《香魂女》、《圖雅的婚事》、《白日焰火》）、威尼斯國際電影節 11 部（其中三度摘得最高獎項金獅獎，《秋菊打官司》、《一個都不能少》、《三峽好人》）、戛納國際電影節 9 部（僅有《霸王別姬》曾摘得最高獎項金棕櫚獎）。從 1970 年代末至今，中國大陸藝術電影在西方國際電影節和海外藝術電影市場上的傲人表現有目共睹，成為西方電影界、觀眾乃至學術界眼中不容忽視的一道風景線。例如，美國電影學者達德里‧安德魯（Dudley Andrew）認為：「一個在實質和名氣上已成長逾 20 年的現象，我們很難將其貶抑為僅是一股潮流」，「從藝術方面來說，中文電影比美國片廠電影和歐洲絕大部分的作品來得更有朝氣及想像力，因此對於想緊貼時代創作的學者來說，全面瞭解中文電影遂成為當務之急。」〔註67〕

　　2010 年，達德里‧安德魯（Dudley Andrew）從全球影像消費和流通的視角回溯了電影誕生以來的歷史，將電影的發展重新進行了劃分，大致將迄今為止的世界電影分為五個歷史時期：一，「世界性時期」（cosmopolitan phase），主要指電影誕生到 1920 年代末無聲電影後期誕生到 1920、30 年），強調電影與生俱來便具有跨越地域與語言的具有國際化、直觀性的新媒介；二，「民族國家時期」（national phase），主要指有聲電影時期，從 1930 年代至二戰前，這一時期的突出特點是地理上具有疆域限制、文化上強調民族主義的電影觀念開始佔據主導地位；三，「同盟時期」（federated phase）主要指二戰後至 1970 前的冷戰期，這一時期「國際人文主義」出現，然而如戛納、威尼斯、柏林等重要國際電影節仍然紮根於民族主義，對一連串的新浪潮電影進行投資，挽救了前法西斯或軍國主義國家的藝術潛能；四，「世界電影時期」（world cinema phase）主要指 1970 年代至 1990 年代的後冷戰，從強調平等性轉換到強調差異，「即歐美批評家和策展人看到以前被忽視的區域——非洲、伊朗、中國大陸、中國台灣——中的真實性和勇氣的形象，但仍常帶有近乎不加隱藏的東方主義」；五，「全球電影時期」（global cinema phase）主要指 1990 年代起進入的網路信息時代，「所有的電影能夠同時在各地被關注它們的觀眾獲

〔註67〕大衛‧波德維爾（Bordwell, D）著，葉月瑜、劉慧嬋譯：〈跨文化空間？朝向中文電影的詩學〉，《電影欣賞》，2000 年第 104 期，頁 15。

得」，並且「已經沒有剩餘的空間能夠不被發現」。這五個時期是通過戰爭、改革如此的歷史事件來進行列舉和標誌的，但世界電影在這些時期的特徵常常是重疊和共存的，而且電影「本質上和它自身是脫節的」。〔註68〕

　　根據表 1 的統計信息，筆者嘗試在全球化語境中探討中國大陸藝術電影在西方國際電影節上的獲獎情況，將其放置於美國電影學者達德里‧安德魯（Dudley Andrew）所提出的世界電影時期（world cinema phase）和全球電影時期（global cinema phase）兩個時期框架之下，再結合大陸藝術電影自身發展脈絡、相關電影變革、重要電影現象等因素進行分段闡述，從而揭示獲獎背後的原因。

一、世界電影時期（World Cinema Phase）中的大陸藝術電影

　　達德里‧安德魯（Dudley Andrew）所提出的「世界電影時期」，是指 1970 年代起「引人注目的電影現象在世界各個角落競相出現，此消彼長，不再由有限的『同盟』區域和好萊塢邏輯所定義。當《大白鯊》和《星球大戰》重新圖繪好萊塢版圖的時候，當歐洲的藝術電影和影院傳統聲勢漸微的時候，一波波所謂的『新浪潮』從那些先前不為人注目的地方襲來，構成了 1970 年代和 1980 年代最具看點的電影現象」，1990 年代以後「隨技術的發展和全球奇觀影像的同步流通而消退」。〔註69〕中國大陸電影能夠成為眾多「新浪潮」之一絕非偶然。

　　文革之後的大陸政府開始認真考慮如何改善中西關係，而 1972 年美國總統理查德‧米爾豪斯‧尼克松（Richard Milhous Nixon）訪華則成為重要的轉捩點，1978 年大陸「改革開放」之後，打開了中西交流的通道，不但給政治、經濟領域帶來巨大的變化，也在西方掀起了前所未有的「中國文化熱」。影像作為國際性的藝術也是一種形象化的共通語言，可以將某一時空下的社會風貌、民族文化、生活現狀以最直觀、最迅速、最逼真的方式在任意時刻、任意地域呈現出來，自然是「中國文化熱」的重要一環，成為西方世界窺探因長期封閉而陌生的中國的窗口。走在時代及藝術前沿的西方國際電影節為

〔註68〕Dudley Andrew, "Time Zones and Jetlag: The Flows and Phases of World Cinema", Natasa Durovicova, *Kathleen Newman, World Cinemas, Transnational Perspectives*, New York, London: Routledge, 2010, pp.59～87.

〔註69〕孫紹誼：〈全球影像消費視野下的中國電影〉，《上海大學學報》2014 年第 31 卷第 4 期，頁 9。

了滿足西方社會對中國的想像和獵奇心理，對中國大陸電影敞開了懷抱。

（一）「文革」後的藝術「復甦」：1979 年至 1983 年

雖說在 1978 年至 1982 年期間包括英國、美國、義大利等在內的許多國家紛紛舉辦中國大陸電影展，國外舉辦的各類中國大陸電影展不下 30 場。但由於文革期間的斷層，多數為陳舊的傳統電影，不僅缺乏真實感與現實相脫節，而且仍受到戲劇和文學的表現手法的限制，跟不上現代電影理論和技巧，對西方觀眾而言很難接受。1970 年代末終於迎來了大陸電影界的復甦，不但恢復與國際之間的交流活動，再次引進外國電影，而且於 1978 年文革期間關閉的北京電影學院重新招生，開啟了一系列的新氣象。

「文革」時期的高壓環境窒息了人們的創作權利，「文革」結束後大陸電影製作者努力從「左傾」思想的禁錮中掙脫出來，在主題上去挖掘人性，對歷史、社會進行深度反思；在形式上徹底顛覆「革命電影」、「樣板戲」電影之類狹隘教條的模式化；深受六、七十年代的歐洲藝術電影的影響，追求電影的藝術性和思想性，更新、豐富電影語言力求與時並進。從形式到內容的探索在當時百廢待興的語境中都被認為頗具「叛逆性質」。這種讓大陸電影重獲新生的迫切渴望源自長久的閉關鎖國窒息了人們的創作才能，在他們呼吸到來自外界的新鮮空氣、看到國外電影的蓬勃發展之時，長久閉關鎖國狀態下被扼制的創作慾望，化作勢不可擋的動力引導創作者們踏入禁錮區，刻劃了許許多多原本無法觸及的社會現實，表現了許許多多以前緘封密保的題材。「第三代導演」[註70]主張現實地揭露生活的本質，並具有深刻的藝術意涵；第四代導演[註71]則主張電影要「丟掉戲劇的拐杖」實現「電影語言現代化」，以開放式的結構取代戲劇式結構，提倡質樸、自然的紀實風格。第三、四代導演「高舉思想解放的旗幟，以及對生活的獨立感受和見解，對藝術美的執著追求，把新的審美趣味、新的電影觀念、新的表現手段、新的敘述方式和角度大膽納入了電影創作的軌跡，給它帶來了新的活力」。[註72]可以說，1979年以後的大陸電影創作發生了方向性改變，針對「文革」電影類型進行了一

[註70] 「第三代導演」指 1949 年建國後走上影壇的導演藝術家。代表人物主要有凌子風、謝晉、崔嵬等。

[註71] 「第四代導演」主體是 60 年代文革前北京電影學院的畢業生，代表人物主要有謝飛、黃健中、段吉順、許雷、顏學恕、滕文驥、吳天明等導演。

[註72] 劉勇軍：〈近年來電影創作的兩次浪潮〉，《當代電影》1985 年第 3 期，頁 39。

系列徹底性的撥亂反正——以電影美學形式代替政治教條觀念，以人本主義關懷取代意識形態灌輸，以新穎的電影語言更換單一戲劇式敘事。由此，突破文化專制主義的大陸電影發展也邁入了藝術生產力空前旺盛、藝術理論百家爭鳴的新時期。

　　1980 年獲得第三屆大眾電影百花獎的《小花》，是第三代導演張錚所拍攝的戰爭題材電影，該片具有抒情詩般的清新風格、精心設計的典型細節，通過具有代表性的視覺圖像動作以及調動各種電影藝術手段，挖掘角色的內心情感和思想，這使得它與以前以戰爭為主題的電影大為不同。

　　除了戰爭題材之外，新時期還湧現出大量以十年浩劫「文化大革命」為背景的影片。比如，第三代導演黃祖模《廬山戀》是文革後第一部以文革為背景的愛情片，獲 1981 年第四屆大眾電影百花獎最佳故事片獎、1982 年第三十屆義大利蒙太那國際電影節獎狀，並創下放映次數最多的吉尼斯世界紀錄，而成為中國大陸電影史上的一個傳奇。該片被稱之為後來新秀第五代影人情慾啟蒙的先行者、身體敘事的領路人。第三代領軍人物謝晉獲 1982 年第六屆大眾電影百花獎最佳故事片獎的《牧馬人》，獲 1981 年中國大陸電影金雞獎最佳導演的《天雲山傳奇》，以及第四代「掌門人」謝飛的處女作《我們的田野》（1983）等影片均觸及文革題材，以至一時遭到非議，被詬病為對「右派」題材情有獨鍾。這類文革主題電影常以傷痕文學作為改編素材，整體上表達動亂之後的光明與美好，雖有追溯及反思，然哀而不傷，委婉克制，流露出與歷史和解妥協的平和態度。

　　1979 年，戛納國際電影節首次出現了中國大陸導演的作品——第三代導演謝鐵驪的《早春二月》（1963 年出品）。1980 年，動畫片巨作《哪吒鬧海》被戛納國際電影節選為正式參展片。1981 年，戛納電影節組委會策劃了一個中國影片單元參加戛納電影節的展映，展映作品有：兩部著名的「傷痕電影」——《苦惱人的笑》、《戴手銬的旅客》，兩部經典電影——《馬路天使》、《三毛流浪記》以及動畫巨片《大鬧天宮》。此後還有岑範執導改編自魯迅名作的《阿 Q 正傳》、謝晉的《牧馬人》、謝飛的《湘女瀟瀟》等陸續登陸國際電影節。但這個時期大陸藝術電影仍屬於磨劍的階段，只有兩部作品於同一年 1983 年在西方國際電影節上獲獎。

　　第四代導演許雷的《陌生的朋友》獲 1983 年西柏林國際電影節特別榮譽獎，是一部以十年動亂為背景的作品，帶有明顯的撥亂反正的意味。1974 年，

柏林電影節上出現了第一部蘇聯電影，1975 年，東德電影也加入進來。政治風向標轉變後的西柏林國際電影節致力於東西方之間的匯合與調停，《陌生的朋友》獲得特別榮譽獎這一帶有一定文化交流及政治友好性質的獎項，不能排除當時中德（西德）建交 10 年的政治背景的影響。

中日合拍片《一盤沒有下完的棋》由大陸第四代導演段吉順與日本導演佐藤純彌共同執導，獲 1983 年第 7 屆加拿大蒙特利爾國際電影節〔註73〕美洲大獎，成為該屆電影節最佳影片。該片是是為紀念中日恢復邦交 10 週年而拍攝，是中日復交以後由兩國共同編劇導演、聯合演出攝制的首部電影。加拿大《環球郵報》上所刊登的第 7 屆蒙特利爾國際電影節評選委員會評對該片如是介紹：「《一盤沒有下完的棋》描寫了三十年的歷史，對戰爭風雲作出了東方人的回答。影片探討了一個和解的主題，本身也是兩個國家和兩種不同社會之間相互信任的一個行動。」〔註 74〕《一盤沒有下完的棋》在某種程度上得益於其反戰主題，可以說是電影節對冷戰期間中日合作這一破冰舉動的嘉獎。

由此大陸電影人開始帶著脫胎換骨的中國大陸電影走向世界，讓西方觀眾對中國大陸電影有了全新的認知。正是新時期後電影主題的轉換、影像語言的變革讓大陸藝術電影走出國門成為可能，也為第四代、第五代影人之後在國際影壇上的斐然成績奠定了堅實基礎。

（二）「第五代」締造民族傳奇：1984 年至 1992 年

台灣電影人焦雄屏提出影展的「階層性」邏輯：「一部電影能得大獎，其實都積累了 4、5 年的經驗，像坎城影展（戛納國際電影節）如果是一個新導演，除非是已經有特殊身分，否則不會被競賽類考慮，柏林影展也是同樣的情形，這些影展要它一開始就承認一些導演的價值是不可能的，通常必須從中型的影展崛起，大概積累三、五年的時間，評審覺得有潛力，才會被大影展考慮。」〔註 75〕80 年代中國大陸電影初登國際舞台對於西方觀眾而言仍然

〔註73〕加拿大蒙特利爾國際電影節（MWFF）是北美唯一的由國際電影製片人協會（FIAPF）認可的競賽性國際 A 類電影節。電影節創辦於 1977 年，每年 8 月下旬於加拿大魁北克蒙特利爾所舉辦。

〔註74〕《《一盤沒有下完的棋》獲蒙特利爾電影節最佳影片獎》，《電影》1983 年第 10 期。

〔註75〕焦雄屏：〈影展策略與海外出擊：訪電影年副執行長焦雄屏〉，《影響》1994 年第 46 期，頁 102。

是缺乏辨識度甚至陌生的「類型」電影，實質上是作為一個整體被識別被認知的。1979 年至 1983 年期間以大陸第三代、第四代導演為創作主體的作品在各類國際電影節上常常露臉，大大增加了在國際上的能見度，積累了一定的人氣和聲望，為 1984 年之後正式迎來大陸藝術電影在西方國際電影節上的獲獎熱潮做了很好的鋪墊。所獲獎項不再駐足於一些「中型影展」的獎項或是無足輕重的榮譽獎，而是在「階層」最高級別的世界三大電影節上頻頻折桂問鼎，此階段是名副其實的大陸藝術電影黃金期。

掀起此股熱潮的中堅力量乃是在新時期成長起來的一批被稱作「第五代」〔註 76〕的年輕導演，他們應運而生開啟了電影創作的新時期，標誌著大陸電影新生代的崛起。在美國學者克里斯汀·湯普森（Kristin Thompson）和大衛·波德維爾（Bordwell, D）看來：「第五代電影製作者受歐洲電影的影響與『文革』的做法背道而馳。『文革』電影使用類型化的人物，而這些年輕的導演則更偏愛心理深度，不同於以簡單故事傳達清晰含義，他們採用更複雜的敘事、曖昧的象徵和生動而富於啟發性的影像。他們的電影仍保留了政治色彩，而他們是在努力探索問題，而不是重申既定的政策。」〔註 77〕

第五代影人的主體是「文革」結束後的 1978 年恢復高考北京電影學院招收的第一屆學生，享譽海內外的「中國電影第五代」、「78 班」也成為了北京電影學院的名譽標籤。1978 年 9 月 18 日——「78 班」（159）開學的日子，甚至後來被世界權威的法國《電影手冊》評為二十世紀電影史上一百個最激動人心的時刻之一。這批導演在多在進入北京電影學院學習之前飽受了 10 年文革浩劫的磨難，大多數在青少年時期有過上山下鄉的「知青」經歷，體驗過中國社會底層農民的苦難，對那片揮灑過他們青春的汗水和淚水的土地有著難以割捨的情懷，這也成為他們創作的主要源泉。他們熱切地渴望通過影像去表達中國鄉土的深切熱愛與關注，民族寓言式的作品洋溢著對生命的激情以及對人性的叩問。

除了身上的歷史胎記——文革歷練之外，藝術學院的專業教育及理論思

〔註 76〕「第五代導演」主要成員是「文革」後新時期開始步入影壇的一批導演，大多數於 80 年代畢業於北京電影學院，代表人物主要有張藝謀、陳凱歌、李少紅、吳天明、吳子牛、田壯壯等。

〔註 77〕（美）克里斯汀·湯普森（Kristin Thompson）、大衛·波德維爾（Bordwell, D）著，陳旭光、何一薇譯：《世界電影史》，北京：北京大學出版社，2004 年，頁 854。

潮也一同鑄就了「第五代」主體性的初始狀態並激發了他們的藝術創作動機。根據國家的批復北京電影學院恢復了導演係、表演系、攝影系、美術系、錄音係的本科招生，以培養電影專業人才、振興中國大陸電影行業為目標，以採用不同於以往的教學方法和西方電影人才培養模式為特色教育。北京電影學院首屆「78 班」的教學為大陸本科電影專業教育建立了起一套行之有效的教學體系，提供了相對完整的科學的教學經驗：通過比較扎實、廣泛的基礎課程，使學生具備深厚的人文素質積澱，能夠把握中國當代社會發展和文化主體精神；關注電影本體研究，關注對電影歷史、理論的縱向和橫向比較研究；充分了解西方電影發展歷史進程，學習西方電影中的精華，改變和超越舊電影語言形式；注意對對新電影技術和電影藝術方法的學習與思考；注重在電影創作中，展示歷史和文化，探索中國當代社會發展，重建中國大陸電影精神。〔註 78〕對歷史傳承的「文以載道」之使命的強調，也恰好說明了為何「第五代」的早期作品絕大部份都是在寫父輩、寫歷史的故事，而非寫個人、寫當代的題材。陳凱歌原本真正想拍的第一部電影是《孩子王》，一個雲南知青插隊的故事，描寫自己一代人的故事，然而廣西電影製片廠卻讓他拍《黃土地》，於是乎「第五代」就如此倒錯著橫空出世了。看似偶然，實則偶然中有著必然，乃一種中國環境使之然的中國特色。

　　1979 年，北京電影學院教授兼導演張暖忻與評論家李陀聯合在《電影藝術》上發表文章〈談電影語言的現代化〉，文中尖銳地指出當時中國大陸電影藝術的落後局面，認為「不講藝術只講內容，不講形式，只講藝術家的世界觀，不講藝術技巧的傾向」，是長期以來對「內容決定形式」這一馬列主義美學原則的一種歪曲，強調無論從理論上或實踐上，都應立即開展對電影藝術的表現形式這一方面的研究工作。而這一研究工作的十分重要的一個方面，即是認真分析、研究、總結世界電影藝術語言的變化和發展，從中尋找某些規律性，以便借鑒和從中汲取營養，以促進電影語言的更新和進步，促進電影藝術更快地發展。〔註 79〕此文提出的見解、思想引發了「電影和戲劇離婚」等一番電影理論概念的熱議和討論，有力衝擊了此前中國大陸電影中根深蒂固的戲劇結構模式，極大地拓展了電影創作者的理論視野，對新時期的電影創作產生了積極、深遠的

〔註78〕張會軍：〈荏苒時光、四十蓬勃，1978～2018 年北京電影學院改革歷程 40 年〉，《北京電影學院學報》2018 年第 7 期，頁 18～22。

〔註79〕張暖忻、李陀：〈談電影語言的現代化〉，《北京電影學院學報》2005 年第 3 期，頁 79～80。原載於《電影藝術》1979 年第 3 期。

影響，使人們思考關於電影教育、電影創作、電影本體的定位，從而探討大陸電影如何跟上世界電影藝術發展的步伐，實現電影語言的現代化。

　　大陸電影學界帶動業界積極縫合與世界電影時期割裂的電影藝術水平與形式，在理論上與實踐上瘋狂地「補課」。在這種教育理念引導下學習成長的「第五代」影人以敏銳的藝術觸角在敘事語言、鏡頭運用、視聽表達等方面不斷地尋求創新和突破，致力於將民族精神融入電影精神的重建。畢業兩年後的 1984 年左右，當他們以一個群體的力量湧現時，以誇張的視覺造型、濃烈的色彩刷新著海外觀眾的觀感，驟然間給海內外影壇帶來了巨大的衝擊波，與第三代、第四代導演前輩一同在西方國際電影節上掀起了一波波獲獎高潮，是中國大陸電影語言現代化的一次重要突破。然而，對形式的過度追求所造成的矯枉過正，敘事上的薄弱始終其潛在危機。

1. 1985 年發軔之作《黃土地》獲獎

　　中國大陸電影在國際上從寂寂無聞到開始引人關注應該以《黃土地》在 1985 年第 38 屆瑞士洛迦諾國際電影摘下銀豹獎作為鮮明的分界線。《黃土地》是第五代領軍人物陳凱歌（導演）與張藝謀（攝影）雙劍合璧的第一部作品，改編自珂蘭的小說《深谷回聲》。陝北黃土高原上的貧苦女孩翠巧，自小由父親作主被定下娃娃親。八路軍文工團的文藝工作者顧青為採集民歌來到翠巧家。顧青講述起延安婦女婚姻自主的情況，翠巧聽後對自由婚姻心生嚮往，也對顧青暗生情愫。顧青走後，翠巧在完婚當日，毅然逃婚去追求新的生活，划船渡河時卻被滔滔黃河水所吞噬。陳凱歌在闡述導演意圖時表示《黃土地》「以養育了中華民族、產生過燦爛民族文化的陝北高原為基本造型素材，通過人與土地這種自氏族社會以來就存在的古老而又最永恆的關係的展示」，以引出「有益的思考」〔註80〕。始終以蒼涼遼闊的黃土為主體的畫面構圖令人印象深刻，凸顯了「黃土地」作為整個影片的核心意象──古老民族的象徵，傳達對民俗文化及人物命運的深刻反思。

　　該片在各類國際電影節廣受讚譽：1984 年第 29 屆英國愛丁堡國際電影節薩特蘭杯導演獎及第 29 屆英國倫敦國際電影節最佳導演獎（陳凱歌），1985 年第 7 屆法國南特三大洲電影節攝影獎（張藝謀），1985 年第 38 屆瑞士洛迦諾國際電影節銀豹獎及天主教人道精神獎（特別提及陳凱歌），1985 年第 5 屆

〔註80〕陳凱歌〈我怎樣拍《黃土地》〉，《中國電影理論文選》下冊，北京：文化藝術出版社，1991 年，頁 566。

美國夏威夷國際電影節東西方文化技術交流中心電影獎（陳凱歌）和柯達最佳攝影獎（張藝謀）。《黃土地》儼然成為 1985 年全球範圍內最重要、最成熟的電影之一，英國學者湯尼・雷恩（Tony Rayns）甚至因此斷言「世界電影如今困境重重，然而電影創作的重心已經移往東方。遠東的電影和電影工業不像西方一樣在創作力和經濟上萎靡不振，發展速率快而成就驚人」，而且「中國電影已經絕對步入新的紀元，製作出來的電影絕對居當代電影的翹楚」，顯然「不重視東方電影的時代已經過去了」。〔註 81〕

2. 1988 年《紅高粱》獲獎

1988 年在第 38 屆西柏林國際電影上擔任《黃土地》攝影師的張藝謀憑處女作《紅高粱》獲得最高獎項金熊獎恰似驗證了英國學者湯尼・雷恩（Tony Rayns）關於「東方電影時代」到來的預言。《紅高粱》成為首部獲得此獎的亞洲電影，也是中國大陸電影第一次獲得國際大獎，讓西方世界認識到亞洲電影除了日本、印度還有中國大陸電影，當時的輿論如形容：《紅高粱》猶如柏林上空的一聲霹靂，撕破了西方人對中國大陸電影所持的蔑視與迷幻，是中國大陸電影走向世界的新開始。《紅高粱》不僅在西柏林國際電影節上摘冠，還取得 1988 年第 25 屆悉尼國際電影節、法國第五屆蒙彼利埃國際電影節、1989 年第八屆香港金像獎、第 8 屆中國大陸電影金雞獎等 15 項海內外電影獎項。《紅高粱》改編自莫言的《紅高粱家族》。影片以孫子「我」的視角回憶了抗日戰爭期間「我爺爺」和「我奶奶」之間轟轟烈烈的愛情以及共同譜寫的一曲抗日悲歌，風格豪邁、色彩濃烈，在張藝謀的鏡頭下中國農民赤裸原始的情慾以及堅韌不屈、自由激昂的生命力，令人熱血沸騰。徹底顛覆了西方印象中的中國農民形象，衝擊了西方人有限的想像。德國《人民之頁報》評論道：「這是一部具有濃郁生活色彩的、粗獷而五彩繽紛的影片。」〔註 82〕而全美最富盛名的影評人羅傑・埃伯特（Roger Ebert）也認為，《紅高粱》是一部充斥著景觀、浪漫並具象徵性的劇情片，雖然故事情節簡單，但童話故事般的畫面，在瞬間中爆發的暴力場景極具震撼性，那是好萊塢在追求複雜性中已喪失的一種力量。〔註 83〕《紅高粱》也是第一部在美國正式進行商業

〔註81〕（英）湯尼・雷恩（Tony Rayns），王菲林譯：〈台灣、香港、大陸——新電影座談會〉，《400 擊》1986 年第 8 期，頁 13。

〔註82〕李彤：〈紅高粱西行〉，《人民日報》，1988 年 3 月 13 日第五版。

〔註83〕Roger Ebert: "Red Sorghum",（來源：https://www.rogerebert.com/reviews/red-sorghum-1989，瀏覽日期：2018 年 6 月 22 日）。

發行的中國現代電影。

幾部典型的「張藝謀式」電影相繼受到西方電影節的肯定：《菊豆》於 1990 年獲得第 43 屆法國戛納國際電影節首屆路易斯‧布努埃爾特別獎；《大紅燈籠高高掛》於 1991 年獲得第 48 屆義大利威尼斯國際電影節銀獅獎；《秋菊打官司》於 1992 年摘冠第 49 屆義大利威尼斯國際電影節金獅獎。

3. 後「黃土地」現象

「《黃土地》不僅標誌第五代導演群體的誕生，而且以對中國文化的反思性敘事，以突破性乃至革命性的電影語言，對中國當代電影的發展產生了方向性的影響。有人認為，陳凱歌在《黃土地》所顯露出來的氣質，『文人』的成分遠多於『導演』的成分，其藝術視野迥然不同於以往的中國大陸電影，美學旨趣更是深深影響了整個第五代導演早期電影的敘事傾向和風格基調」。〔註 84〕這段期間獲獎的絕大多數影片如《邊城》（1985）、《野山》（1986）、《紅高粱》（1988）、《芙蓉鎮》（1988）、《孩子王》（1988）、《晚鐘》（1989）、《本命年》（1990）、《菊豆》（1990）、《黃河謠》（1990）、《出嫁女》（1991）、《大紅燈籠高高掛》（1991）、《秋菊打官司》（1992）、《霸王別姬》（1993）、《香魂女》（1993）、《炮打雙燈》（1994）、《活著》（1994）、《一個都不能少》（1999）、《我的父親母親》（2000）等，其中不乏第三代、第四代導演作品在內，從題材選擇、敘事範式、藝術風格、主題內涵等方面基本上與《黃土地》相似同屬民俗電影模式，呈現出強烈的「民族寓言」風格，形成了一種「後『黃土地』現象」，這似乎也為大陸電影開闢了一條通向紅地毯之路。不單單建構一代人的人文理想和藝術精神，而且重塑了中國大陸的世界形象。

民俗題材電影之所以受到西方國際電影節的推崇，在「世界電影時期」中成為一股跨文化流動的主流類型，首先是彰顯的東方民族文化特色風格滿足了東西文化的激盪碰撞、交匯融合的需要，不難發現在西方電影節上過於西化或接近好萊塢電影風格或缺乏民族風韻的東方電影幾乎無緣獲獎；其次是普適化的主題使其民族色彩與世界文化主色調相一致；再者是在技術、藝術層次上與國際電影有著「共同語言」，是交流的前提和基礎，由於受西方電

〔註 84〕饒曙光：〈饒曙光評陳凱歌：《黃土地》為第五代導演贏得國際聲譽〉，人民網 2014 年 09 月 18 日，（來源：http://culture.people.com.cn/n/2014/0918/c87423-25684505.html，瀏覽時間：2018 年 6 月 21 日）。

影影響和薰陶，電影手法的相似性更容易吸引西方觀賞者的目光。這也是民俗電影在跨文化傳播過程中比較成功的原因。當然，從另一個視角來看，「這種風格類型顯示了中國影人在國際電影節視角下對於西方視閾的一種思考和回應，這種風格形成的過程不僅涉及藝術實踐的創新，更是資本、文化博弈的階段性成果。」〔註 85〕在之後的章節中筆者將會繼續針對民俗電影議題展開深入探討。

二、全球電影時期（Global Cinema Phase）中的大陸藝術電影

達德里·安德魯（Dudley Andrew）所提出的「全球電影時期（Global Cinema Phase）」是在 1990 年代進入後冷戰時代以後隨著網際網路的高度發展而帶來的電子發行消費方式的普及化而形成的。「全球電影是『去地域化』和『跨地域空間』的。此類電影的全球流通，要求影片不涉及或盡量簡化和符號化具體民族國家的歷史和現實情境，不耽溺於自身的複雜歷史和社會現實，抑或通過人物和事件的多地跨國旅行最大化地實現多種文化和地理空間的相關性。」據此我們可以勾勒出幾個重點：一是「世界電影時期」所標榜的「越是民族的越是世界的」電影觀念，已被『去地域化』和『跨地域空間』的超越地域限制的開放型電影所取代，以實現影像全球性無遠弗屆傳播和消費的最大化；二是要求電影將民族屬性化繁為簡，最小化歷史及社會背景的差異性，以突出彼此相通的共性。

從「全球電影時期」對電影內容和流通方面的條件來看，在「世界電影時期」獨領風騷的民俗電影作為大陸電影主流風格類型將不再順應電影新時代的發展趨勢。1993 年，《上海藝術家》刊登了《中國電影的後「黃土地」現象——關於中國電影的一次談話》，此文以王小帥、張元、婁燁等北京電影學院 85 級全體畢業生的名義發表，犀利地指出：「對於中國電影界來說，是做了五年之久的《黃土地》的夢，而今夢醒之時，《黃土地》已成過去，而我們每個人的腳下卻找不到一塊堅硬的基石」，並詰責「第五代的『文化感』牌鄉土寓言已成為中國電影的重負。屢屢獲獎更加重了包袱，使國人難以弄清究竟如何拍電影。」〔註 86〕顯然以陳凱歌、張藝謀為首的第五代導演所推湧而

〔註85〕陳犀禾、田星：〈中國藝術電影的海外傳播〉，《電影新作》2014 年第 4 期，頁 39。

〔註86〕〈中國電影的後「黃土地」現象——關於中國電影的一次談話〉，《上海藝術家》1993 年第 4 期。

起的電影節效應波及了新一代電影創作者，第六代導演〔註87〕與銘刻著文革記憶的第五代有著截然不同代際烙印，他們不禁發聲「警世」缺乏時代感的《黃土地》一類的風格電影不過是明日黃花已然過時，正式向主流話語權的發起了挑戰並發出呼籲：時至今日應該如何拍中國大陸電影？即甩開繼續講述「『文化感』牌鄉土寓言」的包袱。於是乎第六代另闢蹊徑，為「全球電影時代」提供了不同的「他者」形象。

（一）「第五代」之華麗落幕與「第六代」之「地下」獨立：1993年至 2002 年

1. 1993 年大陸藝術電影「豐收年」

1993 年是大陸藝術電影的豐收年，在西方國際 A 類電影節上共獲得 8 個獎項。第四代、第五代、第六代導演「三代同堂」，在國際電影節上均有所斬獲。陳凱歌以《霸王別姬》獲法國第四十六屆戛納國際電影節金棕櫚大獎。1993 年柏林國際電影節給予了中國大陸電影莫大的肯定，共頒予了 6 個獎項：第四代導演謝飛《香魂女》與台灣導演李安《喜宴》一併獲第 43 屆柏林國際電影節金熊獎，柏林視此舉為改善當時仍處於緊張微妙的海峽兩岸關係盡了一己之力；五部影片獲得第 43 屆柏林國際電影節青年論壇獎，分別是第五代導演何平的《雙旗鎮刀客》、第五代導演李少紅的《四十不惑》和《血色清晨》、第六代導演張元的《媽媽》、第六代導演寧瀛的《找樂》。而張元的另一部《北京雜種》則在第 45 屆瑞士洛迦諾電影節上獲得評委會獎。從 1993 年大陸藝術電影在西方國際電影節上獲獎的情況來看，明顯呈現出一種承上啟下、代際轉換的跡象：《香魂女》為第四代導演贏得了最高榮譽，但第四代在西方電影節上的表演也接近尾聲〔註88〕；第五代導演以《霸王別姬》將民族寓言推向了高潮；第六代導演以《媽媽》、《北京雜種》、《找樂》粉墨登場。

1993 年陳凱歌迎來了創作的又一個高峰，以《霸王別姬》獲法國第四十六屆戛納國際電影節金棕櫚大獎等 8 項國際電影獎項並獲奧斯卡最佳外語片

〔註87〕「第六代導演」特指於 1980 年代中、後期進入北京電影學院導演系，90 年代後開始執導電影的一批導演。後來泛指在 20 世紀八九十年代步入影壇的一代青年導演。代表人物：張元、賈樟柯、王小帥、婁燁、郭小櫓、王全安等。又被冠以「後五代」、「新生代」、「都市一代」等不同名稱。

〔註88〕1995 年由謝飛執導的《黑駿馬》是迄今為止第四代導演在 A 類國際電影節上獲獎的最後一部影片，該片獲得第 19 屆蒙特利爾國際電影節最佳導演獎，也是謝飛的第三部獲獎作品。

提名，可謂「巔峰之作」。該片根據香港作家李碧華同名小說改編，以 1920
年代到 1970 年代從抗日戰爭、解放戰爭一直到文化大革命幾經劇變的中國
社會為背景，講述一對從小一起長大的梨園師兄弟，一向配合天衣無縫的段
小樓與程蝶衣，以一出《霸王別姬》譽滿京城。師弟傾慕師兄，然而段小樓
卻迎娶了名妓菊仙，自此三人之間的悲歡離合、愛恨情仇，隨著時代風雲變
幻而愈演愈烈，終釀悲劇，不禁令人發出「人生如戲，戲如人生」的喟嘆。
《霸王別姬》是受到國外一致認可的首部中國史詩性電影作品，影片以純熟
的電影語言和特出的藝術風格展現了對小人物的命運與大時代之間亙古不
變的悲劇主題，折射出主創對東方傳統文化、人類的生存狀態及人性的哲思
與領悟。戛納電影節的選片委員會主席皮埃爾‧里斯昂對該片讚譽有加，認
「以京劇名伶的情慾帶出時代動蕩，這樣的命題，敢拍而且能拍好，就已經
是件難能可貴的事了。〔註89〕2005 年《霸王別姬》獲選 2005 年美國最具權
威性的《時代》雜誌評選出的世界電影歷史上最偉大的 100 部電影。負責該
次百大影片評選的《時代》影評人理查德‧克利斯認為影片「通過歷史大背
景來凸現人物命運的變化。陳凱歌用一部宏偉磅礡的史詩作品，來對歷史作
一次反思和總結。除此之外，該片也融合了主人公生活中細膩的情感糾葛，
這也是一曲悲歌，具有震撼人心的魅力」。〔註 90〕《霸王別姬》先後在世界
多個國家和地區公映，並且打破中國大陸藝術電影在美國的票房紀錄。陳凱
歌是第一位也是目前唯一一位獲得金棕櫚獎的華人導演，迄今為止無人超
越。

2. 「第五代」解體與藝術電影困境

第五代導演以群像的姿態出現與國際影壇發軔於 1983 年，但隨著大陸電
影市場危機的到來，以及因 89 年「六四」學潮事件而驟然嚴峻的政治氛圍等
種種因素影響，1989 年之後第五代導演群體幾近解體。〔註91〕陳凱歌、張藝

〔註89〕〈這部 93 年的片子，再過多久都是中國影史上的驕傲〉，（來源：http://op.inews.
　　　　qq.com/m/20171109B0G56800?refer=100000355&chl_code=kb_news_movie&h=0，
　　　　瀏覽時間：2018 年 6 月 21 日）。

〔註90〕施慶：《《霸王別姬》VS《星球大戰》》，《上海青年報》，2005 年 5 月 24 日。

〔註91〕一些學者認為：「儘管此後第五代大多仍在繼續拍電影，但真正意義上的第五
　　　　代電影畢竟已消失，搖身變成『後五代』或『泛五代』持續亮相。」參見王
　　　　一川：《從雙輪革命到獨輪旋轉——第五代電影的內在演變及其影響》，《當代
　　　　電影》2005 年第 3 期，頁 15。

謀開始到海外尋求資源和擴展人脈，吳天明和黃建新移民他國，即使留在大陸，多數人也轉向更為大眾化的流行文化方面的影視工作。

1992 年鄧小平南巡之後，「商業電影」的發展被提到日程上，是與「主旋律電影」〔註 92〕相對的重要存在，而「藝術電影」則成為兩者夾縫中的第三種力量。1994 年，中國廣播電影電視部下達文件，宣稱自 1995 年起每年可以進口十部「基本反映世界優秀文明成果和當代電影藝術、技術成就」的「好電影」，「好電影」的標準其實就是票房高的電影，這無形中等於為好萊塢大片敞開了中國大陸電影市場的大門，無意中給本土電影帶來了強烈衝擊，對藝術電影而言無疑更是雪上加霜。雖然獲得海外資金贊助的第五代作品依然在以東方風情來極力「治癒」西方國際電影節的「中國電影飢渴症」，然而當時大陸電影市場已被港台娛樂片和美國好萊塢大片佔據百分四十的票房，在海外風光無限的藝術電影卻被視為「票房毒藥」。再加上政府減少了對製片廠的資助，雖說可不再依附於製片廠，但只有製片廠有發行權，沒有獲得發行或放映許可而製作的獨立電影只能成為非法電影或地下電影。當時的大陸電影製作者面臨制度的變革而陷入了兩難。

3. 中國第一部獨立製片的藝術電影《媽媽》

在西方語境下的獨立製片電影，又被稱為獨立電影"independent film"，源於上個世紀中期的好萊塢，指傳統好萊塢電影製片廠體制以外製作的影片，是與好萊塢主流電影相對應的一個概念。「『獨立』只是被人們用來區隔於那些強調特效或卡司強大的類型片，實驗性、先鋒性、文藝電影、有政治色彩的、低成本剝削電影等元素都被溶於其中(King, Molloy, & Tzioumakis, 2012)。而在歐洲，由於好萊塢對歐洲市場的全面侵佔，幾乎所有的歐洲人製作的電影在某個意義上都可以稱為獨立電影(Plotkin, 2013)，因此他們用『藝術電影』

〔註92〕「主旋律電影」一般是指作為中國大陸反映國家政策倡導的主流意識形態和主流價值觀的電影作品，比一般電影富有更深的教育意義和更深的教育功能。1987 年時任廣電部電影局局長的滕進賢正式對全國電影創作者倡導主旋律電影的創作方向為「突出主旋律，堅持多樣化」。(參見〈影縱橫談——電影局局長滕進賢答記者問〉，《電影通訊》，1989 年，頁 10。)鄧小平則提出「一切宣傳真善美的都是主旋律」。1989 年出片的《開國大典》成為主旋律電影的標誌性作品。《現代影視藝術辭典》中定義「主旋律電影」為對社會主義電影中應予提倡的、能夠促進社會主義精神文明建設的電影作品的一種形象化的說法。(參見許南明、富瀾、崔君衍編：《現代影視藝術辭典》，北京：中國電影出版社，2005，頁 144。)

來定義那些區別於好萊塢經典敘事邏輯的另類影片」。〔註93〕「獨立電影」是
一個不斷演變且指涉不斷豐富的概念，後泛指在主流電影製片廠系統之外製
作的故事片，由獨立娛樂公司製作和發行。獨立電影有時也可以通過其內容
和風格以及電影製作人的個人藝術視覺實現的方式來區分。一般來說，獨立
電影的營銷特點是發行量有限，但也有廣泛發佈和營銷的情況。獨立電影經
常在國際電影節上放映，如果擁有所需的資金和良好的運作，獨立電影製作
完全可以與主流電影製作相媲美。

　　相對而言，中國大陸獨立電影，則是指游離於國家主流電影體制之外的
電影創作，影片的資金來源主要靠主創人員通過各種渠道融取資金，包括企
業或個人投資，或是境外資金。有些直接繞過國家電影局任何形式的審查，
有些則是沒有通過相關審查，爾後在未經批准的情況下私自參加國際電影節，
因而在大陸被禁止公映。

　　不論是在西方或是大陸，獨立電影都是相對於主流電影製作體制而言的，
是從製片方式上對電影進行的一種劃分。因此，獨立電影並非一種具體的電
影類型，既可以是商業片也可以是藝術片，但可將出資方或體制的干涉最小
化，在題材選擇、拍攝手法、表達方式上較為自由，所以涉足主流影片較少
觸及的層面、更想表達個性化觀點的藝術電影常常會選擇採用獨立製片的方
式，因此很多藝術電影都可以定位為獨立電影，兩者之間存在著一定的交集。

　　獨立製片的先驅者張元，1989 年從北京電影學院畢業之後就開始了個人
獨立製片的電影生涯。他自籌資金拍攝處女作電影《媽媽》（拍攝時間 1989
年～1991 年），直到影片全部攝制完畢，才向西安電影製片廠購得廠標，並說
服西安電影製片發行。值得一提的是，大陸早期獲獎影片多是西安電影製片
廠出品，當時任職西安電影製片廠廠長的吳天明給予了大力支持。影片《媽
媽》在國內首發時，只獲得了六個拷貝的訂數，1991 年未經審批任何手續在
導演王家衛的幫助下將拷貝帶出參加法國南特三大洲電影節（Festival of the
3Continents），並獲得了評委會大獎與觀眾大獎。該電影節受到法國藝術片和
實驗片協會的支持與協助，以「介紹第三世界國家電影」為宗旨，很多中國
著名導演都是以此為起點躋身國際影壇，包括陳凱歌、賈樟柯等。之後又參
加了近百個電影節、電影展。1992 年 1 月《媽媽》獲得瑞士國際電影節導演

〔註93〕邱海棠〈中國獨立電影穿做的場域分析，1990～2013〉，台北《傳播文化與政
　　　　治》2015 年 12 月刊，頁 66。

特別獎；1992 年 9 月獲得影英國愛丁堡電節歐洲影評人菲普雷希獎，1993 年獲得柏林電影節青年論壇獎。

　　《媽媽》既是中國大陸獨立製作藝術影片的開山之作，亦等於是第六代電影人的「藝術宣言」，以實際行動來呼應北京電影學院 85 級畢業生的那篇戰鬥檄文──《中國電影的後「黃土地」現象──關於中國電影的一次談話》，以具體作品來挑戰第五代的民族寓言。張元處女作《媽媽》講述了一位離婚後的媽媽獨自撫養智障兒子故事。《媽媽》採用黑白和彩色畫面交織以表現影像在虛構故事與真實採訪穿梭的手法，巧妙地構成虛實之間的張力。該片是彩色膠片在 1960 年代取代黑白膠片之後，中國大陸新時期的第一部黑白故事片，而且全部採用業餘演員出演。英國學者湯尼・雷恩（Tony Rayns）稱讚「這部電影在今天的中國電影界是很令人震驚的，對於年輕的北京電影學院的畢業生來說，這幾乎稱得上是英勇業績了」，預言「假如中國要產生第六代導演的話，當然這代導演和第五代在興趣品味上都是不同的，那麼《媽媽》可能就是這代導演的奠基作品」。〔註94〕這部作品對社會邊緣人群和弱勢群體的人道關懷以及其獨特大膽的敘事風格帶給西方國際電影節全然不同於第五代導演的震撼，讓張元成為繼陳凱歌、張藝謀之後又一個在西方電影世界有辨識度的名字。

　　同年以同樣的方式，在沒有任何電影製片廠放映許可的情況下，張元帶著以中國搖滾明星崔健為主線濃縮著北京搖滾精神的《北京雜種》參加了若干西方電影節，並在第 45 屆瑞士洛迦諾電影節上獲得評委會獎。

4.「七君子事件」與獨立製片風潮

　　如前文所述，90 年代以後藝術電影面臨生存危機，如陳凱歌、張藝謀等第五代導演獲得海外資金，《霸王別姬》、《菊豆》、《秋菊打官司》、《大紅燈籠高高掛》等作品多數在國外藝術院線上映，反而在大陸本土的能見度極低，甚至屢次被禁。1994 年張藝謀在沒有獲得批准的情況下將影片《活著》送往第 47 屆戛納國際電影節參賽，並獲得最佳導演獎。之後，大陸官方要求只要是在國內拍攝的影片在海外放映或參加影節、影展必須通過相關審查。田壯壯也因私自帶著《藍風箏》參加第 6 屆東京國際電影節而被列入黑名單。

　　第六代導演對社會底層問題及邊緣人群的關照與大陸主流意識形態不符，

〔註94〕 （英）湯尼・雷恩（Tony Rayns），李元譯：〈前景，令人震驚！〉，《電影故事》
　　　　　 1993 年第 4 期，頁 11。

得不到官方認可，不得不在海外另尋出路。1994 年 2 月，鹿特丹電影節舉辦了中國大陸電影專題展映。一個月後的 3 月 12 日，「廣電部下文《關於不得支持、協助張元等人拍攝影視片及後期加工的通知》，就一批導演私自參加鹿特丹電影節舉辦的中國大陸電影專題展一事予以處罰。處罰名單如下：田壯壯、張元、王小帥、吳文光、何建軍、寧岱，其中《我畢業了》一片主創人員（導演王光利等）待查後通報」。〔註 95〕「七君子事件」致使 1995 年初大陸官方徹底對電影審查全面出擊、全面監控電影創作，可說是獨立製片與審查制度的第一次集體博弈。「第六代的登場事實上意味著藝術電影在商業文化的鐵壁合圍中悲壯突圍，其先鋒電影的創作方式不期然間構成了對官方的電影製作體制的顛覆意義；或者更為直白地說，第六代故事片導演的文化姿態與創作方式的選取，多少帶有『逼上梁山』的味道」〔註 96〕自此以後，獨立製片逐漸成為大陸藝術電影中的一股暗流，而且愈來愈洶湧。

5. 獨立製片電影「逐鹿」西方國際電影節

1991 年張元初次亮相法國南特三大洲電影節（Festival of the 3Continents）時，聽到自己的作品《媽媽》被稱之為獨立電影時，頗為吃驚。〔註 97〕在大陸的意識形態語境中，「獨立」是一個頗為敏感的字眼，甚至含有挑戰國家權威的意味。如前文所述，其實獨立製片電影或稱獨立電影的概念與意識形態並無關聯。然而，這些中國獨立影片在西方電影節常被冠上「地下電影」（Underground Film）的名頭強調其在中國大陸「被禁」（Banned in China）的身份，作為針對官方話語所提出的「異見」（Dissent）而存在。電影節選片人湯尼·雷恩（Tony Rayns）表示：「越多的人看像《北京雜種》（張元，1993）和《郵差》（何建軍，1994）這樣的電影，這些電影就越有價值，能夠成為在中國爭取真正的表達自由的砝碼。」〔註 98〕90 年代末至本世紀初大陸私自參賽參展的獨立電影幾乎都在電影節上均有所斬獲。

〔註 95〕汪繼芳：《最後的浪漫——北京藝術家生活實錄》，哈爾濱：北方文藝出版社，1999 年，頁 218～219。

〔註 96〕戴錦華：《霧中風景：中國電影 1978～1998》，北京：北京大學出版社，2000 年，頁 399～400。

〔註 97〕程青松、黃鷗編：《我的攝影機不撒謊》，北京：中國友誼出版社，2002 年，頁 117。

〔註 98〕Geremie R. Barme, In the red: on contemporary Chinese culture, New York: Columbia University Press, 1999, p.194.轉引自彭侃：〈西方研究視野中的中國獨立電影：回顧與反思〉，《現代中文學刊》2011 年第 3 期，頁 46。

1994年張藝謀《活著》第47屆戛納國際電影節最佳導演獎及人道精神獎，改編自余華的同名小說，影片通過男主人公一生的坎坷經歷反映了一代人的命運，當時因涉及新中國成立後歷次政治運動而被禁公映；1997年，賈樟柯處女作《小武》獲第48屆德國柏林國際電影節青年論壇獎、第20屆法國南特三大洲電影節金熱氣球獎等國際電影節共8個電影獎項，講述的是一個扒手接連被親情、友情、愛情徹底拋棄後淪為階下囚的故事，在大陸被貼上「醜化人民警察形象」的標籤；《趙先生》是第五代傑出攝影師呂樂執導的第一部作品，獲1998年第51屆瑞士洛迦諾國際電影節最佳影片獎，故事圍繞著一個男人和三個女人之間錯綜複雜的關係而展開；姜文《鬼子來了》，獲2000年第53屆法國戛納國際電影節評審團大獎，影片以抗日戰爭為題材，但國家廣電總局認為「影片一方面不僅沒有表現出在抗日戰爭大背景下，中國百姓對侵略者的仇恨和反抗，反而突出展示和集中誇大了其愚昧、麻木、奴性的一面」，[註99]因此沒能通過審查；賈樟柯《站台》獲2000年第57屆義大利威尼斯國際電影節最佳亞洲電影獎、入選法國電影手冊2001年年度十佳影片（位列第六），該片講述了80年代改革開放之初，一群年輕人在社會變革浪潮中由「尋找」到「回歸」的成長故事；張元《過年回家》獲2000年第56屆義大利威尼斯國際電影節最佳導演獎，講述了片講述的是女囚陶蘭十七年間與二次結合的家庭成員的矛盾衝突，直到她被獲准回家探親，一個家庭的痛苦煎熬才最終得到解脫，被認為有詆毀社會主義形象之嫌；王小帥《十七歲的單車》獲2001年第51屆德國柏林國際電影節評審團大獎銀熊獎、新人才獎演員，影片講述了兩個十七歲少年，一個是北漂的快遞員一個是貧窮的高中生，因一輛單車而產生交集的故事，關乎青春和成長主題，電影局認為該片不但「違規操作」，而且內容格調不夠積極向上過於灰色，故不宜公映；2003年，李楊的《盲井》在第53屆德國柏林國際電影節上力挫張藝謀的《英雄》，收穫該屆電影節藝術貢獻銀熊獎，影片改編自劉慶邦的小說《神木》，講述了兩個生活在礦區的零工靠坑害礦工偽造礦難現場，再以死者親屬身份向礦主騙取撫卹金「發死人財」的故事，取材於1998年中國大陸三大特大礦洞詐騙殺人團伙案件，它還被法國《電影》雜誌選為該年全球十佳影片第二名，但官方以不得拍攝未經備案的電影劇本或梗概為由禁止該片公映。

〔註99〕毒手瘋丐：〈內地十一部被禁的優秀電影之三《鬼子來了》〉，（來源：http://group.mtime.com/angieng/discussion/138487/，瀏覽時間：2018年6月23日）。

　　據獨立電影研究者張獻民針對 1992 年至 2002 年期間大陸獨立電影所做出的不完全統計，被禁影片名單上大概有四十多部作品，幾乎涵蓋了所有主要國際影節（國際 A 類電影節及其他類別國際電影節）中的大陸獲獎作品。頗具諷刺意味的是，甚至有若干作品即便沒有在大陸被禁，也被「賜予」其「禁片」身份以吸睛，如《趙先生》因不屬於體制內項目而沒有人進行審查，卻被西方電影界列入「中國十大禁片」並以此作為宣傳。因此有人提出這樣的質疑：是不是只要貼上「禁片」的標籤即可獲獎？

　　以上述獲獎影片為例，這些影片或是因涉及敏感題材而被官方禁止公映；或是直接繞過國家任何形式的審查制度，直接送往國際電影節。電影人不論是被動的「被禁」或是主動的「被禁」，西方電影節對這些被官方禁止的「地下電影」都表現出莫大的歡迎和極大的包容。許多評論者認為，在某種程度上地下電影開始受到國際歡迎或國際影壇授予中國獨立電影獎項，「雖然的確包含著對於他們的藝術創作的欣賞，但更多的還是對於他們獨立於體制之外的製作方式，被主流體制禁止甚至處罰的現實處境，以及由此構成的與主流意識形態的對抗姿態的同情、認同和聲援」。〔註100〕

　　從張元在西方世界所獲得諸多榮銜上也可看出一些端倪：1999 年美國哈佛電影檔案館和電影與環境研究系向張元頒發「電影藝術貢獻獎」，舉辦「哈佛向張元致意電影展」，英國、法國、阿根廷等國也都舉辦了類似的張元電影作品展。2001 年張元被美國《時代週刊》推選為「21 世紀世界百名青年領袖」之一，被聯合國授予文化和平獎；2006 年獲得梵帝岡羅勃特・布萊松獎。可以說，張元的國際名聲很大程度上取決於其邊緣性的立足點，取決於多年來的「地下」狀態和獨立製片的創作方式。

　　從這層意義上講，大陸的獨立製片似乎在西方世界得到了「政治庇護」，而作品獲得「庇護」取得海外「合法身份」的代價便是必須迎合西方視野下的期待與接受被定義。第六代的異軍突起成為亞洲電影中閃耀的一顆星，從創作方式至創作意圖「由裡至外」散發出強烈的「反叛」意味是其最大的魅力。一些海內外學者認為賈樟柯的《小武》於 1997 年獲獎，在某種程度上標誌了在西方視閾下第六代「底層電影」作為一種風格類型走向成熟，而且也正是因為他「對中國當代社會邊緣和底層深切的現實主義關懷，逐步確立了

〔註100〕尹鴻：《跨越百年——全球化背景下的中國電影》，北京：清華大學出版社，2007 年，頁 207。

他在國際上的地位」。〔註101〕繼張元、賈樟柯、王小帥、李楊之後王全安、張揚、陸川、王超等第六代導演也紛紛在西方國際電影節上得到肯定。

這批新生代電影人如同處於青春期的少年人一般以叛逆的姿勢尋求自由表達的空間與權利，所展現的邊緣對中心的對抗模式之後是關注被漠視的個體、關注被遮蔽的現實的表達慾，透過粗糙的畫面誠實地反映中國社會底層，描繪普通農民、都市盲流、下崗工人、北漂群體、妓女罪犯等這些「活著的中國人」的生活狀態，揭露社會時代變遷、都市化進程中所滋生的各種社會問題。如果說第五代導演以隱喻的方式為西方觀眾講述了一個個神奇的民族寓言，那麼第六代導演則是以直白的方式為西方觀眾報導了一例例赤裸裸的「真實」故事，在看過了許多有關「過去」的東方民族寓言之後，西方觀眾更想了解「當今」中國社會的真實生活，渴望感受「正在活著的中國人的氣息」〔註102〕。

（二）「浮出地表」之獨立影像：2004 年～2008 年

2003 年 11 月，中國大陸國家廣播電影電視部電影局在北京電影學院召開了一次與獨立電影人的座談會，並提前通知賈樟柯、王小帥、婁燁等第六代導演共同參與此次會議。座談會上何建軍、雎安奇、賈樟柯、婁燁、王小帥、張獻民、張亞璇七位導演宣讀了事先準備好的倡議書。倡議書中提出四項請求：一，希望電影管理部門安排人員和時間針對十多年期間遭禁的作品進行重新審查，使部分作品得到與公眾見面的機會；二，希望電影的審查或未來的分級制度及審查相關信息能夠對社會公開；三，希望以電影的分級制度來取代電影的審查制度；四，希望對本土電影中具有創造性但市場能力有限的電影予以政策性的資助和保護，以保證民族電影文化的長久活力。這就是所謂的「獨立電影七君子聯名上書電影局」事件。〔註103〕經過這場「民間」與官方的正式對話，2004 年 1 月賈樟柯被正名，終於恢復了在大陸的導演身份與權利，更名為《自行車》的《十七歲的單車》成為第一部被解禁的

〔註101〕陳犀禾、田星：〈中國藝術電影的海外傳播〉，《電影新作》2014 年第 4 期，頁 40。

〔註102〕德國製片人烏利希‧格雷戈爾評《小武》：「還沒有一部電影像《小武》這樣誠實地表達了正在活著的中國人的氣息」。（來源：http://ent.sina.com.cn/m/c/2015-10-09/doc-ifxirmpz8181427.shtml，瀏覽時間：2018 年 6 月 23 日）。

〔註103〕馮睿：〈賈樟柯婁燁王小帥等聯名上書電影局（附全文）〉，《南方都市報》，2003 年 12 月 4 日。

「地下電影」。

顯然，這份倡議書傳達了第六代導演一種希望得到官方公平公正公開的對待並回歸主流回歸大眾的強烈意願。正如賈樟柯的自述：「我希望觀眾通過電影院裡的大銀幕看我的電影！與上海電影製片廠合作的新片也通過審查，比起以前拍片，現在我們擁有更好的創作條件，拍攝資金也有了更多的保證。所以，我希望能夠把電影做得更加好看」，這次獨立電影七君子聯名上書電影局的舉動雖然可以被視為一種妥協，但賈樟柯認為「妥協是為了我的電影能夠給這個環境里的人分享，我的底線就是自己最基本的想法不要被扭曲，不違背我看到的真實。在不影響創作的前提下，我可以調整自己的作品。如果突破了這個底線，就有可能不拍電影了」。〔註104〕賈樟柯的一番話道出了第六代導演的心聲。

「浮出地表」之後的第六代導演回到體制內，基本上延續了先前低成本小製作的藝術電影路線。為了嘗試融入商業化市場體制之中，走入大眾視野，開始呈現出不同的創作取向。不僅是第六代，新世紀之後大陸藝術電影整體面臨創作轉型以順應「全球化電影」的發展趨勢，新老導演試圖在實驗藝術與大眾藝術、個體意識與主流意識、藝術追求與商業考量之間取得平衡，在危機中艱難前行。由此大陸藝術電影進入了一個較為低調緩慢的發展時期。

2005 年，三部成長主題影片在西方國際電影節上獲得嘉獎：張揚的《向日葵》獲得第 53 屆西班牙聖塞巴斯蒂安國際電影節最佳導演獎，王小帥的《青紅》獲得第 58 屆戛納國際電影節評委會大獎，傑出攝影師顧長衛〔註105〕執導的處女作《孔雀》獲得第 55 屆柏林國際電影節評委會銀熊獎。三部影片均以七八十年代為主要時代背景，聚焦父輩與子女兩代人之間的矛盾衝突，中國社會從文化大革命到改革開放的時代變遷對普通家庭造成的波及。西方國際電影節評委在「搜索差異性的光譜中，從古典角度講，表現歷史如何影響個體的生命、社會如何影響人們的家庭」，這幾部影片很突出，「把中國某段時期的歷史和政治對小家庭的影響描寫得清清楚楚」，〔註106〕而且大多數西方人都能夠理解和引起共鳴，因為影片中描繪的人性是相通的。

〔註104〕張英：〈賈樟柯自述〉，《南方週末》2004 年 3 月 18 日。

〔註105〕作為攝影師的顧長衛是為人所熟知的，代表作有《紅高粱》、《菊豆》、《霸王別姬》、《陽光燦爛的日子》、《鬼子來了》等，他的攝影風格是在本土化的元素中翻新出先鋒意識。

〔註106〕張文伯：〈《青紅》：只見時代不見人〉，《新京報》2005 年 6 月 4 日。

　　2006 年及 2007 年，浮出水面後的第六代導演獲兩個世界三大電影節的最高獎項。

　　2006 年，賈樟柯的《三峽好人》摘得第 63 屆威尼斯國際電影節金獅獎桂冠，這是繼《秋菊打官司》（1992）、《一個都不能少》（1999）。《三峽好人》以三峽工程正在進行的奉節為故事的發生地，一位煤礦工人韓三明從汾陽來到奉節，尋找他十六年未見的前妻。兩人在長江邊相會，彼此相望，決定復婚。女護士沈紅也從太原來到奉節，尋找她兩年未歸的丈夫，兩人在三峽大壩前相擁相抱，一隻舞後黯然分手。2007 年《三峽好人》以全票獲選法國最具影響力的報紙《世界報》（Le Monde）2007 年度最佳影片，評委評價《三峽好人》是「一部在將要消失的世界拍攝的中國傳奇編年史」，「除了擁有紀錄魅力，還是一部深奧和富有情節，理智的和感性的作品」。〔註 107〕

　　2007 年王全安的《圖雅的婚事》問鼎第 57 屆柏林國際電影節大獎金熊獎，這是繼《紅高粱》（1988）、《香魂女》（1993）之後第三次抱得「金熊」歸。該片講述了蒙古族婦女圖雅迫於生活的艱辛，不得不與殘疾的丈夫離婚，帶著他一起徵婚、「覓婿養夫」的故事。該片對女性困境的關注以及對少數民族生活狀態的近似紀錄片一般寫實的風格也是西方觀影者認為最有價值的部分，「當被視為半紀錄片時，這部電影更有意義。故事通過圖雅的一個略微戲劇化的微觀角度切入，讓我們瞭解了蒙古落後地區的嚴酷生計的一個宏觀現實，雖然沒有具體說明，但我們覺得可能發生在中國的許多地方。」〔註 108〕

　　值得一提的是，兩部奪冠影片在題材選擇和主題表達方面有著異曲同工之妙，兩位導演都在用攝影機盡可能真實地記錄下來即將永遠逝去的一片土地，以及即將永遠被抹去的在這片土地上生活過的人們的痕跡。《三峽好人》拍攝於古老的奉節縣城，因三峽水利工程的進行世世代代居住在這裡的無數家庭被迫遷往外地，兩千年的歷史將永遠沉沒於水底。而《圖雅的婚事》導演王全安的母親是蒙古人，當他瞭解到大規模工業擴張把草原變成了沙漠，以及當地管理者強迫牧羊人離開他們的家園，促使他決定製作一部電影，記錄他們的生活方式和動人的音樂。這兩部影片至少給人以欣慰，因為，這兩部影片的藝術力量來源於對民族歷史對芸芸眾生的敬畏之心，打開世界觀眾

〔註 107〕《〈三峽好人〉獲評法國〈世界報〉年度最佳影片》，（來源：http://ent.sina.com.cn/m/c/2008-01-03/14591861091.shtml，瀏覽時間：2018 年 6 月 24 日）。

〔註 108〕Harry T. Yung: Almost a documentary,（來源：https://www.imdb.com/title/tt0949564/reviews?ref_=tt_ov_rt，瀏覽時間：2018 年 6 月 24 日）譯文為筆者所譯。

心扉的是普世的人性人情。

（三）藝術邊緣之求索與堅守：2008 年至今

自 2008 年開始，大陸藝術電影整整連續六年無緣於世界三大國際電影節大獎。期間只有陸川的《南京！南京！》第 57 屆西班牙聖塞巴斯蒂安國際電影節大獎金貝殼獎，郭小櫓的《中國姑娘》第 62 屆瑞士洛迦諾國際電影節大獎金豹獎，以及賈樟柯的《無用》獲得第 64 屆威尼斯國際電影節地平線單元紀錄片獎，王小帥的《左右》及王全安的《團圓》分別獲得第 58 屆及第 60 屆德國柏林國際電影節最佳編劇銀熊獎，婁燁的《春風沈醉的夜晚》獲得第 62 屆戛納國際電影節最佳劇本獎。

「全球電影時期」的電影消費和傳播模式不斷滲透擴張到世界的每個區域，逐漸轉化著大陸電影的市場空間，無論是好萊塢大片或是國產大片都在向全球收益的最大值衝刺，令大陸藝術電影剛從原有的電影審查管理機制的窠臼中逃脫，又陷入了來自海內外影像消費與傳播的困境中。在本土，好萊塢大片進口配額逐年增加，國際資本勢不可擋強勢登陸，市場機制仍不完善的情況下，藝術電影仍未在大陸電影市場找到堅實的立足點；在海外，韓國、日本、印度甚至伊朗電影似乎已成為西方國際電影節新寵，然而大多數失去了「禁片」光環籠罩的大陸藝術片，似乎瞬間變成了俯拾皆是的再普通不過的石頭，不再是西方電影節上受到眾星捧月待遇的驕子，尤其對於那些未揚名立萬或新近湧現的電影人來說更是舉步維艱。既然本土藝術影片市場暫時還沒有完善，那麼能否在西方電影節上獲獎決定了電影人能否繼續他們的創作，以及其作品能否在本土得到重視和關注的重要條件。當西方觀眾的窺視心理失落之後，又應提供什麼樣的文化體驗去彌補？如何成為「全球電影」成為必要的議題。「全球電影將電影的娛樂功能、商業功能和流行文化元素發揮到極致，隨影像流通傳遞的是現時大多數文化所能接受的以個體為中心的普世價值觀，將人性的基本元素，如個體尊嚴、自由平等、親情友情、慾望愛情、正義與邪惡、個人與體制、善之美與惡之花等娛樂化地加以呈現」。[註109] 在這種全球大氣候之下第六代導演也「相應作出調整：一方面繼續保持對邊緣命題和社會現實的敏感，另一方面積極探索風格創新以適應票房市場，

〔註109〕孫紹誼：〈全球影像消費視野下的中國電影〉，《上海大學學報》2014 年第 31
　　　　卷第 4 期，頁 10。

不再把電影單純地視作個人情緒的宣洩通道，而是期望它成為大眾共同分享的藝術形式」。〔註110〕於 2011 年之後呈現出一種新變化、新氣象。一方面開始走出歐洲藝術電影狹小的框架，藝術電影開始雜糅商業電影類型，擴大視野，廣泛吸收與借鑒好萊塢商業電影、意大利新現實主義、伊朗新電影、日韓電影等元素，顯示了一種多元化、商業化的趨勢。

蔡尚君〔註111〕的 2011 年《人山人海》獲第 68 屆威尼斯國際電影節最佳導演獎銀獅獎，影片取材於真實案件，弟弟被搶劫殺害後，兇手逍遙法外，當地警方卻一直不見有效動作，主人公騎著摩托車千里追凶為弟復仇。選擇以樸實的敘事方式，將主人公曆經背叛欺詐、世態險惡與自我救贖的心路歷程借助美國公路電影（Road Movie）〔註112〕模式巧妙而又深刻地展現出來。

2013 年的《天注定》是賈樟柯第七部故事長片，被公認為是賈樟柯的轉型之作。影片通過馬、鴨、蛇、魚的四種生活狀態去講述四個社會底層人物的四段暴力故事。故事彼此相對獨立但又通過一些線索彼此相連。賈樟柯在《天註定》中一改以往的詩化風格，大尺度運用暴力、色情等類型片元素。這次是「換皮不換心」的新嘗試，在類型片元素的包裝下依然不改的是對社會草根階層的深切關注。西方電影節及評論界對此次轉型褒貶不一：第 66 屆戛納電影節主競賽單元評審團主席斯皮爾伯格（Steven Allan Spielberg）評價說，《天注定》顯示出中國越來越強大的創意力量，讓評委們印象深刻；〔註113〕相反，美國《綜藝》雜誌則認為《天註定》「毫無疑問是賈樟柯最主流的一次嘗試，敘事結構嚴謹，卻毫無以往的穿透力，影片社會新聞式的情節，跟其

〔註110〕聶偉：〈一個概念的熵變：「第六代」電影的生成、轉型與耗散〉，《文藝研究》2012 年第 2 期，頁 91。

〔註111〕蔡尚君曾擔任多部獨立電影的編劇工作，《愛情麻辣燙》、《洗澡》、《向日葵》等。

〔註112〕公路電影（Road Movie）或稱為公路片，是一種將故事主題或背景設定在公路上的電影類型，劇中的主角往往是為了某些原因而展開一段旅程，劇情會隨著旅程進展而深入描述主角的內心世界。公路電影的結局在一般傳統上有五個選擇：一是主角達成了所希望的「勝利」，返回他們原來出發的地方，變得更聰明睿智。二是主角在最後的旅程找到一個新的家園。三是主角持續不斷的旅程。四是主角因為他們的旅程而無法回家，要麼選擇死亡或被殺。五是主角在影片結束後進行一段沒有任何意義的短途旅行。《人山人海》的結局屬於第四種。

〔註113〕任芳：〈《天注定》戛納獲最佳劇本，賈樟柯比作意外之喜〉，（來源：http://china.cnr.cn/xwwgf/201305/t20130527_512682257.shtml，瀏覽時間：2018 年 6 月 24 日。

中展現的血腥元素顯得格格不入」。〔註114〕2013 年，該片獲得第 66 屆戛納國際電影節最佳劇本獎等多個國際電影大獎，獲英國 BBC2 年度十大佳片、美國《電影評論》雜誌年度十大佳片、美國《紐約時報》年度十大佳片等。

2014 年刁亦男《白日焰火》為大陸藝術電影贏得第 4 個柏林國際電影節金熊獎，同時男主演廖凡也奪得最佳男演員銀熊獎。《白日焰火》是由一起連環碎屍案件引發的犯罪愛情影片，充斥著犯罪懸疑驚悚的類型片元素。該片不但在柏林國際電影節上獲得最佳影片的殊榮，而且在海內外電影市場都取得了可觀的票房，西方媒體認為該片既是大陸體制內製作又賣座又叫好的佳作。無庸置疑，《白日焰火》「現象級」的表現為大陸藝術電影打了一劑強心針，也許可以給那些同樣在堅守自由發聲的電影人一些啟示——如何在不影響創作初衷、不超逾底線的情況下將影像分享給更多觀眾。

值得關注的是，一向在大陸電影界被貼上國產大片、賀歲大片包攬者標籤的馮小剛，甚至曾「通過宣稱他喜歡賺錢且蔑視藝術電影來戲弄影評人」〔註115〕的馮小剛，2016 年以《我不是潘金蓮》獲第 64 屆西班牙聖塞巴斯蒂安電影節最佳影片「金貝殼」獎。影片根據劉震雲同名小說改編，講述了一個被丈夫污蔑為「潘金蓮」的女人，通過十多年不斷的上訴，堅持為自己討回公道的故事。從題材上來，非常容易讓觀眾聯想起張藝謀的《秋菊打官司》（1992）。這不僅是一次從商業電影到藝術電影的「逆行」更是一次發人深省的「逆襲」。

對於當下這種商業化電影的浪潮，賈樟柯則認為不應該將人文和商業對立起來，「因為這兩者並不矛盾，商業電影不等於不需要人的角度，將兩者對立起來是非常中國式的理解，也是目前我們電影存在的問題」。〔註116〕

通過以上對大陸藝術電影發展脈絡及電影節上的獲獎影片的梳理，不難發現西方國際電影節神話背後的商業、政治及藝術標準絕非一成不變。從八、九十年代年代繼《黃土地》及後「黃土地」現象中承載歷史文化使命的民俗題材到 90 年代初起揭露社會底層邊緣的現實題材，獲獎的大陸兩代導演作品美學追求與創作風格大相逕庭，從第五代的視聽奇觀到第六代的現實再現，

〔註114〕木林：〈賈樟柯稱《天注定》已過審，外媒評價：不如前作〉，（來源：http://yule. sohu.com/20130517/n376299387.shtml，瀏覽時間：2018 年 6 月 24 日）。

〔註115〕（美）克里斯汀・湯普森（Kristin Thompson）、大衛・波德維爾（Bordwell, D） 著，陳旭光、何一薇譯：《世界電影史》，北京：北京大學出版社，2004 年， 頁 857。

〔註116〕吳瑞麗：〈賈樟柯：最想守護的是自由〉，《新京報》，2013 年 10 月 25 日。

其間所西方國際電影節評選標準的嬗變正是達德里‧安德魯（Dudley Andrew）所提出的世界電影從「世界電影時期」更迭到「全球電影時期」的一種自然折射。

　　此外，如果說西方國際電影節在評選中完全徹底地摒除了政治因素、利益考量及先入為主的成見，未免無法令人信服，然而西方對於東方的選擇也絕非純是政治上的別有用心。最大限度地抑制政治取向及主觀偏見，避免過大偏頗，盡量做到公正客觀地評估作品，相信是眾多國際電影節努力的方向，也是全世界電影人對國際電影節的期許。

第三章　觀看中國的第一個視角：
第五代導演之影像「寓言」

> 男性觀察女性，女性注意自己被別人觀察。這不僅決定了大多數的男女關係，還決定了女性自己的內在關係，女性自身的觀察者是男性，而被觀察者為女性。因此她把自己變作對象——而且是一個極特殊的視覺對象：景觀。
>
> 　　　　　（英）約翰・伯格（John Berger）：《觀看之道》〔註 1〕

　　如前文所考察，西方國際電影節的發展軌跡顯現出從歐洲地緣政治不斷向全球性演化的一種態勢，並在演化中逐漸交織出一張由藝術、商業、政治、文化等多維度組成的「電影節網路」（festival circuit），當今的電影節現象儼然成為一種錯綜複雜的世界文化現象。筆者認為電影節通過甄選環節有效地將電影人和電影影像從不同的文化背景中吸納進來或排除出去，再經由「紅地毯」首映禮、頒獎典禮、展映、宣傳等一系列回歸傳統的「儀式」將電影作品「經典化」，無形中（至少）嘗試去恢復藝術品因複製生產而失去的「膜拜價值」；最終又與發行商、代理商、大眾傳媒等攜手強力打造了各類電影節品牌商品，充分發揮了電影藝術中的「展示價值」。

　　在國際電影節這一全球化的文化空間中，「藝術性」與「商業性」作為電影藝術作品的一體兩面得到了充分的詮釋和演繹。更為重要的是國際電影節網路無疑已／將參與世界電影史的書寫，這實質也是影像進入文化交流場域

〔註 1〕（英）約翰・伯格（John Berger），戴行鉞譯：《觀看之道》，桂林：廣西師範大學出版社，2005 年，頁 47。

之後「大浪淘沙」的一個過程。雖說如荷蘭學者瑪莉·德·法爾克（Marijke de Valck）所言「電影節作為區間、作為過渡狀態」，「電影產品可以盡情的展示其審美成就、文化特性，並通過社會相關性獲得的關注」，〔註2〕然而，是否能夠成為世界「文化的各色不同圖景」中的一部分，受到「各體制、表達與壓抑之間複雜而矛盾的相互影響，而影響種種則都要受到權力這一力場的作用」。〔註3〕經上文中對西方電影節上大陸獲獎影片的釐清和獲獎原因的剖析，這一權力力場的作用在西方國際電影節場域中清晰可見：大陸藝術電影中以展現東方奇觀為表徵的民俗電影和體制外獨立製片的紀實風格電影成為他們給予關注並頒予獎項的兩大主要類型，並由此有意無意地促進了模式化電影的創作和生產，從而滿足西方觀眾的視聽藝術需求與消費。

　　當西方觀眾還圍繞著「商品」的「風格、主題、導演和民族文化」展開熱烈討論時，美國電影評論家和理論家比爾·尼科爾斯（Bill Nichols）提醒人們不要忽略了一個關鍵性問題——這些來自異質文化的影像究竟是如何進入西方視閾的。他指出西方國際電影節接連不斷地將一系列被稱之為「獨特的有價值的」獲獎的「新電影」推介給西方觀眾，而且基本採用兩種開放式策略去「發現」值得國際關注的「新電影」：一是作品雖來自於非電影大國的名不見經傳的新人導演，但必須具有足以得到國際影壇稱讚的成熟的藝術，二是在風格和主題方面展現不同於好萊塢規範的鮮明的民族文化。國際電影節旨在成為讓西方觀眾可以在第一時間瞥見重大電影文化的一個窗口。〔註4〕

　　實際上，當置身於本土的與世界的交匯「接壤」的「電影節網路」（festival circuit）之中，影像的存在與否並不重要，只有成功吸引評委觀眾影評人的注意，喚起他們在情感和認知上的共鳴，影像的存在才會被感知，因此越來越多的電影陷入電影節的怪圈，不惜「自我景觀化」來吸引關注。這一點對於像比爾·尼科爾斯（Bill Nichols）這樣的電影節參與者來說，「我們清楚他們了解我們知道他們是根據對我們的觀察將信息校准到我們先前存在的假設，這精心策劃的舉動本身就是一種獎賞」，也可能完全明白我們「對一個異族文

〔註2〕（荷蘭）瑪莉·德·法爾克，肖熹譯：〈電影節作為新的研究對象〉，《電影藝術》2014年第5期，頁116。

〔註3〕（美）達德里·安德魯（Dudley Andrew）：《電影與歷史》，轉引自（美）張英進，胡靜譯：《影像中國——當代中國電影的批評重構及跨國想象》，上海：上海三聯書店，2008年，頁1。

〔註4〕Bill Nichols, "Discovering Form, Inferring Meaning: New Cinemas and the Film Festival Circuit", Film Quarterly, Vol. 47, No. 3 (Spring, 1994), p.16.

化深入瞭解和真實性的追求也不過是虛幻的」。〔註 5〕因為，來自各地的電影人都忙著證明自己的作品與西方的口味和期待相一致。根據這一事實，我們可以說西方國際電影節和與賽者相互之間存在著一種隱而不宣的微妙默契，一種親密合作的共謀關係，頒獎與被頒獎亦是彼此的互為獎勵。大陸藝術電影之所以能夠成功地進入西方主動敞開的視窗，躋身為「重大電影文化」的一份子，也正是因為符合上述比爾‧尼科爾斯（Bill Nichols）提出的兩種「發現」策略，並掌握了電影節的遊戲規則，意識到一部最有可能獲獎的影片所應具有的可滿足電影節期待值的基本特質。

在這場由電影節組織的「文化遊戲」中，作為鏡像認同的觀眾——西方國際電影節與大陸藝術電影一同建構了某種銀幕關係。法國被譽為「電影符號學宗師」的電影理論家克里斯蒂安‧麥茨（Christian Metz）指出，任何視覺活動都是由一個由投射和形成內心形象的雙重運動構成，而運動的結果即是某些事物被「投射」到觀者的視網膜上，一種關於該對象的表象的「可接受性」描述是以觀眾為起點。換言之，雖然觀眾相對被感知物的銀幕是缺席的，但是，作為感知者，觀眾是在場的，甚至「無所不在」的，每時每刻觀眾對「不在對象」的無限追求所產生的游移的視線都會出現在影片中。正常情況之下，「這種在場往往是散漫的、地理上無差別的、均勻分布在銀幕表面的」。〔註 6〕然而，在電影節網路中，西方國際電影節及迷影人是作為大寫的「他者」而起作用的視聽驅動力，幾乎成為許多大陸藝術電影創作的動力基礎。在觀眾的視線等同於基本認同的前置條件下，大陸影人主動調節這種鎖定並把它強加給觀眾的電影代碼，一些電影代碼或次代碼負責向觀眾指出在影片內部需按什麼方向延伸與自己的目光之間存在的永久性、持續性認同。

若按照克里斯蒂安‧麥茨（Christian Metz）的解讀，大陸影人以對電影與觀眾之間的交流運動的有意識認可為基礎，或多或少「參與了一種鬆弛的、社會認可的倒錯性實踐」，大陸影人與西方觀影者「這對倒錯者，在其兩種相反的衝動『背景』中（它們在生產文化史中有其等價物）承受著窺視癖者的慾望壓抑——這對於參與者雙方（其實是在其幼兒期的自戀根源中）從根本

〔註 5〕 Bill Nichols, "Discovering Form, Inferring Meaning: New Cinemas and the Film Festival Circuit", Film Quarterly, Vol. 47, No. 3 (Spring, 1994), p.20.
〔註 6〕 （法）克里斯蒂安‧麥茨，王志敏譯：《想像的能指：精神分析與電影》，北京：中國廣播電視出版社，2006 年，頁 50～51。

上說是相同的。這種慾望陷於其兩種面目的永久性的交流之中：主動／被動、主體／客體、看／被看」。在不同程度上，大陸藝術電影反轉了其生成過程，通過一系列慣習的專門化能指符碼講述了中國的故事，巧妙縫合起當西方審視東方影像時「我想要觀看的東西」的特殊趣味。

接下來，本文將深入觀察在全球化動態語境下西方電影節如何透過影像審視中國這道「古老神秘」的東方景觀，從而探析隨著西方國際電影節對大陸電影期待視野的主動切換，觀察視窗由「遠」及「近」地推進下，大陸藝術電影如何相應地從意識形態、文化以及藝術層面建構視聽能指群來呈現出一個由影像「寓言」到影像「真實」的形象轉身，以獨一無二的方式將西方觀影者捲入中國影像的想像界。與此同時，大陸藝術電影在西方電影節獲取「獎賞」──讚揚和肯定的目光，並在這一目光中持續地建構自我認同，自我認知體系也得到進一步的強化。不過，在大陸藝術影像的能指材料及能指方式的構成中，「自我」處於超驗的但從根本上被迷惑的主體的地位，在想像界中確立的自我鏡像，實則脫離了自己的存在事實（真實界）又失去進入象徵界能力，陷於兩者裂縫之中，似乎很難超越能指層面範疇。

第一節　遠觀（1983～2000）

約翰·伯格（John Berger）強調「觀看先於言語」，在認識人或事物的最初階段，人們會像孩童一樣「先觀看，後辨認，再說話」。〔註7〕對此，我們可以理解為影像主導之下的訊息傳播消除了傳播者與被傳播者之間語言上的差異，跨越了不同的國度不同的文化，從而使「走出去」的大陸藝術電影成為在西方世界建構對中國之想像的重要元素。然而，「我們（觀看者）見到的與我們（觀看者）知道的，從未被澄清」，只因「這種了解和解釋，從未與這景觀相符」。〔註8〕觀看者所「見到的」必定受到觀看者所「知道的」干擾，換言之，如何觀看、選取什麼樣的視角觀看乃至觀看的結果均取決於觀察者已然「知道的」背景知識和帶著什麼樣的預設期待去觀看這一對象。

《山水節要》中闡釋中國山水畫的審美觀照方式即「運於胸次，意在筆

〔註7〕（英）約翰·伯格（John Berger），戴行鉞譯：《觀看之道》，桂林：廣西師範大學出版社，2005 年。頁 2。

〔註8〕（英）約翰·伯格（John Berger），戴行鉞譯：《觀看之道》，桂林：廣西師範大學出版社，2005 年。頁 2。

先。遠則取其勢，近則取其質」。〔註9〕「運於胸次，意在筆先」意味著觀看之前已對要看些什麼觀看的順序及觀看的重點瞭然於胸；「遠取其勢」則是作畫者著眼於審美客體的整體造型，並在這一主導意識之下遠距離觀照對象，以獲得整體性概括印象，一般重在取其大體氣勢；而「近取其質」則是作畫者對審美客體進行近距離的具體觀察，深入研究和表現對象，一般重在明確本質結構。遠觀與近察相結合，「勢」與「質」兩個審美品格相並重，以把握整體氣象。異曲同工，西方國際電影節對中國大陸電影所採用的觀察方法也符合這一從宏觀至微觀的空間意象，以及從歷史文化背景到當代現實生活的觀察時序，也揭示出西方觀賞東方景觀時獨特的心理空間與視覺空間。由遠及近畫面景別的變化正是人們從不同距離觀察客體心理的要求，處於「遠景」的中國或是「近景」的中國所呈現的不同景別畫面會在西方觀眾的審美心理情感上都會帶來不同的投影、不同的感受。大陸藝術電影從影像「寓言」到影像「真實」，是西方國際電影節對大陸藝術電影的選擇態度從「遠觀」其大體氣勢以取得概括性認識到「近察」其本質結構以趨近具體現實的結果，也是東西文化對話逐步深入的表徵。

西方國際電影節「遠觀」的期待視野是由當時的時代語境和長久的東方主義情結下的他者想像縱橫交錯而成。

一、橫向座標：時代語境

讓我們先回溯一下在中國影像進入西方視閾之前的時代語境。根據達德里・安德魯（Dudley Andrew）的劃分法，上世紀 70 年代至 90 年代的「世界電影時期」正處於以美國、北大西洋公約組織為主的資本主義與以蘇聯、華沙條約組織為主的社會主義兩大陣營展開政治經濟軍事鬥爭的冷戰（Cold War）時期。1960 年代初，毛澤東與蘇聯決裂，「大略反映了他逐漸把馬克思主義『中國化』。但是，對西方工業社會那些正尋找取代冷戰的生死鬥爭的異議者，中國社會主義的另類發展模式與他們自己另擇發展道路的追求不謀而合」，〔註10〕中國反蘇聯的形象在西方世界日益受到歡迎。1971 年，中美兩國乒乓球隊開始友好互訪，期間美國乒乓球隊還參觀了上海郊區文革時期

〔註9〕（五代）荊浩：《山水節要》，（來源：http://www.eywedu.com/hualun/hl026.htm，瀏覽時間：2018 年 7 月 1 日）

〔註10〕（美）：安德魯・羅斯，吳一慶譯：〈毛澤東思想對西方政治文化的影響〉，《湖南科技大學學報：社會科學版》2008 年第 11 卷第 4 期，頁 24。

的某間人民公社，展開的一系列的「乒乓外交」在推動中美關係正常化進程的同時，也加速了新中國邁向世界的腳步。1972 年 2 月，當時的美國總統理查德・米爾豪斯・尼克松（Richard Milhous Nixon）訪華前夕，第一夫人佩特・尼克松（Pat Nixon）身穿中式絲綢旗袍的照片刊登於《女性家庭月刊》（Ladies Home Journal）的封面，標題為「風華絕代的中國風」（Opulent Chinoiserie for Grand Evenings）。1972 年 2 月 28 日美國總統尼克松正式訪華，並發表了中美《上海公報》標誌著兩國間長達 22 年的敵對關係至此結束，此舉引起了全球性的矚目。在接下來的幾年這股「中國風」吹遍整個歐美，並在經濟文化等方面也產生了一系列的蝴蝶效應（the butterfly effect）〔註 11〕。1978 年，隨著中國大陸確立「改革開放」政策，徹底打破了中國長久以來自我封閉的狀態，從此開放了中國大陸與西方世界交流往來的大門。中西關係得到改善後，經貿合作越來越活躍，國際貿易額度大幅度增加，海外資金也大量湧入中國市場。

除了政治經濟之外，中西學術界的交流也愈發頻繁起來。早在 1966 年由美國學者發起並成立了美中學術交流委員會。雖是一間非政府機構，但該機構在 1966 至 1971 年間為建立兩邊學術聯繫作出了努力，並自 1972 年起通過組織代表團訪問、資助兩國留學生以及開展專業性領域的合作項目等形式推動學術交流活動。1979 年中美關係正常化以後官方開始派遣學者互訪，中國大陸 500 學人赴美留學，美國政府也派了數十名學者來華交流學習。〔註 12〕留學生作為文化使者，對兩國關係發展起著極為重要的促進作用。同年鄧小平訪問美國時，在白宮與美國總統卡特簽署了《中美科技合作協定》。這是中美建交後兩國簽署的首批政府間協定之一雙方據此成立中美科技合作聯委會機制，在教育、農業、空間等各個領域開展積極合作。

作為一名前《時代》雜誌記者的理查德・伯恩斯坦（Richard Bernstein）曾在《來自地心》（From the Center of the Earth）一書中對當時的「中國風」如是形容：「中國大陸在 1972 年對美國人開放後，已成為世上最時髦的去處

〔註 11〕蝴蝶效應（the butterfly effect）是指在一個動力系統中，不起眼的一個小動作卻能引起一連串的巨大反應。1963 年美國氣象學家愛德華・羅倫茲（Edward N. Lorenz）在一篇提交紐約科學院的論文中首次分析了這個效應，他發現：事物發展的結果，對初始條件具有極為敏感的依賴性。於是認定這是「對初始值的極端不穩定性」，即「混沌」，又稱「蝴蝶效應」。

〔註 12〕蒲叔華：〈毛澤東的說法正好與事實相反——與毛思迪談他的新作「破碎的大地」〉，台北《聯合報》1983 年 6 月 13 日第 3 版。

之一。成千上萬的記者、名人、政客湧向這個一度嚴密封閉的地方」，「以及一批又一批的普通遊客絡繹不絕。這些外國訪客的每一步幾乎都被受過專門訓練的導遊、經理人控制，然而，還是一部部書籍、紀錄片、電視片推出。好像每個人都有責任，以某種方式傳播自己所發現的中國似的」。〔註13〕而那些來自西方的眾多新聞攝影記者則是通過鏡頭「發現」並「傳播」中國。1973年9月法國總統喬治・讓・蓬皮杜（Georges Pompidou）應邀訪華，隨行法國攝影師布魯諾・巴比全程記錄了期間的活動。在他的鏡頭下有整齊劃一的軍人隊伍，有身著統一制服的工廠女工，有手持刺刀嚴正以待的女兵，也有正在佈置廣交會會場的工作人員等。幾乎均以群像為拍攝主體，而且軍人軍帽上的五角星、女工身上配戴的毛主席像章、女兵手中醒目的刺刀、巨型革命宣傳海報、突出的毛澤東雕像等文革痕跡在圖像中顯得極為鮮明。西方世界對於長達十年的文化大革命充滿了窺視欲和好奇心：毛澤東為什麼會發動文化大革命？文革對中國社會帶來哪些影響？中國人如何評價這場運動？這些始終是當時西方人心中懸而未決的追問。

在這樣的國際消費「中國文化熱」的大背景下，據統計，1978年～1984年國外舉辦的中國大陸電影展不下30場，把中國光影初次亮相於世界電影舞台的聚光燈下，激發了西方觀眾的興趣。其中，1980年由英國電影協會（BFI）等機構共同在倫敦舉辦的「中國電影45年」以及1982年在義大利都靈舉辦的「中國電影50年」是國際上最早舉辦的關於中國大陸電影的歷史性回顧展〔註14〕。西方電影圈及學術界也加入了「中國文化熱」的風潮之中。但是那些陳舊的傳統中國大陸電影卻很難讓人滿意。對西方觀眾而言，傳統中國大陸電影過於臉譜化缺乏真實感，無法擺脫戲劇和文學的表現形式，和現代電影理論與技巧脫節。

二、縱向座標：東方主義情結

中國影像的缺稀驅使西方國際電影節通過中國大陸新時期電影來填補。我們從前文的分析中不難看出西方國際電影節對大陸藝術電影中的窮山惡水、被禁錮的慾望、各種人生苦難的特殊癖好，這種單一化的選擇標準是長久以

〔註13〕〈陳凱歌與張藝謀：暗戰二十年〉，（來源：http://chuansong.me/n/726798，瀏覽時間：2018年6月20日）。

〔註14〕黃建業、焦雄屏：〈這些人與那些人──研究中國電影的外國人〉，《400擊》1985年第1期，頁19。

來在東方主義（Orientalism）思維下對中國形成的刻板印象的一種折射。「東方主義」原是西方學者用來表述或描繪東方世界的術語。自 1978 年愛德華・薩義德（Edward Waefie Said）的《東方主義》（或譯《東方學》）出版以來，學術界開始使用「東方主義」這一術語來指代西方對中東，亞洲和北非社會的普遍存在的一種態度。在薩義德的分析中，西方通過文化霸權以新的「殖民主義者」姿態重新統治著、奴役著東方人。任意虛構「東方文化」體現的是西方主義的一種居高臨下的姿態，一種蔑視東方文化的立場，一種以西方為中心的話語權力模式。「東方主義」的描述性表達無一例外地將東方各國社會的多種生活進行了對象化、本質化和刻板印象的方式處理，其對立化的表現有二：其一敵視（the xenophobic），專注於他者的威脅性和可憎性，如暴君、原教旨主義、恐怖主義等，東方男性成為墮落無恥且被妖魔化的對象；其二異域（the xenophilic），關注他者具有吸引力的一面，如閨房、面紗、藝妓等，東方女性常被描繪成為放蕩、被動且頗具異域風情。〔註15〕

　　這種由西方人「虛構的東方」從上世紀好萊塢對中國的投影中可見一斑。雖然「最初，製作影像是為了用幻想勾勒那不在眼前的事物的形貌。逐漸地，影像比它所表現的事物更能經得起歲月的磨煉；它還能提供某物或某人舊日的模樣──從而隱含了別人一度對這一題材的看法。其後，人們又承認影像還記錄了製作者的具體觀點。影像成為是某甲如何看待某乙的實錄。這個個體意識不斷增強──伴隨著不斷增強的歷史意識──的結果。」〔註16〕好萊塢的影像中記錄著中國昔日的模樣，也呈現了作為他者的西方對中國的觀感，使中國在西方世界可見可感，使中國在西方世界得以「存在」。在近百年來的好萊塢電影中，中國的銀幕形象無外乎是兩類「他者」：「敵視」（the xenophobic）的「他者」，如腐敗凶殘的政府及官員，落後野蠻的民族，無能或被女性化的華人男性；「異域」（the xenophilic）的「他者」，如神秘、誘惑或妖魔化的華人女性。

（一）「敵視」（the xenophobic）的「他者」

　　上世紀在西方世界臭名昭著的「傅滿洲」博士，1913 年出現於英國作家

〔註15〕參見（美）薩義德（Edward Waefie Said），王宇根譯：《東方學》，北京：三聯書店，1999 年。

〔註16〕（英）約翰・伯格（John Berger）：《觀看的方式》，台北：麥田出版，2005 年，頁 4。

薩克斯·羅默（Sax Rohmer）筆下的一位虛構的惡棍角色，誕生於滿清帝國滅亡的第二年。作者羅默在沒有任何先驗知識和對中國沒有任何瞭解的情況下，僅憑據對當時西方社會上流行的「義和團暴亂」以及華人勞工引起西方社會恐慌的「黃禍」〔註17〕（Yellow Peril）傳言而杜撰的擬人化人物，此後還陸續以「傅滿洲」為主要反面人物創作了近二十部小說。90 多年來，這個邪惡的角色在電影、電視、廣播、漫畫、漫畫書中廣泛出現，並成為邪惡的犯罪天才和瘋狂科學家的原型人物。僅好萊塢就拍攝了十四部以「傅滿洲」博士為主人公的電影，瘦高，聳肩，像貓一樣地不聲不響，行蹤詭秘，長著莎士比亞式的眉毛，撒旦的面孔，禿腦殼，細長眼，閃著綠光。他集所有東方人的陰謀詭計於一身，並且將他們運用發揮得爐火純青。他可以調動一個富有的政府可以調動的一切資源，而又做得神不知鬼不覺，只要想象這樣一個邪惡的傢伙，西方觀眾的頭腦里就會出現傅滿洲博士的形象，這個形象是體現在一個人身上的『黃禍』的形象。除了作為「黃禍」的擬人化人物之外，其命名來源於以清朝末代皇帝溥儀在日本扶持下建立的偽滿洲國傀儡政權的俗稱「溥滿洲」，「傅滿洲」亦成為投機奸詐、陰險醜陋的滿清政府的換喻而存在。這個純粹想像出來的「史上最邪惡的亞洲人」形象深入西方社會，徹底融入西方表述對中國認知的話語體系之中。

　　1933 年由法蘭克·羅素·卡普拉（Frank Russell Capra）執導的《閻將軍的苦茶》（The Bitter Tea of General Yen）也是一部在「黃禍」陰影下創作的好萊塢影片，因刻劃了落後和野蠻的舊中國而被當時的國民黨政府所抗議。好萊塢一手將主人公「閻將軍」打造成為性情殘暴的中國軍閥，對白人女性造成性威脅的帶有強暴意識的「他者」，華人男性的又一典型化刻板形象。「黃禍」論在好萊塢影像上的展現彰顯了以西方中心的、白人至上的東方主義論調，再者也顯露出西方人潛意識（《閻將軍的苦茶》中被閻將軍挾持的白人女性戴維斯在「白日夢」中發現她為閻將軍所吸引）對中國可能會對西方造成威脅的一種恐懼。除此之外，還有好萊塢默片《騙子》（1915）、《黃色威脅》（1916）、《上海快車》（1932）等都是以「東方人無論是在生理上還是在心理上都是野蠻的、孱弱的，並且東方是充滿了暴力、粗鄙、未開化的地方，東

────────────

〔註17〕最初歐洲人把十三四世紀蒙古人的擴張稱為黃禍。至十九世紀末、二十世紀初西方興起「黃禍」論，它宣稱中國等東方黃種民族的國家是威脅歐洲的禍害，為西方帝國主義對東方的奴役、掠奪製造輿論。參見百度漢語詞典「黃禍」詞條。

方人幼稚、道德感缺失」〔註18〕這樣的『黃禍』論調為主來影像中國的，帶有鮮明的種族色彩隱喻。

西方流行文化中與「傅滿洲」相映成趣的另一典型中國人物「陳查理」，則是由正義的化身，作為「模範少數族裔」的原型。陳查理作為檀香山警方的一名偵探，為調查神秘事件並解決犯罪事件而環遊世界。1925 年陳查理最早出現在美國作者厄爾‧德爾‧比格斯（Earl Derr Biggers）的系列小說中，比格斯是從當時的一則有關華裔探警鄭阿平（Chang Apana）出色偵破當地案件的新聞得到的靈感，並構想了仁慈英勇的陳查理探長作為像「傅滿洲」博士之類的奸邪的替代品，以打破「黃禍」的刻板印象。而後相繼被拍成電影電視劇和卡通片。從 1926 年開始好萊塢以陳查理探長為主角製作的電影多達四十七部。美國電視台曾做過一次觀眾調查，「陳查理」偵探仍是當代「美國觀眾最熟悉的 5 個中國人」之一。陳查理角色最初是由亞洲演員扮演的，然而收效甚微，後由白人演員喬妝扮演，大受歡迎。陳查理雖被塑造成善良的足智多謀的英雄人物，然而銀幕上的陳查理身材矮小臃腫、性格溫和、滿嘴「子曰詩雲」、操著一口蹩腳英文，清心寡慾且缺少陽剛之氣的形象與原型人物鄭阿平相去甚遠，更是與影片中高大威武的白人男性性形成強烈反差，以及出於西方觀眾長期的種族歧視而採用白人演員扮演華人，使得「陳查理」依然沒有逃出傳統約束和屈從性質。

如同「陳查理」一般，將男性華人性別特徵模糊化或明顯女性化是好萊塢電影中慣用處理方式之一。早在 1919 年格里菲斯執導的《嬌花濺血》（又譯為《殘花淚》或《破碎的花朵》）中男性華人被「閹割」的跡象就已存在。好萊塢將背井離鄉到倫敦謀生的「黃人」程環幻想成為一個嘗試從西方專制父權之下拯救英國情人的「浪漫英雄」，但仍是「一個傾向自審、謙卑、文弱、被動而終究無能的善良人」〔註19〕。影片中強調他對吸食鴉片的耽溺更是「黃人」形象始終無法擺脫體制柔弱、精神萎靡的「東亞病夫」〔註20〕這一人設

〔註18〕（美）路易斯‧賈內梯，胡堯之等譯：《認識電影》，北京：中國電影出版社，1997 年。

〔註19〕此觀點為勒薩熱（Julia Lesage）所提出，參見張英進《審視中國：從學科史角度觀察中國電影與文學研究》，南京：南京大學出版社，2006 年，頁 68。

〔註20〕「東亞病夫」（Sick man of East Asia），一詞最早名為「東方病夫」，出自上海《字林西報》（英國人主辦的英文報紙）於 1896 年 10 月 17 日登載的一篇文章，作者為英國人。1936 年柏林奧運會上，中國申報了近三十個參賽項目，派出了 69 名的代表團，但最終全軍覆沒。中國代表團回國途經新加坡時，當地報刊上發表了一幅題為「東亞病夫」的外國漫畫以諷刺中國人。

的證明。長久以來，好萊塢銀幕上的華人男性形象多是苦力、僕人、洗衣工或是餐廳侍應等從事下等工作的「無能」的角色。直至 1970 年代，渾身是膽、武藝高強的李小龍主演的中國功夫片出現在好萊塢影壇並風靡全世界，從道理上講應該可以徹底顛覆在「美國人眼中，亞洲人不論好壞，總是表現得女性化，缺少傳統男性所具有的陽剛之氣，比如說敏捷、果敢、體魄和創新力等」的形象，然而好萊塢卻「建立在西方對無性的『東方人』的表現以及相伴的憂慮的基礎上」將李小龍打造成「中性的亞洲英雄」。〔註21〕剝奪華人男性身上的性特徵，讓其淪落為無性無愛不近女色缺乏性威脅力的性無能，甚或雌雄難辨的「不男不女」（1993 年的《蝴蝶君》（M. Butterfly）中法國外交官愛上的東方「女子」竟是男扮女裝的京劇伶人），從根本上來說，這種「閹割」的心理動機與鴉片戰爭之後一落千丈的中國形象不無關係，西方人習慣了以一種高高在上的優越感來俯視中國，即使二戰時期，在西方人眼中已成為盟國一員的中國仍是那個「跟在西方後面乞求施捨和憐憫的窮鬼」。〔註22〕到 1950 年代的朝鮮戰爭和冷戰，中國被視為「紅色威脅」，好萊塢生產了許多像富有冷戰意味的影片，直至 1997 年仍有像《紅色角落》這類極富政治色彩的影片播出，惡意醜化中國形象，再次將中國塑造成為恐怖與邪惡的象徵。由此可見，好萊塢銀幕上對中國影像的投映實為一種政治鏡像。

（二）「異域」（The Xenophilic）的「他者」

華人女性在早期好萊塢影像中或是妓女、性奴、情婦、小妾或是極具異域風情、神秘邪惡的妖女。談及好萊塢電影中的華人女性塑造，不得不談及美籍華裔明星黃柳霜（Anna May Wong），她是第一位闖蕩好萊塢的華人女性。在其演藝生涯中出演的 61 部影片中大致可以分為以下兩類角色：一是好萊塢典型東西方愛情模式中被西方白馬王子征服的「屈辱的東方女性」，如《人生》（1921）中美國男子的「清湯掛面」濃妝艷抹的華裔妻子，《海逝》（1923）中被忘恩負義的美國男子拋棄後投海自盡的純潔如「蓮花」的中國少女；二是神秘性感，誘惑與威脅並存的娼妓、女奴、妖女——《上海快車》（1923）中殺了革命黨首領（混血華人）最終與英國醫生共結連理的中國妓女慧菲，《巴格達竊賊》（1924）中香豔性感的蒙古女奴；《唐人街繁華夢》（1929）的「蛇

〔註21〕　（英）里昂・漢特（Leon Hunt），余瓊譯：《功夫偶像：從李小龍到〈臥虎藏龍〉》，北京：北京大學出版社，2010 年，頁 218。

〔註22〕　丁剛：〈在誤讀中崛起〉，《視野》2007 年第 6 期。

蠍美人」，《龍女》（1931）中殘忍邪惡而又充滿誘惑的異域風情，為父傅滿洲報仇的龍女。自 1919 年 14 歲的她首登好萊塢影壇之後一共扮演一次女奴、兩次妓女、六次舞女。化身為中國娃娃的黃柳霜在西方世界大紅大紫之時甚至有美國影評人以尖酸的語氣發表題為《黃禍！中國入侵影屏》的文章，雖說好萊塢一手將黃柳霜打造為「東方豔星」，永遠也只能讓她屈從於按照西方觀念塑造出來的豔麗及裸露、軟弱及屈辱的華人女性的既定角色，以身體展示滿足西方觀眾對於東方女性的性幻想，成為「帝國凝視」（Imperial Gaze）下的慾望客體。長期以來好萊塢對異族歧視的一個證明則是黃柳霜在電影《大地》中的落選，影片中兩個重要的中國女性角色還是由白人扮演，而黃柳霜被拒絕的理由竟是：「她太東方」了，中國女人依然沒有資格扮演正面角色的中國女性。此後《大地》女主角路易絲・賴納憑此片獲得奧斯卡最佳女主角，說明由白人演員喬妝亞洲人還是最為符合當時美國觀眾的審美習慣。

　　適逢二戰時期，在中國與美國結為盟友的時代背景下，好萊塢於 1937 年出品的由富蘭克林（Sidney Franklin）執導的電影《大地》是中美文化史上一部重要的作品，也是好萊塢華人形象塑造上的一個突破。影片根據賽珍珠（Pearl S. Buck）著名的同名小說《大地》三部曲改編，1932 年該小說獲得普利策獎，也是 1938 年賽珍珠獲得諾貝爾文學獎的關鍵作品，小說和電影全世界範圍內取得轟動性效應。賽珍珠是美國第一位以中國為背景進行小說創作的美國作家，她幼時隨父母到中國傳教並在中國生活長達四十年，《大地》就是取材於她在鎮江的生活經歷。影片講述的是發生在一戰之前中國農村一戶農家的曲折命運，勤勞樸實的中國農婦阿蘭與其丈夫王龍一同戰勝天災人禍饑荒貧窮，最終創造了自己的幸福家園，表達了農民對大地的深厚感情。一方面，影片中所刻畫的中國農民樂觀堅韌、勇敢無畏，讓西方觀眾一改之前對中國人的刻板印象，並成為之後西方想象中共統治下老百姓生存狀況的重要依據之一。另一方面，《大地》又為西方觀眾開創了新的中國形象：影片渲染了中國農民飢寒交迫的貧困生活，描寫了二房小老婆、土匪搶劫等情節，凸顯了中國「醜陋」落後的一面，這種對中國人的「可憐」和同情心滿足了西方倨傲的基督教救世情懷，被西方學者指責為另一種「種族主義的刻板印象」﹝註 23﹞；農夫阿蘭在天災噩運的面前頑強勇敢，在夫權面前卻是忍辱負重、逆來順受（阿蘭對王龍娶歌女為妾的行為表示忍耐寬容），成為新一代華

﹝註 23﹞ "Pearl Buck in China: Journey to The Good Earth". *Foreign Affairs*.

人女性典型形象。《大地》影響深遠，「培養了幾代西方觀眾對中國形象單一、片面的認識：中國等同鄉村、土地、民俗、農婦。可以推測，熱愛土地和勤勞勇敢的品質，不能不說是西方觀眾 80 年代以來偏愛中國第五代導演所代表的」那些「反映舊中國的『民俗電影』的潛在因素」，同樣，阿蘭的執著性格也為西方觀眾認同《秋菊打官司》和《二嫫》這類山區農婦出家門說理、求生的中國當地農村題材的電影打下堅實的基礎。〔註 24〕

如上所述，好萊塢電影一系列非正面甚或刻意扭曲、醜化的華人形象與國族形象以一系列的典型化、定型化人物被持續地不斷地言說著形塑著，陰魂不散地制約著歐美觀眾對中國的文化想像，甚至干擾著西方國際電影節對中國大陸電影的審美判斷和評選標準，大陸民俗電影的成功即印證了這一點──與西方所持有的長期由好萊塢投射的中華國族文化印象相吻合。

1980 年代大陸藝術電影初出茅廬，成為世界電影舞台上的「一個極特殊的視覺對象」──「景觀」〔註 25〕。而西方國際電影節在時代語境與想像底色的縱橫交錯下，不再滿足於《傅滿洲》、《大地》如此這類的西方意淫式的東方幻想，而是帶著朦朧不清的記憶以及難以自棄的東方情結遙望著審視著這位從遠方姍姍來遲的東方女子，目光中還雜糅著對遙遠神秘的異國之想像、難以抹去的殖民經驗和對當代中國龐大電影市場的垂涎，希望對這位剛剛踏出「緊鎖深閨」的神秘女郎有一種籠統整體性的認識、一種大體氣勢的感知，在秩序與文化重建的世界語境下滿足宏達敘事的內在需求和匱乏。

這種社會生活中的「兩性」關係的永久的認同遊戲在約翰・伯格（John Berger）的《觀看之道》中已被拆穿，並為這種由「觀察者」與「被觀察者」構成的觀看行為本質解碼：「她（大陸藝術電影）必須觀察自己的角色和行為，因為她（大陸藝術電影）給別人（海外觀眾）的印象，特別是給男性（西方國際電影節）的印象，將會成為別人評判她一生成敗的關鍵。別人對她的印象，取代了她原有的自我感覺」，由此「女子的舉手投足──不論其直接目的或動機是什麼──也被視為她希望別人如何對待她的暗示」。〔註 26〕因此，男

〔註 24〕（美）張英進：〈美國電影 85 年來華人形象的演變〉，《新浪文化》，2004 年 09 月 22 日。

〔註 25〕（英）約翰・伯格（John Berger），戴行鉞譯：《觀看之道》，桂林：廣西師範大學出版社，2005 年，頁 46。

〔註 26〕（英）約翰・伯格（John Berger），戴行鉞譯：《觀看之道》，桂林：廣西師範大學出版社，2005 年，頁 46。

性審視女性這一外在於女性的過程，變為女性自己審視自己這一內在的過程，導致在她自身體內的她對自己的存在感被替換了，取而代之的是一種被他人視為「她自己」的存在感。對這一認同遊戲有所掌控的大陸藝術電影就在西方這樣「遠觀」的期待視野下自覺地將「觀察者」的目光內化（interorize），建構著自我內在關係，並將各個所需的元素拼貼起來以形成最標準最完美的風景，建構著跨文化展現中的「想像的能指」，在更好似為能指尋找所指的自我探尋中呈現了一系列「自我東方論述」（Self-Orientalism）〔註 27〕的東方民俗「景觀」。學者戴錦華精闢地指出，這一「景觀」「必須是他性的、別樣的，一種別具情調的『東方』景觀。西方不需要自身文化的複製品，不需要東方的關於現代文明的任何一種表述：但它同時不應是異己、或自指的，它必須是在西方文化邏輯與常識中可讀可解得，能夠為西方文化所包容的。它必須是本土的──呈現一個『鄉土中國』，但卻不是認同於本土文化的；它應貢獻出一幕幕奇觀，以振作西方文化的頹敗，不足西方文化的些許匱乏。」〔註 28〕同時，大陸民俗電影也延續了在好萊塢影片長期引導下形成的西方審美趣味。

　　這一「遠觀」的視角隨著 1990 年代全球化浪潮的推演而逐漸發生了轉變，中國大陸的當下之政治、經濟、人文等景觀無法再套用渺遠的「寓言」來讀解，東方女子的神秘性已然在全球化中褪去光環，現實社會的真面目已然在網路化中昭然若揭。張頤武則指出了這種第五代影像所提供的「想像」與中國大陸真實的「狀態」斷裂的事實：中國大陸的極度的「混雜性」無疑使它超越了原有想象的限制。那些依賴對於中國的空間神秘性和特殊的政治與民俗的展現以贏得得西方觀眾興趣的電影業已隨著中國的具體「狀態」的展現而宜告衰落。中國已經是一個具體、生動、任何人都無法迴避的存在，它在那些表現它的神秘性和不可思議的民俗、壓抑的人生的電影所描繪的怪異的想象之後突然展現了它的非常具體的存在。〔註 29〕西方國際電影節觀看中國

〔註 27〕有關「自我東方論述」（Self-Orientalism）的概念參見岩淵功一：〈共犯的異國情調──日本和它的他者〉，香港嶺南學院翻譯系文化／社會研究譯叢編委會編：《解殖與民族主義》，香港：牛津大學出版社，1998 年。

〔註 28〕戴錦華：《霧中風景：中國電影 1978～1998》，北京：北京大學出版社，2000 年，頁 245。

〔註 29〕張頤武：〈再度想象中國：全球化的挑戰與新的「內向化」〉，《電影藝術》，2001 年 01 期，頁 18。

視角由遠及近的切換直接致使張藝謀的《搖啊搖，搖到外婆橋》（1995）、陳凱歌的《風月》（1998）等延續國族寓言模式的作品在海外影展上紛紛落選，宣告由民俗電影掀起的「中國熱」開始遭遇冷卻。2000 年李安導演的《臥虎藏龍》獲奧斯卡最佳外語片作為華語電影世界的重要里程碑，對華語電影創作方向產生深遠影響，其後開啟了近乎十餘年的國產大片徵程，其中 2002 上映的張藝謀之《英雄》被視為企圖超越《臥虎藏龍》的野心之作。與此同步，第五代影人也大致完成了商業化轉型。可以說於某種程度上，《臥虎藏龍》的成功間接導致了影像「寓言」創作路線的終結，國際電影節自此對民俗電影徹底失去了興趣。

接下來筆者將進一步闡述以第五代為主導的大陸藝術片導演如何從意識形態、文化蘊涵、藝術風格三個方面來影像「寓言」奇觀。

第二節　影像「寓言」：意識形態

通過上文的回顧我們進一步瞭解了西方國際電影節交錯著時代訴求和長期好萊塢電影培養的先驗性心理結構所造就的潛在性的審美期待，我們不難發現自 80 年代末以第五代為代表生產的民俗電影在電影節上獲得發展空間正是承接了這種期待視野，使國外觀眾獲得了閱讀的可能。1985 年陳凱歌與張藝謀會師之作《黃土地》展現了與好萊塢影片《大地》中一脈相承的農民與古老的黃土地血濃於水的深情，若說該片贏得洛迦諾國際電影節銀豹獎為剛剛復甦的大陸電影指引了方向，那麼張藝謀完成了從攝影（《黃土地》）、表演（《老井》）到導演處女作《紅高粱》（1988）再次以一曲反映山東高密「原生態」的生命讚歌以及圍繞著娶妻納妾（《大地》中王龍娶賣唱女為小妾也表現了這一傳統陋習）這一封建禮教的《大紅燈籠高高掛》捧回柏林大獎金熊獎則再次確認這一方向的正確性。這些影像喚醒了西方觀眾通過觀看電影《大地》後所熟悉的並記憶存檔的中國民族元素。大陸民俗電影一再受到認可讓每一位對贏取國際大獎抱有夢想的電影人意識到準確把握並順應西方觀眾對亞洲電影所持有的特定觀影期待的重要性，同時為其他大陸導演如何取得西方電影節的入場券做出了標準示範。大陸導演紛紛緊隨其後，競相效仿其美學特徵，不斷地重複彼時受西方電影圈關注的鄉土民俗題材，並在各大國際

電影節多有斬獲，〔註30〕蔚然形成「後『黃土地』現象」。然而「黃土地」現象也好「後『黃土地』現象」也罷，第五代導演對鄉土民俗題材的選擇絕非偶然。因為在進入電影世界之前他們都曾深入了解或間接接觸過那樣「一個廣闊的天地，在那裡是可以大有作為」〔註31〕的中國農村。

第五代導演不僅親身經歷過文革，而且大多當過知青，如張藝謀、田壯壯、陳凱歌、吳子牛等。「老謀子賣血賣」、「凱歌造反」、「子牛拉縴」，非凡的人生際遇孕育了這一代人揮之不去的文革記憶或知青情結或兩者皆有。當年轟轟烈烈的知識青年上山下鄉運動，不僅在當初一瞬間改寫了整整一代人的歷史命運，甚至在之後的歲月中，也仍長久且深遠地影響並制約著這一代人所思所想所為。因此就這一代來說，無論他們身在何處，任時光流逝，這段經歷恐怕永遠難以割捨。作為這場運動的親身經歷者，陳凱歌對此就深有感觸，因而在《少年凱歌》中寫下這樣一段話：「我一直認為我的人生經歷大多來自那個時期，其中最重要的是，這個革命幫助我認識了我自己。認識自己即是認識世界。明白這一點，就決定了我的一生」。〔註32〕第五代導演在光影聚散離合的縫隙中書寫著、詮釋著飽受「生存焦慮」與「文化焦慮」的煎熬的一代人的故事。〔註33〕

如此顯然驗證了弗雷德里克‧傑姆遜（Fredric Jameson）的著名斷言：「所有第三世界的本文均帶有寓言性和特殊性：我們應該把這些本文當做民族寓言來閱讀，特別是當對它的形式是從佔主導地位的西方表達形式的機制……上發展起來的」，「第三世界的本文，甚至那些看起來好像是關於個人和力比

〔註30〕 此類獲獎影片有：《邊城》（1985）、《野山》（1986）、《大閱兵》（1986）、《紅高粱》（1988）、《芙蓉鎮》（1988）、《孩子王》（1988）、《晚鐘》（1989）、《本命年》（1990）、《菊豆》（1990）、《黃河謠》（1990）、《出嫁女》（1991）、《大紅燈籠高高掛》（1991）、《秋菊打官司》（1992）、《霸王別姬》（1993）、《香魂女》（1993）、《炮打雙燈》（1994）、《活著》（1994）、《一個都不能少》（1999）、《我的父親母親》（2000）等。具體參見第二章表1。

〔註31〕 1955年毛澤東對河南省郟縣大李莊鄉《在一個鄉里進行合作化規劃的經驗》一文作了批示，指出「農村是一個廣闊的天地，在那裡是可以大有作為的」口號，鼓勵知識青年上山下鄉去改造。

〔註32〕 陳凱歌：《少年凱歌》，台北：遠流出版社，1991年，頁18。

〔註33〕 王力堅認為知青上山下鄉運動可說是中國史上最大規模的一次「移民運動」，生活環境的改變，異域文化的差異，不可避免地讓知青「產生在生存適應與文化適應上困惑及困難的焦慮情狀與心態」。具體參見王力堅：《回眸青春：中國知青文學（增訂版）》，新北市：華藝學術出版社，2013年版，頁299。

多趨力的本文，總是以民族寓言的形式來投射一種政治：關於個人命運的故事包含著第三世界的大眾文化和社會受到衝擊的寓言。」〔註34〕傑姆遜是於1986 年提出該論述，當時正處於全球冷戰時期，也是電影發展的「世界電影時期」，傑姆遜的這一「臨時性的」〔註35〕論斷具有鮮明的時代特徵，雖一定的局限性，但足以揭示出同一時代之中有著相同閱讀視野的西方國際電影節不斷從意識形態上對第五代影片給予「民族寓言」式解讀的先驗性審美心態，以及有助於解讀與之相契合的難以「走出歷史的霧靄」〔註36〕的第五代之心靈史的寓言本文。

　　在 1980 年代至 1990 年代主動呈現的寓言故事當中，最早出現也為數最多的應屬在「鐵屋子」中發生的「弒父」的故事。故事的「主角必須是一位年輕女性（或者若干）、「存在臆造的、繁縟的偽中國儀式」並且蘊含「魯迅關於中國是無窗無門的『鐵屋』的著名比喻」〔註37〕。《黃土地》中的窯洞、《邊城》中的邊城碼頭、《紅高粱》中的高粱酒坊、《大紅燈籠高高掛》中的陳府大宅院、《菊豆》中的楊家染坊、《炮打雙燈》中與《大紅燈籠高高掛》相似的大宅院、《香魂女》中香油作坊等等，都等同於讓屋裡的人慢慢窒息而死的「鐵屋」成為生命的祭壇，在這些幾乎無法在地圖上定位的遙遠而又相對閉塞的空間中打造一個個中國舊社會的微縮景觀。在這些神秘的空間維度中很難找到相應時間點的準確參照物，時間隨之被淡出弱化，解除了與現世意識形態直接性的關聯，建構了一種可以超越時空的通用能指。隨著鏡頭推進的則是一個個關乎被壓抑的人性（尤其是女性的）反叛銅牆鐵壁般的宗法父權專制的特寫，為西方觀眾勾勒出中國千百年來巋然不動的封建社會型態和倫理秩序的基本輪廓。

　　我們仍需再次強調第五代心靈史的折射下，文革記憶如影隨形，成為集體無意識形態下的所指。如陳犀禾所說，「影片是他們文革經驗的表達」，但

〔註34〕（美）弗雷德里克・傑姆遜（Fredric Jameson），張京媛譯：〈處於跨國資本主義時代中的第三世界文學〉，《當代電影》1989 年第 6 期，頁 48。

〔註35〕（美）弗雷德里克・傑姆遜（Fredric Jameson），張京媛譯：〈處於跨國資本主義時代中的第三世界文學〉，《當代電影》1989 年第 6 期，頁 48。

〔註36〕董之林：《走出歷史的霧靄》，陝西人民教育出版社，1991 年。該著作主要分析和介紹十年來知青小說作品及其意蘊。

〔註37〕此模式由國際影視及文化研究學者呂彤鄰提出，參見馬然：〈轉變中的中國「都市一代」電影：全球世代中國「電影節電影」的文化面向〉，《上海大學學報（社會科學版）》2009 年第 4 期，頁 125。

是，他也發現「它並不是對文革的事件和人物的直接表現，而是把文革經驗（有意無意地）再現在歷史的隱喻之中，並藉此表達對文化大革命一整套名為革命（階級鬥爭、路線鬥爭），實為封建（迷信專制、摧殘人權）的觀念體系以及根據這一觀念體系製造出來的神話體系的激烈批評。」〔註 38〕「鐵屋子」中發生的「弒父」的故事自然而然讓我們聯想到另一個中國現實中的「弒父」奇觀——「以父之名」摧毀千年文化根基、顛覆社會既有秩序以確立「新父」絕對政權的文化大革命，在這雙重指涉與隱喻之中蘊含著第五代對這場運動以及民族歷史乃至國族意識形態的深刻省思。

故事中有三種主要人物類型〔註 39〕：一是封建父權的代表或專制者，多是以反面、殘缺或是病態的形象出現。諸如《黃土地》中自小為翠巧訂下娃娃親的爹爹，《紅高粱》中以一匹騾子為代價迎娶「我奶奶」的擁有一座酒坊的痲瘋病人李大頭，《大紅燈籠高高掛》中妻妾成群、視女人為私有財產、專橫殘暴的陳老爺，《菊豆》中既是性無能又是性虐待、害死了兩任老婆又娶了菊豆傳宗接代的染坊主楊金山，《炮打雙燈》中為防止家產旁落剝奪了春枝女性身份的族老們。他們作為宗法父權社會的家長對女主人公隨意買賣、踐踏、欺辱甚至殘害，是導致女主人公悲慘命運的罪魁禍首。二是父權制度下的受害者（多為年輕女性），諸如《黃土地》中嚮往婚戀自由以逃婚的方式反抗卻葬身黃河的翠巧，《紅高粱》被父母賣身換騾子的「我奶奶」，《大紅燈籠高高掛》中被財迷的繼母賣給陳老爺作四姨太的女大學生頌蓮，《菊豆》中白天是染坊的勞動力、夜晚是染坊主楊金山性虐對象的菊豆。三是啟蒙者，來自「鐵屋子」外的「他者」（多是男性），他們是外來者、闖入者、「弒父」故事中的「子一代」，不同於衰老垂死的父親形象，他們富有吸引力和旺盛的生命力，常與女主人公之間存在著啟蒙與被啟蒙的關係。諸如《黃土地》中為採集民歌來到翠巧家的八路軍文藝工作者顧青，《紅高粱》中原本是為「我奶奶」送親的轎夫卻最後成為了「我爺爺」的「我爺爺」，《大紅燈籠高高掛》中的頌蓮即是受害者又是陳府的外來者，《炮打雙燈》中來自外鄉為春枝家作畫的青年畫匠牛寶。命運被那些或愚昧迂腐或嚴酷專橫的家長橫加干涉、受到重重

〔註38〕陳犀禾：〈「第五代」電影和臺灣新電影之比較研究〉，《電影新作》1995 第 6 期，頁 66。

〔註39〕三種主要人物類型劃分根據呂彤鄰、張英進等學者的分析總結而得。可參加（美）張英進，胡靜譯：《影像中國——當代中國電影的批評重構及跨國想象》，上海：上海三聯書店，2008 年，頁 260～261。

封建倫理制度禁錮的女主人公喪失了追求婚戀的自由實現個人人生的權利，這時來自「鐵屋子」外的「他者」打破了往日的這份平靜，令她們覺醒，被喚起了被壓抑已久的人性（主要是性壓抑），於是與其一同向父權專制者發起了一場反叛，一場挑戰封建權威以爭取個人權益的「弒父」謀反。

《黃土地》在 1985 年香港國際電影節上首映時產生了轟動效應，開始引起世界對中國大陸電影第五代電影人的關注。〔註 40〕陳凱歌在《黃土地》的導演闡述中引用了老子的「大方無隅，大器晚成，大音希聲，大象無形」來加以解釋為何將珂蘭原著《深谷回聲》改命為《黃土地》，以言說不可言說之物，藉此傳達更為迫切的使命感和責任感。

「黃土地」實為整部影片利用敘事語言與畫面語言濃墨重彩的第一「主角」，是「父」一樣的存在。影片第一個鏡頭便是黃土高原的全景圖，黃土地作為近乎靜態畫面的主體，而蔚藍的天空僅占畫面的十分之一，彷彿那幾千年屹立不倒的封建父權專制一般遮蔽了人們的希望，凸顯「鐵屋子」意象。緊接著的一組寫景空鏡頭則帶出蜿蜒起伏的土黃色山脈，將時空的綿長悠遠之感表現得淋漓盡致。黃土地縱然沈重得令人壓抑窒息，但暖暖的黃色基調又似時刻提醒觀眾正是這片貧瘠的土地養育了這一方人民。在大量的大遠景鏡頭中農民「日出而作，日落而息」，日復一日年復一年地過著單調的生活。在整體畫面構圖上通過鮮明的比例反差凸顯出「地之沈厚」、人之渺小，如同黃土地上的一粒塵埃依附於此，沒有母親大地何談小我？把人們與孕育著民族血脈的黃土地之間相互依存的關係形象生動地刻劃出來。此外，影片中兩次出現的祈雨儀式反映了中國農民在貧瘠黃土地上生存的艱辛，就如同好萊塢電影《大地》中王龍與阿蘭對抗飢荒與蝗災一樣，人們也必須在貧窮和天災中掙扎求存，與大自然的面前人們顯得無能為力不得不求神降雨，影片的真實是對毛澤東當初所提出的「與天鬥、與地鬥、與人鬥，其樂無窮」（毛澤東語）的一種徹底解構，同時也破除了 1958 年大躍進時期「畝產萬噸糧」的神話。

影片將黃土地作為「父」的意象與現實中的「父」——翠巧爹的形象巧妙地構成一種對比和連結，甚至完全可以解讀為黃土地的一種換喻。翠巧爹終日面朝黃土背朝天辛苦勞作，少言寡語但一張口便不離「土地」，對黃土地

〔註 40〕 Havis Richard James: "Changing the Face of Chinese Cinema: An Interview with Chen Kaige", *Cineaste* 29 (1) (Winter 2003), pp.8.

的敬畏之心讓他深信「莊稼人有莊稼人的活法」，雖心裡清楚為翠巧定下娃娃親注定是不幸的，但違背傳統的活法會更加讓他不安。為了塑造這一形象張藝謀也充分利用光與影的效果，例如狹小的窯洞中在油燈昏黃的燈光的掩映下，老爹的五官已消失在黑暗中，只有爬滿了皺紋的古銅色的額頭被突顯出來，猶如那阡陌縱橫的黃土地一般在訴說著中國世代農民的滄桑歲月，一個敦厚善良卻愚昧迂腐而又頑固不化的典型中國農民形象的能指藉此定格。

　　與「父」的形象形成鮮明對比的是作為「子一代」的八路軍文藝工作者顧青，來自革命聖地延安，作為啟蒙的「他者」。為了搜集陝北民歌的顧青日月兼程（通過一組疊印鏡頭加以表現）走進這片「由於國民黨地方政權的存在，人民依然遭受著沈重的壓迫」的土地，〔註41〕第一個遠鏡頭中天空佔去畫面的四分之三，使天與地對人物造成了強烈的擠壓感，人物不過是蒼天厚土之間的一顆小黑點，隨著鏡頭的推移和人物的前行黃土地比例逐漸增加至止佔據主體。特寫鏡頭中身穿八路軍軍服的顧青手中拿著記錄采風筆記的「小本本」（像紅寶書《毛主席語錄》一樣代表著革新的先進思想）若有所思的望著遠方，醒目八路軍袖標這一代表革命性的符碼顯得與這片仍待「解放」的毫無生機的黃土地格格不入。在導演的精心設計下顧青這個來自「鐵屋子」外的闖入者形象令人印象深刻。不遠千里而來的顧青懷揣著革命理想，為落後的人們帶來延安婦女婚姻自主、農民鬥地主分田地等先進思想理念，然而對像婚禮餐桌上的木魚一樣不開竅的翠巧爹並無影響，卻「喚醒」了心中不甘包辦婚姻的翠巧和年少懵懂的未來父權的繼承者憨憨。在顧青的啟蒙下被「喚醒」的翠巧渴望擺脫包辦婚姻，對延安對成為像顧大哥一樣的公家人心生嚮往，並請求顧青帶她走出「鐵屋子」。

　　在翠巧的世界中，母親既是缺席的又是存在的，翠巧每日走上幾里地來到黃河邊為父親打水洗腳，黃昏下看似波瀾不驚的民族的母親河——黃河溫暖安詳，填補了缺席的母親的位置，與黃土地一陰一陽、一母一父，正是家族體制的間接再現。然而，也正是這條母親河最終無情地將她吞噬，背叛父親（黃土地）所犯下的罪過，懲罰則由母親（黃河）來執行，這也正是男權社會中母親出演幫兇的角色。翠巧這一原型人物的寓言性正如陳凱歌所說：「從歷史的審美角度著眼，我們的更高期望是，翠巧是翠巧，翠巧非翠巧。

〔註41〕電影《黃土地》片頭字幕顯示在陝北的部分地區「由於國民黨地方政權的存在，人民依然遭受著沈重的壓迫」。

她是具體的，又是昇華的；從她身上可以看到我們民族的悲哀和希望。」〔註42〕婚期已至，翠巧等不到回延安請示公家批准的顧大哥，在完婚當晚剪下一絡頭髮還給娘家，又不顧憨憨等天明渡河的勸告，連夜過河投奔對岸的八路軍。翠巧既違背了「莊稼人的規矩」又不聽從「公家人」的指示、還挑戰「老天爺」的天意，可以說翠巧的死亡是三重父權共同裁定的結果，不單單是來自封建家長制的懲罰。翠巧一邊高歌著「鎌刀斧頭老鐝頭，砍開大路工農走」的革命歌曲，一邊在湍急的黃河上搖曳著扁舟，結果在「救萬民靠那共產……」處戛然而止，「共產黨」的「黨」還未唱出口翠巧便已葬身滔滔黃河水之中。〔註43〕

　　「改變中國電影的面孔：陳凱歌訪談錄」一文的作者理查德‧詹姆斯哈維斯（Havis Richard James）認為這部電影對在革命期間中國共產黨是否真的有能力幫助農民這一問題上所表現出來的態度是曖昧的，這與1949年以後製作的宣傳片所支持的立場不同。〔註44〕八路軍顧青的到來似乎使這片原始僵化的土地獲得改變的契機和新生的希望，但覺悟者翠巧發起了一場象徵性的「弒父」狂歡仍無法逆轉她身為女性的悲劇宿命，而且即使她衝出千年封建專制的「鐵屋子」，也許等待她的不過是具有現代性包裝的另一種「父權」至上的社會形態罷了。藉此，陳凱歌消解了文革期間的樣板戲如《白毛女》中「舊社會把人逼成鬼」可「新社會把鬼變成人」戲劇化的革命敘事模式。

　　顧青雖喚起了翠巧覺醒的決心，卻礙於公家人的規矩而躊躇不決，最終只是讓翠巧這類「不幸的少數者徒增了無可輓救的臨終的苦楚」（魯迅語）而已，亦宣告了顧青的革命啟蒙在這片亙古不變的黃土地上徹底的失語。唯有結尾處在求神祈雨的洶湧人潮中弟弟憨憨為了奔向公家人顧大哥逆流而上，道路艱難但也仍預示著一線生的希望。

　　「鐵屋子」外的「他者」，從某種意象上講是第五代導演自身那段知青上山下鄉的「他者」經歷的曲折映射，使命感和責任感驅使啟蒙者「要反反復復告訴觀眾再不能那樣生活下去了」（陳凱歌語），否則就會陷入《孩子王》中知青老桿給學生講的那個「古老」的故事模式：「從前有座山，山上有座廟，

〔註42〕羅藝軍主編：《中國電影理論文選》（下冊），北京：中國電影出版社，1997年，頁563。
〔註43〕參見陳凱歌執導：《黃土地》，廣西電影製片廠，1984年。
〔註44〕詳見 Havis Richard James: "Changing the Face of Chinese Cinema: An Interview with Chen Kaige", *Cineaste* 29 (1) (Winter 2003), pp.8～11。

廟裡有個老和尚在給小和尚講故事，講的什麼呢？從前有座山，山上有座廟……」，這個循環往復不絕於耳的故事既是中國歷史的象徵，也是對中國自古以來照本宣科式的傳統文化教育的一種諷喻。抑或如學者王德威所言「呼應魯迅《狂人日記》中的吶喊：『救救孩子！』像二十年代的作家一樣」，「在孩子中看到中國的弱勢實體的象徵，並呼籲『救救孩子』為強化未來國民性的開端」。〔註45〕對知識文化缺乏批判性地全盤接受，帶來的不是文明進步，而是後果更為可怕的另一種愚昧迷信，將永遠走不出「從前有座廟」的歷史文化的怪圈。最終被趕出學校的知青老桿把唯一的字典送給最為用功的學生王福，卻在桌子上寫道：「王福，今後什麼也不要抄了，字典不要抄」！中國需要的是「教育」而非「教化」，這也是陳凱歌對文革時期人們奉毛主席語錄及一切指示為金科玉律、對毛澤東是非不辨地絕對崇拜和盲目跟從的一種堅決否定和批判。同時，導演將上世紀末第五代導演及大陸知識分子所身處的歷史反思的文化困境外化為知青老桿對自我啟蒙者身份的困惑與質疑。

這種啟蒙者的孤獨、迷茫與無力感在《炮打雙燈》（1994）中通過對男主人公牛寶的閹割儀式得到了充分的體現。《炮打雙燈》一部與許多第五代影片「似曾相識」的作品，被許多大陸影評人詬病為將張藝謀模式模仿到極致的一部電影：依然發生在一個有著濃郁特色的地方——中國西部的一座小鎮，依然有著庭院深深的豪門大院——蔡府，依然有著一條滾滾東逝的河水——黃河，依然有著傳統的技藝——製作爆竹，依然有一位年輕美麗的東方女子——蔡家的唯一繼承人春枝，還有被那永不得嫁人否則無權繼承家業的嚴苛家規所綁架的悲慘境遇。春枝因家中沒有男嗣而從小被剝奪女性身份被當作男孩養大，父親死後只能身穿長袍馬褂女扮男裝成為家族繼承人，她的孤傲冷峻實為遮蔽女性氣質的一種偽裝。牛寶一個四處漂泊以畫年畫為生的年輕畫匠，受僱前來為春枝家畫門神。牛寶的到來簡單而又直接地「點燃」了的春枝那一直被壓抑的性慾，也讓春枝毅然穿回女裝找回了自己的女性身份。意亂情迷的春枝並沒有忘記自己對家族的責任，接受了族老們「比炮定親」的決定。燦爛的煙火如同迸發的力比多一般火光四射，但極具諷刺意味的是，當牛寶於兩腿間燃放「炮打雙燈」爆竹時，被炸掉了男性生殖器（這也是片名「炮打雙燈」的隱喻〔註46〕）。正是這場「比炮定親」大賽讓牛寶這樣一個

〔註45〕王德威：《想像中國的方法》，天津：百花文藝出版社，頁365。
〔註46〕參見戴錦華：《鏡與世俗神話》，北京：中國廣播電視出版社，1995年，頁289。

純粹意義上的性啟蒙者在整個家族面前鄭重地完成了閹割儀式。結尾處成為了廢（男）人的牛寶黯然離去，留下已懷身孕的春枝，雖還原了春枝女性身份是以剝奪牛寶男性特徵為代價，一物換一物。

　　該片導演何平強調《炮打雙燈》「悲壯裡面加著濃重的蒼涼命運感，實際上反映了中國現代社會所需要的一種人文精神，我們之所以要花費一筆資金去製作或者說是複製一段歷史，一定是會與當今現實有著緊密的聯繫。我們周圍的人，目前的這個社會在人格方面所缺少的一種力量、一種典範或是說缺少一種精神、活人的精神，那是這部電影當中我希望去表現的」〔註47〕導演何平既沒有安排像《菊豆》一樣反傳統的結尾——在兒子天白殺掉與母通姦的生父楊天青（楊金山之侄，名義上是楊天白的堂兄）之後對這一切至深至恨的菊豆一把火燒掉了世代相傳的楊家染坊，也沒有像翠巧一樣義無反顧地投奔新生活或是為了愛情追隨牛寶，而是選擇讓春枝留守祖業平靜地把生活繼續下去。這份「悲壯裡面加著濃重的蒼涼命運感」更加體現在：在現實中父親的在於不在、缺席與否絲毫不會影響家族制度的正常運作，制度下的任何一個角色的缺席都不會停止宗法父權社會的巨輪繼續轉動和碾壓，每個人幾乎都是瞬間的反抗者、終生的衛道士，被傳統歷史的慣性閹割了人性，始終少了一種「活人的精神」。

　　所謂「活人的精神」在《紅高粱》（1988）中就是外來者「我爺爺」身上所彰顯的那種由原欲（id）所迸發出來既可以摧毀一切又可以創造一切的力量。他身上那股不把全世界放在眼裡的革命魄力遠超瞻前顧後的顧青及不堪一擊的牛寶，而他並非像其他啟蒙者一樣有知識有思想有文化是現代文明及革命理念的傳播者，恰恰相反「我爺爺」余佔鰲遵循的正是與社會文明相牴觸的來自本能的（性）衝動，實際上成為自由生命的符號。張藝謀比莫言多出的那一幕神來之筆——在「我爺爺」擄走「我奶奶」在一片神化的富有靈性的野高粱地〔註48〕中野合的那經典一幕中，「我奶奶」呈大字型淚流滿面地仰躺在「我爺爺」瘋狂踩踏出的一塊圓形空地上，銀幕上浮現了四個紅高粱的疊印鏡頭，讓觀眾「仿佛置身於一個生育大廣場，滿世界都是綠，滿耳朵都是響，滿眼睛都是活脫脫的生靈」〔註49〕。接著音樂響起，三十支嗩吶、四支

〔註47〕潘芸：〈《炮打雙燈》：何平如是說〉，《當代電影》1994年第3期，頁50。
〔註48〕莫言小說里的高粱地是莊稼人種的，在電影里則把它改成了神秘的野高粱地。
〔註49〕張藝謀：〈我拍《紅高粱》〉，《電影藝術》1988年第4期，頁17。

笙和一隻中國大箭鼓一起發出來自靈魂深處的淋漓盡致的生命吶喊。神秘的野高粱地瞬間被賦予了活力幻化為巨大的生命母體，「至敬不壇，掃地而祭」、「除地為墠」，〔註50〕踏出的原形平地即刻成為最原始最簡單的祭祀場所——祭壇，在這裡舉行一場最為質樸而又最為莊重的祭祀儀式——破處儀式。「我奶奶」背對著太陽緩緩倒下，而「我爺爺」在求歡之前先對著這尊希臘性慾女神阿芙羅狄（Aphrodite）一般的「我奶奶」行跪拜之禮，濃烈漫溢出畫面的女性崇拜徹底取締了父權崇拜。「我爺爺」從作為統治階級代表的李大頭那裡搶奪了「我奶奶」的初夜破處權，而「我奶奶」也主動選擇將處女之身交給曾搭救過自己的「我爺爺」，而非父母找好的「買家」李大頭，反抗父權對女性身體及意志的絕對統治和支配。由此「我爺爺」和「我奶奶」正式向中國父權權力話語體系宣戰。

影片結尾處的日全食把這場弒父的狂歡推至高潮（古代人把日全食稱為「天狗食日」，乃不祥之兆，影射「我爺爺」像天狗吞掉天日一般僭位父權），幸存者「我爹」和「我爺爺」的剪影映照在殘血般的光芒和爆炸後沖天的火光中，將「犧牲」之物——日本兵燔祭，〔註51〕前面有著倒在血泊之中的「人祭」——壯烈犧牲的「我奶奶」，再加上鏡頭下高速流轉的紅高粱，完美演繹了一場神話般的熱烈悲愴的祭天儀式，一場長久壓抑的力比多大規模的噴射，一場「美而暴力」的妄自尊大的狂歡。也難怪有學者如王一川指出導演對「強人」（Strongmen）的迷戀，並在電影中發現了「法西斯美學」的暗示。〔註52〕這也許也可作為《紅高粱》為何成功捧回歷來較為看重政治色彩的西柏林國際電影節〔註53〕最高獎項金熊獎的一種解釋。

張藝謀精心設計「我爺爺」這一形象及其弒父行為「來贊美生命，贊美

〔註50〕出自《禮記‧禮器》，古人認為最重要的祭祀，祭祀場所反而最質樸，往往不用封土作壇，只把一塊平地掃除乾淨即可祭祀，古人稱之為「墠」。如《禮記‧祭法》中所說：「除地為墠」。

〔註51〕《周禮‧春官》中有「以實柴祀日月星晨」之說。「實柴」是指將牲玉等品加於柴上。在古人看來，天神在上，非燔柴不足以達之，燔祭時煙氣升騰，直達高空，容易被天神接受。

〔註52〕轉引自 Larson Wendy, Zhang Yimou: *Globalization and the Subject of Culutre.* Amherst, New York: Cambria Press. 2017, pp.68～73.這種被詬病為「法西斯美學」的風格在張藝謀之後的《英雄》和《滿城盡帶黃金甲》等作品中發揮到極致。

〔註53〕有關西柏林國際電影節的相關闡述請參見第二章。

生命的那種噴湧不盡的勃勃生機，讚美生命的自由、舒展」。〔註 54〕在「自由、舒展」的生命力與至尊無上的專制秩序之間的對抗中，只要是阻擋個人生命自由意志的障礙物，管他是患了癲癇病的酒坊主人李大頭還是搶了「我奶奶」的強盜通通殺掉，管他是皇帝老子還是日本鬼子通通滅掉，就像影片中釀酒工人上戰場前在祝酒歌中所唱到的「喝了咱的酒哇，見了皇帝不磕頭」，這種天不怕地不怕的鬥爭理念竟然與文革期間造反派高喊「革命無罪，造反有理」的那份豪情壯志出奇的相似，充斥著階級鬥爭的意味。為了生命的徹底解放推翻任何可辨識的意識形態，統治體系似乎在電影本文中是缺席的，然而這正是導演在意識形態上刻意採取的以邊緣顛覆中心、「無」中生「有」的迂迴性敘事策略，這也應驗了弗雷德里克・傑姆遜（Fredric Jameson）所說的第三世界知識分子擅長通過民族寓言的雙重結構將「公與私之間、詩學與政治之間、性慾和潛意識領域與階級、經濟世俗政治權力的公共世界」、弗洛伊德與馬克思巧妙和諧地「縫合」起來，在對現有社會秩序的解構中以求重建。〔註 55〕

　　然而，學者張英進認為「從《紅高粱》到《菊豆》和《大紅燈籠高高掛》，女性人物挑戰父權的力量在逐步減弱，那個年輕男性也失去了先前為革新性的巨大變化而鬥爭的能力。反過來，老年的男性人物變得越來越強大，幾乎成了無所不在並且（在《大紅燈籠要高掛》中的確是這樣的）無所不能的。應合了這一從顛覆到順從的意識型態轉變，張藝謀將他後來的影片背景從原始自然那解放性的開放空間轉移到了傳統文化中那幾乎引起幽閉恐懼症般的內部空間。」〔註 56〕。我們從電影《菊豆》和《大紅燈籠高高掛》中挑戰父權的女性或「年輕男性」與「老年的男性人物」等等同於父權代言人雙方力量對比的變化來看，確實如此。

　　《菊豆》中「寄人籬下」的楊天青軟弱無能，儘管對叔父楊金山對嬸嬸菊豆的性虐暴行憤恨不已，但懾於禮法懾於一家之主的權威敢怒不敢言。儘管天青早已對年輕貌美的嬸嬸動心，但止步於暗中覷覦偷窺的程度，在兩性

〔註 54〕十四℃：〈張藝謀：《紅高粱》導演闡述〉，（來源：https://www.douban.com/note/485882958/，瀏覽時間：2018 年 6 月 22 日）。
〔註 55〕（美）弗雷德里克・傑姆遜（Fredric Jameson），張京媛譯：〈處於跨國資本主義時代中的第三世界文學〉，《當代電影》1989 年第 6 期，頁 49。
〔註 56〕（美）張英進，胡靜譯：《影像中國——當代中國電影的批評重構及跨國想象》，上海：上海三聯書店，2008 年，頁 260～261。

關係的發展中菊豆始終是採取主動的一方。即使菊豆再而三地請求天青帶她私奔，即使他與菊豆有了子嗣天白，也寧願選擇與親生兒子稱兄道弟，偷偷摸摸與菊豆私通。甚至，即使當楊金山死後被親兒子天白趕出楊家染坊，卑微低賤地活著，他也無法鼓起勇氣衝出這一堵封建的壁壘，最終命喪兒子天白之手。相反，影片中老年的男性人物變得越來越強大，因為這一「男性」的「強大」不僅止於自身的家族地位，還有列祖列宗，還有宗法制度。當東窗事發，楊金山知道妻子與侄子之間的私情後，暴怒後竟然來到「秩序堂」試圖從牌位上供奉的歷代祖先那裡尋求幫助，懲罰報復背叛自己、背叛封建禮教「秩序」的天青和菊豆。張藝謀在楊金山死亡這一節的改編上更加強化了這種「秩序」的「強大」。原著中的楊金山是「在山區秋日一個平凡的黃昏之前，悄然地乾淨利索地死掉了」，「但見他面含淺笑陶醉地注視著落日」，彷彿菊豆與天青只不過是勝利者，早晚會被黑暗所吞食。張藝謀將楊金山的死亡設計成與「兒子」楊天白玩耍的過程中，被天白無意拉翻了坐著的木桶，不幸掉入染池，看著楊金山在池中垂死掙扎，四歲的天白竟然第一次笑了，外出歸來的菊豆漠然地目睹著這場早該發生的死亡，天白的笑比原著中楊金山的「淺笑」更加讓人不寒而慄、毛骨悚然。在經典的出殯「擋棺」一幕中，楊天白抱著楊金山的靈牌面無表情地端坐在巨大的棺木上面，看著依照風俗須七七四十九次「擋棺」的天青與菊豆一次次被棺木壓倒在地，儼然成為新一代宗法秩序的代言人與執法者。小說原著中的天青赤身裸體「扎了缸眼子」死於畏「罪」自殺，菊豆繼「天白」之後為天青又產下一子「天黃」，依舊如常繼續生活。改編後的影片結局意味深遠，「秩序化」的天白彷彿代替死去的楊金山將其母菊豆及其兄（名義上）其父（血脈上）帶回「秩序堂」進行審判——先將天青趕出楊家染坊，後在二人地窖幽會時，將昏迷的生父丟進染池活活淹死。萬念俱灰的菊豆一把火燒了楊家染坊，悲壯而燦爛，追求自由愛慾不惜破壞「秩序」的菊豆終究還是淪為封建禮教秩序的祭品。在導演安排下楊天白二度弒父，將「秩序」推上了至高無上的神壇，向觀者明確傳遞了一個信息：吃人的禮教，並不會隨著某一個罪惡者的死去而消亡，宗法秩序也不會因某一位父權代表的缺席而中斷執法力，因為「秩序」會被一代一代傳遞下去，無休無止，表面上弒父的悲劇實則隱藏的是崇父的悲劇。電影徹底改寫了四位主人公的命運，顯然改編後的影像語言在此立意的表現上比原著的處理更為深刻有力，更為沈重痛苦。

　　《大紅燈籠高高掛》這部電影也被一些評論家解讀為對當代中國政治的批評。喬納森‧克勞（Jonathan Crow）表示影片「對權力進行永久的鬥爭，排除了妻子之間的任何團結，這為後文化大革命中國分裂的公民社會提供了令人沮喪的隱喻」。〔註 57〕詹姆斯‧柏拉迪納里（James Berardinelli）也在他的評論中做了類似的比喻，他說「『頌蓮』好比是個人，『主人』好比是政府，『房子的習俗』好比是國家的法律。這是一個古老的制度，獎勵那些遵守規則的人並摧毀那些違背他們意願的人」。〔註 58〕四四方方的「房子」（大宅院）則是「國家」／權威系統，在這樣殘酷的權威系統中，女人不是人／被統治者不是人，而是「囚」。最可怕之處是在這座「鐵屋子」中，本應被寄予啟蒙理想的「他者」頌蓮卻從一個思想開放的青春美麗的女大學生淪落為「鐵屋子」中（國家機器／最高權力）的新的劊子手，最終無可避免地陷入絕望和瘋癲，使寓言的結局更為悲慘，昭示著封建荼毒之下無人倖免，並不斷在蔓延。儘管張藝謀本人否認，但影片所提供的想像界的參照物很難不讓人聯想到：在這幽閉的空間中所發生的寓言實為一場耗時十年之久、驚心動魄的政治鬥爭的隱喻。

　　顯然在第五代的大部分影片中「『文化大革命』則呈現為一個無所不在的缺席的在場」，〔註 59〕而張藝謀、陳凱歌一類的第五代導演時而化身為「叛逆的兒子」時而化身為「順從的兒子」，演繹了一個個「為了忘卻的紀念」。文革除了以「缺席的在場」的形式被展現之外，90 年代以後的幾部影片中文革以直接「在場」的形式被呈現，包括《霸王別姬》（陳凱歌執導，1993）文革中對傳統藝術的造反，《活著》（張藝謀，1994）大躍進及文革運動導致的一場場生離死別，《我的父親母親》（張藝謀執導，2000）文革年代對純真愛情的打擊，《孔雀》（顧長衛執導，2005）一個普通家庭試圖逃離文革時代牢籠卻依然被無形禁錮。〔註 60〕在這些直接呈現文革的影片中，《霸王別姬》將小四這一人物作為透視文革的一個視點，導演的處理方式十分耐人尋味。學者莊宜文如是剖析：「陳凱歌復將文革期間恩將仇報的弟子小四，改為襁褓時即

〔註 57〕Jonathan Crow, "Raise the red lantern", The Village Voice, 2007 August 06.

〔註 58〕James Berardinelli，"Review: Raise the Red Lantern",（來源：http://www.reelviews.net/movies/r/raise.html，瀏覽時間：2018 年 10 月 1 日）。

〔註 59〕戴錦華：《霧中風景》，北京：北京大學出版社，2000 年，頁 25。

〔註 60〕國際電影節獲獎影片中涉及文革題材的還有第三導演謝晉所拍攝的《芙蓉鎮》（1988）。

被小豆子收養，且安排在小豆子被張公公凌辱是夜，發現棄嬰拾回戲班，有如自我分娩出的新生命，文革劫難時卻遭逢背叛，毋寧是痛上加痛。導演在小四身上投射自身文革經驗，文革將臨前小四興奮地在人群中奔跑，哼唱〈解放區的天是晴朗的天〉，電影運用搖晃的後拉鏡頭表現躍動興奮的心情，此段隱然跳脫了整部影片的敘事風格，也好似陳凱歌自述被抄家之後，曾穿戴別人的黃軍裝和紅袖章，騎自行車在街上飛馳的心境；（陳凱歌：《少年凱歌》，頁 59～76。）小四渴望成為顛覆傳統開創新局的英雄，公然批判師傅蝶衣並欲取代其地位，亦仿若陳凱歌在文革時鬥爭生父，並破壞曾為知名導演父親的片廠之行徑。」〔註 61〕陳凱歌在十四歲的時候曾一度與父親陳懷鎧（1920～1994）決裂，以紅衛兵小將的身份親自揭發並「打倒」被扣上「國民黨份子、歷史反革命、漏網右派」黑帽子的父親，固然此行徑完全可以定位為一個懵懂少年因錯誤時代造成的無知之舉，但那時對父親所造成的傷害讓陳凱歌一直耿耿於懷，並感到非常羞恥。直至作為一名傑出戲劇導演的父親擔任《霸王別姬》的藝術總監，父子聯手造就了這部陳凱歌至今仍無法超越的滿載盛譽的佳作。該片雖成為了父親的絕唱，〔註 62〕但陳凱歌也算是藉此表達對父親的愧疚之情及懺悔之意，戲內小四的「弒父」情節實為戲外陳凱歌「崇父」心理的倒影，從忤逆背叛到對父子關係的重新修正，〔註 63〕進而成就了「將悲哀擺脫」的「為了忘卻的紀念」。〔註 64〕

作家米蘭·昆德拉（MilanKundera）一語中的地指出「人類與政權的鬥爭就是記憶與遺忘的鬥爭」，「遺忘的意願遠非一個簡單的想欺騙的企圖」，「遺忘：即是徹底的不公平，又是徹底的安慰。」〔註 65〕然而，不甘於歷史被遺忘也無法就此得到安慰的第五代導演拿起攝像機，為了不能被忘卻的紀念為了那個血淚交織的瘋狂年代而成就了這一幀幀意識形態鏡像，也與上世紀末

〔註 61〕莊宜文：〈文革敘事，各自表述——《棋王》、《霸王別姬》跨地域改編電影之研究〉，《成大中文學報》第 26 期，頁 135。

〔註 62〕在拍攝《霸王別姬》之時，陳懷鎧已身患重病，於 1994 年因肺癌病逝。

〔註 63〕在陳凱歌執導的《和你在一起》（2002 年，獲第 50 屆西班牙聖塞巴斯蒂安國際電影節最佳導演獎）中，正面呈現了「兒子」（劉小春）對「父親」（劉成）從質疑到順從的父子關係變化。

〔註 64〕魯迅：《中國現代文學經典名著一本通叢書 魯迅散文精選》（下），鄭州：鄭州大學出版社，2015 年，頁 14。

〔註 65〕米蘭·昆德拉（MilanKundera）：《六十七個詞》（來源：http://www.360doc.com/content/16/0605/06/12810717_565137018.shtml，瀏覽時間：2018 年 7 月 10 日）。

西方觀眾關於中國作為封建帝國和專制國家的心理圖示相吻合。在西方電影節上獲獎的大陸民族寓言在西方觀眾觀看視閾中，「這些角色與強大的勢力鬥爭，其逆境的故事提供了一個關鍵的、即使不是顛覆性的後革命的反對派，其實在鼓勵一種更有針對性的政治性解讀，這種閱讀可能更多地由是我們（西方觀眾）自己的預測而不是他們（導演）在推動」。〔註66〕因此，在西方詮釋的話語中從殖民或後殖民主義立場進行意識形態批評性的評論顯得尤為響亮突出。

第三節　影像「寓言」：文化特徵

　　對於東方的「陌生人」——西方普通觀眾或是專業評論家而言，在閱讀中國近年來的電影樣本時呈現出兩種基本的閱讀策略：政治上的特殊性和審美上的通用性。而通用性的審美符號可以是與西方審美傳統相融合的來自其他文化的民族性或是具有文化特色的典型事物（如藝術品或民族志文物等）。〔註67〕這兩種閱讀策略可說是與西方人一而慣之的東方主義視野相一致的：對具有衝突性的經濟、制度等意識形態的膠著和對帶有濃厚地域特色的異國風情的迷戀。荷蘭學者瑪莉・德・法爾克（Marijke de Valck）認為電影節所發揮的重要作用之一即是通過對民族電影的關注發起了迷影人新的文化實踐，並且「創造了一種新型文化產業的輪廓，作為評判性贊揚的強制通過點，簡而言之，電影節就是成長站點，發揮著通往文化合法化的作用」。〔註68〕大陸民族性電影生產也正是因此而得以促進發展，已成為國際上權威的「中國」品牌形象。

一、文化內核：「歷史天使」

　　二十世紀八十年的中國大陸剛剛結束了「無產階級文化大革命」的浩劫，千年古國的歷史文化已是滿目瘡痍，然而還沒等人們從「文革」的陰霾中走出來，傳統的農業社會便已被改革開放的大潮衝向市場經濟的漩渦。新時期

〔註66〕 Bill Nichols, "Discovering Form, Inferring Meaning: New Cinemas and the Film Festival Circuit", Film Quarterly, Vol. 47, No. 3 (Spring, 1994), p.23.
〔註67〕 Bill Nichols, "Discovering Form, Inferring Meaning: New Cinemas and the Film Festival Circuit", Film Quarterly, Vol. 47, No. 3 (Spring, 1994), p.19.
〔註68〕 （荷蘭）瑪莉・德・法爾克，肖熹譯：〈電影節作為新的研究對象〉，《電影藝術》，2014 年第 5 期，頁 116。

獨特的歷史語境與文化格局既造就了大陸第五代導演的不平凡，也昭示了「歷史之子」〔註 69〕深陷歷史文化之維的命運，其與生俱來的憂鬱氣質不禁令筆者聯想到本雅明那段著名的有關「歷史天使」的寓言式論述：「保羅·克利（Paul Klee）〔註 70〕的《新天使》（Angelus Novus）畫的是一個天使看上去正要從他入神地注視的事物旁離去。他凝視著前方，他的嘴微張，他的翅膀張開了。人們就是這樣描繪歷史天使的。他的臉朝著過去。在我們認為是一連串事件的地方，他看到的是一場單一的災難。這場災難堆積著屍骸，將它們拋棄在他的前面。天使想停下來喚醒死者，把破碎的世界修補完整。可是從天堂吹來了一陣風暴，它猛烈地吹擊著天使的翅膀，以至他再也無法把它們收攏。這風暴無可抗拒地把天使刮向他背對著的未來，而他面前的殘垣斷壁卻越堆越高直逼天際。這場風暴就是我們所稱的進步。」〔註 71〕

借用瓦爾特·本雅明（Walter Benjamin）在《歷史哲學論綱》中對《新天使》的描繪我們來對第五代所具有的「歷史天使」的意象做一下平行闡述：回首一個「過去」（中國歷史）的碎片廢墟，奔向一個不可預知的未來，介於「過去」（中國歷史）與「未來」（建設社會主義社會的遠大目標）所交疊而成、充滿辯證張力的「當下」，「歷史天使」（第五代導演）這位頗具無力感的救贖者，帶著生者和死者死意的總和，注視著當下，聆聽著過去與當下「所有被迫陷入沈默的時間與生命」（被歷史掩埋或社會制度強制性遺忘的過去和人們）。本雅明以憂鬱的眼光凝視著那個包含了「當下」甚至還有「未來」的「過去」的整體，以預言家的洞察力深刻地批判所謂的進步神話遮蔽了個人與集體經驗的豐富性、複雜性，也揭示出現代性的實質是「通過這種拯救性的記憶，現在與過去結成了一個『歷史的星座』，而過去未酬的期待構成現在的、指向更理想的未來的動力，一如當下為了更美好未來的鬥爭反過來給過去灌注了意義，使之變成活生生的，負有贖救使命的現在的內在構成部分」。〔註 72〕從揭示歷史存在的意義從而展開對當下現代性社會的批判性反思這層

〔註69〕戴錦華稱第五代導演為「歷史之子」，參見戴錦華：《霧中風景：中國電影 1978～1998》，北京：北京大學出版社，2000 年，頁 261。

〔註70〕（德）保羅·克利（Paul Klee）（1879～1940），德國籍瑞士裔藝術家，被譽為最富詩意的造型大師。

〔註71〕（德）漢娜·阿倫特編，張旭東、王斑譯：《啟迪：本雅明文選》（北京：生活·讀書·新知三聯書店，2008 年），頁 270。

〔註72〕（德）漢娜·阿倫特編，張旭東、王斑譯：《啟迪：本雅明文選》，北京：生活·讀書·新知三聯書店，2008 年，頁 11。

意義上來說，「歷史天使」略帶悲劇英雄色彩的救贖形象，可謂是第五代導演的真實寫照。

　　實際上，1980 年代、1990 年代東西方藝術領域都在一定程度上呈現出一種共同的文化現象——對於自我民族文化的確認或張揚，這種文化上的尋根與當時歷史社會現實語境密不可分的。本質上來講，冷戰實也是一場文化冷戰，歐洲在美國流行文化強勢入侵下，以法國為首的東歐和西歐國家推出「文化例外」原則，堅決反對視聽文化產品貿易自由化，以竭力維護本土本民族文化。如弗里德里希·威廉·尼采（德文：Friedrich Wilhelm Nietzsche）所言「如今的人被剝奪了神話，饑渴地站在他的全部過去之中，必須瘋狂地挖掘以尋找自己的根，哪怕它是深埋在最久遠的古董之中」。〔註73〕而找回失落的民族精神即是再現及重構瓦爾特·本雅明（Walter Benjamin）所強調的伴隨著大量機械複製而日漸消失的那份與傳統、儀式連繫而產生的獨一無二的神祕價值——「神韻」（aura），並成為現代藝術的普遍關懷和志趣。陳凱歌在談《黃土地》導演體會時說道：「我們的感情是深摯而複雜的，難以用言語一絲一縷地表述清楚。它是一種思前想後而產生的又悲又喜的情緒，是一種縱橫古今的歷史感和責任感，是一種對未來的希望和信念……我渴望能夠通過自己的作品，使這種信念和情感得以抒發」。〔註74〕由此可見，秉持著前所未有的憂患意識和強烈的文化自覺，擔負著極其深沈的「歷史感」和「責任感」，從敏銳且深刻的哲理思辨層面來追溯中國社會變化的歷史淵源，客觀剖析文化傳統理念，在「越堆越高直逼天際」的歷史的「斷壁殘垣」之下發掘出拯救現代文明危機的民族文化「神韻」是第五代影人的文化內核，而將被西方人解讀為神秘的、奧妙的、隱晦的傳統的民間風俗、原始的情色慾望——這些有助於超越文化被理解為文本或符號系統的原始異域情調則作為吸引西方觀眾視聽感官的文化包裝。

　　第五代導演電影作品的這種歷史反思與文化尋根意向也是與八十年代中期的文化反思和「尋根」文學思潮相統一的，也正是源於這種文化內核的一致性，第五代導演的民俗電影大都改編自文學作品：《黃土地》改編自珂蘭的《深谷回聲》，《霸王別姬》改編自李碧華的同名小說，《紅高粱》改編自莫言

〔註73〕（德）德弗里德里希·威廉·尼采，周國平譯：《悲劇的誕生》，北京：三聯出版社，1986 年，頁 387。
〔註74〕陳凱歌：〈懷著深摯的赤子之愛〉，《電影藝術參考資料》1984 年第 15 期。

的小說《紅高粱家族》，《孩子王》改編自阿城的同名小說，《菊豆》改編自劉恆的小說《伏羲伏羲》，《大紅燈籠高高掛》改編自蘇童的小說《妻妾成群》，《秋菊打官司》改編自陳源斌的小說《萬家訴訟》，《炮打雙燈》改編自馮驥才的同名小說，《黑駿馬》改編自張承志的同名小說等。再者，第五代影人經由系統的專業學習，研習國內外電影理論，深受歐洲藝術電影如法國新浪潮、意大利新現實主義等流派的影響，並且觀摩大量世界優秀電影，汲取他人之長融入他們的電影創作中，形成著重體現導演個人創作視野的電影風格。

二、文化包裝：異域風俗

薩義德（Edward Waefie Said）認為「東方幾乎是被歐洲人憑空創造出來的地方，自古以來就代表著羅曼司、異國情調、美麗的風景、難忘的回憶、非凡的經歷。」〔註 75〕在國際上得到普遍接受與認同極具辨識度的「他性」的神韻（aura）——中華民族與眾不同、獨一無二的傳統文化，卻在中國的歷次社會變革中不斷受到衝擊，尤其是在文化大革命時期被稱為四舊：「舊思想」、「舊文化」、「舊風俗」、「舊習慣」，被視為幾千年來一切剝削階級毒害人民的「牛鬼蛇神」，遭到全面性的打擊破壞，以文化革新的名義進行了一場與傳統文化根脈之間堅決的斷捨離。然而以陳凱歌、張藝謀為首的大陸電影人從當時中國八九十年代的政治語境中抽離出來，重新將鏡頭投向遙遠的過去和重現這些積澱千年的民間風俗、民間文化、民間習慣等，甚至「重新發明異域的、情色的儀式以及其他民族文化元素」，於是「他們一起促成了從 80 年代末期倒 90 年代中期的一種新類型的民俗電影」，展示出一系列光怪陸離的民俗奇觀和異域風情。〔註 76〕

譬如《黃土地》中的安東腰鼓、求神祈雨、西北民歌信天游、婚嫁儀式程序，《霸王別姬》中的京劇、紅衛兵批鬥等，《活著》中的皮影戲、民間賭博遊戲、大躍進及文革時期的特殊現代民俗，《紅高粱》的婚嫁習俗及傳統釀酒業、飲酒儀式，《菊豆》中的家族關係、喪葬習俗等，《大紅燈籠高高掛》中的「一夫一妻多妾」制、「點燈」、「滅燈」、「封燈」、捶腳、唱頌儀式等，《炮打雙燈》中爆竹製造業、跳大神、畫年畫和賽爆竹招親等，涉及物質生活、

〔註 75〕 （美）薩義德（Edward Waefie Said），王宇根譯：《東方學》，北京：三聯書店，1999 年，頁 1。

〔註 76〕 （美）張英進，胡靜譯：《影像中國——當代中國電影的批評重構及跨國想象》，上海：上海三聯書店，2008 年，頁 263。

社會生活、精神生活各個層面的民俗事象，方方面面地反映了古老中國群體
模式化的生活文化，儼然成為一種群體性的視覺符號。

　　當觀眾在《炮打雙燈》看到了《紅高粱》、《菊豆》中具有「鐵屋」意象
的傳統作坊，《黃河謠》中象徵著中華民俗文化流淌千年的黃河景觀、《大紅
燈籠高高掛》中人性慾望牢籠一般的大宅院，似將這些國際獲獎影片的各類
影像元素的奇特混雜而被質疑為標準格式化民俗電影時，導演何平強調影片
的拍攝初衷和著眼點，如是說：「在中國幾千年的文化和人們的普通生活中，
畫門神（牛寶生計）、造爆竹（春枝家業），避邪驅鬼，辭舊迎新，都是百姓
寄託美好願望的事情，為什麼兩個延續千年的風俗碰撞在一起會產生悲劇？
這正是影片《炮打雙燈》要提供的人文思考」，「為什麼『正正相加得負』？
是一個傳統的哲學命題」。〔註77〕這也是第五代導演隱藏於民俗奇觀表象之下
的深層意蘊，在批判其愚昧落後的同時又不斷被其源源不絕的強大的原始生
命力所震撼所感動的一種錯綜複雜、愛恨交織的矛盾情愫。

　　實事求是的說，在《霸王別姬》面世之前，陳凱歌幾部早期的作品如《黃
土地》、《大閱兵》、《孩子王》等，雖然在視聽影像上提供了特異的東方地理
景觀，在文化上凸顯著東方人文精神，但風格蘊含曲折隱晦，雖說引起了電
影節的認可與關注，卻並沒有獲得過任何重要的國際電影節大獎，陳凱歌尚
未找到一種能夠負載西方觀眾期待並讓非東方學專家的海外觀眾讀得懂的大
眾方式。海內外學者普遍認為與香港合作拍攝的《霸王別姬》對於陳凱歌而
言是其目前導演生涯中的一個重要轉捩點，與之前的作品風格迥異。在這一
點上，台灣學者莊宜文認為「《霸王別姬》和陳凱歌過去的影片題材差異甚大，
充滿強烈的戲劇衝突。移民紐約的文化衝擊，以及電影製作模式的改變，都
扭轉了陳凱歌的創作路向。當湯臣電影公司製片徐楓邀陳凱歌改編《霸王別
姬》，跨地合作模式與鉅額資金的挹注，促使陳凱歌電影導向商業化」。〔註78〕
陳凱歌在接受採訪時也曾表示在《霸王別姬》之前的作品是他個人化的直接
表述，而自此以後他將把觀眾和商業效益提至電影創作考量之中。可以說在
一定程度上他同樣也借鑒了兼顧知識分子與大眾的藝術需求以致雅俗共賞的
張藝謀模式，在電影《霸王別姬》中選用了經典國粹藝術京劇和程蝶衣、段

〔註77〕潘芸：〈《炮打雙燈》：何平如是說〉，《當代電影》1994年第3期，頁50。
〔註78〕莊宜文：〈文革敘事，各自表述——《棋王》、《霸王別姬》跨地域改編電影之
　　　　研究〉，《成大中文學報》第26期，頁133。

小樓、菊仙之間的浪漫傳奇作為華美綺麗的文化包裝，再加上張國榮（飾演程蝶衣）、鞏俐（飾演菊仙）、張豐毅（飾演段小樓）等明星演技加持，由此不僅問鼎歐洲最高榮譽戛納大獎而且在海內外市場營銷中大獲全勝。孟繁華認為「在《霸王別姬》中，性、暴力和政治一起作為奇觀，集中講述了大眾文化的成功秘密」，「陳凱歌向大眾文化市場的妥協，完成了『第五代』電影模式的集體轉移，並以異軍突起之勢，迅速擊潰了各路不入流的電影製作雜牌軍，以精英的身份開啟了中國電影的新時代。」〔註79〕美國《綜藝》週刊也在報道陳凱歌的《霸王別姬》時，聲稱陳凱歌「學會了向西方人講述他們更能理解的故事」。〔註80〕這種說法顯然是西方中心視角下的一種典型解讀方式，但也側面反映了陳凱歌在嘗試創作一部超越文化地域的國際性作品之時，創作生產策略上必須自我主動或被動地設限的現實處境。

然而在《霸王別姬》中，民間藝術京劇戲曲並非僅為民俗文化包裝那麼簡單。導演積極調動京劇所固有的一切戲曲元素和戲劇效果，生旦淨醜，唱念做打，刀槍劍戟。於是梨園戲台上虞美人、楚霸王粉墨登場，程蝶衣所飾演的真「虞姬」與段小樓所飾演的假「霸王」以及青樓女子菊仙幕前幕後台上台下共同演繹了一個延續至中國現代的古老傳說，一段如訴如泣如莎士比亞悲劇般的愛情故事。留給海外觀眾的是濃得化不開的畫面色彩、精美到極致的服飾化妝、歌舞曼妙的東方美人、獨一無二的做打唱腔，滿滿的美輪美奐的中國符號。一方面迎合了當時大陸觀眾的懷舊情懷和西方觀眾的獵奇心態，另一方面更是傳達了一種在沈重歷史感驅使之下對人道主義與民族精神的呼喚和探索。

影片開啟於一個類似於西方讀者非常之熟知的查爾斯·狄更斯所描述的《霧都孤兒》的場景，北洋政府時代年幼的小豆子（程蝶衣）被做妓女的母親剁下第六指送入關家戲班學戲練功，從此被母親拋棄，和一群和自己有著類似經歷的師兄弟一同苦練，每日飽受皮肉之苦。戲班裡只有大師兄小石頭（段小樓）不欺負小豆子並對他呵護備至，小豆子對大師兄的信任和依戀由此開始。多年的嚴酷訓練和生活的磨難不但終將二人熬成了享譽京城的名角兒，更鑄就了兩人堅定的意志和小豆子對京劇藝術對師兄對愛情對人生從一

〔註79〕孟繁華：《眾神狂歡：世紀之交的中國文化現象》，北京：中央編譯出版社，2003年，頁47。

〔註80〕"Farewell to My Concubine", *variety*, 1993 May 24, PP.46.

而終的信仰。在京劇戲曲表演分工中，有膽量講義氣的小石頭段小樓扮演挺拔陽剛的生角，纖細柔媚多感的小豆子則反串嫵媚多嬌的旦角，戲曲中的角色定位更加固化了兩人在現實生活中的情感及心理角色，「戲如人生，人生如戲」，他們的一生都終將被鎖定在這些舞台角色中。然而「不瘋魔不成活」的真「虞姬」與活在「凡人堆」的假「霸王」始終是師兄弟二人京劇藝術生涯乃至人生態度的真實寫照。

綜觀整部影片，京劇絕非僅僅作為浪漫傳奇的一個包裝元素，也是架構起師兄弟、菊仙三人之間錯綜複雜的相互關係的黏合劑，更是影片中諸多人物孜孜以求或摒棄排斥的目標，有著它自身的歷史厚重感和文化特質，也正是京劇戲曲這種同時兼具超凡吸引力和相對排他性的特殊本質強而有力地左右了故事的發展軌跡。在李碧華的原著中戲曲元素已是無處不在，而電影則將其展現得更為酣暢淋灕，陳凱歌通過影像敘事策略、蒙太奇剪輯思維等的運用在電影與戲曲之間達成一種超越「戲中戲」的相互指涉的互文性關係。

除了以京劇曲目《霸王別姬》作為貫穿影片的主線之外，影片還融合了多齣戲曲來推進情節的起承轉合和主題的深入挖掘。譬如，在一首崑曲《思凡》「我本是男兒郎，又不是女嬌娥」（小豆子唱錯的戲詞）到「我本是女嬌娥，又不是男兒郎」的鏡頭切換中自然完成了師兄二人從少年學徒時代到風華正茂的名角時期的時空轉換；同時，從練戲到入戲的過程中插入如小石頭為了幫小豆子糾錯用煙袋鍋搗其嘴以及張公公強姦小豆子等一系列具有性別改寫意味的暴力事件，也導致了蝶衣從「男兒郎」到「女嬌娥」對女角兒身份的完全認同和心理性別的轉變。另如，師兄小樓與菊仙定親之夜亦是日軍進程之時，被「霸王」遺棄的「虞姬」蝶衣身心沈浸在《貴妃醉酒》的一場獨角戲之中，即使抗日傳單滿天散落，即使日本兵衝入戲院，即使燈光忽滅陷入一片黑暗，騷亂之中水袖羅衫的蝶衣仍將一組難度極高的舒廣袖的旋舞臥魚動作一氣呵成，驚艷了觀眾席上懂戲愛戲的梨園霸主袁四爺、日本軍官青木三郎不禁起身鼓掌喝彩。不僅充分凸顯摯愛被他人奪走的蝶衣萬種情懷難以排遣，唯有在戲里一醉解愁的心境，「商女不知亡國恨」般的此情此景也為日後蝶衣落得漢奸罪名埋下了伏筆。再如，影片通過講述杜麗娘突破傳統禮教的愛情傳奇崑曲《牡丹亭》（湯顯祖）中的一段《遊園》，不單折射出程蝶衣對段小樓「情不知所起，一往而深」同性之愛的至情至深，也預示了影片「原來妊紫嫣紅開遍，似這般都付與斷井頹垣」的悲劇結局。

　　陳凱歌借助京劇戲曲與電影影像形式結構上的互相呼應、互相交錯，主旨內涵上的互相滲透、互相補充，在「不可見」的傳統藝術形式京劇逐漸衰落的悲劇與中國大陸近半個世紀的歷史文化陣痛之間微妙的關聯中精心建構起「可見」的相似之處。影片開頭部分關師傅一句「會聽戲的才是人，不會聽戲的是畜生」，這一論斷儼然成為對影片中逐一登場的「諸位看官」的一種品評標準。京劇從北洋政府時期、抗日戰爭時期到國共內戰時期、中共建國時期時而趾高氣揚時而跌跌絆絆一路走來，最終卻在文革時期遭遇幾近毀滅性的打擊。在文革批鬥中蝶衣被段小樓指責為「不管是什麼階級都賣力地唱，玩命地唱」的「戲痴戲迷戲瘋子」，與京劇共命運的蝶衣為日本侵略者、北平行園反動的頭子、資本家、地主老財、太太小姐、地痞流氓、憲兵警察、大戲霸袁世卿唱戲，只因這些是「會聽戲」的人，然而到了文革時期「才子佳人、帝王將相」被視為牛鬼蛇神，「姹紫嫣紅、斷壁殘垣」是應被揭發的對象，甚至連「楚霸王都跪下來求饒了，那京戲能不亡嗎？能不亡嗎？」雖說時至今日京劇已是風光不再，但在五十年的劇變中京劇藝術一直存在著。法國電影批評家馬克斯·泰西埃（Max Tessier）揭示「《霸王別姬》是藝術的優越勝過政治的破壞與歷史的險阻一個極其有力的象徵」。〔註81〕導演更是藉此證明真正的藝術應是一種不受任何時代、任何意識形態所裹挾的自由精神和獨立意志的存在，借蝶衣之口提出懂戲的「青木要是活著，京戲就傳到日本國去了」，要是沒有那場文化浩劫京戲就還是那馳騁疆場縱橫天下的楚霸王的假設，也借袁四爺之口發出民族文化精萃何以「竟成了淫詞艷曲了呢？！如此遭際戲劇國粹，到底是誰？專門辱我民族精神，滅我國家尊嚴？」這般的詰問。

　　這種選用一種民俗符號作為貫穿始終的引線將人生苦難命運與歷次社會變遷串連起來的傳記式敘事組合在電影《活著》中也非常清晰可見。張藝謀為了增強電影的奇觀效果特意添加了古老的民間傳統藝術皮影戲這樣一味佐料，而將余華原著中主人公福貴從農民改為一紈褲子弟將家產敗光後不得不以皮影戲為營生。這一有著濃厚鄉土氣息的民間戲劇表演形式被打造成頗耐人尋味的能指符號，福貴一家人所代表的中國普通老百姓就如同被時代操控命運的線上人偶，人生故事就如同透過燈光投影在幕布之上的皮影戲似真似幻、隱晦曖昧。

〔註81〕Max Tessier, "Farewell to My Concubine: Art over Politic", Cinemaya20 (1993), PP.16～18.

　　在影片《活著》中，當傳統民俗符號遇上現代特殊民俗則交織出一幅幅更為奇異的東方景觀。大躍進時期，電影通過蒙太奇鏡頭將砸鍋砸鐵大煉鋼鐵的場景與皮影戲表演的畫面疊加在一起，當福貴得知兒子有慶被當上區長的春生不慎開車撞死的消息後，福貴站在皮影戲幕布前呆滯的特寫鏡頭突顯荒謬運動之下小人物的身不由己；文革時期的破四舊運動中，女兒鳳霞無奈將「越舊的東西越反動」的皮影付之一炬的圖景令人聯想到《霸王別姬》中段小樓與菊仙一邊收聽革命宣傳廣播一邊急匆匆焚燒與「封建糟粕」京劇相關的東西以及砸碎結婚時所用之酒杯的情節，然而一家人的噩運並沒有隨著舊社會的皮偶灰飛煙滅，生產中的鳳霞死於紅小兵之手，依然難逃新時代的劫難。當一場悲劇臨近尾聲，福貴和外孫（鳳霞兒子）把象徵著新生命象徵著新希望象徵著以後「日子就越來越好了」的雛雞放進那承載著無數生離死別、悲歡離合卻能夠劫後餘生的皮影木箱時，如學者周蕾所言「忍耐作為一種力量的傳統觀念並不僅僅是被重新生產了出來，而且得到了刻意的表現」，「表達出了一個支撐起『中國』——無論是作為一種文化、一個民族、一個家庭，或者是一個普通人——至關重要的幻覺」。〔註82〕影片對於結局的處理相較於余華原著中最後只剩下福貴與一頭老牛相依為命的殘酷結局顯然多了一抹讓人可以繼續活下去的亮色，這抹亮色似乎在告訴觀眾無論發生什麼都堅韌地「活著」，動盪四十年賜與福貴這類小人物的生存本能就是逆來順受、活著即有希望。這種足以「支撐起『中國』」的中國式人生哲學被張藝謀作為一種民族性格、民族精神在影片中戲劇化彰顯出來。張藝謀憑藉該片獲得戛納國際電影節最佳導演獎，葛優也以其黑色幽默風格演技贏得戛納影帝。儘管張藝謀為了規避政治風險而做了許多妥協和有利於通過電影審查制度的修改，但仍因涉及新中國成立後中共倡導的多次政治運動並有詆毀社會主義法制和中共執政能力之嫌而在大陸遭到禁演。

　　毋庸置疑，對傳統風俗習慣及傳統思想文化的再度發掘並將其與影像相結合重新呈現當然是可取的，大陸第五代導演這一負有救贖使命的「歷史天使」在回首中國歷史從碎片中追本溯源找尋文明傳統、中華文化的根脈的同時也找尋中華文化、民族「神韻」（aura）在世界文明和現代文化版圖上的定位。然而當這些電影按照西方世界「他者」想象中的「中國」形象來制作時，

〔註82〕（美）周蕾著，吳瓊譯：《理想主義之後的倫理》，開封：河南大學出版社，2013 年，頁 128。

存在著一定的後殖民主義傾向，與現代文明有著明顯隔閡的民族或民俗元素
被刻意誇張放大或是被無中生有，因而常常被學術界所詬病，被視為「偽民
俗」、「偽文化」。比如《紅高粱》中顛轎的迎親習俗、祭酒儀式，尤其是張
藝謀在《大紅燈籠高高掛》自創了既在蘇童小說中沒有出現的也在故事發生
地山西民俗中並不真實存在的關於掛紅燈籠、按摩腳部等一系列「侍寢」儀
式，以及在《菊豆》中七七四十九次擋棺以示對過世父權家長的追悼與緬懷
等。在第二章我們已經談到「紅高粱」獲得重量級獎項柏林金熊獎之後，形
成了一種《紅高粱》現象，促進了大陸民俗電影生產的繁盛，成功讓以表現
封建落後、反現代回歸原始為主的民俗事象甚至「偽民俗」這類過於「使勁
的東西」變成國際電影節菜單上必不可少的一味秘方。對此，張藝謀也曾無
奈地表示：「《黃土地》《紅高粱》等第五代作品，在中國電影史上具有自己
的地位，但後來由於『一窩蜂』地整，加上我們後來的作品在一定程度上的
重復性，把這道菜的聲譽弄壞了，致使現在大伙兒對『使勁兒』的東西深惡
痛絕。」〔註 83〕

　　離散於「家國之外」的美籍華人學者周蕾在其著作《原初的激情——視
覺，性慾，民族志與中國當代電影》中毫不留情地指責「張藝謀的影片已經
成了一種想像性書寫的壯觀而可理解的形式，這種書寫的對象是這樣的一個
『中國』，它據信存在於過去而其意識形態力量一直徘徊至今。儘管張藝謀影
片中的許多民族風俗和做法都是虛構出來的，然而這些細節的重要性不在於
它們的真實性而在於它們的含義模式。這種重要性構成了張藝謀民俗學的新
穎性的第二個主要因素：對事物、人物和敘述的使用並非出於對其自身的需
要，而是因為它們所具有的關於『種族』的集體性、致幻性的含義」，是一種
「東方的東方主義」。〔註 84〕從某種意義上來看，這種關乎「種族」的「集體
性、致幻性的含義」應只是針對海外觀眾而言，這類作品更是民俗學上的影
像編碼，與前文所提到的早期好萊塢電影對中國形象的東方主義化呈現形成
了一種呼應。

　　誠然，他們的作品如學者尹鴻所言「展現的是遠離現代文明的中國鄉民
的婚姻、家庭的民俗故事」，「但它們並不是民俗的記錄，而是一種經過浪漫

〔註 83〕 羅雪瑩：〈寫人‧敘事‧內涵——《秋菊打官司》放談錄〉，《當代電影》，1992
　　　　 年第 6 期，頁 15。
〔註 84〕 （美）周蕾著，張艷虹譯：《原初的激情——視覺，性慾，民族志與中國當代
　　　　 電影》，桂林：廣西師範大學出版社，2001 年，頁 143～147。

改造的民俗奇觀」，「民俗在這裡不是真實而是策略，一種寄托了各種復雜欲望的民俗傳奇。這種類型為中國的電影導演提供了一個填平電影的藝術性與商業性、民族性與世界性之間的鴻溝的有效手段，同時也為他們尋求到了獲得國際輿論、跨國資本支撐並承受意識形態壓力的可能性」。〔註85〕嚴苛的電影審查制度和藝術類電影的發展困境，均是大陸導演不得不考慮的客觀現實，西方國際電影節的獎項認可、海外的資金贊助對他們的生產創作至關重要。按照筆者在前文中的論述，在西方電影節這一權力力場的作用下，大陸電影人不得不回應並對接西方電影節對中國的觀照視線，以異域風情、耳目一新的視聽效果作為一種輸出策略尋求文化突圍亦是無可厚非的，從後殖民主義角度進行闡釋甚或批判他們刻意醜化國族形象畢竟只能做為研究者的一種過度解讀，而非歸咎於電影人的創作初衷。

三、文化認同：「陌生的熟悉感」

在這些「民俗品牌」全球性消費中，以新奇的、特異的、充斥著魅惑風情的東方鏡像作為吸引西方觀眾視聽感官的文化包裝，然而奇觀化包裝下的故事內容和文化情感對西方觀眾而言並不陌生，足以輕易喚起異質文化觀影者的文化認同。這也就是比爾·尼科爾斯（Bill Nichols）所謂的「陌生的熟悉感」（the Strange as Familiar），他分析西方國際電影節的大多數節日觀眾和評論員是像他自己一樣的西方中產階級白人，他們如同民族志學者一樣，可能完全清楚這種通過影像追求對異域文化的親密體驗和真實性是虛幻的，西方觀眾只能產生能夠定位和安置他們的知識，而這些知識可以洞察他們自己建構自我、國家概念、文化或審美價值的「後方區域」（Back Regions）。〔註86〕在體驗陌生和恢復熟悉感的辯證關係中，這些來自「他者」的文化奇觀與西方受眾的「後方區域」的內在組成元素相連接，因而具備了轉換的前提條件。不管對於西方電影專家還是一般電影觀眾而言，這既是一個陌生的「他者」，又是一個合情合理可以接受的「他者」，西方觀影者都可透過這些光怪陸離的東方鏡像解讀出他們所能理解和的文化共同參數，從而在體驗陌生中實現共鳴獲得審美愉悅。於是乎，在這一文化策略的引領下大陸導演在西方電影節上成功上演了一齣齣穿著華美民族服裝的普通故事。

〔註85〕 尹鴻：〈世紀之交 90 年代中國電影備忘〉，《當代電影》2001 年第 1 期，頁 27。
〔註86〕 Bill Nichols, "Discovering Form, Inferring Meaning: New Cinemas and the Film Festival Circuit", Film Quarterly, Vol. 47, No. 3 (Spring, 1994), p.20.

　　美國學者駱思典（Stanley Rosen）指出在西方凝視遙遠的東方寓言時一向「對它們有某種特定的期待」，而早期在西方國際電影節上獲得成功的大陸藝術電影都順應了這種期待，講述了「有關歷史騷亂與被禁錮的愛情的令人激動的、視覺華麗的故事。」〔註 87〕這種將東方與性綁定在一起的「特定的期待」並非無緣無故的聯想，是東方主義視野下一向關注的母題，而好萊塢早期電影對中國形象的投射中又無形中加強了這種極為單一且一成不變的表述東方的語系（本章第一節）。所以，我們看到在《紅高粱》中把中國幾千年來被視為淫穢不光彩的野合儀式化、神聖化甚至作為對生命的頂禮膜拜，發現到建構在禁忌、窺淫與情慾之穴中的侄嬸通姦、親子弒父的《菊豆》成為西方經典悲劇「哈姆雷特」與「俄狄浦斯」的嫁接，感受到在《大紅燈籠高高掛》中陳老爺三妻四妾的淫亂及小妾與醫生的姦情實為好萊塢影片窺淫欲精神分析符碼的植入。以及，《黃河謠》中腳夫當歸與寡婦私奔，《香魂女》中婆媳兩代與男人通姦，《炮打雙燈》女性意識被喚醒的春枝的自慰和偷情生子，《霸王別姬》的變童、異裝癖、同性戀，這些影片洋溢著異國情調的、畸形罪惡的、久被壓抑的性的歡愉，神秘的東方情色表述始終是引起西方觀眾關注的焦點所在，也成為了西方視閾之下一場場「中國人五千年來的性壓抑」〔註88〕的充分釋放與激情展示。

　　在這些電影中，東方「被禁錮的愛情」掩蓋之下的性常被西方偏執地簡單地對立為不同於歐洲「理性的，貞潔的，成熟的，『正常的』」性，而是「非理性的，墮落的，幼稚的，『不正常』的」。〔註 89〕進而逐漸成為東方獨特文化的一類象徵符號，作為西方人眼中不同於「自我」的「他者」之所以可以成為異質「他者」的一種重要表徵，亦是供西方辨識或加以指認或東方世界之所以能為人理解的大陸藝術影像中的一種能指體系。

　　宗法婚姻中的丈夫形象無一不是殘缺的、病態的、衰老的被閹割的父權代表，他們反人性地無恥地霸佔了年輕女性，在這些人物中不難看到邪惡殘暴的閻將軍（閻將軍囚禁白人女性戴維斯）、傅滿洲的身影，這也為影片其後

〔註87〕駱思典：〈全球化時代的華語電影：參照美國看中國電影的國際市場前景〉，《當代電影》2006 年第 1 期，頁 27。

〔註88〕李安執導影片《喜宴》（1993 年）中的一句台詞，該片獲第 43 屆柏林國際電影節最佳影片金熊獎，該句台詞當時成為西方媒體報導的噱頭。

〔註89〕（美）薩義德（Edward Waefie Said），王宇根譯：《東方學》，北京：三聯書店，1999 年，頁 49。

的弒夫（父）行為奠定了理解的基礎和提供了充分的理由；而引起女性慾望的男性無一不是被閹割焦慮所困擾的徬徨者，在這些人物的投射中又可看到《嬌花濺血》中「黃人」程環的身影。這些國際化電影呈現的男性角色也是與在好萊塢電影中「敵視」（The Xenophobic）的「他者」形象是相一致的。另一方面，如我們在這些電影中所見，《大紅燈籠高高掛》中的四姨太頌蓮、《霸王別姬》中花滿樓出身的菊仙等舞台上的女性多以小妾、娼妓、性奴、「生育機器」的形象被展現，這無非也是與好萊塢打造的龍女、一系列刻板中國女性想像「一脈相承」，延續了西方觀眾高對東方女性原始情慾的迷戀之情，從前文提到的美籍華裔明星黃柳霜（Anna May Wong）到主演六部國際 A 類電影節獲獎影片〔註90〕的謀女郎鞏俐，化身為跨域想像中的意淫代碼。

　　一向依賴於東方主義思維進行意識形態判斷的西方國際電影節刊物和媒體報刊對來自第三世界的民俗風電影中的這種情慾（Erotic）敘事往往被作為「民族寓言」中一個不可或缺的元素來解讀，以冷戰以來歐洲中心一以貫之的態度批判專制獨裁、強調民主人權和對被壓迫族群及弱勢群體的人道關懷。不止如此，這道審判的視線可以說是來自遠古時期的延伸。美國學者弗雷德里克·傑姆遜（Fredric Jameson）在《處於跨國資本主義時代的第三世界文學》中對第三世界借個人及力比多趨力的文本來折射「民族寓言」的傳統還進行了歷史溯源，認為「偉大中國古代帝王的宇宙論與我們西方人的分析方法不同：中國古代關於性知識的指南和政治力量的動力的本文是一致的，天文圖書醫學藥理邏輯也是等同的。西方的兩種原則之間的矛盾——特別是公與私（政治與個人）之間的矛盾——已經在古代中國被否定了」。〔註91〕

　　不僅僅是西方觀眾，眾多中外學者亦是從身體政治的角度對其進行詮釋，如前文所提到的美籍華裔學者周蕾在其著作《原初的激情——視覺，性慾，民族志與中國當代電影》中犀利指出吳天明的《老井》、陳凱歌的《黃土地》和張藝謀的《紅高粱》以及《大紅燈籠高高掛》等中國當代電影共同書寫的「新民族誌」以「原初的激情」作為主色調，以實現後殖民世界文化宏觀語境之下中國文化和異質文化之間的「翻譯」。除此以外，筆者也認為由情色、愛情、慾望與政治浪潮的交織構成的情慾（Erotic）敘事亦是第五代導演傳達

〔註90〕鞏俐擔任主演的六部國際 A 類電影節獲獎影片為《紅高粱》（張藝謀，1988）、《菊豆》（張藝謀，1990）、《大紅燈籠高高掛》（張藝謀，1991）、《秋菊打官司》（張藝謀，1992）、《霸王別姬》（陳凱歌，1993）、《活著》（張藝謀，1994）。
〔註91〕張京媛編：《新歷史主義與文學批評》，北京大學出版社 1993 年版，頁 235。

如同「歷史天使」寓言中所蘊含的一種既疏離且極力保持理性卻又無法不感性的歷史情緒的一種手段。同時，久被壓抑的性衝動往往是在極其亢奮的狀態下以一種叛逆姿態迸發的英雄主義被展示。

譬如《紅高粱》中描繪的是一群會抓起身上的蝨子塞進嘴裡『叭叭叭』帶著聲響地吃掉、彷彿生活在穴居時代的酒坊工人，按照馬斯洛需求理論（Maslow's Hierarchy of Needs）〔註92〕來說，他們的日常基本圍繞在吃喝拉撒睡、性欲、生育等最低層次的「生理需求」上。直至日本鬼子的燒殺搶掠破壞了這份原始而又平靜的生存狀態，直至日本鬼子殺害和「我奶奶」關係曖昧的羅漢大叔而對被這座「孤島」上的「原住民」人身安全造成威脅，屬於低一級的「生理需求」和「安全需求」在導演設置的特定條件的激發下直接上升至「尊重需求」和「自我實現需求」的迫切實現乃至進一步得到昇華。在「我奶奶」引導下，喝完當年釀的十八里紅「我爺爺」和夥計們鬥志昂揚地去打鬼子為羅漢大叔報仇，「我奶奶」卻在給「我爺爺」和伙計們送飯的路上被日本兵打死，《紅高粱》以一場農耕社會普通老百姓與日本帝國主義侵略者之間壯烈豪邁的殊死搏鬥為悲劇謝幕，而且從某種意義上，這場戰爭也是一場寓言式「父」與「子」之間你死我活的政治鬥爭（相關論述可見本章第二節）。有鑒於此，影片所高歌的並非是什麼意識形態層面的所謂的民族大義或國族精神，而是真實存在的避無可比的原欲（id）驅使之下的人性慾望情感，觸動西方受眾的恰恰是這份人類共通的基本需求，一份最為樸實的英雄主義。由此當時德國媒體將《紅高粱》視作薄加丘《十日談》中的一個故事來解讀，認為該片「是一首反映人民昔日生活的敘事歌謠……把這段生活表現得極富幽默感並充滿激情。觀眾驚訝地、入神地望著銀幕，他們不僅被強烈的畫面語言所震驚，而且也因一

〔註92〕馬斯洛需求（Maslow's Hierarchy of Needs）：由美國著名社會心理學家亞伯拉罕‧哈羅德‧馬斯洛（Abraham H. Maslow, 1908～1979）提出。在1954年出版的《動機與個性》一書中，他將人類需求像階梯一樣從低到高按層次分為五種，分別是：生理需求（psysiological needs）、安全需求（safety needs）、愛與歸屬的需求（love and belonging needs）、尊重需求（esteem needs）、自我實現的需求（self-actulization needs）。在1970年新版書內，又改為如下之七個層次：生理需求（physiological needs）、安全需求（safety needs）、隸屬與愛的需求（belongingness and love needs）、自尊需求（self-esteem needs）、知的需求（need to know）、美的需求（aesthetic needs）、自我實現需求（self-actualization needs）。而其中生理需求（physiological needs）指維持生存及延續種族的需求，始終屬於最低級最基本的層次。參見劉燁：《馬斯洛的人本哲學》，呼和浩特：內蒙古文化出版社，2008年。

種異國風格和感情的粗獷色彩而感到有點迷茫」。〔註93〕

　　相較於《紅高粱》中原始粗獷且奔放熱烈的英雄主義，《霸王別姬》的英雄主義則顯得斑斕華麗而淒美傳奇，且依然以死亡結局作為英雄主義的昇華。這也是導演陳凱歌與原著作者李碧華對作品的精神座標定位的差異性體現所在。學者莊宜文認為李碧華前後兩個小說版本雖存在微妙差異，「即修訂版增添兩人在幕落後的戲台重演《霸王別姬》，蝶衣自刎、小樓措手不及，讓讀者誤以為情節發展將和電影結局一致，筆鋒一轉，卻帶出原來是蝶衣自身的幻想。李碧華刻意以出人意表的方式讓情節急轉，這段『反高潮』的安排，維持了初版的意念，展現不徹底的人生觀點，與電影裡蝶衣自刎的悲壯結局大異其趣」，在電影的悲壯結局中「苟活下來的是自私軟弱、順應現實的假霸王段小樓，程蝶衣若與世隔絕、堅守理想，對藝術熱忱未曾改變，多年遭禁演無疑似行屍走肉，最後的自盡是以肉身獻祭並完成對藝術和情愛理想的追求」。〔註94〕焦雄屏則稱「這是一種不顧一切，飛蛾撲火式的投身，末了甚至可以是玉石俱焚唯美主義——由是，陳凱歌曾在媒體上說：『我就是虞姬！』非但不是某種性傾向，而是將同性愛簡化或轉借成形式美學（由是蝶衣結尾的自刎，對陳凱歌才真正那麼必要）。」〔註95〕不僅僅是陳凱歌托「蝶衣」言志、寄情於蝶衣傳遞對電影藝術理想的執著與堅守，蝶衣扮演者張國榮在初次看到劇本後也曾如是說，稱自己就是蝶衣。

　　顯而易見，程蝶衣作為男權世界的叛逆者／異類亦是陳凱歌和張國榮的「化身」（Persona），在這一人物形象的建構中我們看到了關於一位大陸藝術導演和一位香港同性戀明星拉康式主體形成的生命史。美國學者藍溫蒂（溫蒂・拉森，Wendy Larsen）在這一人物的身上發現了「分裂性」，蝶衣「綜合了身體的文化狂歡，政治上的純潔、忠誠，而道德上則因扮演被人愛慕的女性而顯得可疑」，而且認為蝶衣是一個必然女性化的角色，「並非民族文化的一致表現與做法，而是代表歷史與文化差別的一個貶值的虛符號，是一種地方色彩，展現在愉快的（國外）觀眾面前」。〔註96〕眾多東西方學者從精神分

〔註93〕德國《晨報》1988 年 2 月 16 日。
〔註94〕莊宜文：〈文革敘事，各自表述——《棋王》、《霸王別姬》跨地域改編電影之研究〉，《成大中文學報》第二十六期，頁 138。
〔註95〕焦雄屏：《映像中國》，上海：復旦大學出版社，2005，頁 64。
〔註96〕轉引自張英進：《審視中國：從學科史的角度觀察中國電影與文學研究》，南京：南京大學出版社，2006 年，頁 24。

析電影符號學的角度將「程蝶衣」徹底解構剖析。其中一個焦點即為影片中運用精妙的閹割隱喻，一般認為蝶衣從被妓女出身的母親斷第六指（象徵性去除男性特徵）、被小樓用煙袋鍋搗嘴（原著中實為師傅，象徵性被強暴）到被張公公褻玩強暴（肉體上真實性被強姦）從而完成了對蝶衣的性別指認；而寶劍所蘊含如同陽具的性別暗示及父權權柄的象徵意義也在以蝶衣為主軸的輾轉中得以具象化〔註 97〕；再藉由電影中多次出現的鏡子意象完成錯綜複雜人物關係的處理。在並行不悖的敘事與指代下，導演「將這一故事改寫為『兩個女人』與一個男人的三角戀」，不同於原作，「不再是兩個男人的畸戀裏夾帶著的一個女人」。〔註 98〕相關論述中也不乏把變裝「虞姬」的蝶衣拔劍自刎血濺於變裝「霸王」的小樓面前與歷史上的貞節烈女為自己的男人殉情之舉劃上等號的釋解，認為此乃根深蒂固的儒家父權思想仍在當代社會主義藝術家的頭腦中青煙繚繞的一種表象。

然依筆者所見，引頸自刎不過是李碧華小說中蝶衣的一場痴夢，終究不得不在現實中清醒地痛苦地活著，不同於李碧華筆下兩位主人公卑微麻木地苟且偷生的那份殘忍，陳凱歌情願讓「不瘋魔不成活」的蝶衣在現實中既無瘋魔的理由，索性選擇作為做真正的「虞姬」追隨自己心目中「力拔山兮氣蓋世，時不利兮騅不逝」的「西楚霸王」而去，人戲合一。從別無選擇地被他人閹割到自我主動閹割，最後一幕中蝶衣再次將《思凡》的唱辭「我本是女嬌娥，又不是男兒郎」唱作「我本是男兒郎，又不是女嬌娥」，看似無意實則是導演刻意為之，是拒絕以任何形式對自由靈魂進行閹割的反抗宣言，並不是以一個被改寫了性別的「女人」身份而是作為男權階層的一個叛逆者／異類／同性戀者第一次也是最後一次向父系社會的報復式妥協／妥協式報復，一次真正的男人血性／男性荷爾蒙的徹底性爆發，在以宗教般的祭典儀式洗滌人世間的污穢，將自我留在藝術、愛情、理念的理想世界中以實現自我心靈純淨的追求，這對於有精神潔癖的蝶衣而言一切是那麼順理成章。這同樣也是陳凱歌文人精神的一種投射，為了留住最初的神韻（aura）／原初的理想設計了一場「真人的自毀」，「好像揉碎了花朵，震撼的同時，還能

〔註 97〕蝶衣委身袁四爺為小樓求得寶劍，蝶衣贈寶劍於小樓，菊仙還劍袁四爺希冀斬斷蝶衣對小樓之情愫，文革批鬥後菊仙自縊前還劍於蝶衣，新時期蝶衣以此劍自刎於小樓面前。

〔註 98〕戴錦華：《霧中風景》，北京：北京大學出版社，2000 年，頁 260。

嗅到色香」，〔註99〕在政治上結束了一個「民族的悲劇」——「文革」，卻在精神上延承著那個時代的「英雄主義」。〔註100〕

同時，蝶衣最終完成自我性別認同並以男性身份來成就這一場理想主義殉道式的自我救贖與犧牲和《蝴蝶君》（M. Butterfly）中不辨男女愛上男扮女裝的京劇名伶宋麗玲的法國大使最終在性別迷思中痛苦自決相映成趣。再一次著力於構築一個具有東方力比多很有衝擊力的故事，亦可謂是對一個被懸置已久的疑竇——在全球性文化秩序下強勢西方對被壓抑東方凝視的目光中關乎性別的判斷——的一種回答，東方這一被居高臨下的審度視線女性化／異化的犧牲品也不過是「他者」層面上的一個「男性」角色。

張藝謀、陳凱歌等大陸第五代導演從某種意義上可以視為藉著作品成為跨境文化傳播層面上的「民族英雄」，呈現在世界視閾之下的是一個如同本雅明一般的文人形象——留戀著歷史的斷壁殘垣卻被進步的颶風吹向不可預知未來的「歷史的天使」。然而當大陸第五代導演逐漸適應了西方人獵奇的眼光之後，更加積極嘗試將傳統文化批判與西方資本主義的商業需求進行艱難的結合，有意識地選取大眾化文化包裝來展現多姿多彩的東方景觀，引起任何試圖理解中華文化之複雜性的西方觀眾的觀賞興致，主動為西方觀眾捕捉／營造這般「陌生的熟悉感」，以便在文化和情感普適的基礎上實現民族特異性的承載與傳播。正是因為如此，有一些評論者指責民俗電影的過度浮誇展示和文化批評力度疲軟。也正是因為如此，因而在戛納國際電影節上嵌入港片商業運作模式的《霸王別姬》被一些批評者視為陳凱歌對自己以往風格的徹底「背棄」。

第四節 影像「寓言」：藝術風格

獲得國際電影節肯定的東方電影都在試圖另闢蹊徑尋找一種明顯不同於西方觀眾司空見慣的好萊塢模式的表現形式，一種顯明個性化地講述來自遙遠異域的故事的聲音影像，因為西方觀眾始終將東方映像作為相對於西方映像的一種邊緣存在抑或是一種可有可無的補充點綴，並期待從中看到某種相

〔註99〕陳凱歌：《少年凱歌》，台北：遠流出版社，1991年，頁114。
〔註100〕陳凱歌曾在訪談中聲稱「『文革』在政治上是個民族的悲劇，但在精神上卻是個充滿英雄主義的時代」參見羅雪瑩：〈銀幕上的尋夢人——陳凱歌訪談錄〉，《文化電影時報》1993年第6期。

異於好萊塢電影的新奇感抑或是背離感。

如此，獲獎的大陸藝術電影影像「寓言」的主要之藝術策略便是如何以看似反好萊塢模式化的藝術範式娓娓道來一個引人入勝的東方傳奇。

一、公式化「寓言」敘事

1980 年代大陸電影人以《黃土地》為發軔引領了一場電影革命，成功打造了一系列第三世界寓言，促成了民族誌電影的空前繁榮，其中公式化「寓言」敘事範式作為必不可少的神奇元素可謂功不可沒。

一者，民族寓言式作品基本上摒棄了好萊塢的經典敘事範式，拒絕好萊塢規範的時間和空間表示，不再恪守「衝突──解決」的情節公式，而是缺乏明確的解決方案，並常常以首尾呼應的環形敘事結構將人物置於一個神秘化的循環式的框架之中，並在鏡頭語言上大量運用同機位、同景別、同鏡頭焦距、同光孔的重復鏡頭，從而營造出一種驚人的相似感來突顯無法逆轉的早已注定的人生悲劇的歷史怪圈的存在。

「重複」是導演構思《黃土地》的重要敘事元素，在這一前提挈領下，造型、畫面、音樂均為復現的意象而服務（筆者將在後文進行相關論述），然而「同一畫面，往往蘊含著，再現著不同的質」。〔註101〕譬如顧青的闖入而後離去、去而復返，來與去的鏡頭多次反覆。又，片中兩次婚嫁場面的雷同，一次從翠巧的視點窺視一個陌生姑娘出嫁，另一次則是從弟弟的視點觀看翠巧出嫁，但翠巧卻並未出現在畫面中，導演刻意安排「翠巧」的「缺席」意味著紅蓋頭之下的新娘可能是生長於這片黃土地上的任何一位女性，無數次上演著歷史時間框架中一場避無可避的婚禮儀式。再如，《大紅燈籠高高掛》以朱紅色的字幕表明故事於「夏」始四季更迭後又於「夏」終，以四姨太太頌蓮加入陳府為開頭、以迎娶五姨太太為劇終，以時間與事件的循環來強調悲劇的普遍性，《霸王別姬》以文革後的蝶衣和小樓在體育館彩排「霸王別姬」的畫面拉開序幕、在蝶衣的假戲真做中落下帷幕，均是首尾相連的環形結構。同為大陸第五代導演代表作的《孩子王》、《菊豆》、《炮打雙燈》等影片中也採用了類似的環形敘事結構，強化了知青老桿、楊天青、牛寶等這一類不容於或無意識破壞了傳統秩序的「他者」意象造型。恰如戴錦華所言「他們的到來，與其說動搖甚至顛覆了特定的秩序，不如說只是進一步印證了這秩序

〔註101〕張藝謀：〈《黃土地》攝影闡述〉，《北京電影學院學報》1985 年第 1 期，頁 119。

的巋然不可撼動」。〔註102〕而且，不同於好萊塢電影中懲惡揚善的結局，故事往往以反團圓式結局形成對敘事主體的最終被否定，這類民俗電影策略性地採用非線形敘事無形中強化了對人生因果之循環、命運之輪迴的悲劇主題的理解，亦更加固化了西方觀眾對其進行「民族寓言」式的解讀。〔註103〕

　　例如謝飛執導的《香魂女》，雖說故事背景不再是久遠的年代，而是改革開放的新時期，然而經營香油坊的女主角香二嫂年幼時期即做了童養媳嫁給了瘸腿的酒鬼丈夫，最終她將自身遭遇的悲劇如法炮製加諸於兒媳婦環環的身上（讓環環以嫁給智障的兒子為條件為環環的父親還清債務），淪為既可悲又可憎的犧牲品與劊子手。屹立千年的「鐵屋子」並沒有因為新時代的來臨而分崩離析，絕望的宿命感依然在無奈中延續，導演有意識地借助環形敘事結構彰顯了歷史車輪輾壓的巨大慣性以及傳統文化對人性的禁錮之深遠，同時亦是歷經十年文革動亂的大陸第四代、第五代導演有意或無意激活「鐵屋子」這一母題作為文人對於民族文化的歷史及民族心理結構進行現代性反思的一種生動折射。

　　再者，環形敘事範式所講述的東方「寓言」故事──「有一個故事，而且只有一個故事，真正值得妳細細講述」（羅伯特・格雷夫斯（Robert Graves）語）──中存在著經典鮮明的幾類原型形象作為社會潛在秩序的外化。在魯迅所說的堅不可摧的鐵屋裡的人們大致被歸類為三種原型形象：年長的父權專制者蠻橫猙獰或病態反常、被壓抑人性的受虐者（女性或其他弱勢群體）、與具「弒父」潛質的「他者」（見本章第二節）。其中最為常見的人物關係如美國學者藍溫蒂（溫蒂・拉森，Wendy Larsen）所分析的，鞏俐等女性演員所扮演的「女性角色被放置在兩個男性中間，一個上了年紀、疾病纏身、行為反常，或是性情殘忍」，「另一個則年輕力盛」、「在情慾方面被她所吸引」。〔註104〕從張藝謀的《紅高粱》、《菊豆》到《大紅燈籠高高掛》，以及王進的《出嫁女》、謝飛的《香魂女》、何平的《炮打雙燈》從本質上來說都在遵循著類

〔註102〕戴錦華：《霧中風景：中國電影1978～1998》，北京：北京大學出版社，2000年，頁319。

〔註103〕相關論述可參見本章第二節。

〔註104〕藍溫蒂（溫蒂・拉森，Wendy Larsen）：〈張藝謀：國際／國內審美與情色〉，索倫・克勞森，羅伊・斯達斯與安妮・維德爾編：《文化遭遇──中國、日本與西方：紀念奧爾胡斯大學二十五年東亞研究論文》，丹麥：奧爾胡斯大學出版社，1995年，頁223。

似的人物關係建構模式，在這世界中人物間存在著不可調和之矛盾根源——父權專制。

在某種層面上看，大陸民俗電影中這種人物形象塑造上所呈現的符號化、模式化處理實為延承了並加固了早期美國影片植入西方觀眾心裡的刻板印象，以致成為觀影「常識」儲備。這一敘事策略證實了弗雷德里克·傑姆遜（Fredric Jameson）所揭示的事實：「關於東方的知識，由於是從強力中產生的，在某種意義上創造了東方、東方人、東方人的世界。用克羅默和貝爾福的表達方式來說，東方被描述為一種供人評判的東西（如同在法庭上一樣），一種供人研究和描寫的東西（如同在教學大綱中一樣），一種起懲戒作用的東西（如同在學校或監獄中一樣），一種起圖示作用的東西（如同在動物學教科書中一樣）。問題是，在上述每一種情況下，東方都被某些支配性的框架所控制和表述。」〔註105〕導演編劇擅用影視策略為觀眾打造了一個由原型人物構成的二元對立的世界，當權者與小人物、男人與女人、霸凌者與受害者，甚至像在《大紅燈籠高高掛》中的「陳老爺」根本沒有正面鏡頭，徹底被抽象化為一個不可冒犯之至上男權的符號。人物被類型化、標籤化，個性被弱化、差異被消弭，這種處理手法刻意將人類性格的多樣性通過鏡頭的過濾簡化了、單一了，剔除了真實世界中人倫的複雜屬性，這些原型人物與民族誌文物一般無異是「起圖示作用的東西」，讓整個世界簡單到讓西方觀眾可以理解把握，西方觀眾不慣於觀看字幕，更對東方電影中深刻的說教感到抗拒，簡化後的人倫關係減輕了西方觀眾倫理價值判斷上的煩惱，這些人物的角色功能像加減符號一般簡單理解容易識別，只要他／她們一上場，觀眾一眼就可以根據其特徵而對其做出判斷，一一按照原型分類對號入座。如此敘事策略之下的群像塑造不僅輕易喚起了早期美國電影留下的影像記憶，而且在觀影之後這些「寓言」形象在觀眾的記憶中依然栩栩如生，歷久彌新。

三者，通過敘述者的聲音告訴西方觀眾這些「寓言」是真實的。克里斯蒂安·麥茨（Christian Metz）指出觀眾否認自己會輕信任何虛構的故事，「但是當電影由影片中的一個人物來訴說夢境一般講述這個故事的時候，這個敘述者的聲音，代表不相信的防禦物。在演出和我們之間所造成的距離感安慰了我們，使我們感到，我們並沒有被演出所欺騙，從而使我們可以在這種防

〔註105〕（美）薩義德（Edward Waefie Said），王宇根譯：《東方學》，北京：三聯書店，1999年，頁50。

禦物的後面，讓我們被它欺騙更長一些時間。」〔註106〕。影片中敘述者即扮演了這個「不相信的防禦物」，《邊城》中的旁白、《紅高粱》中的「我」（孫子）、《炮打雙燈》中的女主人公春枝，以畫外音的形式將「寓言」故事娓娓道來。譬如《紅高粱》影片一開始伴隨著全黑畫面便傳來了敘述者的聲音——「我給你說說我爺爺我奶奶的這段事，這段事在我老家至今還有人提起」，整部影片前後共十二處的畫外音不但交代了人物關係實現了時空轉換，而且與影像情節之間形成對照關係，時不時地將觀眾拉回敘述話語的年代，作為故事的客觀視點參照，自然而然產生一種時空間離效果，給予觀眾一種若即若離的真實感。

二、自我景觀化「寓言」視聽

　　理查德・詹姆斯哈維斯（Havis Richard James）認為《黃土地》這部電影至少是自1949年共產主義解放以來的第一部通過圖像而不是對話講述故事的中國大陸電影。〔註107〕隨著十年文化浩劫的結束，迎來的不僅僅是久被冰封的人性、人情、人欲之覺醒，還有視聽感官世界之復甦。新時期以第五代為代表的大陸導演刷新了中國大陸電影的藝術風貌，引領著藝術領域的創新浪潮，一改中國大陸電影長期以來重主題、情節、對話等文學性因素而輕影像表達的傳統作法，自獲法國南特三大洲和美國夏威夷國際電影節兩項最佳攝影獎的《黃土地》始開創了一種別具風格的電影美學，為國際影壇帶來一場場耳目一新的視聽饗宴，全然不同於好萊塢所追求動作驚奇、強調節奏感的動態視聽奇觀，而是以意象性、象徵性、隱喻性的寓言影像喚起並更新了西方世界對於東方世界的文化想像。

　　其中尤為顯著的一點是第五代擅長通過視覺造型藝術來表達故事主題及建構思想維度，同時這種影像展示方式應合了上世紀末西方國際電影節對東方世界「遠取其勢」的「遠觀」視角（參見第三章第一節）而是「她把自己變作對象——而且是一個極特殊的視覺對象：景觀」。〔註108〕「自我景觀化」

〔註106〕（法）克里斯蒂安・麥茨，王志敏譯：《想像的能指：精神分析與電影》，北京：中國廣播電視出版社，2006年，頁20。

〔註107〕Havis Richard James, "Changing the Face of Chinese Cinema: An Interview with Chen Kaige", *Cineaste* 29 (1) (Winter 2003), pp.8～11.

〔註108〕（英）約翰・伯格（John Berger），戴行鉞譯：《觀看之道》，桂林：廣西師範大學出版社，2005年，頁47。

的「寓言」影像打破跨文化流動中原有的區域時空和思維差異的框架，吸引來無數比爾‧尼科爾斯（Bill Nichols）所謂的「觀光者」（西方電影節評委及觀眾），並引導這些西方電影節觀眾參與了一場場「差異的、神秘的、奇蹟般的體驗」。〔註109〕這種自我景觀化的「寓言」視聽呈現出異域化、奇觀化的特徵，從頗具「中國特色」的寫意化視覺造型、民族色彩的鋪陳、民俗音樂的渲染等多方位滿足西方「觀光者」鑑賞異域風情的訴求，成為一套有著特殊的符號意指功能和象徵涵義的表述，建構著西方「觀光者」異國異域形象的想像基礎。

（一）東方奇觀視覺造型

1937 年好萊塢第一次借助鏡頭在影片《大地》（The Good Earth）中將賽珍珠眼中、心中的那片中國大地展現給西方觀眾（參見第三章第一節），這門關於東方的「想像的地理學」（Imagined Geography）又在第四代及第五代國際電影節作品中得到了豐富和延伸。

在西方「期待視野」下的中國故事中地理因素的選擇是打造奇觀化、異域化東方景觀極為重要的一環，為洋溢著奇風異俗、情色慾望的「古老」的中國故事平添了誘惑力。從《黃土地》、《紅高粱》、《黃河謠》、《雙旗鎮刀客》、《秋菊打官司》等一系列早期民俗電影在銀幕上以哺育人民的廣袤無垠的黃土地、中華民族的「母親河」黃河為主要基調再現了中國地廣人稀的大西北地理風貌，再到偏遠閉塞的邊城小鎮（如《邊城》、《菊豆》、《香魂女》等）；從西北黃土高原上窯洞這一擁有四千多年歷史的古老「穴居式」民居（如《黃土地》等）到錯落而有致的南方庭園、傳統徽式建築（如《菊豆》等）再到規矩且封閉的北方大院（如《大紅燈籠高高掛》、《霸王別姬》等）迥然不同於西方建築的中式傳統建築。經典「電影節電影」《炮打雙燈》以山西省的一個古老山村、位於山西陝西交界處的一個渡口為拍攝地，此兩處均被列為「民族文化遺產重點保護對象」，導演何平延續了在《雙旗鎮刀客》〔註110〕中所展露的西部情結，濃郁的地方特色再加上類似於同時期電影《大紅燈籠高高掛》中的豪門宅院風貌，有意識地營造出深幽靜謐陰騭的意境，將被褫奪了女性身份而深瑣閨中的春枝所受到的封建家族桎梏及女性意識覺醒後對愛情自由

〔註109〕Bill Nichols, "Discovering Form, Inferring Meaning: New Cinemas and the Film Festival Circuit", Film Quarterly, Vol. 47, No. 3 (Spring, 1994), p.16.

〔註110〕何平執導的《雙旗鎮刀客》於 1993 年獲第 43 屆柏林國際電影節青年論壇獎。

熾熱的渴望更為入木三分地刻畫出來。

　　作為「觀光者」或「地理學」科目的選修者（西方電影節評委及觀眾或西方觀眾）鑑賞學習的必備展示品或歷史文物，策略性選擇具有突出地理特徵的拍攝地點、傳統建築物、民俗物象是十分必要的，這就如同刻印在人均可見的明信片上的那些名勝古蹟、地標性建築、風土民情等的圖像般，直接關聯著「異域」他者的想像。因此，張藝謀對影片拍攝地點的選擇都是極為慎重的，重在以打動西方觀眾的奇觀異景為考量。張藝謀將劉恆原著小說《伏羲伏羲》中故事發生的背景從太行山區的一個小山村換為安徽徽州黟縣南屏村的「葉氏宗祠」的「秩序堂」，將楊金山從原著中的「上中農」改為「染坊主」，選取了以黑白灰為主色調水墨畫般的徽派古建築「葉氏宗祠」作為「老楊家染坊」。青石小巷、黛瓦白牆、斑駁的馬頭牆構成了古樸寧靜的南屏村，其間大小祠堂林立莊嚴樸素，是徽州人文思想的高度物化的產物。除了化身為「老楊家染坊」的「葉氏宗祠」，問鼎第 73 屆奧斯卡最佳外語片的《臥虎藏龍》（李安執導）中的雄遠鏢局也是取景於祠堂「奎光堂」。據說因旅遊開發的需要南屏被設為影視拍攝基地，而建於明代成化年間（1465～1487 年）重修於清代嘉慶三年（1798 年）距今已有 530 年歷史的「葉氏宗祠」則成了影視博物館。可見，影片中只允許男人進出的楊家祠堂實為一個歷史上真實存在的封建牢籠——「秩序堂」，一個象徵著宗法社會和家族勢力並實行宗族精神教化的聖殿，在張藝謀的刻意安排之下，封建「秩序」就如此「重新」被建立起來。在電影《大紅燈籠高高掛》的製作過程中亦是如此這般，張藝謀一方面為烘托電影主題將蘇童原作小說中氤氳溫婉的江南背景更換為森冷淒涼的陝西宅院，一座地理圖冊中的古老建築，一處名副其實的民俗博物館；一方面將《妻妾成群》更名為《大紅燈籠高高掛》，以高高掛起的極具中國特色的大紅燈籠象徵著那庭院深深之處舊時女子迸射而出的情色與慾望，以及充斥的各種中國傳統民俗元素，不僅為觀眾帶來更為具象化、直觀化的感官刺激，同時亦將觀眾「窺淫」與「拜物」兩種觀看視線巧妙融合，更具觀賞快感。

　　除了東方地理奇觀的策略性運用之外，以張藝謀擔任攝影的《黃土地》為突出代表作品，許多民俗電影的銀幕造型上明顯承襲了中國傳統藝術審美——「畫者當以意為之，不在形似耳」的寫意風格，讓每一幀畫面均具有表意功能或成為表意功能的手段，簡約疏放、磅礴大氣的視覺風格體現了中華

民族獨特的造型觀和境界觀。影片大量使用緩慢到幾乎停滯的鏡頭運動方式、靜止鏡頭的切換、某些特定意象的反覆循環等，一反幾十年來中國大陸電影中常見的流暢的、變換的運動鏡頭，而開創出非動態的山水畫般靜態造型的視覺造型，這種形式上的「陌生化效果」不僅產生了一種歷史沈重的凝滯感，也促使觀眾看與思相結合，在長久的「凝視」（gaze）關注中不斷體味影像主體外在形式和內在性質的關聯性及隱喻性。

《黃土地》在畫面構圖上，張藝謀充分發揮電影造型的表現功能，手法大膽而新穎。在處理畫面比例時，張藝謀借鑑了南朝宋畫家宗炳所提出的「豎畫三寸，當千仞之高，橫墨數尺，體百里之遠」的描摹真實自然界的方法，[註111]大量運用大遠景式仰拍或俯拍鏡頭，透過黃土地與天空、黃土地與人物的懸殊比例，將巋然不動的悠久博大的黃土高原與代表新天地新世界的天空之間強弱關係以及黃土地與在其上勞作休憩生活的人們之間的血脈依存的關係形象化、生動化地展現出來。綿延不絕的黃土坡常常幾乎填滿整個畫面，而地平線處於畫面的上方，天空的一抹蔚藍色彷彿是硬擠進的外來物，象徵著追尋新希望之艱難可貴；綿延不絕的黃土坡充斥著畫面，人與黃土地近似一比五的構圖比例，使得在黃土高坡上行走的人們渺小如螻蟻，迎親隊伍不過蒼茫天地間的一條細細的線，沿循著祖祖輩輩先人的足跡、定下的「規矩」繼續前行，卻永遠無法也沒有打算走出這方無邊無際的黃土地，幾乎靜態攝影的攝影機運作方式也與黃土地的生命底蘊相呼應。正如好萊塢影片《大地》中所描述的那片土地雖說貧瘠荒蕪雖說因災害而滿目瘡痍，但人們對她如同對母親一般的依戀之情亙古不變。影片整體畫面構圖並非具體的描畫而是概括性的勾勒，構成高度自我又高度忘我的水墨大寫意藝術風格，「有我」與「忘我」之間看似矛盾實則體現著「天人合一」生命的原初意義，引導觀眾觀照影像的同時重新思考人之命運與大自然、個體與歷史社會之間水乳交融的關係。《黃土地》的視覺造型「陌生化」效果開啟了第五代影像意寄象中、象中寓意的視覺隱喻，創造性地為尚未走出「文革」陰影的人們找尋到精神突圍的突破口。

張藝謀執導的《我的父親母親》則為西方觀眾講述了一個唯美的東方愛情故事，張藝謀談起創作時也曾表示：「這個愛情故事是很東方式的。或者講『意境』，或者講『盡在不言中』，或者講『留白』，都可以。這是中國傳統美

〔註111〕張藝謀：〈《黃土地》攝影闡述〉，《北京電影學院學報》1985 年第 1 期，頁 116。

學帶給我們的對人生和生命的觀照。」〔註112〕為了營造一種充滿東方詩意的浪漫，拍攝組在河北省豐寧縣壩上草原在蒙語中被稱為「海留圖」的地方實地取景，並在影片中採用了大量空鏡頭攝入旖旎風光的白樺林、一望無際的麥田、村口古老的水井、陳舊殘破的紡織機、課室窗櫺上的窗花、盛滿純情少女濃濃愛意的青花瓷碗，具有「留白」美學意蘊的空鏡頭將送飯、挑水、裝點課室、送別等一串追尋愛情的足跡貫穿起來，豐富含蓄舒緩地譜寫出一位東方少女閃耀著聖潔光彩的如夢如幻的愛情詠嘆調，純樸自然、至臻至美。

　　第五代影像使得東方的靜態造型（Tableau）這一藝術形式得以充分視覺展現並且形成了自己獨特的個性特徵。到了《紅高粱》，東方地理景觀、人文景觀、社會景觀的奇觀化視覺造型達到了巔峰，「它的關鍵突破在於：讓觀眾不僅像在《黃土地》中那樣旁觀地『凝視』和反思，而且在對奇觀鏡頭的凝視中情不自禁、設身處地地體驗或沈醉，並在體驗或沈醉中觸發對於人的生命的更深沈的反思。」〔註113〕《紅高粱》影片開頭即是準備出嫁的「我奶奶」在「開臉」的鏡頭，接著是野性中不乏情趣的陝北迎親隊伍一邊「顛轎」一邊行走於黃沙滾滾的十八里坡、神秘原始的紅高粱地，無處不散發著大西北狂野不羈的自然生命力，在東方神秘主義籠罩下突顯死亡的神聖、性的莊嚴，使得「我爺爺」與「我奶奶」之間原始而熱烈的愛情故事更為令觀眾賞心悅目、心旌搖蕩，產生新奇且驚豔的獨特視覺體驗。1990 年在加拿大蒙特利爾國際電影節上獲得最佳導演獎的《黃河謠》則類似於《黃土地》與《紅高粱》的嫁接產物。

　　《霸王別姬》中從京戲戲台戲樓戲班到戲子戲迷，從青樓妓女到老鴇嫖客，從封建社會的王孫貴族、地主惡霸到北洋軍閥、日本侵略者、國軍士兵、中共解放軍、紅衛兵造反派，各個時期的三教九流交織而成的人文景觀異彩紛呈，其間嫖客／戲子（小樓）與妓女（菊仙）、梨園霸主與京戲名伶、皇宮太監與孌童、台上霸王與虞姬的末世之戀、台下戲子之間的同性之戀（小樓與蝶衣）則成為最具蠱惑力的東方奇觀，令人意亂情迷。而且，《霸王別姬》眾多人物紛繁複雜的人際關係、主人公跌宕多舛的命運在事件的拓展中自然而然鋪陳開來，這在本質上不同於經典好萊塢刻意而為之的情節性的戲劇性

〔註112〕張衛：〈《我的父親母親》創作談〉，《當代電影》2000 年第 1 期，頁 52～55。
〔註113〕王一川：〈從雙輪革命到獨輪旋轉——第五代電影的內在演變及其影響〉，《當代電影》2005 年第 3 期，頁 17。

懸念，而是以類似於中國傳統繪畫中的散點透視法構砌了一副具有立體感和遠近空間感的史詩般的人文景觀。

《活著》則提供了徐家宅院、中國鄉村式賭場、民間皮影戲、大躍進時期大煉鋼鐵等人文社會奇觀。〔註114〕然而，《菊豆》、《出嫁女》、《大紅燈籠高高掛》、《炮打雙燈》等影片不再是東方自然景觀與人文社會景觀的水乳交融，東方景觀奇觀化展示不再是挖掘主旨深度、表情達意的營造策略，而是純粹的一種堆砌以饗西方觀眾的戀物情結。

（二）民族色彩的鋪陳

「有我之境，以我觀物，故物皆著我之色彩」（王國維《人間詞話》），以攝影師出身的張藝謀為傑出代表，第五代影像中色彩的巧妙運用是打造「寓言」效果的重要元素之一。在時代的不同、意識形態的不同、領域的不同、語境的不同，顏色對於人們的意義及人們對顏色的偏好都會有所不同。然而，色彩在人們心理上所產生的作用是大同小異的，因人類有著共有的生理機制和類似的外部刺激。這也就為我們理解一個個體乃至一個民族的內心提供了多一種解讀方式，讓我們可以通過顏色看懂「他者」。在電影藝術領域，色彩是最能喚起觀眾內在情感、調動觀眾情緒起伏、激發深度思考的視覺造型，成功的一次色彩的運用不但可以直接讓觀眾產生生理上的反應而且間接引起觀眾心理上的共鳴，電影化的色彩成為塑造人物形象、刻畫情境、烘托意境、揭示主題的有力手段，亦是構成導演個人風格的重要元素。

民俗電影中曝光率最高的兩種顏色即為最能代表中國的紅、黃兩色。源於早期文明的「紅色崇拜」象徵太陽、血液、火焰和而根植於農業社會的「黃色崇拜」則象徵著土地、農作物等。在華夏文化中，紅與黃這兩種顏色很早以前就被緊密聯繫在一起了。「黃色」，華人自稱為炎黃子孫，黃土地及黃河流域是其繁衍生息之地，而漢族又為黃色人種，自古就是崇高尊嚴的顏色。「紅色」，相傳中國古代炎帝統轄的土地稱「赤縣」，黃帝統轄的土地則稱「神州」，後統一稱為「赤縣神州」或「神州赤縣」。「赤縣神州」為古中國的別稱，最早見於《史記·孟子荀卿列傳》，更多時候被分開來使用，以或「赤縣」或「神州」來指代古中國。而「赤縣」中的赤字，即朱、丹、紅，大火為赤、盛陽

〔註114〕《霸王別姬》、《活著》前文已有相關論述，參見第三、四章相關論述，此處則不再贅言。

之色也，〔註115〕象徵吉祥、喜慶、溫暖、生命力。紅色與黃色在中國文化中的地位也與古代的政治倫理密不可分，兩種顏色不但在隋唐以後逐漸成為帝王專屬顏色，現今又作為中國國旗的顏色，自古以來都是被崇尚的顏色。

　　《黃土地》率先將這兩種色彩相結合的魅力帶入觀眾視野，極力揮灑這兩種色調以鋪陳渲染一個令人愛恨交織懷有錯綜複雜情感的「鐵屋子」意象。影片片頭即建構了一種視覺暗示，以黑色為底，片名「黃土地」為紅色，以黃色交代取材與工作人員。順理成章，片中以則黃土地、黃河的顏色作為色彩總調，但卻並非採用了實際中陝北土地在刺目光線下呈現的淺黃色，而是外景多數選取光線較為柔和的清晨或黃昏時分拍攝再加以後期處理，使土黃色的顏色更為濃郁，以暖色調強化了黃土高坡有如父愛般的溫暖寬厚，在昏暗的天色映照之下又給予觀眾莫名的窒息壓抑之感；另一方面，裹挾著泥沙而變得沈著緩慢看似波瀾不驚卻不捨晝夜奔流不息的黃河，渾濁不清的暗黃色強化了時而安詳時而兇猛深不可測的母親河形象。

　　黃色是全片的基本色調，而紅色則是起到畫龍點睛的作用，女主人公翠巧身上的紅色棉襖幾乎是大部分畫面中唯一的一點亮色，與蒼涼的背景形成了鮮明反差，然而這抹象徵著自由生機意味著「嚮往」的亮色，終將被深沈厚重的昏暗底色所吞沒，諭示著像翠巧一樣無以計數的農村女孩作為傳統社會中的弱勢群體雖然竭力掙扎，但依然無法改變最終淪為包辦婚姻制度下犧牲品的命運。同時，少女翠巧身上的紅襖與自然而然與故事一開頭的婚嫁迎娶中的紅色物象（在連綿不絕的山巒中緩緩前行的以一頂紅色轎子，一個個嗩吶上垂吊的紅色布帶及紅腰帶等）形成關聯與想像，以及幾個婚禮片段（包括翠巧自己的婚禮）中紅色充斥著畫面；紅蓋頭、紅衣紅褲、紅腰帶、紅轎簾、紅腰鼓、大紅花、紅馬等，大量的紅色給觀眾帶來強烈的視覺衝擊，尤其翠巧出嫁那場戲，全景中蒙著紅蓋頭的翠巧坐在丈夫家的坑頭上，接著一個近景特寫，一雙皮膚粗糙、黝黑又滿是污垢的大手闖入畫面揭開紅蓋頭，使觀眾不由地對翠巧／無數農村少女的遭遇感到同情。還有那在流失的歲月中褪了色的紅色對聯等，「同樣的紅色，在不同的段落中，給人迥然不同的

〔註115〕　《說文解字》南方色也。《玉篇》朱色也。《易‧說卦》乾為大赤。《疏》取其盛陽之色也。《書‧禹貢》厥貢惟土五色。《疏》天子社廣五丈，東方青，南方赤，西方白，北方黑，上冒以黃土。《禮‧曲禮》周人尚赤。《注》以建子之月為正，物萌色赤。

威受」。〔註116〕紅色作為黃色主調之外的色彩細節卻貫穿了全片，同樣是紅色出現不同的場景中將翠巧一步步代入了這個悲劇公式，帶動節奏引起觀者情緒上的跌宕起伏，即是局部色彩也是象徵性的語匯，紅色在此片中一種喜慶掩蓋之下的悲劇象徵色彩。

在《紅高粱》中，導演張藝謀、攝影師顧長衛共同將這種色彩蒙太奇的運用高度風格化，紅色則成為影片的主色調呈現了與《黃土地》迥然不同的意象，早期文明對於象徵太陽、血液、火焰的「紅色崇拜」，恰恰是對《紅高粱》中紅色意象的註腳，《紅高粱》中飽和度極高的潑墨式的顯像方式傳達著張藝謀對如火似血的大紅色所象徵的原始生命力的讚頌，謳歌生命不被「各種人為的框框和套子」所束縛的「一種自由舒展的精神狀態」、「生命的自由狂放」、「生命的美」〔註117〕，當面對惡勢力對生命的踐踏時，生命終於以最原始、最本質的方式進行反抗，不也是對於現實社會的一種發言嗎？〔註118〕這個紅色世界投映在黃、黑、藍等底色之上，紅色在影片中的色彩和色調也不是靜態的，而是配合劇情的內容和需要經過主觀的處理，隨著畫面的變化而不斷變化的色彩蒙太奇：出嫁時風流叛逆的「我奶奶」紅蓋頭下年輕而紅潤的臉頰與轎夫們赤裸的紅棕色赤膊相呼應，野性、陽剛伴隨著紅轎子熱烈搖擺的節奏狂歡著，發生神奇野合時神秘的紅高粱在陽光下搖曳生輝，血液一般鮮紅的高粱酒、紅彤彤的爐火、被活生生剝下來的羅漢大叔血淋淋的皮肉，還有最後一幕被日全食和鮮血染紅的紅高粱地、「我爺爺」和「我」，整個影像空間幾乎都沐浴在紅色色彩之中，張揚著狂野暴力血腥的紅色也在此凝滯沈寂，火紅的天、火紅的地、火紅的高粱、火紅的人生，彷彿天、地、人一切歸於原初的混沌。整部影片透過大量濾鏡的使用使得紅色以飽滿的色彩華麗的鋪陳著，而且隨著光影的變換和大量濾鏡的使用，畫面上和視覺上更蒙上一種音樂般的浪漫的韻律與節奏，彷彿一組充滿願慾、野性卻洋溢著旺盛的精力、田園般的快樂並具有寓言般啟示的生命交響曲，觀眾也隨之震撼顫抖。這種熱火朝天地活著、轟轟烈烈地揮灑色彩與張藝謀在此後的《秋菊打官司》（1992）、《活著》（1994）、《一個都不能少》（1999）等幾部側重於

〔註116〕張藝謀：〈《黃土地》攝影闡述〉，《北京電影學院學報》1985 年第 1 期，頁 119。
〔註117〕雪瑩：〈贊頌生命，崇尚創造——張藝謀談《紅高粱》創作體會〉，《論張藝謀》，北京：中國電影出版社，1994 年，頁 160。
〔註118〕〈《紅高粱》：那片神奇的高粱地〉，《新京報》2005 年 8 月 17 日。

寫實色彩的影片中淡化色彩、避免誇張以貼近日常的極簡做法形成鮮明對比。

　　不同於《紅高粱》中絢爛熾熱的紅色對於激昂的生命力與聽從野性呼喚的人性的象徵與隱喻，《菊豆》和《大紅燈籠高高掛》中的紅色則是令人窒息的壓抑的具有毀滅性的，既象徵著對荼毒、吞噬人性的宗法父權秩序，又代表著被壓抑被扭曲的人性的慾望、吶喊與憤懣，以最醒目的色彩來探照揭示封建社會最黑暗的一面。美術三原色調色法的使用令紅色和黃色在畫面中格外鮮艷醒目，而這在西方電影中是不多見的。

　　《菊豆》徽派建築代表色山水畫般的藍白灰色調為背景基調與染布的豔麗繽紛形成鮮明對比，紅色雖為局部色彩卻是點睛之筆，紅色染布更是貫穿全片的線索：當菊豆和楊天青在染坊中猶如乾柴烈火般激情燃燒之時，高高掛起的紅色染布從屋脊滑落好似一道噴射而出的血液注入染池，成為了天青和菊豆之間本能的驅使之下力比多迸發的視覺隱喻；而楊天白的養父與生父均被淹死在猩紅色的染池中，前者被天白誤殺後者被天白謀殺，而當楊天白親手把昏迷的名義上的堂哥實質上的親生父親楊天青推入紅色染缸時，懸掛的紅色染布再次如一道血柱傾瀉而下，此處的紅色營造了一種充滿殺氣和血猩的氣氛。極具反諷意味的「擋棺」一場戲中，披麻戴孝一身白衣的「兒子」楊天白坐在楊金山大紅色的棺木上，棺頭兩端前「壽」後「福」，紅底金字鮮豔奪目。事實上，根據傳統習俗，紅色棺木用於年過八旬無疾而終的喜喪，並不適用於死於非命的楊金山，此處正是對封建禮教的偽善之處的強烈諷刺。結尾，一組紅色染布的鏡頭疊化後，緩緩漸入的是滿屏黃色的熊熊烈火，接著一個長鏡頭帶入了被火光照亮的菊豆那張絕望而無奈的臉，傳承世代的楊家染坊被她付之一炬，她深知烈火可以毀滅自己，可以讓十多年的恩恩怨怨灰飛煙滅，但卻無法摧毀這已存在千年的封建「鐵屋」樊籠、「吃人的禮教」，也燃不盡人類的慾望和原罪。《菊豆》中的紅色不單單起到刺激觀眾視覺感官的作用，還是電影敘事的構成之一，承載著推動情節發展的敘事功能，無可否認，張藝謀對色彩的駕馭。

　　《大紅燈籠高高掛》中主色調仍然是大紅色，大宅院的天空、牆壁、地面整體偏冷色調的深灰色或藍灰色，表現死氣沈沈的窒息感，常用偏暗的橙紅色作為背景，讓陳家大院彌漫著一種無聲無息的火藥味，而大紅燈籠則作為全片的核心意象，構成權柄與慾望的能指——庭園兩旁各位姨太的廂房前

高高掛起的大紅色燈籠、廂房中桌上擺放的及屋頂、床頂掛起的橘紅色燈籠充斥著畫面，時而喜慶時而晦暗時而血腥。影像以最具有威壓感的色彩來展現封建社會最黑暗的一面，以一系列杜撰的具有莊重儀式感的「點燈」、「滅燈」、「封燈」程式化禮儀——來諷刺東方專制主義的腐朽與殘酷，大紅燈籠如影隨形，深深烙印在觀眾的心裡。

不僅如此，大紅燈籠在頌蓮自我物化過程中起到鏡像功能，大致分可為三個階段。第一階段，初入陳宅一身白衣黑裙女大學生頌蓮在接受「點燈」捶腳那整套禮遇時十分不習慣，褪下學生服換上新婦裝端坐於掛滿紅燈籠的新房，特寫中滿臉的不知所措的頌蓮顯得與整個環境格格不入，自認為這是與「我」無關的「他者」的生活。第二階段，頌蓮在通過觀察，瞭解到陳府的生存法則——女人們的存在價值，由男性主宰者「陳老爺」決定，女人們的存在感由「陳老爺」傳令掛起的紅燈籠賦予，被攪入幾房太太的明爭暗鬥之後認識到了「他人是誰」，才意識到「自己是誰」，不知不覺確立了「自我」與「他人」之間的對立，也逐漸將門前掛起紅燈籠視為一項殊榮，開始加入了這場妻妾之間圍繞著「大紅燈籠」而展開的戰爭，甚至在失寵「滅燈」後不惜假裝懷孕讓自己的門前掛起了「長明燈」。導演通過多個以紅色為背景基調的臉部特寫鏡頭將頌蓮在紅色光暈中閉眼享受「點燈」捶腳快感、在紅光掩映下被權力欲扭曲而變得猙獰的臉、得勢時勝利者趾高氣揚的樣子展現無遺。第三階段，頌蓮被丫鬟雁兒告密事情敗露而遭到「封燈」，轉而揭發雁兒私藏舊的大紅燈籠間接造成雁兒的慘死，借酒消愁的頌蓮不小心透露了三姨太與高醫生偷情的秘密導致三姨太被二姨太捉姦後陳老爺下令將其吊死，最終崩潰瘋癲的頌蓮穿回女學生裝像一隻孤魂野鬼般在陳府遊蕩。在殺人不見血的妻妾爭鬥中，「他人」是頌蓮認識「自我」的一面鏡子，從「他人」的慘劇中也意識到了「自我」避無可避的下場，其間導演還是以特寫的方式表現頌蓮心靈瞬間的動向以揭示頌蓮將鏡像內化為「自我」的過程——發現雁兒在房裡偷掛紅燈籠時的吃驚錯愕，撞見丫鬟與老爺私會時的震驚與憤怒，點燃死去的三姨太房中所有的燈籠後恍惚的神色，以及最後為迎娶五姨太而滿堂掛起大紅燈籠雖映紅了精神失常的頌蓮的臉龐，但表象的喜慶熱鬧更加反襯了她寂若死灰同於枯木的身心。影片中紅燈籠儼然成為至上父權精神操控的具象化符號，而色彩表意作用是結合運用了以紅色為背景基調的臉部特寫鏡頭其他景別鏡頭並通過長短、遠近、強弱的鏡頭變化，造成了一種特殊的

色彩蒙太奇節奏效果，突顯了在權力及慾望的投射下頌蓮的自我結構化的心路歷程，女性在宗法夫權社會的囚鎖中不斷地被荼毒和摧殘之下人性的異化。

在《炮打雙燈》匡正性別秩序的過程中紅色則擔任著性別指認符號的功能，片中顏色的轉換配合著春枝「性別認同」的意識轉換，作為少東家女扮男裝時著黑色長袍馬褂，而「找回」女兒身易裝之後則主要是身穿紅裝。在導演何平精心安排的那場黃河送別中，色彩的表意符碼功能可更為鮮明地辨認出來，被驅逐的牛寶乘一葉扁舟逆流而上，一身豔麗紅裝的春枝佇立岸邊目送情人遠去，兩岸升起璀璨的煙火，這實為無奈屈服於家長制之下的春枝策劃的一場「想像的婚禮」，而「婚禮式」上的「東方家長」恰是那滔滔不絕洶湧澎湃的黃河水。當然這一「想像」最終是幻滅的。

在《我的父親母親》中，張藝謀又賦予了紅色另一層含義，象徵著「母親」與「父親」之間溫暖熾熱的愛情，青春美麗的母親穿著紅色的棉襖、戴著紅色的圍巾、別著「父親」送的定情之物那枚紅色的髮卡，在秋季金黃色的草原山坡上、冬季白雪皚皚的荒野間為追求愛情而奔跑，彷彿一團可燎原的烈火。在影片中張藝謀一反常規化的色彩運用——以彩色來回述「我的父親母親」青年時代相識相愛的美好往昔，以黑白來表現「父親」離世後冰冷的現實世界，現在時的沈重與悲涼反襯了過去時日久彌新的美好色彩，所形成的陌生效果令觀眾對至真至純的東方愛情故事所打動，為人們找回了專屬於那個久遠年代的清純而美好的情感。

從以濃烈重彩的大色塊物象為主體到貫穿全片或一個段落或一場戲的小道具為局部色彩，關注色彩之間的搭配與使用濾鏡等處理手段，又極盡寫意地匯成交響樂般和諧的色彩總譜圖。由此，大陸民俗電影擅於借助東方民族色彩的表現力及感染力營造象徵性意象，塑造豐盈有質感的人物形象、挖掘中國特色的「古色古味」，使觀眾在心理和視覺上受到強烈的衝擊和震撼，事實上影片「已在誘導我們遠離經驗中的現象世界而進入藝術家的內心世界了」。〔註119〕也就是說，觀眾不再是單純的旁觀者，而是透過對奇觀畫面的「凝視」獲得身臨其境般的體驗，進而回應創作者的召喚得以了解、探索藝術家的精神內核，從中領略獨特的審美經驗。

〔註119〕劉樹勇：〈《紅高粱》的造型藝術〉，《當代電影》1988 年第 4 期。

（三）民俗音樂的渲染

「耳目之所聞見，心靈之所領略，莫不一覽懸解，終身不忘。」（宋・王讜《唐語林・補遺一》）在大陸民俗電影的「寓言」模式中，鋪陳民族色彩的同時，佐以民俗音樂的渲染，音畫結合將主體情感色彩投射到對象物（object）之上，從而達「耳目之所聞見」寄託「心靈之所領略」的境界。曾先後為《黃土地》、《大閱兵》、《紅高粱》、《菊豆》、《大紅燈籠高高掛》、《秋菊打官司》、《霸王別姬》、《活著》、《炮打雙燈》等多部國際電影節獲獎影片作曲的趙季平，以民族音樂見長，被譽為第五代電影的音樂掌門人，通過上世紀末的民俗影像激活了中國民族音樂。他談及電影音樂的重要性時認為「電影音樂應該賦予電影以靈魂。雖然音樂看不見摸不著，但它一響，你就覺得畫面馬上活了」。〔註120〕如果《黃土地》少了在黃土坡黃河水間響遏行雲的信天游，「高粱地野合」少了三十支嗩吶、四支笙和一面中國箭鼓的震天齊鳴，《菊豆》少了一支塤來烘托楊家染坊的陰森鬼氣，《秋菊打官司》少了混雜著叫賣聲的民間藝人說唱，這些銀幕經典不僅會黯然失色，而且是不完整的。

以《黃土地》為例。故事以八路軍文藝工作者顧青採風蒐集地方民歌民謠作為故事的主線，音樂元素自然是必不可少。顧青「蒐集民歌，編上新詞」，從追溯傳統，從古老藝術中中汲取力量，帶有明顯的尋根意味。影片選取了最富陝北地方特色的信天游作為高原勞動人民精神、思想、感情代表性文化符碼。信天游悠揚高亢、粗獷奔放的歌腔高度展示了連綿起伏的千峰萬壑、廣袤無垠的黃土高坡這一傳唱之境，片中將高原自然地貌和蒼茫、恢宏而又飽含著清峻、剛毅的自由旋律無縫對接，將社會風貌和陝北人的精神世界盡現於「天人合一」的奇觀化視聽之中。不僅如此，導演有意識地發揮「音樂無國界」的特性以感染「有國別」的觀眾，巧妙地在音樂形式與人物類型思想意識形態之間建構意指關係。

如前所述「鐵屋」中的主要三類人物（翠巧爹作為封建父權的代表或專制者，翠巧作為封建父權制下的犧牲品，顧青作為「闖入」「鐵屋子」拯救農民於愚昧之中的革命者）加上代表新生力量的憨憨，《黃土地》的四位主人公，分別有著與之對應的歌曲類型，成為與思想意識型態所指一一相對的能指。學者丘靜美把電影中四條敘事線以及與敘事線配合用以產生四個意義結構的人物、行動、音樂等符碼通過表格的方法將《黃土地》的陳述更清楚地表達

〔註120〕趙世民：《樂壇神筆趙季平》，桂林：廣西人民出版社，2003 年，頁 17。

出來，並指出翠巧與憨憨的音樂能指都經過變化，這個變化是產生在顧青介
入他們的生活之後。相反的，如丘美靜所言「翠巧爹這個屬於土地的農民，
在電影中他是始終如一的，故此那表現他的音樂能指也是固定的，顧青亦然」。
〔註121〕在此，筆者意欲借用學者丘靜美的研究框架稍作探討。

　　當顧青高歌「鐮刀斧頭老鐝頭，砍開大路工農走，蘆花子公雞飛上場，
救萬民靠共產黨」，讓共產黨的革命歌曲第一次在古老乾涸的黃土地上空盤旋
時，喚醒了翠巧也改變了憨憨。從翠巧夜深無人時借「酸曲」（當地方言中將
情歌稱為「酸曲」）排解心中不甘於童婚的苦悶，歌聲彷彿陝北女人苦難歲月
中的一聲哀嘆、一絲抗爭，到信口編唱歌曲抒發對共產黨公家人的深情以及
對自由光明生活的希求，再到最後揚聲高唱革命歌曲渡江追尋救萬民的共產
黨卻不幸葬身黃河。翠巧弟弟憨憨作為其他三者關係的見證者並以父權的繼
承者這一身分參與其中，一向保持緘默的他卻以一首揭露女兒被娘賣掉嫁給
「尿床郎」女婿、戲謔「東海龍王」的「尿床歌」間接表達了他對買賣婚姻
不以為然對姐姐抱以同情的立場，類似於童謠的「尿床歌」歌詞淺白卻寓意
深刻。而後基於對「顧大哥」的崇拜之情與信賴積極學習革命歌曲，甚至幻
想著「顧大哥」就是那歌中所言可以「救萬民」的共產黨。但「在『尿床歌』
的遊戲式褻瀆與『革命歌』空泛的激越之間，憨憨始終未能獲得自己的——
子一代的語言」，〔註122〕他雖目睹姊姊的悲劇卻愛莫能助，雖三次企圖突破人
潮奔向「顧大哥」，但寄望於「顧大哥」拯救姐姐於水火之中的幻想卻也同樣
落空了，最終不過是一個無能為力的同情者角色。相對於因「外來者」而發
生明顯改變的翠巧與憨憨，學者丘靜美認為翠巧爹和顧青是「始終如一」的，
然而筆者則認為即使音樂能指相對固定，但翠巧爹與顧青的思想前後也發生
了一定程度的變異，並非堅定不移。翠巧爹曾在言辭中透露了對民歌的態度，
認為民歌是貧窮寒酸的，不值一提更不願吟唱，但在為顧青送行時因襲「莊
稼人規矩」的老漢卻以蒼涼宏壯的歌聲唱出一首反映農村婦女悲慘命運的信
天游，影片藉此讓觀眾聽到了他心中的嘆息——明知為翠巧安排了不幸的婚
姻仍「別無選擇」地迂腐地恪守著，在眾人祈雨的儀式上以淒然、悲壯的信
天游為久旱的土地向東海龍王祈福，呼求老天爺開恩，不禁讓觀眾在「怒其

〔註121〕（香港）丘美靜：〈《黃土地》：一些意義的產生〉，《當代電影》，1987 年第 1
　　　　期，頁 70。
〔註122〕戴錦華：《霧中風景》，北京：北京大學出版社 2000 年，頁 33。

不爭」的同時更「哀其不幸」。另一方面，顧青肩負著革命使命而來，宣揚革命歌曲，並堅信將民歌改造為革命歌曲唱出去「讓人們知咱受苦人為啥受犧牲，種田人為啥要鬧革命」便可以改變農民命運，然而礙於「公家規矩」而拒絕了翠巧想要一同前往延安的請求後，再聽到翠巧歌頌共產黨之時當初的躊躇滿志已變成此時的踟躕不決。翠巧死去後去而復返的顧青發現自己對這片古老土地所帶來的改變微乎其微，甚至所做的只是讓不幸的人更加深深意識到自己的不幸，「『鐵屋子』毫無毀滅的跡象」〔註123〕，顧青無言地望著安詳而又洶湧的黃河河水，由此革命歌曲的「魔力」也彷彿徹底失效了。影片借助音樂令看不見、摸不到的主人公之思想意識可以清楚地「被聽見」，從唱了一輩又一輩的信天游中尋求對在這片土地上生存的人們的理解，傾聽迴旋千年的「深谷回聲」（《黃土地》改編自珂蘭的散文《深谷回聲》）。

不同於《黃土地》的深沉、悠遠的音樂風格，《紅高粱》的音樂則將個性張揚到極致以做到不同凡響。異於電影拍攝完畢後進行作曲配樂的通常做法，《顛轎歌》、《妹妹你大膽地往前走》、《酒神曲》等幾首電影插曲都是在拍攝之前就創作完成了，大多由導演張藝謀親自作詞，男主演姜文親自演唱，作曲者則為趙季平。歌曲在影片中承擔提綱挈領的功能，串連起「顛轎」迎親、高粱地野合、祭酒儀式及打鬼子、日全食等關鍵的幾場戲，而且《妹妹你大膽地往前走》、《酒神曲》配合了環形敘事模式反覆出現。

張藝謀等一班《紅高粱》主創在山東高密早年間似曾存在（僅限於耳聞）的「顛轎」民俗上充分發揮了想像力，不但獨創了一套顛轎的方法，而且《顛轎歌》的音樂也是融入了豫劇、呂劇、秦腔等樂曲風格，並非單純的高密民俗音樂，配上「客未走，席未散，四下尋郎尋不見，急猴猴新郎官……醜新娘，我的天，呲牙往我懷裡鑽，扭身跑，不敢看，二蛋我今晚睡豬圈」湧動著歡樂、幻想和飢渴的粗俗唱辭以及東北扭秧歌一般左搖右擺的舞步，「雜交」民俗音樂渾然天成。

《酒神曲》則吸收了河南民歌《抬花轎》和豫劇的音樂元素，輔以民族樂器嗩吶等配樂，在片中共出現兩次。第一次出現在《紅高粱》中另一個虛構的民俗農曆九月初九的祭酒儀式上，作坊工人在羅漢大叔的帶領下人手一碗新釀的高粱酒站在酒神畫像前高歌「九月九釀新酒，好酒出在咱的手，好

〔註123〕李歐梵：《鐵屋中的吶喊》，長沙：岳麓書社，1999年，頁98。

酒，喝了咱的酒，上下通氣不咳嗽，喝了咱的酒，滋陰壯陽嘴不臭，喝了咱的酒，一人敢走青殺口，喝了咱的酒，見了皇帝不磕頭，一四七三六九，九九歸一跟我走，好酒好酒好酒……」，展現男性的陽剛之氣和堅強不屈的鬥爭精神，這也為之後鬥志昂揚去打日本鬼子的情節埋下了伏筆。眾人再次合唱詞曲則是在羅漢大叔被日本鬼子殘殺之後，眾人喝上一碗和羅漢一同釀製的十八里紅後衝上戰場為其雪恨，《酒神曲》作為耦合劑將兩處情節自然縫合起來。《酒神曲》不僅將這場「詹明信所稱之為的第三世界與第一世界帝國主義的『生死搏鬥』」推向高潮，更加勾起了中華文化中一種象徵著「生命力、生殖力、和創造力」的詩情意象、喚起了西方傳統中的另一象徵「一種最終的統一」的意象——希臘酒神狄俄尼索斯，展現了東西方「共享的詩意精神」。〔註 124〕

　　《紅高粱》配樂中最為耳熟能詳的莫過於《妹妹你大膽地往前走》這一首散發著濃厚西北民謠風格的歌曲，行腔上加入了秦腔、花腔的唱法，由導演張藝謀親自作詞，男主演姜文親自演唱，作曲者是以民族音樂見長的曾任中國音樂家協會主席的趙季平〔註 125〕。該曲曲調豪邁不羈，歌詞簡樸幽默，至今仍是膾炙人口的經典之作。這首民謠在影片中共出現兩次：第一次是高粱地野合之後，「我爺爺」尾隨著騎著小毛驢的「我奶奶」，一邊穿梭在紅高粱地間一邊用那沙啞粗獷的嗓音唱著「妹妹你大膽地往前走，往前走，莫回呀頭……通天的大路，九千九百九千九百九呀……」，歡快的歌聲不僅流露了男人征服女人後的狂喜心情，甚至姜文的破音式吼唱更加生動地演繹了一個充滿七情六慾的土匪形象，野生的、原始的山村野調也表達了西北人那種不經雕琢的原生態愛欲，也正是這「歪腔斜調」唱開了「我奶奶」的心扉；第二次是在「我奶奶」被日本鬼子殺害後，「我爺爺」再次唱響《妹妹你大膽地往前走》好似為躺在血泊中的「我奶奶」送行，張揚狂野的曲調難掩蒼涼與悲壯，令觀者盪氣迴腸。而「我爹」也對天放聲唱起了祭歌：「娘，娘，上西南，寬寬的大路，長長的寶船；娘，娘，上西南，溜溜的駿馬，足足的盤纏；娘，娘，上西南，你甜處安身，你苦處化錢。」

〔註 124〕 （美）張英進，胡靜譯：《影像中國——當代中國電影的批評重構及跨國想象》，
　　　　　上海：上海三聯書店，2008 年，頁 241～249。

〔註 125〕 趙季平生於甘肅，長期生活在陝西，自為《黃土地》作曲以來，先後為《大閱兵》、《紅高粱》、《菊豆》、《大紅燈籠高高掛》、《秋菊打官司》、《霸王別姬》、《活著》、《炮打雙燈》等多部國際電影節獲獎影片作曲。

　　《活著》不僅出現了傳統民俗音樂，如陝西皮影戲的秦腔高調弦樂鑼鼓、如泣如訴如人生的二胡小調，而且為了襯托從中國內戰跨越至新中國的時代背景的更迭，選取具有時代特色的社會主義歌曲作為「現代民俗音樂」，在四十年代國共內戰、五十年代大躍進、六十年代文革歷次政治運動之間形成連接、轉折的「過門」的功能。另一部具有史詩性的影片《霸王別姬》中的配樂別具一格地將國粹京胡與西洋樂隊中西合璧，而京劇更是成為觀眾聯想起影片經典情境的必不可少的記憶點。〔註 126〕民俗音樂與劇情的配合，從視聽兩個層面推動故事情節發展，深化主題，渲染氣氛，加強了影片的情感色彩。再者，誠如尼采所言「當藝術穿著破舊衣衫時，最容易使人認出它是藝術」，民族元素的融入增強了影片的地域特色，向異質文化觀眾傳遞民族文化時展現了「藝術性」，為全球視聽世界增添了另一種不同的聲音，傳遞著特定地域時空信息的聲音；而熟悉的民俗音樂元素則拉近了同質文化觀眾與電影作品間距離，實現了「大眾性」，在華人世界推動了一股黃土音樂的高潮。可謂藝術性與大眾性兩者兼顧。

餘論：西方期待視閾下的影像囚徒

　　眾多歐美評論家被第五代的藝術所折服，表示第五代的影像美學經常讓人回想起無聲電影的視覺純度和強度，對眼睛的吸引力足以提升電影的情感力量，〔註 127〕美學造詣令人嘆為觀止〔註 128〕。映像之下，「人們在東方突然遭遇到無法想像的古老，不近人情的美，無邊無際的土地。這些東西如果是思考或是書寫而不是直接體驗的話，也許就不會被破壞，比如說詩情畫意。」〔註 129〕拜倫筆下「東方這塊純淨的土地」通過第五代導演的電影語言了一個相較於西方世界的世外桃源，一個洋溢著「詩情畫意」的東方景觀影像空間，於此西方觀眾間接體檢了那份「不近人情的美」、那片「無邊無際的土地」，並讓其「不被破壞」。

　　大陸民俗電影在上世紀末國際電影節上大放異彩的事實從德國慕尼黑國

〔註 126〕參見本章第一節相關論述。

〔註 127〕"Raise the Red Lantern", Rotten Tomatoes,（來源：https://www.rottentomatoes.com/，瀏覽時間：2018 年 11 月 6 日）。

〔註 128〕Desson Howe, "Raise the Red Lantern", The Washington Post, 1992-05-08.

〔註 129〕（美）薩義德（Edward Waefie Said），王宇根譯：《東方學》，北京：三聯書店，1999 年，頁 215。

際電影節的選片人克勞斯‧依德（Klaus Eder）的一聲由衷感歎中可窺一斑：「中國新電影在不少國際影展上風頭甚健，最近（的例子）是 1992 年的威尼斯電影（《秋菊打官司》），1993 年的柏林電影節（《香魂女》）和戛納電影節（《霸王別姬》）。這一系列成功令人既驚且羨，而且其他任何之前的電影都未可與之相比，至少在最近的二三十年內都沒有過。」〔註 130〕誠然民族「寓言」影像投射的時空需西方觀眾採用賞析中國國畫般的高遠觀景視角、所見風景是西方觀眾幻想中的「詩意地棲居」之遠方大地，但在本土國人眼中卻是絲毫不值得炫耀的鋪滿陳芝麻爛穀子的荒蠻之地，是有失「體面」的「退化」文化。中國大陸本土觀眾和西方受眾之間對「中國想象」的分裂與反差，恰恰說明西方國際電影節網路以一種微妙複雜的方式對大陸電影的創作層面、商業層面乃至文化軟實力的建構層面發揮著潛移默化的影響。那些「偽民俗」究竟在為誰而編造杜撰，那些自我奇觀化的東方風情在為誰而搔首弄姿？為本土觀眾？為海外觀眾？為國際電影節評委？還是為了博得「被看」的機會而杜撰？這顯然是「觀看」與「被看」互為因果的緣故。

　　八九十年代，前所未有的商業大潮席捲而來，在市場化進程中大陸藝術電影身陷困境停滯不前。大陸學者戴錦華觀察到「海外投資——電影節獲獎，由是成了大陸藝術電影『獲救』所必須通過的一扇窄門」，而「要成功地通過那扇『走向世界』的窄門，意味著他們必須認同於西方藝術電影節評委們的審視與選擇的目光。他們必須認同於西方電影節評委們關於藝術電影的標準與尺度，認同於西方之於東方的文化期待視野，認同於以誤讀和索取為前提的西方人心目中的東方景觀」，大陸影人所付出的代價則是「必須在這一認同的過程中，將自己的民族文化、民族經驗放逐為觀照客體，將其結構、凍結在他人的話語和表像的絢麗之中」。〔註 131〕

　　的確如此，回顧第五代從在西方國際電影節出道至退場的這二十年左右，西方國際電影節觀看「他者」視角的選擇對大陸藝術電影的發展軌跡產生不可否認的巨大影響。從若干關鍵節點可見端倪，大陸藝術家們通過對西方凝視的視線中不斷透露的某些信息進行察言觀色，以此得到某些暗示，明瞭中國大陸

〔註 130〕Yingjin Zhang, "Chinese cinema and transnational cultural politics: Reflections on film festivals, film productions, and film studies", *Journal of Modern Literature in Chinese*, 19982 (1), pp.105～132.

〔註 131〕戴錦華：《霧中風景：中國電影 1978～1998》，北京：北京大學出版社，2000年，頁 219。

電影「走向世界」的充分必要的條件是什麼。張藝謀可謂是其中的佼佼者。

實際上，就「第五代」這一群體而言，早在他們初出茅廬的 1983 年至 1986 年間的第一批作品，明顯呈現出不同的電影創作方向：以張軍釗、何群、陳凱歌、張藝謀為代表在廣西電影製片廠創作的一系列作品，如《一個和八個》、《黃土地》、《大閱兵》等，以大膽猛烈的畫面構圖和影像造型的象徵寫意為突出特徵；吳子牛的戰爭題材電影如《喋血黑谷》（1984 年）、《鴿子樹》（1985 年）等；田壯壯、呂樂、侯詠等所拍攝的《九月》（1984）、《獵場札撒》（1984）、《盜馬賊》（1986）等，承繼發揚傳統電影風格的基礎之上進一步發展影像敘事，以質樸自然、紀實寫真的電影語言為特色；黃健新的《黑炮事件》（1986 年）等黑色諷刺意味濃厚的都市現實題材電影；還有何平的武俠題材影片《雙旗鎮刀客》，獨樹一幟。除了田壯壯等人及黃建新兩支以當下為起點，其他均為過去式的民俗敘事。然而，第五代最初風格各異的多樣化作品，卻隨著西方觀者視線的愈加聚焦而愈加趨同，最終失去了變化的驅動力淪落為單一的模式化影像。

長期與第五代影人合作的大陸著名電影音樂人趙季平曾稱陳凱歌為第五代的「領袖」而張藝謀是「天才」。〔註 132〕當「領袖」與「天才」在合作《黃土地》、《大閱兵》之後分道揚鑣，兩位「領頭羊」的創作模式也由此出現了分歧。1987 年，張藝謀帶著導演處女作《紅高粱》與陳凱歌的《孩子王》展開第一次交鋒：《紅高粱》一舉抱得柏林金熊，張藝謀成為獲世界 A 類國際電影節大獎第一人，大陸國家廣播電影電視部為其舉行了慶功宴；《孩子王》獲戛納國際電影節提名金棕櫚獎，但最終只獲得微不足道的教育貢獻獎。

兩部影片，一部將第五代的電影語言風格張揚到極致，一部將第五代的文化底蘊開掘到極致。彼時，不單單大陸評論界對《孩子王》的讚譽遠勝於《紅高粱》，而且，也有西方評論者認為從國際電影史看《紅高粱》並不具備「突破意義」。美國評論家文森特·坎比（Vincent Canby）指出：「《紅高粱》也許對比於中國文革電影可被視作先鋒之作，但是它被標榜的新穎的敘事風格在今天展示的是確定無疑的過時套路。」〔註 133〕《紅高粱》國際獲獎後在大陸引起了激烈的爭議及文化自省反思，甚至形成「一種文化現象」。而羅藝

〔註 132〕榮韋菁：〈趙季平訪談錄〉，《電影藝術》1992 年第 4 期。
〔註 133〕Vincent Canby: "Film Festival Social Realist Fable of 1930'China", New York Times, Oct. 9, 1988.

軍認為這一種文化現象「是新時期現階段的典型現象，折射出東西文化大碰撞中民族文化心態嬗變的軌跡」，雖然這種社會的進步與人性的退化之矛盾產生的「野性的呼喚在中國影壇相當陌生；對西方來說，則是熟悉的。從上個世紀始，當工業社會的多種弊端顯露，回歸自然的思潮已躁動於歐洲，當今已成為很有聲勢的潮流。《紅高粱》中濃烈的東方文化色彩，那放蕩不羈的法外之徒，異國情調的民俗和自然風貌，以及融合了現代審美情趣和民族藝術特色的表現形式，在國際影壇上立刻被認同」。〔註134〕「什麼樣的中國故事在西方受歡迎」，大陸影人似乎從中得到了一些提示。

　　不難發現，在國際電影節上獲得重要獎項的藝術影片幾乎很難逃脫「他者」觀看的兩種東方主義情結──「敵視」（the xenophobic）及「異域」（the xenophilic）的滿足──的框架之中。從《紅高粱》極力推崇反秩序的「野性」和反道德的「慾望」開始，張藝謀即樂此不疲地為西方觀眾複製東方文化的外觀，通過恢復或者還原抑或「偽造」一些中國的「老古董」，在父子衝突中放大和加強西方經典俄狄浦斯的故事，並延續了偷情路線。大陸作家王朔、學者張頤武等一眾大陸文化界有識之士集體針貶這位國際大導演，指責張藝謀是任何行動都帶有某種見機而為的目的的「投機分子」、「實用主義者」。張藝謀第二部影片《菊豆》不但由日本公司投資，而且日方還參與了劇本改編，故事仍舊發生在二十年代的中國南方小鎮，他將劉恆的原著《伏羲伏羲》的男性視角巧妙地轉換為「菊豆」這一女性視角，還將頗具日本審美特質的性虐元素融入片中。

　　其後，他依然一邊遭受「醜化中國人」的訴病，一邊繼續在國際電影節上領獎，一邊洞察世界電影藝術的最新發展動向，從西方電影先驅那裡，張藝謀認識到了底層生活的自然現實所包含的圖像價值，以及運用民間視角的意義，於是在《秋菊打官司》打造了全新的奇觀式場景：簡陋粗糙的平房、擁擠著人潮和車輛的街道、骯髒廉價的旅館等，穿紅戴綠的臃腫的村婦穿梭其間。張藝謀創造的「現實的幻景」再次成為了當時西方人眼中一種中國農民生活的影像紀實。

　　大陸文化界直指張藝謀乃爛大街的展示蠻荒、愚昧的中國情調之始作俑者，他則極力否認「迎合外國人口味拍片」的說法，無法預知評委會成員，更無法揣測喜好，至於專拍愚昧和落後的一面的指責，以及洋人喜歡看中國

─────────────────

〔註134〕羅藝軍：〈論《紅高粱》《老井》現象〉，《電影藝術》1988年第10期，頁34。

人「出醜」，是「自閉心理的逆向反應，是一種狹隘心理」。〔註135〕文化界的牴牾並不影響《秋菊打官司》再度獲得關注，1992 年鄧小平南巡之後打破了89 年政治風波所致的謹言慎行的局面，大陸電影局為其舉行慶功會，中共中央政治局委員李瑞環在人民大會堂舉辦的新聞發佈會上特別為他加冕，張藝謀名正言順成為「國家級藝術大師」。

攜著將「異域奇觀」做到極致、玩弄色彩到絕美的新作，參加國際影展、獲獎、借助西方評論界炒作、再輾轉回到大陸公映——這是張藝謀一貫走「牆外開花牆內香」的出口轉內銷路線，在張藝謀模式下他包攬海內外各大電影節獎項，名利雙收。然而，在張藝謀獲獎神話的映照之下，反觀被「天才」奪去鋒芒的第五代「領袖」陳凱歌卻在西方的目光中一次又一次的落敗，始終未能建立其一種有效的影像認同。1991 年拍攝的《邊走邊唱》再次與戛納電影節金棕櫚獎擦肩而過，無法剝離骨子裏文人使命感的陳凱歌選擇了史鐵生的反思小說《命若琴弦》，展露了一個沈思者深陷文化糾結和歷史困境的尷尬，猶如陳凱歌排斥男性強勢視線下的自我女性化、不甘於向權力（國際電影節）折腰的內心獨白。然則，兩年後攜《霸王別姬》再戰戛納如願斬獲金棕櫚，則是對西方評委特定審美情趣的屈服和對張藝謀式電影有效性的認可。東方景觀是西方觀者選擇觀看的主要類別，他們便接續以此類影像填充並固化了西方觀察視闕，作為洞悉大陸的一扇視窗，即使無法由此獲得相關文化及民族主體的確認。這無疑是一種死循環，一個靠自身控制無法終止的程序，一個終止於「他者」／「觀看者」探尋及認同視線的收回，全程被動性配合「觀看者」的演出／展示的程序。

雖說北京電影學院教授兼導演鄭洞天早在 1990 年就對西方電影節選片人忽視或無視大陸的現代都市電影而只選擇觀看「民俗電影」這一現象提出批判，但西方電影節選片人對此卻提出「你們為什麼還拍我們早已拍過的影片呢？」這樣的反詰。〔註136〕在張藝謀、陳凱歌的民俗影像成功地將對於中國想像、歐洲藝術電影精神及人文傳統等西方評審及觀者的觀影趣味內化後，儼然成為西方「期待視野」下想像的一種能指。戴錦華認為他們為希冀「走向世界」的大陸藝術電影樹立起了一個「頗具魅惑的路標」，而在這一路標的

〔註135〕李爾葳：〈為中國電影走向世界鋪路——張藝謀訪談錄〉，《論張藝謀》，北京：中國電影出版社，1994 年，頁 302。
〔註136〕參見《中國銀幕》1990 年第 2 期，頁 31。

明確指引下出現了「一個有趣而可怖的事實」——第五代一些擅長拍攝都市題材的優秀導演，如周曉雯和黃建新，都於 1993 年前後開始不約而同地將攝影機轉向了「鄉土中國」，中斷了都市電影藝術的創作。〔註 137〕

　　甚至，不乏一些急功近利者樂此不疲地以冒牌假酒來迷惑西方評委和觀眾目標明確地向國際電影節和國際電影市場挺進，其諸如何平《炮打雙燈》中女少東家與民間畫家牛寶珠胎暗結的故事，黃建新執導的《五魁》（海外版本譯名為《驗身》，1994 年）中終日陪著一個木頭人假丈夫守著活寡的新媳婦與長工五魁（被趕出主人家後成為土匪頭子）從偷情到私奔的故事，劉冰鑒的導演處女作《硯床》（2005 年）〔註 138〕中富家少奶奶被無法生育的丈夫逼迫與男僕「借種」生子到最終暗生情愫的故事，包括張藝謀《搖啊搖，搖到外婆橋》（1995 年）中上海灘黑幫老大（李寶田飾演）的情婦歌舞皇后（鞏俐）偷情的故事等，在這些即充滿情色慾望和亂倫越軌情節又殘忍離奇的故事中，不難發現在其影像生產中對必備奇風異俗「包裝」元素或粗糙或精緻的拼湊，昭然若揭的模仿痕跡，且只「看到」了一個關乎性慾旺盛的東方佳麗與她的兩個男人的故事。

　　這些炮製東方寓言的翻版影像，海內被眾多本土批評家指責為脫離大陸現實並對與當今女性的生存境遇不存在絲毫涉指關係、不禁令人感到困惑的奇觀化影像；海外，雖曾一度是最熱門的暢銷貨，久而久之無疑使得頻繁打在民俗電影上的高光顯得蒼白而刺目，加劇了引起西方迷影人審美疲勞的速度。然而，深陷自設的寓言困境而不可自拔的第五代仍然在孜孜不倦地作繭自縛中，直至大陸藝術電影在世界三大電影節上的獲（大）獎情況一度中斷（1995 年至 1998 年）方才醒悟。當第五代導演仍不合時宜地繼續向電影節輸出如《搖啊搖搖到外婆橋》（張藝謀執導）、《風月》（陳凱歌執導）、《南京大屠殺》（吳子牛執導）、《紅粉》（李少紅執導）、《秦頌》（周曉文執導）等無限自我循環的歷史民俗電影時，被西方直接批評是「為了迎合西方的觀眾而犯下的錯誤」，〔註 139〕這些落入「俗套」的東方主義鏡像不再是往日的美學「驚

〔註 137〕戴錦華：《霧中風景：中國電影 1978～1998》，北京：北京大學出版社，2000 年，頁 321～323。

〔註 138〕劉冰鑒執導的《硯床》（2005 年）被美國二十世紀福克斯公司購買，成為中國大陸建國以來被好萊塢購買的第一部大陸國產影片。

〔註 139〕《風月》在參加戛納國際電影節時，就被當地報刊批評是「為了迎合西方的觀眾而犯下的錯誤」，轉引自尹鴻：〈「第五代」與「第六代」——電影時代的交差與過渡〉，《電影藝術》1998 年第 1 期，頁 23。

奇」，而且單純地為了迎合電影節評審而作背離了藝術求新求變的發展規律，淪為西方期待視閾下無可遁逃的影像囚徒。

當觀看者的過度「凝視」已產生疲勞而視點已悄然發生了游移，西方自然會另外尋找來自邊緣世界的他性的新鮮的「另類」以提供令人亢奮的異國感覺（譬如，1993 年張元獨立製片的《媽媽》）。這場「觀看」的遊戲規則毫無例外，包括常年作為國際電影節座上賓的張藝謀。

1999 年，張藝謀以首部帶有紀實風格的《一個都不能少》參評戛納國際電影節，因片中有唱國歌升國旗的鏡頭，被戛納主席吉爾・雅各布指責為有「政治意味」，認為是在刻意美化中國、替政府作宣傳，並希望用《我的父親母親》來代替。不服遊戲規則的張藝謀憤然宣佈同時撤出兩部影片轉投柏林和威尼斯電影節，並公開致函戛納主席雅各布對兩部「有關愛」（前者是對山區失學兒童的愛，後者是對愛情的謳歌）的影片進行「誤讀」表示強烈抗議：「對於中國電影，西方長期以來似乎只有一種『政治化』的讀解方式：不列入『反政府』一類，就列入『替政府宣傳』一類。以這種簡單的概念去判斷一部電影，其幼稚和片面是顯而易見的。我不知道對於美國、法國、意大利等國導演的作品您是否也持這種觀點。」〔註 140〕

這種對非西方影像文本「幼稚」的政治或文化偏見並非一朝一夕，也並非單單針對某位東方導演某部東方作品，而是始終存在於西方國際電影節和參賽者之間隱而不宣的「潛規則」，兩者本是通過頒獎與被頒獎作為互為獎勵的共謀關係，只是被既得利益者張藝謀「揭發」出來令人頗感啼笑皆非。而張藝謀這一舉動被本土評論界解讀為：這信分明寫給中國人看的，目的是洗白自己長久以來的罵名，借機表明政治立場。〔註 141〕在承受多年「表現醜陋和落後獻洋人」的罵名之後，張藝謀終於有機會為自己「平反」，堂而皇之地以一場與曾經的伯樂之間「割袍斷義」的退場秀成功博取了大陸官方庇護——以至大陸國家版權局為《一個都不能少》下發了版權保護通知，此乃大陸頭一遭為國產電影的版權實行「紅頭文件」保護。這次的「分手」事件也導致了張藝謀電影創作方向的巨大改變，從此徹底踏上取悅大陸主流意識形態

〔註 140〕〈張藝謀鄭重聲明退出戛納電影節〉，《北京青年報》，1999 年 4 月 20 日，頭版。
〔註 141〕王田：〈張藝謀，快跑！〉，（來源：http://tech.ifeng.com/a/20180318/44910752_0.shtml，瀏覽時間：2019 年 2 月 18 日。）

的「國師」之路，並迎來了「御用導演」的輝煌〔註142〕。此後的張藝謀常被譏諷把自己出賣給了中國大陸政府，迎合官員的政治需要。加州大學聖塔芭芭拉分校當代中國文化研究副教授邁克爾・貝瑞（Michael Berry），在編寫《光影言語：當代華語片導演訪談錄》時，曾大量採訪張藝謀，他認為雖然張藝謀總是否認那些批評，但這是很自然的發展規律。在年輕時候，人們都傾向於叛逆，但過上一段時間後，他們也成了既定體制的一份子。〔註143〕

兩岸三地有學者認為第五代結束於張藝謀的導演處女作《紅高粱》（1987年），在西方電影世界締造了近乎神話的現實，所開闢的國際化電影路線使第五代電影敘事逐漸走向規範並成功尋求到受西方世界認同的影像模式，雖讓第五代從早期的創作困境中得到暫時性的解脫但卻從此分散發展；也有學者認為終結於於田壯壯拍了中國第一部以搖滾音樂為題材的《搖滾青年》（1988年）；還有學者認為陳凱歌與張藝謀的分道揚鑣即意味著第五代的解體。但從事實上看，第五代導演90年代中前期仍處於創作的活躍期，並且重要影片的風格形態及主題仍有著頗多相同之處，可見從群像層面上而言的第五代並沒有過早地結束。從某種意義上說，它對文化道德使命的逃避，在於它對現實和歷史的規避和抽象，對於民族的精神撫慰和終極關懷的無視和冷漠，它的文化精神的真正死亡才是其壽終正寢的示志，只因此時的第五代「已風骨盡失，徒存皮毛」。〔註144〕

如前所述，2000年李安憑藉《臥虎藏龍》奪得奧斯卡最佳外語片這項空前絕後之殊榮，儼然成為引領華語電影走向西方世界的新範式，不甘落於人後的張藝謀，2002年攜難逃仿襲之嫌的《英雄》捲土重來，意欲以該片再次成為新世紀的中國式「英雄」。《紐約時報》社會版新聞評論「《英雄》的成功，加速了中國藝術品的商業化和『去政治化』，中國文化目前有很多的形式：超大規模的戲劇、數百萬美金的拍賣、政府支持的歌劇演出和舞蹈作品，還有

〔註142〕張藝謀作為2008年北京奧運會開幕式的總導演，策劃了被公認為有史以來最成功的開幕式，外媒甚至稱贊其「幾十年都無法被超越」，張藝謀將多年來拍攝奇觀化民俗電影所累積的功力發揮得淋漓盡致，以恢弘的圖卷展現了中國的歷史與現代之美，一手打造的美輪美奐的東方奇觀令國人倍感自豪，也令海外觀眾驚嘆折服。

〔註143〕（美）白睿文（Michael Berry）：《光影言語：當代華語片導演訪談錄》，桂林：廣西師範大學出版社，2008年，頁103。

〔註144〕參見李奕明〈世紀之末：社會的道德危機與第五代電影的壽終正寢〉，《電影藝術》1996年第1期，頁28。

那些國家資助的、混合了藝術、文化、強權、國家榮耀等等元素的超大型表演」，該報還援引上海大學教授陳犀禾的原話：「政府使他成為了中國的文化英雄。他為什麼還要繼續拍挑戰政治制度的電影呢？」，「張藝謀也聲稱他對政治毫無興趣，但無疑，他正居於中國藝術家權力的中心」。〔註145〕西方國際電影節不滿影片中隱晦地贊美中國大陸政府，在他們看來張藝謀失去了從前抗爭政府腐敗、專制主義、貧困落後等方面的鬥志，影片亦失去了令西方觀眾期待的「顛覆性」，因此僅在第 53 屆柏林國際影展上獲得無足輕重的特別創新獎。

失之東隅，收之桑榆，經過美國米拉麥克斯影業公司（Miramax Films）剪輯的美國版本契合了美國主流大眾的口味，迄今為止。《英雄》依然是國際上中國大陸出口的最成功的電影，仍然是在美國影院上映的最賣座的外語電影之一。它在美國總票房為 5371 萬美元，在全球獲得了 1.55 億美元，在華語影片中僅次於《臥虎藏龍》。同時，該片獲得了美國主流批評家的好評，在 Metacritic 和 Rotten Tomatoes 兩大電影批評網站上專家評分分別為 85% 和 95%。在〈全球化的中國電影：電影《英雄》的文化和政治〉（*Global Chinese Cinema: The culture and politics of Hero*）一文中就這樣提到《英雄》是第一部真正的中國大片，另一方面究其深層次原因，《英雄》在北美的成功是因為其有意或無意地迎合了 911 事件之後美國霸權主義的意識形態需求：而此書選用「全球化」而非國際化去描繪該片的規模和受眾群體，即意味著中國大陸電影也已然邁入了「全球電影時期」。2002 年，中國大陸政府曾大力遊說以使影片提名奧斯卡最佳外語片並試圖讓其獲獎。

《英雄》標誌著張藝謀已從西方小眾電影邊緣市場轉戰主流大眾市場。一些批評人士指責他把自己出賣給了好萊塢，張藝謀則回答說，他正在摸索一種國際化的電影風格，「中國已步入了一個新的時代，一個消費和娛樂的時代。如果你願意，你可以譴責它，但這是全球化的趨勢」。張藝謀此番言詞等同於義無反顧揮刀斬斷了以「『文化感』牌鄉土寓言」繼續在國際影壇圖存的殘念，也等同於親自鄭重地為過去式的「第五代」宣告死亡。

〔註145〕可參見趙菲：〈美國影評人視野中的中國電影〉，上海交通大學碩士學位論文，2011 年，頁 34。

第四章　觀看中國的第二個視角：
　　　　第六代導演之影像「真實」

「藝術並非複製可見之物，而是使之得見」

Art does not produce the visible but make visible

（瑞士）保羅・克利（Paul Klee）〔註 1〕

第一節　近察（1993～2017）

　　世界電影地圖包括華語電影都是不確定的、流動且多變的。在西方，八九十年代各國際電影節幾乎只選取民族寓言氣息濃郁或地方元素顯明的第三世界國家民族電影。但隨著「全球電影時期」的來臨，西方對第三世界影像的期待視野漸漸開始從「遠觀」民族傳奇寓言進入「近察」地理、人文的世界知識體系，到了九十年代末，評委們更為鍾情於來自政治上受壓迫的地區且相對而言難以接觸的那些稀缺影像，渴望進行近距離的細部觀察，期待深入研究和表現「真實」的影像，獎勵具有批判精神、勇於挖掘歷史社會及人性陰暗面的作品。

一、「全球電影時期」國際電影節的發展與轉變

　　依照達德里・安德魯（Dudley Andrew）以移動的視角審視全球電影發展而劃分的五個歷史時期來看，極度全球化的當下正處於第五個時期（始於 1990

〔註 1〕「藝術並非複製可見之物，而是使之得見」，是保羅・克利（Paul Klee）的創作信條之一。

年代）「全球電影時期」。〔註 2〕在當今世界電影的動態環境中，各種不同力量之間的交相作用加速了世界電影地圖集的流動性（flows）。露西亞・納吉布（Lucia Nagib）在此基礎上建議採用一個積極、包容性的電影研究的方法，將世界電影定義為一個多中心現象，即在不同時代和地域都存在的創作高峰。〔註 3〕而這種多中心現象因自上世紀八九十年代以來國際電影節全球性的蔓延擴散、迅猛發展而日益凸顯出來，據不完全統計目前在全球範圍內已有近 2000 個非官方和近 1000 個官方承認的名目繁多的國際電影節、電影展等。冷戰過後的「全球電影時期」國際電影節體系在全球化空間中構成了一個龐大複雜的網路，而「電影節以文化節點（nodal points）的形式呈現在這一『電影網路』（cinema network）中」，在全球空間經濟文化方面處於既相互競爭著又彼此依存的關係當中。〔註 4〕朱利安・斯金格（Julian Stringer）根據薩斯基亞・薩森（Saskia Sassen）對全球城市的研究提出，國際電影節的地方差異正在通過全球化過程逐漸消弭，因此各電影節之間需要彼此相似，「但由於新穎性更是錦上添花，地方性和特殊性也變得非常有價值。所以各電影節既有概念上的相似性，也有文化上的差異性。」〔註 5〕在此，強調了「全球電影時期」國際電影節網路顯現的兩大特徵：「概念上的相似性」以及「文化上的差異性」。

無可否認，在當今眾多中心當中，被稱為「三巨頭」的戛納電影節、柏林電影節和威尼斯電影節，依舊是國際電影製片人協會（FIAPF）所承認的並被世界廣泛公認的最負盛名的三大電影節。托馬斯・埃爾塞瑟（Thomas Elsaesser）認為在面對自 20 世紀 80 年代初好萊塢重新展開的競爭以及 1989 年歐洲國家電影院面臨的挑戰，歐洲的獨立電影製作已經開始重新改造自己，即使新的電影觀眾有不同的擁戴對象，即使新的技術也使網路能夠重塑身份，即使歐洲老牌國際電影節其經濟和體制基礎也正在轉型中，但仍在制定關鍵和創造性議程方面具有重要作用。〔註 6〕換言之，時代語境的轉換並沒有動搖

〔註 2〕相關論述參見第二章。

〔註 3〕Lucia Nagib, Chris Perriam, *Rajinder Dudrah Theorizing World Cinema*, London: IB Tauris, 2011, xvii xxxii.

〔註 4〕（荷蘭）瑪莉・德・法爾克，肖熹譯：〈電影節作為新的研究對象〉，《電影藝術》2014 年第 5 期，頁 109。

〔註 5〕Julian Stringer, "Global Cities and the International Film Festival Economy." M Shiel. and T. Fitzmaurice (eds.), *Cinema and the City: Film and Urban Societies in a Global Context*, Oxford: Blackwell Publishers, 2001, p.139.

〔註 6〕Thomas Elsaesser: *European Cinema: Face to Face with Hollywood*, Amsterdam University Press, 2005.

電影節網路中固有存在的等級和權力關係——全球國際電影節以世界三大電影節馬首是瞻，其規則議程等話語體系的核心定位是電影節參考以及達成「相似」的主要基準。同時，電影節之間的「相似性」亦是世界電影在全球範圍內進行流通和交換的一個基本先決條件，反映在影像上則是對人類普適價值的體現。

在此共性的基礎上國際電影節「文化上的差異性」之定位，應置放於電影節與好萊塢之間的動態關係中進行考察。被賦予典型的歐洲意義的國際電影節網路（circuit）從源於二戰前後歐洲地緣政治的特有現象已然演變發展成為一種全球性的文化現象，而且即如瑪莉‧德‧法爾克（Marijke de Valck）所指出的「在電影節的歷史發展進程中，美國，尤其是好萊塢的影響最為重大，如果忽略歐洲電影和好萊塢電影之間的動態關係，電影節就毫無意義」。[註7]迄今為止，代表好萊塢的奧斯卡金像獎（美國電影藝術與科學學院獎）與代表歐洲的國際電影節依然維持著兩個核心樞紐的地位，然而，如今多數學者已摒棄兩者之間僵化的二元對立的早期研究框架，不再基於絕對化的商業與藝術的對立模式。[註8]卻是，「這一『電影網路』與好萊塢的霸權相互支持，又相互對立」。[註9]當好萊塢帝國為了應對當下極度全球化的多媒體環境而採取措施，將廣大觀眾與各個網點的產品捆綁在一起，從而巧妙地進行回擊之際，電影節也經歷著根本性的變革，「其中一些電影節成為了主要的市場和媒體活動中心，而大多數電影節則從發現電影界新進人才到支持男女同性戀者之類身份認同團體等方面擔當著多樣化的職責」。[註10]

一方面，國際電影節以開放的姿態主動擁抱多元，比如特別為表彰同志題材電影單獨設立的國際獎項，像最早的相關獎項柏林的「泰迪熊」獎（每年評選出最佳同性戀劇情片、最佳短片和最佳紀錄片三個獎項，威尼斯的「同

〔註7〕（荷蘭）瑪莉‧德‧法爾克，肖熹譯：〈電影節作為新的研究對象〉，《電影藝術》2014年第5期，頁108。

〔註8〕本文第二章也同樣討論了有關電影中「藝術」與「商業」兩種特性共生共存的問題。

〔註9〕（荷蘭）瑪莉‧德‧法爾克，肖熹譯：〈電影節作為新的研究對象〉，《電影藝術》2014年第5期，頁108。

〔註10〕Marijke de Valck, "Drowning in Popcorn at the International Film Festival Rotterdam? The Festival as a Multiplex of Cinephilia", Marijke de Valck and Malte Hagener (eds.), Cinephilia: Movies, Love and Memory, Amsterdam University Press, Chicago Distribution Center, Leiden University Press, 2005, p.101.

志獅」以及戛納的「同志棕櫚大獎」，會評選出那些對同性戀者、變性人、艾滋病患者等題材給予相當關注並兼具一定藝術性的藝術電影。從某種層面上來看這也間接促進了某些「封閉」地域對於這些禁忌題材的嘗試和探索，例如以 1991 年一次假「健康調查」之名實為統計北京市內同性戀者的事件為藍本拍攝的中國大陸第一部同志題材的「禁片」《東宮西宮》（張元導演，根據王小波短篇小說《似水柔情》改編）就入圍了 1997 年戛納「一種注視」單元，以及之後講述三男兩女之間包含同性戀元素的《春風沈醉的夜晚》（2009 年婁燁執導）。

另一方面，國際電影節重視在「地方性和特殊性」上所呈現的「新穎性」，從某種程度上而言是以好萊塢為參照物／對應物的是一種辯證性的相對性的「新穎」。據托馬斯‧埃爾塞瑟（Thomas Elsaesser）分析歐洲電影與好萊塢電影之間的差異之處與變量組合對比為：排他性／兼容性，特定且單一的／普遍且混合的，地域性的且等級化的／去疆域化的，歷史時間／真實時間。〔註11〕尤其在面對第三世界影像時，對地方性與特殊性的價值的解讀方式刻著鮮明的「歐洲中心主義」烙印，第三世界影像中的「新穎」有著別樣的意涵。起源於歐洲並依舊由歐洲佔據中心的電影節網路，不僅促成了亞洲電影的興起，而且時至今日仍然繼續對第三世界電影從生產、發行、展演到接受等許多領域產生著重大效應。從這一層面上來講，其實國際電影節與第三世界電影乃是雙贏共生（symbiose）的關係：在國際電影節這一由特定時間和空間維度所編織的網路中，電影節關注第三世界電影民族性與地緣政治、藝術實驗與商業性娛樂性等關係，且將這些作為類似廣告標籤的戰略性語詞，在電影節氛圍中不斷發起和帶動觀眾進行新的地理及文化體驗——「重點不僅僅在於啟發，還在於新的和意想不到的經驗。與陌生的相遇，奇怪的經歷，新的聲音和異象的發現，成為電影節對觀眾的主要煽動力」〔註 12〕，同時激發地方的創作生產積極性，鼓勵以「地方性」（「地理學的、語言學上邊界」）影像來實踐全球化的文化傳播，尋求不同於好萊塢電影的品質特徵。在本文第二章解讀西方電影節運作時也談到電影節通過獎項設立、影片甄選和評選標準等方式發揮著對全球影像製作的導向作用，而另一個品牌策略即是以基金或

〔註 11〕 Thomas Elsaesser, *European Cinema: Face to Face with Hollywood*, Amsterdam University Press, 2005, pp.185～188.

〔註 12〕 Bill Nichols, "Discovering Form, Inferring Meaning: New Cinemas and the Film Festival Circuit", Film Quarterly, Vol. 47, No. 3 (Spring, 1994), p.17.

投資的方式年輕／新的電影人創作具有先鋒性、獨特性、創新性的影片，並以「導演雙周」及「一種注視」（戛納電影節）、「地平線單元特別獎」（威尼斯電影節）、「青年論壇獎」（柏林電影節）等評選單來推崇最具創新及探索精神、最純粹的新銳人才及影像作品。在其吸引力、號召力與扶持之下新人新作不斷湧現。僅僅 1993 年就有何平、李少紅、寧瀛、張元四位大陸影壇新人以自己的處女作在「青年論壇」上脫穎而出，〔註 13〕之後 1997 年又有賈樟柯以《小武》獲得該獎項。這些獎項猶如電影節中「旁觀高潮的小兄弟、大餐中的一道配菜」，然而卻真正成了大陸一些電影人「成名前的『處女發言地』」。〔註 14〕如此，西方國際電影節網路不僅是大陸第四代第五代導演及其作品進入全球影像消費鏈的關鍵節點，而且也將大陸第六代影人及作品帶入其中。

二、「全球電影時期」大陸藝術電影的重新定位

　　二十世紀末以及新世紀之初，內容以反映現實社會為主風格樸素而有張力的伊朗電影開始復興，以「一張人性的和藝術的面龐」出現在西方視野之中，受到本國政府大力扶持的韓國電影也開始高速發展步入東亞電影強國行列，來自兩國具新鮮感、新穎性的影像成為國際電影節關注的新焦點，而不斷求新求變的日本影像始終作為亞洲電影代表是各大國際影節的座上賓。

　　反觀國際影壇上的「中國熱」卻在逐漸「退燒」中。〔註 15〕大陸藝術電影進入西方視野的初始為那些看慣了經典好萊塢電影的西方觀者帶來了一場民俗風視覺洗禮，以一套成熟的得到西方觀者認同的奇觀影像策略和民俗敘事模式，短短幾年之內以來自東方「他者」的「舊瓶裝新酒」的民族寓言橫掃包括「三大巨頭」在內的諸多電影節大獎，中國大陸電影在一聲聲的讚譽中獲得了一定程度上的文化認同，燃起了「走出國門，走向世界」的希望。甚至曾一度指望通過「外向化」發展來解決大陸電影的內外問題，一則希望通過在重要國際電影節上得獎使得中國大陸電影在西方主流電影界和主流電影市場得到承認，為大陸電影找到相對穩定的海外市場，促進龐大的生產能

〔註 13〕包括何平執導的《雙旗鎮刀客》、李少紅執導的《四十不惑》及《血色清晨》、張元執導的《媽媽》、寧瀛執導的《找樂》。

〔註 14〕吳文光：〈柏林電影節的這道風景〉，《讀書》2007 年第 7 期，頁 113。

〔註 15〕許多評論者認為所謂的「中國熱」於上世紀 90 年代末開始退燒。例如，黃文正（1998 年 2 月 23 日）：〈中國熱，宣告退燒〉，《中國時報》，第 27 版；蔡秀女：〈中國電影熱的退熱〉，《聯合報》1999 年 6 月 1 日，第 37 版。

力得以充分的發揮，再則希望以海外的承認為契機，拉動大陸本土市場的發展。〔註16〕不過，事實並沒有如此理想化，大量模式化生產奇觀已偏離了「藝術」宗旨，重複生產過剩即意味著貶值，古董瓶裡面裝的酒因失去了新意而變得索然無味，導致西方觀者早先模式化解讀下所獲得的「陌生的熟悉感」（the strange familiar）中的「陌生」已然不再，熟悉得不能再熟悉，熟悉到讓人深感膩味。

當上世紀中後期國際電影節上的這股「中國熱」漸漸冷卻下來之際，華人電影圈開始以較為冷靜客觀的審視態度來反思這一現象的緣起緣落。例如，台灣電影人焦雄屏和蔡秀女指出，所謂「中國熱」現象緣起於中國大陸電影在國際上剛冒出頭時，國際上喜見一個新的勢力出來，會採取禮遇、呵護的態度，甚或知名國際電影節（包括世界三大電影節）把諸多大獎頒給大陸電影實則存在著「歐洲主流電影國家長期對中國電影漠視的歉意和補償」心理；而緣落不過是電影節「回歸基本面」後，開始正常對待電影、正常評價電影，因為已借助電影節平台成長起來的中國大陸電影，大家不會再以送糖果「獎賞」小孩的寬容態度來評審作品。〔註17〕

中國大陸電影熱的退燒期來臨之前的1993年，對於大陸電影行業是極具歷史轉折意義的一年，成為了「中國電影的陰陽界」。〔註18〕

一，在國際接受上的「衝高回落」：1993年在國際電影節上迎來了「中國年」，初出茅廬的第六代導演自己的處女作獨立電影《媽媽》追隨第四代、第五代先驅者一同征戰海外，「老中青」三代成功收穫了來自戛納、柏林、洛迦諾等電影節多個獎項，形成了大陸藝術電影史無前例的一次獲獎高潮，卻是迄今為止無法再現的奇蹟。〔註19〕此年幾乎是民俗電影的華美謝幕，之後逐漸淡出視閾，第六代隊伍青年導演也尚未壯大，大陸藝術電影進入了青黃不接的階段。

〔註16〕張頤武：〈千禧回望：「內向化」的含義——中國早期電影的「另類的現代性」的價值〉，《當代電影》2001年第6期，頁80。

〔註17〕焦雄屏和蔡秀女的相關觀點請參見麥若愚、楊海光：〈兩中國片坎城雙雙鎩羽而歸，電影中國風退潮？〉，《民生報》1996年5月22日，第1版（兩中國片為陳凱歌《風月》、侯孝賢《南國再見，南國》，均在第49屆坎城影展鎩羽而歸）；蔡秀女：〈中國電影熱的退熱〉，《聯合報》1999年6月1日，第37版。

〔註18〕導演夏剛語，參見白小丁採訪：〈夏剛電影，無人喝彩？〉《電影藝術》1994年第1期，頁27。

〔註19〕具體獲獎情況可參見本文第二章。

　　二，在市場氣候上的重大轉型：為了響應 1992 年鄧小平南巡講話中加快改革開放步伐的精神綱領，大陸廣播電影電視部於 1993 年發佈了電影界皆知的「3 號文件」《關於當前深化電影行業機制改革的若干意見》，繼而於次年又頒布了《關於進一步深化電影行業機制改革的通知》，對大陸電影行業機制進行了一系列大刀闊斧的改革，正式將市場機制引入電影業，大幅度加快市場化步伐。同時，隨著香港 97 回歸將至以及兩岸關係的緩解，大量港台片湧進內地市場，與港台地區的合作亦日益頻密，商業電影發展突飛猛進，再加上 1995 年起每年可以進口十部「好電影」的計劃實施，港台片、好萊塢大片大批次地殺將過來，無疑對票房表現欠佳的藝術電影帶來最為致命的一擊。戴錦華也認為在這種情勢下，第五代式的陽春白雪、曲高和寡的「民族寓言」創作難免會失去了它生存的可能與依託。〔註 20〕由此，民俗電影的生產量與市場佔有率驟降，新世紀的大陸電影格局也漸漸呈現多元化發展趨勢，在意識形態表徵、製作發行方式、藝術風格語言等方面出現高度分化，各自尋求生存和發展空間。

　　三，國際路線調整及電影人代際更迭。

　　1989 年政治風波後全面肅清的政治語境之下，隨之而收緊變得愈加敏感嚴苛的審查制度，一切所謂的思想「遺毒」甚或苗頭都不可能出現在公眾視野。因此，大陸藝術電影除了遭受到商業浪潮的衝擊之外還受到來自官方製片與審查制度的壓力，生存空間被擠壓得越來越狹小。作為大陸藝術電影主力軍的第五代導演亦陷入了群像層面上的解體與複雜的政治、經濟、文化的生存困境之中，一些導演不得已向「主旋律電影」或「商業電影」靠攏。而一向執著於走國際電影節路線的第五代因拍攝鄉土寓言得到西方的認同，在國際影壇上謀求了一席之地，西方國際電影節與海外藝術電影的投資者開始屬意於這些已有相當的曝光率和知名度的藝術導演。於是如張藝謀、陳凱歌等已闖出名氣的導演選擇借助「他山之石」，從運作港台資金到成功募集到日本、歐洲等地的跨國資本贊助，繼續尋求「外向化」發展的一線生機。然而，在一邊要為投資方提供可以牟利的特定商品，一邊取悅國際電影節的藝術文化趣味的過程中，他們避無可避地商業化了。在上世紀 90 年，兩者統一之下的影像產品則無疑是「民俗電影」。在 1996 年兩部中國片——陳凱歌《風月》、

〔註 20〕戴錦華：〈黃土地上的文化苦旅——八九年後大陸電影中的多重認同〉，鄭樹森編：《文化批評與華語電影》，台北：麥田出版社，1995 年，頁 69～70。

侯孝賢《南國再見，南國》均在第 49 屆戛納國際電影節鎩羽而歸時，焦雄屏希望海外影評人或觀眾在看待國際影片時不能再有「簡化」傾向，也不能只以得獎論成敗，而是要期勉中國導演如何在國際上積累成績，蔡秀女也提醒華語電影人，當前更重要的是要考慮華語電影的創作和製作需要如何調整或重新出發。〔註 21〕兩位學者指出了華語電影在跨文化傳播中所面臨的共同苦境和思考方向。在國際電影節的薰陶下西方觀眾所形成的具「簡化」傾向的觀賞趣味與大陸藝術電影幾近單一的模式化生產在很大程度上恰恰是西方國際電影節網路的影響力所致，而在 90 年代以拍攝都市影片見長的導演紛紛「不由自主」地開拍民俗電影正是最佳的例證。

值得一提的是，在 1993 年國際電影節上已出現了幾部現實題材的影片，除了第六代張元的《媽媽》以外，還有李少紅的家庭倫理題材《四十不惑》、犯罪題材《血色清晨》、寧瀛反映北京退休老人生活的《找樂》，作品中已表達出來了對當代中國大陸的現實社會城鄉普通人生活的關注或已開始嘗試實踐「紀實」電影形式以體現一種平民精神（如《找樂》），說明至少在 80 年代末 90 年代初一部分第五代導演已有須重新調整創作方向的覺察並且已在實際創作中摸索，也正是在這一點上為之後第六代的底層敘事做了鋪墊。作為第六代突圍而出的第一人張元，帶著他的首部作品具有現實主義關懷的《媽媽》即是大陸誕生的第一部獨立電影，周遊各大國際電影節並在柏林國際電影節獲得青年論壇獎，在登上 1993 年柏林電影節的領獎台上那一刻即宣告了正式「出道」。其後不久張元便與其他北京電影學院 85 級包括導演、攝影、錄音、美術等全體畢業生即未來的第六代影人共同發表了《中國電影的後「黃土地」現象——關於中國電影的一次談話》，字裏行間中我們清楚地看到新一代影人對大陸藝術電影跨文化傳播前景堪憂的危機感以及尋找新出路新策略的急迫感。以第五代為首營造的歷史厚重感令人窒息，此時已到了夢醒時分，一味沈迷於「『文化感』牌鄉土寓言」、民俗奇觀的窠臼之中的創作套路已成為中國大陸電影繼續前行的絆腳石。

文章中還尖銳地指出，大陸藝術電影「有很長一段時間里是觀念領導創作，

〔註21〕焦雄屏和蔡秀女的相關觀點請參見麥若愚、楊海光：〈兩中國片坎城雙雙鎩羽而歸，電影中國風退潮？〉，《民生報》1996 年 5 月 22 日，第 1 版（兩中國片為陳凱歌《風月》、侯孝賢《南國再見，南國》，均在第 49 屆坎城影展鎩羽而歸）；蔡秀女：〈中國電影熱的退熱〉，《聯合報》1999 年 6 月 1 日，第 37 版。

主義領導製作,讀解領導作品,這可能是由製作界的素質決定的」。〔註22〕實則,此時未來的第六代雖已洞悉識破了第五代與國際電影節之間的共謀關係,然而民俗電影「屢屢獲獎」的現實讓他們更加不知所措,也令他們心存疑竇——西方是否只認可接受中國這一種模式,是否存在另外一條途徑?但,「有一點是肯定的,今天的中國電影需要的,不僅僅是理論家、評論家,或者讀解家,中國電影需要的是一批新的電影製作者,老老實實地拍『老老實實的電影』」。〔註23〕從回望視角來看,此文等同於第六代與「父一代」與同是學院派的師兄姊的第五代劃清界線的「獨立宣言」。張元在一次採訪中提到,他以及北京電影學院「85班」的同學們尚未畢業就已被蓋上了『第六代』的帽子,不論以後是否拍電影。〔註24〕「第六代」〔註25〕的稱謂是源於「第五代」的存在而推演出來的,從這一層意義上看,「第六代」是「第五代」解體後的「子一代」,甚或更早——第五代在影壇獲得文化定位之際便已衍生的一代。關於「第六代」的代際命名或命名方式或是否相匹配一直是學界爭論不休的議題。有些學者指出其中的荒誕性,新一代影人若不能在藝術高度上構成對第五代的挑戰,在其羽翼尚未豐滿風格尚未成熟之前,「斷然否定第六代的存在」。〔註26〕評論者多將「第六代」的崛起視為一種文化「突圍」,起緣於一種自覺的反叛,最終卻「歸於一次文化預謀」,是青年藝術家們為了打破第五代視聽壟斷所做出的努力。〔註27〕同時,亦是試圖擺脫主流文化表述與第五代的光環或陰影,他們不甘自己的創作囿於第五代再創的「樣板戲」的固定模式中,也不願評論界對大陸藝術電影只寄予一種期望,懷有打破第五代鄉土寓言與國界電影節之間共謀關係的企圖心。然而,這對尚未形成氣候之前就被冠以「第六代」的一次不徹底的背離、艱難的出走。誠然他們摒棄了第五代的歷史民俗題材和形式主義美學,但第五代通過

〔註22〕〈中國電影的後「黃土地」現象——關於中國電影的一次談話〉,《上海藝術家》1993 年第 4 期。

〔註23〕〈中國電影的後「黃土地」現象——關於中國電影的一次談話〉,《上海藝術家》1993 年第 4 期。

〔註24〕孫紹誼、李迅:〈對最大的社會寬容度和對平等的概念感興趣——青年導演張元訪談〉,《杭州師範學院學報》2006 年第 4 期,頁 69。

〔註25〕亦根據「第五代」導演的確立而反推得出「第四代」、「第三代」等代群的指認和命名。

〔註26〕戴錦華:《霧中風景:中國電影 1978～1998》,北京:北京大學出版社,2000年,頁 357。

〔註27〕趙寧宇:〈第六代:一次文化預謀〉,《北京電影學院學報》1995 年第 1 期,頁150～151。

捷徑所取得的讓東西方均為之炫目的輝煌又誘使他們重蹈「為國際電影節拍片」或推進「電影節電影」的老路，力求在國際電影節上獲獎以擠入大陸藝術電影得以「獲救」那道窄門。

湯尼・雷恩（Tony Rayns）曾在電影節會刊《SCREEN》上對第六代領軍人物張元的處女作《媽媽》做出如此評價，「這在中國的電影界是個了不起的成就。年輕的導演張元一反北京電影界以往的俗套而獨樹一幟，塑造出鮮明而獨立的形象，這在中國還是頭一次……虛構中插入紀實，它所達到的針砭時弊的效果也是其他中國影片所不具備的。」〔註28〕，並預言新興一代導演將與第五代有著截然不同的「興趣品味」。這一預言在 2002 年出版的《我的攝影機不撒謊》中得到了證實，此時此刻第五代影人集體性書寫的篇章已接近了尾聲。該書書名《我的攝影機不撒謊》顯然致敬義大利電影導演費德里科・費里尼（Federico Fellini）的藝術生涯回憶錄《我是說謊者》（2000 年），這些生於 1961 年至 1970 年間並以拍攝獨立電影為主導的大陸先鋒電影人為自己的影像發佈了「真實」宣言，開闢一條嶄新的有別於民俗電影的創作之路，終點依然指向西方國際電影節及觀眾。正如張元所說，「寓言故事是第五代的主體，他們能把歷史寫成寓言很不簡單，而且那麼精彩地去敘述。然而對我來說，我只有客觀，客觀對我太重要了，我每天都在注意身邊事，稍遠一點我就看不到了。」〔註29〕可見，第六代所秉持的創作理念與此「期待視野」的轉變方向相一致，摒除繁雜的歷史社會背景、趨於簡明直接且具相關性即刪繁就簡以及力求展現「真實性」，替小人物發聲，表達反專制、反壓迫的現實主義人文關懷。由此，摒棄寓言影像、遠離歷史話語，撤掉阻隔觀看中國大陸社會現實的一面鏡，從而換上了展現真實視野的一扇窗，在西方國際舞台上掀起一股獨立製片影像「真實」的新浪潮。

接下來筆者將進一步闡述以第六代為主導的大陸藝術片導演如何從意識形態、文化蘊涵、藝術風格三個方面來影像「真實」。

第二節　影像「真實」：意識形態

國際電影製片人協會（FIAPF）評定的 15 個 A 類國際電影節中由西方國

〔註28〕程青松、黃鷗編：《我的攝影機不撒謊》，濟南：山東畫報出版社，2010 年，頁 136。
〔註29〕鄭向虹：〈張元訪談錄〉，《電影故事》1994 年第 5 期，頁 9。

家主辦的就佔了 10 個之多，〔註30〕在這種西方中心主義的凝視（gaze）視線和秩序標準下，第三世界電影的他者身份仍是避無可避，在標榜「藝術至上」的國際電影節上其入選或淘汰及相應的西方媒體的報導評論始終難逃「審美與政治」的考量，孰前孰後也始終是頗為敏感且爭議不止的論題。

於 2002 年為《我的攝影機不撒謊》作序時，湯尼・雷恩（Tony Rayns）如此寫道：「1989 年春之後，『第五代』獨特的風格和特殊的主題對中國電影發展的推動作用已經有所減弱了」，「這種風格上的影響，部分體現在它帶回了一些曾經於 20 世紀 50 年代早期從中國電影中消失的傳統視覺表現手法。其主題主要集中在對『文化大革命』期間知青的生活體驗的挖掘上。當電影製作人將自己頭腦中的這個題材的內容（以及他們對國家狀態的結論）發掘殆盡的時候，『第五代』也就完滿地終止了」，「通過一種扭曲的眼光來重新審視中國發展的這段動亂年代，這些電影引發了一些問題：要產生一種真的『新浪潮』會付出什麼代價？或者說，需要什麼樣的電影製作才能產生真正的『新』電影？」〔註31〕湯尼・雷恩（Tony Rayns）不但長期從事電影節策展人及影評和電影中文字幕翻譯工作，而且素來對東亞電影有著深入的研究，這也是田壯壯推薦他為這份「先鋒電影人檔案」作序的主因。在他的這段表述中，筆者認為有幾點頗為值得玩味：其一，以 89 年春季掀起的政治風波（1989 年政治風波，或稱「六四事件」、「六四學潮」、「八九天安門事件」等，英譯為"1989 Tiananmen Square protests"）作為「中國電影史」上的一個轉捩點，以此分割「第五代」的終結和「新浪潮」的發軔；其二，不難發現，西方學者認為對「特殊的主題」──文化大革命題材的以及「對國家狀態的結論」是「第五代」使中國電影在世界上有所發展的主要因素；其三，何謂「真的『新』電影」？又何為「代價」？言外之意，付出某種代價儼然成為產生「真的『新浪潮』」電影的前置條件。

一、從地底下鑽出來的一代

讓我們追溯一下湯尼・雷恩（Tony Rayns）等西方評論家眼中這一促成大陸電影更新換代的至關重要的政治事件。1989 年春──舊篇章落幕新篇章開幕的這一時間點距文革結束已是十年有餘，文革在 1976 年毛澤東主席去世後結束，以毛為先鋒的運動導致經濟生產放緩甚至停滯，對中國的經濟和社會

〔註30〕具體說明參見本文第二章。
〔註31〕程青松、黃鷗編：《我的攝影機不撒謊》，濟南：山東畫報出版社，2010 年，頁 1。

結構造成了嚴重破壞，政治意識形態無論對於官方或是對普通人的生活都至關重要，無形中也自然而然成為了「文革之子」第五代影像的主旋律。中國大陸新一代領導者鄧小平在 1978 年 12 月的第十一屆中央委員會第三次全體會議上啟動了一項改革經濟的綜合方案。短短幾年之內，社會語境徹底改變了，對意識形態的完全關注被以實現物質繁榮的全面推動所取代。直至 20 世紀 80 年代末改革開放整整十年，在後毛澤東時代大陸經濟快速發展和社會變革的背景下，鄧小平繼而於 1988 年推出向市場經濟體制過渡的決策，一時間所導致的通貨膨脹引起了人們的恐慌，屆時身負巨大責任感的高校學生舉行抗議活動，呼籲民主、新聞自由和言論自由，反映了在民眾意識中和政治精英中對國家未來的焦慮感。〔註 32〕然而大規模的學潮最終引發了一場「政治動亂」，據大陸官方的說法是破壞了正常的社會秩序，「擾亂了正常的經濟建設進程，給黨、國家和人民造成了重大損失」，而「平息動亂和反革命暴亂的勝利，鞏固了我國的社會主義陣地和十年改革開放的成果，也給黨和人民提供了有益的經驗教訓」。〔註 33〕

　　這場政治動盪於第五代影人，家國歷史經由新發的政治事件再次被刷新，他們始終耿耿於懷的不斷複述的「文化大革命」那段「動亂年代」已成為更為遙遠的過去，熱衷探討的對於「國家狀態的結論」似乎更無從言說，他們的文化理想主義再次遭到衝擊和顛覆、英雄主義也姑且偃旗息鼓。雖說第五代影人仍在持續拍片中，但從某種意義上而言，第五代電影及其推動作用已於上世紀之末「壽終正寢」。而於第六代影人，大多數仍身為高校學生的他們卻是該場風波的親歷者，89 政治風波永久地被銘刻在他們的深層意識當中，成為伴隨一生的印記。這也是湯尼‧雷恩（Tony Rayns）將此政治事件作為第六代的一個生成因子的考量，甚至也有一些海外電影節評論家直接以此來命名——「後天安門『第六代』影人」（post-Tiananmen Sixth Generation of filmmakers）〔註 34〕。然而，89 政治風波對於第六代的影響，不同於文化大革

〔註 32〕「1989 年政治風波」的相關介紹參見"1989 Tiananmen Square protests"，WIKIPEDIA，https://en.wikipedia.org/wiki/1989_Tiananmen_Square_protests#cite_ref-zhao171_8-0，瀏覽時間：2019 年 1 月 20 日。

〔註 33〕〈1989 年政治風波〉，人民網，2001 年 6 月 13 日，http://cpc.people.com.cn/GB/33837/2535031.html，瀏覽時間：2019 年 1 月 20 日。

〔註 34〕Andy Bailey, "Festivals: Generation X-6; Chinese Indies Take to the Streets", Indie Wire, February 23, 2001,（來源：https://www.indiewire.com/2001/02/festivals-generation-x-6-chinese-indies-take-to-the-streets-81110/，瀏覽時間：2019 年 2 月 20 日。）

命對於第五代的影響，因為少了第五代那段「由初始的盲從經過反思才達到悔悟的心路歷程」，他們以看似決絕的態度和輕鬆的姿勢與傳統的價值體系相訣別，只有在某些特定時刻尤其是政治或意識形態發揮國家機器的效能時，才能深切地體會到自我發聲的內容、方式上所遭受到的來自宏觀語境強烈的扼制，而且他們無法像已「功成名就」的第五代游刃有餘地轉換語境或遮蔽立場以應對這種困境。〔註35〕

　　《媽媽》走上獨立製作之路本乃無奈之舉，卻「無心插柳柳成蔭」，不僅成為大陸新時期以來第一部獨立製片的（藝術）電影，無疑具有不可取代的劃時代意義，張元所開創的創作方式更是「未來的」第六代爭相仿效的黃金生存法則，至少啟發了「生不逢時」的同代人如何衝破被重重包圍的困境，成為不小心照進縫隙的第一道曙光。第六代少了第五代導演的幸運，畢業前後恰逢市場機制轉型期，失去國家「供養」的各大電影製片廠面臨著前所未有的危機幾自身難保，他們大多數人無法像第五代一般依靠國家統一分配而進入電影業，更不要說是拍攝自己的電影。再加上89年畢業期間正趕上「六四學潮」，很多人因此延遲分配，難逃畢業即失業的命運，當他們被時代的巨浪拍打到影視圈的邊緣之際，只能以拍攝廣告、MTV、為攝製組打工等維生，構成了美其名曰「北京流浪藝術家群」的主力軍。這段無所適從的流浪經歷和為夢想而急切焦灼的情緒在張元的《北京雜種》和其他第六代導演的許多作品中均有所投射。

　　幸運的是張元在攝影系就讀期間就開始有機會為瑞士、法國等電視台拍攝紀錄片，並在大學三年級時以攝影導演的身分參與了兒童電影製片廠的《太陽樹》的籌備工作，該片改編自後作家戴晴的小說，該項目後輾轉到八一電影製片廠，卻因作家戴晴在89政治風波中支持學生示威而成為了「政治上有問題的人物」取消了拍攝。但張元重拾被多次放棄的劇本，自籌二十幾萬開始獨立製作這部電影，結果讓《太陽樹》變成了《媽媽》的前身。1989年張元放棄了八一電影製片廠的分配脫離體制，在《太陽樹》的基礎之上按照自己的思路拍攝了《媽媽》，借用張元自己的話來說──一部「完全不同」的、「更接近普通中國人的日常現實」的電影〔註36〕。張元以該片致獻「國際殘

〔註35〕參見李奕明：〈從第五代到第六代──90年代前期中國大陸電影的演變〉，《電影藝術》1998年第1期，頁16。

〔註36〕Michael Berry, "Working up a Sweat in a Celluloid Sauna" in Speaking in Images: Interviews with Contemporary Chinese Filmmakers. Columbia University Press, 2005, p.146.

廢人年」，以極簡主義的風格呈現了一位年輕媽媽被丈夫拋棄獨力撫養腦殘兒子的生存困境。他嘗試將「彩色」（真實採訪）與「黑白」（影片故事）、「寫實」與「寫意」、「紀實」與「實驗」等多樣語言風格統一在這部視覺作品裡，使影片具有了獨特的張力。《媽媽》奠定了張元電影的紀實風格：一方面由劇作者秦燕擔任主演「媽媽」、其他角色也幾乎都採用了非職業演員；另一方面，通過鏡頭交切的方式在整個敘述過程（黑白膠片）中帶出對自閉症兒童父母的實際採訪（彩色膠片），此外該片中出現「媽媽」手淫的鏡頭和開放式的結局（腦殘兒子是死於意外還是被拋棄致死），均被視為大膽的革新。《媽媽》完成後在國營西安電影製片廠註冊，發行量卻很少，直至被香港電影人舒琪慧眼識珠，1991 年張元毅然把握機會在沒有獲得批准的情況下將影片送往法國南特三大洲電影節參展以及開始了一系列影展的漫遊，最終在國外獲得 6 個國際大獎及贊譽無數，卻讓電影局大為震怒。而張元利用《媽媽》在電影節上所獲得獎金投入第二部作品《北京雜種》的拍攝當中，從此徹底走上了獨立影人的不歸路。如法炮製《北京雜種》最終在洛迦諾國際電影節上獲評委會獎，此次成功再度印證了這條「捷徑」的可行性。

　　作為「第六代」導演的首部作品《媽媽》，被西方譽為「1949 年共產黨執政以來的第一部獨立的中國電影」，〔註37〕其一問世就註定了「第六代」影人登場時的「地下」身份。張元的成功啟示並給予更多後來的「第六代」從體制之中出走的勇氣和決心，帶動了第二波以第六代影人的現實主義敘事為主的大陸藝術電影通過電影節「外向性」發展的潮流。張元的同學王小帥緊跟其後，雖被分配到福建電影製片廠，但先後創作了五個劇本也沒有被採用，無奈之下選擇離開，最終被所屬電影廠開除。王小帥同樣以小製作低成本的獨立製片方式拍攝了處女作《冬春的日子》———一部由藝術家親自出演並自我描摹的影片，同樣是黑白片，同樣採用非職業演員——畫家友人劉小東、喻紅夫婦和導演婁燁出演,同樣未經相關部門審批私下送到西方電影節參賽，並獲得國際節獎項〔註38〕。西方影評人如此推介：「如果你對中國電影的瞭解還來自於張藝謀或陳凱歌的話，那麼年輕的獨立電影人王小帥的作品《冬春

〔註37〕Zhang Yuan's films,（https://www.zhang-yuanfilms.com/home/EN/films.htm，瀏覽時間：2019 年 2 月 18 日。）

〔註38〕所獲獎項包括：1994 年希臘電影節塞索斯尼克國際電影節金亞歷山大獎，並被紐約現代藝術博物館收藏,1995 年獲意大利托米諾藝術電影節最佳導演獎，1999 年被 BBC 評為自電影誕生以來 100 部佳片之一，也是唯一入選的中國影片。

的日子》將帶給你一份新的驚喜。」〔註39〕婁燁、章明、張揚等又陸續拍攝了《週末情人》、《巫山雲雨》、《洗澡》等以反映社會底層或邊緣群體的現實題材電影，年輕的獨立影人在努力實踐著《我的攝影機不撒謊》那份宣言，「力求真實」的影像一如前一輪的民俗影像一般投入幾乎模式化創作生產當中，並紛紛在各大小國際電影節上嶄露頭角。

　　然而，這種有意無意間避開體制審查的做法且呈現蔚然成風的趨勢，除了初出茅廬的第六代再加上張藝謀、陳凱歌、田壯壯等第五代導演也在獲得海外資金援助的情況下獨立拍片並私送影節參賽。獨立影片幾次與以大陸電影代表團為代表的體制內影片發生正面衝突，西方電影界彷彿正旁觀著一系列類似於中國歷史通俗劇的重大事件，覺得有必要為中國的新電影搖旗吶喊。〔註40〕1993年，號稱「全世界新銳導演最重要的舞台」荷蘭鹿特丹國際電影節不僅以「中國電影專題」的名義展播了第六代導演的獨立作品，還以「為第六代爭取在中國拍片的權利」為主題召開了國際新聞發佈會，與會國際媒體記者達兩百多位。事與願違，西方這一公然為大陸「地下」藝術家討回公道的做法一時之間激怒了大陸官方機構，直接導致了1994年對一批獨立影人的集體封殺，成為電影史上的「七君子事件」，廣電部下文《關於不得支持、協助張元等人拍攝影視片及後期加工的通知》〔註41〕），但所波及的遠不止七位導演〔註42〕，自此相關審查部門是不是發文通告「違紀」電影從業人，並明文規定禁止二至五年甚至十年（如田壯壯）不得拍攝電影。因此，1993年前後出現了大量的在本土遭到禁演的影片，其中不少的「禁片」「牆裡開花牆外香」，這些被視為衝突了中國大陸體制的桎梏的獨立電影得到了來自在西方世界的聲援。

　　作為一種文化現實，上世紀末東西方意識形態衝突以及話語權交相作用反倒成為第六代影人脫穎而出的契機，他們無奈之下或主動構成的在夾縫中獨立的甚或是地下的生存姿態，無形中成為攻破西方國際電影節意識形態防線的一種製作策略。即使經過2003年第六代七位代表與廣電局的雙方友好協

〔註39〕程青松、黃鷗編：《我的攝影機不撒謊》，濟南：山東畫報出版社，2010年，頁288。

〔註40〕William Rothman, "Overview: What is American about Film Study in America", Wimal Dissanayake ed., Melodrama and Asian cinema, New York: Cambridge University Press, 1993, p.259.

〔註41〕可參見本文第二章。

〔註42〕七位導演包括田壯壯、張元、王小帥、吳文光、何建軍、寧岱、王光利。

商，昭示其已「解禁」可重返體制內拍攝之後，他們依然在「地上」、「地下」狀態之間切換、體制內與體制外之間奔走、本土市場與海外市場之間穿梭，以嘗試不同實驗電影以滿足國內外不同視覺消費者的審美需求與觀影期待，更為重要的是拓展了「真實」影像的生存空間。

二、一個命名的背後，一個觀看視角的切入

不無吊詭的是，這一股「真的『新浪潮』」首先是發生在西方視閾之下并博得西方電影節和西方觀眾首肯心折以及得到電影評論家界定的電影運動，一如當初第五代的《黃土地》、《紅高粱》先於國際電影節成為一種現象而後引發境內影壇熱議一般。第六代相似的入場式難逃對第五代一代榮耀征程「上行下效」的質疑，不過第五代是「破窗而入」，而第六代則是在無門可走無窗可闖的窘境下不得不選擇「從地底下鑽出來」（大陸導演馮小剛語）。張元的處女作《媽媽》就是如此進入了國際電影節——本土文化與全球文化的「接壤之地」——的跨文化想像之中，一個充斥著權力與操縱的場域。自張元的第一部獨立製片作品開始，中國大陸獨立電影即被貼上（至少是一開始）令大陸電影人感到不舒服甚至惶恐的標籤，諸如「持不同政見者的電影」（dissident film）、地下電影（underground film）、獨立電影（independent film）或是另類電影（alternative film）、「禁片」（forbidden film）等，而湯尼‧雷恩（Tony Rayns）提及的所謂要產生「一種真的『新浪潮』」會付出的「代價」，或許就是東西方影像交流對話過程中，西方話語系統一定程度上的「法西斯」主義。

有關任何一種文化運動的確定，為了辨識這場運動與「舊有的」或「傳統的」之間的區隔或斷裂，學界與評論界都會策略性地尋找革新與突破性的標誌，藉此來獲取闡發立場的立足點和根據；在建構或想像電影界的一場「新浪潮」或「新運動」時，往往也是要從形式和內容來鑑定具有里程碑意義的藝術突破。然而，90 年代初期在大陸獨立製片的藝術電影初現國際影壇，西方國際電影節在嘗試將中國大陸電影運動與西方電影運動進行國際接軌時，並沒有選取相對應的藝術創作可比。

相反，如美國學者畢克偉與張英進在《從地下到獨立：當代中國另類電影文化》中所指出的——西方學者早期發表的評介中國獨立電影的文章中，一再聚焦於「這些青年藝術家反抗國家控制的初衷」，而強調非這些「真正的

『新』電影」來自於藝術層面的成就，並提出一個關鍵的切入視點——「持不同政見者的電影」（dissident film）、地下電影（underground film）、獨立電影（independent film）或是另類電影（alternative film）等，哪一種命名是對這一種電影文化的最貼切表述？最終他們認為地下電影（underground film）是最為準確的一詞，包含著對於當代中國另類電影文化能展現某種顛覆性功能的期待。〔註 43〕殊不知大多數大陸獨立影人並不願意接受「地下」這一指認名稱，否認他們處於官方體制的對立面，而相對可以接受「獨立電影」——這一在西方電影生產語境中隊一種客觀存在形式的命名。〔註 44〕根據米凱爾‧巴赫金（Бахтин, Михаил МихаЙлович）的觀點這是一種「對話的想像」過程：任何詞語都必須進入一個與其他言語對話的、充滿了衝突的環境；對話的結果既豐富了詞的語義，也使它的表達複雜化了」，「因此，話語要不斷『入侵』其他的語文領域，打破讀者原有的價值系統，才能最終達義」。〔註 45〕當來自西方電影節表述中的「地下」、「另類」、「獨立」等這些詞語不斷『入侵』中國大陸的語文領域，衝擊了原有的價值系統——在大陸的語文領域中利用這些詞語所描繪的含義（「地下」：秘密活動的、不公開的，如地下黨；「另類」：反傳統的，如正統與另類；「獨立」：關係上不依附、不隸屬的，擁有自治權的，如搞獨立。）已遠離電影製片方式的層面，而是莫名地與政治立場相掛鉤，甚至意味著與上層建築構成某種程度的背離和反叛。

確如比爾‧尼科爾斯（Bill Nichols）所言，西方影節上的那些和他一樣的西方中產階級白人，真正關心的是「虛幻真實性」影像的「後方區域」（Back Regions）的「真相」，並一廂情願地相信不被中共政府所接受的，無法通過審查的來自本土「異己者」提供的影像即是事實的「本來面目」。許多西方學者和批評者也意識到了大陸「地下電影」在 90 年代初獲得西方關注，但是相關的媒體報道絕大部分是來自於中國之外的，並且經常性地是通過西方視角的濾鏡觀察。在學術界，一些用英語寫作的學者也無法公允地對待中國地下電

〔註 43〕 Paul G Pickowicz and Yingjin Zhang (eds.), *From Underground to Independent: Alternative Film Culture in Contemporary China*, Lanham, Md.: Rowman and Little field Publishers, 2006. pp.1～3.

〔註 44〕 鄭向虹：〈獨立影人在行動——所謂北京『地下電影』真相〉，《電影故事》1993 年 5 月，頁 4。

〔註 45〕 米凱爾‧巴赫金（Бахтин, Михаил МихаЙлович）：《對話的想像：論文四篇》，美國德克薩斯大學出版社，1981 年。轉引自張英進：《審視中國：從學科史的角度觀察中國電影與文學研究》，南京：南京大學出版社，2006 年，頁 55。

影生產出的豐富資源。〔註46〕從這段自省式的論述中清晰地看到，「制約批評家的不是作品的意義，而是批評家對作品所作論述的意義」，這種戴上後殖民主義者的「濾鏡」進行觀察的方式是無法接近真理的批評，羅蘭‧巴特在《批評與真理》中甚至認為這種「語言系統的運行既不是反動的，也不是進步的，而是赤裸裸法西斯的」。〔註47〕揭開「地下」、「獨立」、「另類」等這些被「他者」罩上的神秘面紗後，究竟這些影片中的「真實」與後冷戰時期的「政治真實」有多少干係？其實，大陸獨立製片的甚至遭到禁演的藝術電影題材多種多樣，從《小武》（賈樟柯執導，1998 年）一個不光彩小人物（小偷）的日常生活到《趙先生》（呂樂執導，1998 年）一個中年男子的婚外情，從《洗澡》有關北京的一個普通的老洗澡堂的故事到《站台》（賈樟柯執導，2000 年）剛剛改革開放後山西縣城一群普通青年成長的故事再到《十七歲的單車》（王小帥，2001 年）有關兩個十七歲少年與一輛單車的故事等等，這些取材現實生活的人物和題材包羅萬象，大多數作品幾乎並不直接碰觸意識形態或政治體制等內容。即使西媒口中的「反專制的鬥士」如張元、王小帥、賈樟柯、婁燁，從這幾位在大陸常常遭到禁演的獨立影人的作品上來看，無論是王小帥的青春回憶筆記或是婁燁的愛情文藝故事還是賈樟柯的故鄉變遷史詩以及張元的親情人倫關係，而更多屬於一種個人化的自由書寫，嘗試「以自己的方式感受著這個世界的溫度和變化」，〔註48〕雖說他們拒絕或背棄中國大陸電影官方體制的運作方式，對其造成了某種程度的衝擊，但如若僅以此為由便被戴上「中國的叛變者」（China's renegade）、「後天安門『第六代』影人」（post-Tiananmen Sixth Generation of filmmakers）〔註49〕之類「政治上反動」的高帽子則未免過於牽強甚或是文化霸權的別有居心。

〔註46〕 Paul G Pickowicz and Yingjin Zhang (eds.), *From Underground to Independent: Alternative Film Culture in Contemporary China*, Lanham, Md.: Rowman and Little field Publishers, 2006. pp.1～3.

〔註47〕 羅蘭‧巴特：《批評與真理》，英國阿斯隆出版社，1987 年。轉引自張英進：《審視中國：從學科史的角度觀察中國電影與文學研究》，南京：南京大學出版社，2006 年，頁 55。

〔註48〕 程青松：〈寫在電影之外，生命最初〉，程青松、黃鷗編：《我的攝影機不撒謊》，濟南：山東畫報出版社，2010 年，前言 9。

〔註49〕 Andy Bailey, "Festivals: Generation X-6; Chinese Indies Take to the Streets", Indie Wire, February 23, 2001,（來源：https://www.indiewire.com/2001/02/festivals-generation-x-6-chinese-indies-take-to-the-streets-81110/，瀏覽時間：2019 年 2 月 20 日。）

無庸置疑，這類有著濃郁政治色彩的詞語的強行置入與當時全球格局不無關聯。八十年代末九十年代初蘇聯東歐劇變進入了後冷戰時期，中國大陸成為當今世界上現存的最大的「集權國家」，再加上第六代影人崛起之際正值89政治風波在國際輿論上尚未平息的那幾年，引起了全球範圍的關注，西方自然而然將觀察視點落在後社會主義的社會現狀。西方的民主體制常常被作為衡量第三世界國家政治現實的一把尺，往往在東方影像中讀解／研究（research）或再「探測」（re-search）這些非西方專制或「集權」社會的揭發與批判的「真實」聲音。西方國際電影節也不再滿足於由民俗電影提供的遙遠的模糊的東方景觀所建構的東方（中國）想像，而是試圖將審視的視線透過「真實」影像，進而窺探目前中國大陸的社會與政治動態，當然，更為期待出現「新」的和「意想不到」的視覺體驗。而出走於體制之外又親歷過89年政治動盪的「第六代」恰好成為了這類影像的供給者，他們努力通過「真的『新』電影」將西方的觀察視線從逝去的「十年浩劫」甚至更為久遠的歷史民俗畫面中拉回此時此刻的真實現場，希冀一如第五代一般將西方國際電影節作為「成長站點」，亦是作為「子一代」的他們步入影壇之時的心裡原初狀態。始於第四、五代的「電影節情結」延續至第六代，西方世界想要瞭解當今中國的訴求，再次從「子一代」的影像中得到了回應，也再度印證了西方觀眾的中國想像。

三、西方觀眾對禁片的「真實性」想像

對於西方國家的普通觀眾而言，這些經過國際電影節權威認證的被貼上「禁片」標識的影片，具有不言自明的吸引力。當張元的《北京雜種》在英國某頻道晚間電視節目上放映時，被強調為「中國的第一部搖滾樂電影，並在中國大陸遭到禁演」，這有著奇特的魔力的「廣告語」讓英國觀眾產生了強烈的觀影期待。絲蒂芬妮・唐納德（Stephanie Donald）以較客觀的角度探析了當時西方觀眾接受異質文化時對「真實性」想像的享受體驗：英國觀眾們準備好在《北京雜種》中欣賞熟悉的音樂，儘管他們預測到這些音樂並不會像那些成熟的西方搖滾樂一般精緻，然而他們帶有反共、亞文化和「感覺良好」的元素，再加上在某個週二晚上安逸地享受一場外國電影的英國人特有的自我滿足感。絲蒂芬妮・唐納德認為英國觀眾的期待是基於——這一切正是西方搖滾樂和西方年輕人曾經歷過的生活方式，而中國因素不過恰恰重申

了西方統治和顛覆的重要性。觀眾們期待著在「真實」的壓抑氛圍中對中國式的野蠻感到驚奇，同時也慶幸青年時代的自己追求音樂的勇氣為這些（落後的）異國人提供了參考範本，當然無論是想象的、來自共鳴的還是真實的體會。〔註50〕

其實，早在 1988 年田壯壯就已拍攝了以搖滾音樂為題材的影片《搖滾青年》，《北京雜種》是否為真正的「第一部」搖滾樂電影在西方觀眾眼中並不重要，是「在中國遭到禁演的第一部搖滾樂電影」這才是關鍵的接受點。嚴格來說，《北京雜種》才是張元真正第一部自主地放棄體制內拍攝的「自由創作」的影片，他和崔健、杜可風、舒琪利用《媽媽》在國際電影節上所獲得的獎金加上自籌資金獨立運作，完成後再度實踐《媽媽》的成功之路，開始周遊各大電影節展。片中的演員多來自張元自己周遭的朋友，並由崔健、竇唯、臧天朔等大陸第一批搖滾樂音樂人本色出演。整部電影幾乎屬於即興創作，拍攝的時候沒有任何劇本，影片的建構全部依靠後期剪輯完成，導演由著性子拍了一群由著性子生活由著性子追逐夢想的北京浪子，搖滾樂手、地下音樂人、畫家、藝術學校學生，這些被視為社會異己份子的北京流浪藝術家，導演張元也曾是其中的一員，通過鏡頭張元將包括自己在內的這群有著搖滾精神的青年人在事業、愛情、生活上陷入的迷茫感樸實無華地展現出來。影片中大陸搖滾音樂教父崔健及其樂隊演出的畫面可說是灰暗影像中唯一的「亮點」。而影片中搖滾明星崔健的音樂會橫遭禁止的情節又勾連出現實中那個戴著標誌性五角星帽穿著一身舊軍裝嘶喊著「我曾經問個不休」的崔健，第一位被中央電視台封殺（至今）的歌手崔健，本身作為中國搖滾樂的黃金時代（87 年至 95 年）的一個文化符號即是該片最大的噱頭。作為影片主角的崔健在採訪中表示他將《北京雜種》單純地視為一部紀錄片，由始至終都沒有在演戲，「我還是我，雖然有鏡頭，但我從來都沒有去刻意地演什麼，我也不會演」〔註51〕。與電影拍攝同步，張元為崔健拍攝了第一個音樂錄影帶《快讓我在雪地上撒點野》，獲得了美國有線電視網，MTV 電視台「最佳錄影帶大獎」。這種虛實交錯、相輔相成的運作方式更令西方觀眾對影像的「真實性」深信不疑。

〔註50〕Stephanie Donald, "sumptoms of Alienation: The Female Body in Recent Chinese Film", Continuum, Vol.12, No.1, p.94.

〔註51〕訪談〈崔健：還是做音樂更自由〉，《中國週刊》，2009 年 9 月 15 日。

　　絲蒂芬妮·唐納德（Stephanie Donald）分析當西方觀眾在觀看這些「真實」影像時可能會有「一種異域的東方主義最終被逆轉的感覺」，因為與大陸近期的民俗電影中壯麗的有關民族情色的東方主義形象背道而馳，相比較之下《北京雜種》所展現出來的實在是太普通了，所以它一定很有趣，而且不可能不像是真的。〔註52〕西方觀眾以特有的自豪感與優越感堅信如此「普通」的影像竟會遭到禁演，所以必定是有深意的實像。這些「曝光」中國大陸社會底層和邊緣人生活困境的影片在西方國際電影節充滿保護欲甚至救贖和寬容的目光中被送入西方觀的視閾，引領了西方受眾的審美趣味的改變並讓其觀影心態在潛移默化中悄然轉變。

第三節　影像「真實」：文化特徵

　　隨著全球化進程的日益加速，在全世界範圍內引起了各個領域的改頭換面，時至今日全球化與本土文化之間關係始終是研究的焦點。安東尼·金（Anthony King）在上世紀末就提出如此質疑：「全球化」是否意味著文化同質化、文化同步化或文化增值？文化流動的方向又是怎樣的？如果說它是本土性與全球性之間的互動，那麼而重點在於前者，還是在於後者？〔註53〕斯圖爾特·霍爾（Stuart Hall）的論斷回應了這一疑問，指出新型全球大眾文化「其中心位於西方及其話語中，且是一種同質化的文化表現形式。」〔註54〕全球化勢力究竟會推進本土文化的發展與革新，還是對本土文化完整特質的一種侵蝕又或會致使本土文化自我更新能力的退化？自是仁者見仁智者見智。

　　不過通過前兩節的分析，我們從第六代導演在影像「真實」的創作宗旨挈領之下所呈現的作品中可以明顯捕捉到西方觀眾對中國影像「近察真實」之訴求的顯影。「這種能指（signifier）搶先出現於所指（signified）之前的藍圖預繪過程，本身就是後現代『超仿真』的符碼化現象，是全球化在 1990 年

〔註52〕Stephanie Donald, "sumptoms of Alienation: The Female Body in Recent Chinese Film", Continuum, Vol.12, No.1, p.94.

〔註53〕參見安東尼·金編：《文化，全球化與世界體系：文化表現的當代條件》，明尼阿波利斯：明尼蘇達大學出版社，1997 年，頁 12。

〔註54〕斯圖爾特·霍爾：〈本土與全球：全球化與民族性〉，安東尼·金編：《文化，全球化與世界體系：文化表現的當代條件》，明尼阿波利斯：明尼蘇達大學出版社，1997 年，頁 28。

代中國電影工業中的典型反映」。〔註55〕可以說，第六代影像通過西方電影節網路的作用力被定性為一種中國大陸電影的新類型而直接進入全球化的象徵秩序之中，卻遠遠早在其自我主體性尚未確認之前。或如賈樟柯的自述，「我不知道我們將會是怎麼個活法，我們將拍什麼樣的電影。因為『我們』本來就是個空洞的詞──我們是誰？我只知道，我不詩化自己的經歷」，〔註56〕第六代仍在不斷地自我追問、自我體認、自我成長的途中，「這一代不應該是垮掉的一代，這一代應該在尋找中站立起來，真正完善自己」〔註57〕。

一、文化內核：出走的「新人類」

張元強調「真正的文藝復興是人格的復興和個人怎樣認識自己的復興」，〔註58〕他在帶有明顯自傳體性質的《北京雜種》中宣稱了人格復興、個人主體意識覺醒的「新人類」的誕生，確切的說這一代是時代的「雜種」。縱觀第六代的作品，從一起步就呈現出不同於第四代與第五代等前輩宏觀的政治文化視野之下沈重的歷史追憶與反思，而是成為話語主體以個體體驗切入觀照現實社會。第六代在電影訴求上所顯露出來的獨特性，與其說是構成了一波區隔於前人影像的「新浪潮」，不如說它是世紀之交全球化語境之下中國大陸社會轉型期社會文化多維鏡像投射的一種淡入。

如果說有一個共同文化意象貫穿了許多新一代中國大陸獨立電影，那就是被困在緊張的現實中，第六代電影中的人物不願回頭，也不願展望未來，決心繼續生活在一個陰暗、平庸、集權的現實世界中。〔註59〕如果說第五代影像所反映出的是瓦爾特・本雅明（Walter Benjamin）所言之保羅・克利（Paul Klee）畫中回望歷史廢墟倒退著向未來前行的「歷史天使」，那麼第六代所展現的則是注視著在時代進步的颶風中瞬間化為碎片的充滿辯證張力的「當下」

〔註55〕參見 Adam Lam：〈「第六代」：後現代文化的符碼「仿真」──張元、管虎創作比較研究〉，《杭州師範學院學報（社會科學版）》2006 年第 4 期，頁 75。

〔註56〕程青松、黃鷗編：《我的攝影機不撒謊》，濟南：山東畫報出版社，2010 年，頁 328～329。

〔註57〕鄭向虹：〈張元訪談錄〉，《電影故事》1994 年第 5 期，頁 5。

〔註58〕鄭向虹：〈張元訪談錄〉，《電影故事》1994 年第 5 期，頁 9。

〔註59〕Andy Bailey, "Festivals: Generation X-6; Chinese Indies Take to the Streets", Indie Wire, February 23, 2001,（來源：https://www.indiewire.com/2001/02/festivals-generation-x-6-chinese-indies-take-to-the-streets-81110/，瀏覽時間：2019 年 2 月 20 日。）

現實；如果說具有悲劇英雄色彩的「歷史天使」是第五代導演的文化隱喻，那麼第六代導演則可謂是選擇在當下現實中出走的娜拉。這又是一個在「當下」的同一性與同質性之中，在空洞的時間與空間中永恆輪回的意象。那麼就隨之出現了「娜拉出走」這一母題下的相關子題：為何而走？怎樣才不會走？如何走？走去何方？出走的結果又是如何？

　　為何出走？反觀深陷歷史文化之維的第五代影人，第六代則是陷入政治、經濟、社會共同推擠作用下的現實之維。不甘被時代大潮所裹挾失去個人意志但又無力與之抗衡，試圖挑戰第五代的影壇霸主地位卻得不到本土評論界認可和公眾的看好，他們只能像娜拉一般選擇在現實中艱難「出走」，成為游弋於秩序邊緣的獨行俠。這一代從主流文化認同出走時所表現出來憤怒情緒與混沌狀態以及原生態生活在《北京雜種》中幾乎得到了完美複製：崔健組建的搖滾樂隊沒有錢買樂器，因拖欠租金被趕著到處搬家最後只好住到建築工地裡。樂手卡子不慎讓女友毛毛懷上了小孩，無力撫養孩子的卡子讓毛毛做人工流產，之後毛毛失蹤了，卡子四處尋找，又再次陷入混亂的兩性關係。過著不被主流社會所理解的邊緣化生活，為夢想而奔波卻難逃禁演的命運，甚至找不到屬於自己的排練場，穿梭於殘破的衚衕小巷，終日漫遊於大都市的邊緣，只能藉著躁動的音樂、肆意的謾罵宣洩無處安放夢想的憤懣無奈與悲涼殘酷。搖滾精神作為這群被放逐／自我放逐到社會邊緣的年輕人阿Q式自我安慰的良藥，除了《北京雜種》被電影節視為「喧囂的時代裡對亞文化所發出的熾熱的宣言」〔註60〕之外，還有幾部搖滾題材的影片如《頭髮亂了》、《長大成人》、《周末情人》等，都是藉著搖滾樂來傳達這代人的苦悶、無序、或是某種以邊緣為傲的孤芳自賞，亦是他們走向叛逆的戰歌。

　　事實上，許多得到國際電影節認可的第六代導演都是成形於上世紀八十年代中後期北京流浪藝術家群落（因圓明園畫家村而聞名）中的一員，如張元、張揚、王小帥、賈樟柯、何建軍、婁燁、路學長、王全安等，以他們為中心還形成一個青年電影人的小圈子，其中有藝術學生、青年畫家、搖滾音樂人、先鋒詩人等，這些人也經常會在第六代的藝術影片中出鏡。這一群文藝青年，以相似邊緣處境、非常規的文化姿態、非常態的創作風格構成了一

_____

〔註60〕Lawrence chua 在美國《舊金山國際電影節會刊》上對《北京雜種》做出如此
　　　　評價，參見程青松、黃鷗編：《我的攝影機不撒謊》，濟南：山東畫報出版社，
　　　　2010 年，頁 113。

個交相纏繞、相互影響、彼此扶持的聚合體，一個非主流的但具有前衛性、先鋒性的創作群體。

　　然而，在主流文化中，他們是不可得見的一群，被第五代的龐大身軀遮蔽的一群，被第五代的強勢話語奪去發聲權的一群，只得在出走中尋找屬於自己的身影，尋找屬於自己的聲音。因此，尋找和流浪的意象在在第六代早期的「青春殘酷物語」中比比皆是。《媽媽》中母親千方百計喚起兒子失去的兒時記憶，尋找母子可以繼續依存的方式；《北京雜種》中搖滾樂隊尋找屬於自己的排練場地，樂手卡子尋找懷孕後出走的女友毛毛，作家大慶尋找被騙走的錢財；《小武》中扒手小武尋找時代變遷所帶走的愛情、友情、親情；《站台》中一群文工團的年輕人在走穴演出中尋找可以實現夢想的舞台，尋找外面的世界，尋找理想中的愛情；《十七歲的單車》十七歲的少年尋找丟失的單車，得而復失、失而復尋的單車、精神依託；《三峽好人》中從山西來的煤礦工人韓三明來到三峽奉節尋找失蹤十六年的前妻和女兒、女護士瀋紅從太原來到三峽奉節尋找兩年未歸家的丈夫、兩位異鄉人尋找三峽人民失落的家園。此外，作為出走的起點，第六代首先將鏡頭聚焦在自己、同代人包括故鄉、童年，然後延伸到邊緣乃至底層。

　　要怎樣才不走呢？魯迅給了我們答案：娜拉倘也得到完全的自由，或者也便可以安住。〔註61〕「自由」談何容易？大陸始終沒有採用電影分級制取代審查制度，即使不斷在完善當中，審查制度目前仍無法做到西方電影等級制度下相對的多元開放，亦不如韓國影視言論氛圍的自由民主。所以，從體制中出走是沒有選擇的選擇，所以，人格復興、個人主體意識覺醒的「新人類」第六代只得出走。

　　如何走？走去何方？這一場因「能指」先於「所指」而存在所以為了「能指」而尋找「所指」的出走。與其說第六代自我放逐的邊緣化立場是在與國家主旋律電影、商業電影以及第五代飽含理想主義、英雄主義色彩的主流論述的對抗中的一種策略性自我定位，更不如說是時代為他們做出的選擇。逢世紀之交及千禧之交的二十世紀九十年代，是一個「英雄」與「凡人」交接的年代。從第五代導演歷史反思視角下的國族寓言到第六代導演立足於現實土壤的底層書寫，對於宏大敘事的解構破除與日常性敘述邏輯的日漸凸顯，

〔註61〕魯迅：〈娜拉走後怎樣〉，《魯迅全集（第一卷）》，北京：人民文學出版社，1981年，頁159。

事實上與全球化的時代哲學發展趨勢遙相呼應，亦是全球化大背景之下中國大陸社會轉型時期的各種特殊景觀的客觀折射。後現代的全球化語境中，對西方現代工業文明的反省，對資本主義合理性的否定以及對西方中心論、東方主義的批判等構成了全球化時代哲學的核心，提出關乎與人類共同生存命運息息相關的叩問，在質疑所謂的現代文明的同時嘗試構建新的文明形態。人們開始熱衷於發現那些與政府官方積極正面的宣傳相悖的影像表達，這些影像將解放救贖、光輝壯麗、民族精神等宏大敘述模式消解，轉而以小人物、普通日常、瑣屑而平凡的故事取代，或通過反諷手段達到對傳統宏大敘事的顛覆，從而引導觀眾質疑「偉大」主題的真實性。

在與之相對應的大陸的特殊語境下這一轉變痕跡更為鮮明，如前述，89 天安門事件過後知識份子階層遭受重挫，官方上層建築加強了對各個領域思想意識形態的主導力度和掌控力度，再加上商業浪潮來勢洶洶，市場經濟進入全面轉型 90 年代初的下海經商大潮，90 年代末的改制裁員所造成的下崗大潮，毛澤東所打造的「烏托邦」神話在眼前瞬間分崩離析，傳統意義上的愛國主義、集體主義等逐漸淡出了人們價值體系，在英雄時代被剝奪了話語權與存在感的無數平凡人開始找尋自我，卻又在時代急遽旋轉的漩渦中徹底迷失了「小我」，歷經幾番社會動盪和幾度社會制度轉型的中國人陷於忐忑不安的身心煎熬中。二十世紀末首先在中國大陸文學思潮上有所反應，無論是對張恨水、沈從文或是張愛玲等通俗小說作家的評價日趨公允，或是以王朔為代表的反精英的玩世現實主義文學大行其道，都顯示了從精英意識主導的英雄主義向平民主義的變遷。而從第五代到第六代的影像所發生的置換映射，也是大陸藝術電影為此間轉變做出的最好註解，所以，第六代的影像和第五代影人所傳達出的集體理想主義精神風貌截然不同，將攝影機對準了待業青年、下崗工人、北漂藝術家、打工仔等這些平凡的普羅大眾，拍攝了一系列極具個人風格的現實題材電影，從集體意象中脫穎而出等待攫取表達個體性話語權柄的時機。

至於出走的結果又是如何？魯迅對娜拉命運的推測是：不是墮落，就是回來。〔註 62〕第六代的命運又會如何？這是在一個持續更新言說的過程，尚無定論。但從賈樟柯「故鄉三部曲」〔註 63〕之一《站台》（2000 年）裡面的一

〔註 62〕魯迅：〈娜拉走後怎樣〉，《魯迅全集（第一卷）》，北京：人民文學出版社，1981年，頁 159。

〔註 63〕賈樟柯「故鄉三部曲」包括：《小武》（1998 年）、《站台》（2000 年）、任逍遙（2002 年）。

段情節中，也許可窺知一二：崔明亮和二勇在張軍家裡，二勇用口琴模仿著嗚嗚的火車汽笛。二勇問明亮：「烏蘭巴托是哪兒？」明亮說：「外蒙古首都。」二勇又問：「怎麼走外蒙古首都？」在一旁的張軍回答：「一直往北走，過了內蒙就是。」二勇接著追問：「再往北是哪兒呢？」張軍頓了頓說，「蘇修。」二勇抓抓頭問，「蘇修再往北呢？」張軍深深吸了口煙，接著彈了彈煙灰，遲疑地回答，「應該是海了吧？」沈思了許久的二勇又問：「海再往北呢？」張軍不禁惱了罵道：「你媽球不媽球煩？成天問那！」明亮接著回答說：「再往北就是這兒，就是汾陽，武家巷十八號，張軍家。」恍然大悟的二勇：「鬧了半天我們都住在海的北面！」也許像「站台」包含的寓意，即是出發的地方又是回來的地方，「出走」本身即意味總有一日會「回歸」，即使「回歸」，歸來的娜拉也不會是原來的娜拉，歸來的第六代會不會也是原來的第六代，是成長後的第六代？或是出走半生，歸來仍是少年？

饒有趣味的是，大陸影人在追求藝術夢想道路上處處受到經濟制約／誘惑的尷尬處境正如娜拉出走後所面臨的窘境一般無二——「夢是好的；否則，錢是要緊的。自由固不是錢所能買到的，但能夠為錢而賣掉」。〔註64〕自由的想像力固然不是經濟所能左右的，但自由創作卻定然受經濟條件所制約的。魯迅「一語成讖」，「娜拉出走」儼然成為當今第六代影人電影徵程的文化預言。

二、文化標籤：拒絕「寓言」，「真正地面對真正」

國際電影節其中一個不可被替代的功能便是探索發現的功能，這是國際電影節展與藝術電影的生存發展之道。作為國際電影節網路中的話語掌權者在尊重差異性和多元化的基礎上，熱衷於發現「地方性和特殊性」上所呈現的「新穎性」，予以重視並積極調動新銳導演及作品的實驗性、前沿性、原創性。如此一來，電影節所推崇的藝術電影也為主流電影（西方如好萊塢電影，本土如主旋律電影和商業電影）提供學習模板和起到示範借鑑作用。因此，當走投無路的第六代導演帶上處女作或新作品「投靠」國際電影節時，當他們看到這些「完全不同於第五代電影的作品」，以一個不能說明任何本質事實的空泛評價來為這類影像定位時，「一個可以想見的事實」卻被作為新奇的發

〔註64〕魯迅：〈娜拉走後怎樣〉，《魯迅全集（第一卷）》，北京：人民文學出版社，1981年，頁160。

現，並取代了對第五代作品的熱情。〔註65〕

　　拍攝屬於自己的作品，努力讓自己的作品成為完全不同於第五代電影的作品，走一條不同於第五代的創作之路，是子一代（第六代）企圖完成弒父（超越第五代）的第一步，這又是一個痛苦無奈而又必須為之的關乎生存與成長的重要決定。實際上，「第五代」的出現不僅帶給了第六代影人猝不及防的美學驚奇和震撼，也為傳統的電影學院帶了新的改變，使更多的跨領域人才得以進入電影行業〔註66〕。賈樟柯曾談到《黃土地》對他的影響，《黃土地》從身體裡分泌出來的憂患、感情、詩意令人難忘，這種真心的東西越來越少了。〔註67〕許多第六代青年導演都是帶著這份感召立志拍電影，但也是若干年之後第五代週而復始地拍攝已喪失了原創性的「『文化感』牌鄉土寓言」令他們無法再忍受「越來越陌生」的寓言影像，痛下決心必須立刻拿起攝影機，終結這些越來越不真實的民俗電影的生產線。〔註68〕

　　大陸學者陳旭光指出第五代導演走向世界的輝煌導致了第六代青年導演產生「影響的焦慮」，而他們對「第六代」命名的默認和發布集體檄文《中國電影的後『黃土地』現象》正是反映了這種「焦慮」情結，也直接促成了對第五代的反抗。〔註69〕筆者也認為，從第五代電影對第六代電影存在著無可否認的「互文性」（Intertextuality）上來講，深受第五代電影美學影響的第六代，並不存在根本性上的脫胎換骨和徹頭徹尾的背離。再者，依戴錦華所言：迄今為止，當代中國知識界的幾代人都可稱之為「時代之子」——這一現當代中國文化史最為深刻的本質特徵之一來講，第五代與第六代異中有同的時

〔註65〕學者戴錦華回述她在 1995 年參加某一國際電影節時，一位美國組織者宣稱能有像《郵差》（何建軍）這樣重要的第六代新作參展是該電影節的殊榮，而對藝術成就遠在其上的第五代作品態度則較為冷漠。如是一轍的是，《紐約時報》對《郵差》的藝術品論也是熱情而空泛的高度評價。參見戴錦華：《霧中風景：中國電影 1978～1998》，北京：北京大學出版社，2000 年，頁 356。

〔註66〕第六代導演路學長曾談到，他和王小帥被電影學院招收，「主要是因為『第五代』的出現——在《黃土地》里，造型及其各方面突然成為了電影的重點。我們是學畫畫的，佔了優勢」。參見程青松、黃鷗編：《我的攝影機不撒謊》，濟南：山東畫報出版社，2010 年，頁 170。

〔註67〕賈樟柯：《《黃土地》分泌出的憂患與詩意〉，《新京報》，2014 年 3 月 17 日。

〔註68〕顧崢：〈我們一起來拍部電影吧——回望青年實驗電影小組〉，林旭東、張亞璇、顧崢：《賈樟柯電影〈小武〉》，北京：中國盲文出版社，2003 年，頁 26。

〔註69〕陳旭光：〈抒情的詩意、結構的意向與感性主體性的崛起〉，《杭州師範學院學報（社會科學版）》2005 年第 1 期，頁 68～69。

代遭際和歷史經歷（八九十年大陸特殊的政治、經濟、文化動盪），造就了兩代人迥異而實相近、衝突而實疊加的文化立場與價值取向。〔註70〕然而，第六代作為過渡年代的過渡體，本身就擁有兩代人的特點，又同時是兩代人的觀察者，觀察審度的結果即是第六代帶著這樣一種複雜而糾結的心態去發起了一場對第五代影像權威的「祛魅」（disenchanted）行動，親自在西方國際電影節的展台上演一場「弒父」儀式。這一「弒父」情結普遍在第六代導演作品中。

　　例如開山之作《媽媽》中就有所體現。十三歲的冬冬在六歲時因癲癇性痙攣導致大腦損傷影響了智力，這樣一個智障兒逐漸被整個主流社會所背棄：被學校勸退，因影響了其他正常同學；被媽媽帶去單位一同上班，遭到領導反對；最大的傷害莫過於連自己的親生父親也拋棄了他，父親勸媽媽重新和他生一個健全的孩子，開始新生活。媽媽始終堅信只要喚醒冬冬對童年時期的美好回憶他就能夠恢復健康，可是她每次藉助老照片為冬冬指認「爸爸」的時候，換來的卻是冬冬漠然拒絕承認的眼神。喪失本身即是一種強化存在的過程，構成了更為深刻的記憶。媽媽一次次的喚醒失敗可視為對虛席「父親」的徹底排斥和否決，一言不發的冬冬與其說是生理病態的語言倒退或是語言交流障礙不如說是心理病態的偏執與反叛，是對他人乃至父母親缺乏安全感依賴感所導致的結果。表面遲鈍的他心性卻極為細膩和澄明。這點從冬冬全片唯一一次明顯的表情變化中可得知——當一位陌生女子對自己表示善意後，他露出了燦爛的笑靨，做到了幾近一位正常孩子可完成的情感交流。

　　同時，在影片存在著一條依稀可見的以隱為顯的頗具宗教色彩的文化反叛與自我救贖的脈絡。片頭以一個特寫鏡頭切入，在主人公「媽媽」哼唱的搖籃曲與一空靈女聲類似於福音吟唱的音樂交相縈繞中展開，媽媽的手撫過冬冬汗涔涔的背部，此時「媽媽」的畫外音響起：「我知道冬冬喜歡的」、「你不想回答我呀」、「媽媽不會把冬冬送走的」、「冬冬離不開媽媽」……在「媽媽」的這段內心獨白中導演以彩色特寫鏡頭穿插著福利院弱智與自閉兒童的畫面，作為媽媽複雜心境的某種延續性挖掘，最後以赤身裸體的冬冬像腹中胎兒一般獨自蜷臥在潔白的床中間的特寫作為序幕的完結，即使畫面黑白但仍能透過鏡頭強烈感受到籠罩在他上方的光芒，一種詭祕而聖潔的氣息鋪陳

〔註70〕戴錦華：《霧中風景：中國電影1978～1998》，北京：北京大學出版社，2000年，頁236。

開來，似乎與影片整體的紀實性特徵格格不入。這種唯美詩意的宗教油畫般的光影構圖不只在片首，時而出現在影片之中。冬冬時常發病，發病時最渴望被緊緊擁抱，於是媽媽每次用白色床單一層層地把兒子包裹得像木乃伊一般，然後跪在床上從後面擁抱著兒子，神色極為哀傷的媽媽閃耀著母愛的光環，讓人不由得聯想到「哀悼基督」（米開朗基羅・博那羅蒂，Michelangelo Buonarroti）中懷抱著受難基督的聖母的形象，以慈母的心腸將自己和獨子冬冬的痛苦緊密聯繫在一起。如果說母子同在的畫面顯現母子同心共患難的情感，而冬冬自在獨處的畫面以及媽媽偶爾迸發的難以抑制的慾火又揭示出了這種親密關係實質上的割裂。

放棄了最初安排「兒子」被火車撞死的結局，張元將其改為一個開放式結局：在鐵道旁的荒野中媽媽又一次用白色床單包住發病的兒子，最終放任兒子在掙扎中被白布纏住窒息而死以獲得解脫或是再一次從死亡的邊緣將兒子救回？這似乎關涉了這樣一個有關啟蒙與救贖的問題，如同張元強調個人復興的「新人類」，「啟蒙」並非知識者的特權，亦非某人或某群體對另一個人或另一個群體的教誨，推翻了第五代影像中的啟蒙者形象，相反，「啟蒙」首先是單一生命體的自我心靈啟蒙。兒子無法被他人啟迪感化的心智，猶如第六代拒絕被第五代同化追尋精神自由的狀態，去掉一切虛妄遮蔽而知悉自身存在的局限性和可能性；而童年的美好回憶之於兒子好似 89 風波之於第六代影人，之前的悠然歲月並非被否定其存在或被刻意遺忘，只是「必須」與現實再無關聯，也因此形成了戲裡戲外斷裂式的失語。不聽不從活在自己世界中的「兒子」作為「子一代」第六代的文化暗語，提示著隱含其間的第六代所選擇的自我復興與自我救贖之路，亦意味著文化抉擇的不可逆性。

毫不為過，姜文是其中最有說服力的反叛者。演員出身的他幾乎等於喝著前幾代導演的乳汁長大，出演過第三代導演謝晉的《芙蓉鎮》（1986 年）、凌子風的《春桃》（1988 年），第四代導演謝飛的《本命年》（1989 年），第五代導演張藝謀《紅高粱》（1987 年）、田壯壯的《大太監李蓮英》（1990 年）等，幾乎是大陸藝術電影的「御用」男主角。抗日題材影片《鬼子來了》是姜文執導（自導自演）的第二部影片，並憑藉該片獲得了戛納國際電影節評審團大獎，是繼《霸王別姬》（陳凱歌執導，1993 年）獲 46 屆戛納金棕櫚獎、《活著》（張藝謀執導，1994 年）獲第 47 屆戛納最佳導演獎之後第三部在戛納國際電影節上獲較高榮譽的影片。法國評論家奧利維爾・德・布倫（Olivier

Bruvn）讚譽《鬼子來了》以一種精美奢華的黑白色審視超越時間界限的人類主體：窩囊怯懦、宗族意識、抵抗運動等等，是一部推陳出新的佳作。〔註71〕《鬼子來了》是姜文對自己成名之作《紅高粱》的一次大膽而成功的反叛，是姜文對「父輩」對曾經的自己的反思與否定，也可謂是姜文「前生今世」的一種投射，他在進行自我顛覆的同時破壞了曾經的集體英雄神話。

　　法國評論家帕斯卡·梅里吉奧（（PASCAL MÉRIGEAU）將該片喻為「一把帶殼的稻穀」，未經加工的真實的粗糙質地，評價其為一部偉大而令人深感震驚的作品，「如果沒有這部電影，就不存在藝術發展創新意義上的壓倒和超越」。〔註72〕眾多評論者均認為該片明明是一部來自大陸的電影，然而卻斷然不同於一向來佔據觀眾視野並為觀眾熟知的影像。美國華裔學者徐鋼（Gary G. Xu）則特別強調了姜文對中國大陸官方史學的顛覆效力。〔註73〕姜文對戰爭的解讀是基於平凡生命個體與尊嚴，去探討宏觀歷史中微觀小人物的生存，這亦是該片博得一向來關注人類生存問題的戛納電影節賞識的關鍵因素之一。該片因有「美化日本侵略者」之嫌並違規參賽等因素而在大陸被列入禁片，導演姜文也因此被禁導五年，但在日本上映反響卻非常不錯，相映成趣。《鬼子來了》改編自尤鳳偉短篇小說《生存》，故事發生在抗日結束前夕長城腳下偏僻的掛甲村，故事的主人公馬大三是一個普通的農民，某夜晚與其情人年輕寡婦魚兒纏綿之際，自稱「我」的陌生人闖入以性命相要挾讓他藏匿兩個裝著日本軍官與翻譯官的麻袋，並承諾農曆大年三十回來領人。影片風格頗似魯迅嬉笑怒罵的戲謔手筆，不僅極具觀賞性，而且從思想主旨與藝術上實現了帕斯卡·梅里吉奧（Pascal Merigeau）所言的「創新意義上的壓倒和超越」。

　　其一，主旨上的祛魅。影片向觀眾拋出了一系列的叩問：歷經八年抗日戰爭的中國人民除了像董漢臣這樣的漢奸走狗以外，難道一定是全民皆兵？日本人究竟是如何成為妖魔鬼怪的等同物——中國人口中、心中極具貶損色彩的「日本鬼子」？電影實為一種對民族寓言的解構，英雄主義的拆解，徹

〔註71〕（法）奧利維爾·德·布倫，李逸君譯：〈霸氣與絕技〉，法國《視點》週刊2001年3月15日第4版。

〔註72〕（法）帕斯卡·梅里吉奧（PASCAL MÉRIGEAU），李逸君譯：〈為一把帶殼的稻穀〉，法國《新觀察家》週刊，2001年3月8日。轉引自程青松、黃鷗編：《我的攝影機不撒謊》，濟南：山東畫報出版社，2010年，頁73～74。

〔註73〕Gary G. Xu: "Violence, Six Generation Film making, and Devils on the Doorsteps", Sinascape: Contemporary Chinese Cinema. Lanham, Rowman & Littlefield, 2007, P.16～20.

頭徹尾地打碎了抗議題材老電影中所樹立起來的普通老百姓即一概是放下鐮刀就扛起槍的抗日武裝力量與日本侵略者即一概天生兇殘成性的刻板印象。如若影像還停留在講述大說之下的誇誇之辭，我們也就失去了對人性更深層次的探險和體會，最終歸於淺薄的浪漫主義。當災難和戰禍來襲時，首當其衝的是平凡的普通人現實中小我的個人生存問題遠遠凌駕於所謂的民族大義家國情懷之上，馬大三與掛甲村的村民對片中「我」交代的「民族使命」的完成是在性命受到威脅的前提之下，村民分攤所謂的「民族義務」實為害怕株連的人人自危。苟活於世的小人物即使在戰爭年代「生存」也始終是頭等大事，難免會貪生怕死，影片中多次出現的京東大鼓表演揭示了這一本質，京東大鼓藝人所唱的歌詞內容隨時局而動，識時務且荒唐地謳歌著不同的時代、不同的執政者。然而，神秘人物「我」雖僅出現過一次但其威力卻貫穿始終，雖未具名但抗日身份顯而易見，「共產黨」作為在片中的唯一虛席的執政力量（影片中出現了日本侵略軍、國民黨軍）令「我」的身份昭然若揭，使「我」作為官方代言人的存在，不但擾亂了村民的雖然艱辛卻平靜的生活，而且言而無信甚至最終間接導致了全村陷入滅頂之災。長達八年的時間，愛好和平的村民本以放棄個人尊嚴與民族氣節來換取與駐守掛甲台的「日本鬼子」之間的相安無事，並且視殺人行經為恥，他們善良而愚昧地以人之常情去權衡輕重，一廂情願地以「人心都是肉長」的想法去揣測「日本鬼子」的心、「日本鬼子」的行徑，村民的仁慈迂腐地堅守著倫理道德原則換來的是日本鬼子慘絕人寰的集體性屠殺。

所謂的視死如歸的英雄氣概遠非《紅高粱》中一碗鮮紅的高粱酒下肚就可以激發喚起的，膽小怕事的馬大三遲遲不敢也不願對日本軍官花屋小三郎和翻譯官董漢臣下殺手，他在大屠殺中死裏逃生後方才醒悟，全村人的血債激起了他對小三郎等日本鬼子的仇恨，殺入日本戰俘營為鄉村父老復仇的「民族英雄」卻被國民黨軍以違法《波茲坦公約》為由處死，斬刑執行者恰恰是他養了半年之久的俘虜花屋小三郎，姍姍來遲的「民族正義」瞬間發生了反轉，祭典著中華民族傳統民族精神與愛國主義的神壇頃刻間被掀翻，一切歸於荒誕無稽。

史無前例的「侵略者」的中性形象也頗具爭議性，在影片中平凡的日本人也是受到民族主義道德綁架而淪為了「鬼子」。日本海軍小分隊隊長野野村每日巡邏時都會給在路旁特意等待的村童分發糖果，當被日本陸軍軍官酒冢

豬吉譏諷為和善的「阿姨」時，他即刻變身為殺人不眨眼的惡魔。花屋小三郎以死明志的武士道精神不堪一擊，他為自己的生存慾感到羞愧難當，但仍提出以糧食換取自由為條件終於返回部隊，卻被同僚戰友視為有辱皇軍威嚴的奇恥大辱，此時個人的生死早已不再屬於自己，而是與國仇家恨、集體榮辱休戚相關。出身農民的花屋小三郎從虛假的求死到真誠的求活背棄了捨身取義的軍國主義信條，再到為了擺脫「皇軍敗類」的污名而違背了「知恩圖報」的個人操守引致瘋狂的暴行，反轉之反轉、否定之否定。

其二，自創門派，對第五代藝術特徵的傾覆與超越。讓西方觀眾領略到中華絢麗色彩與精美畫面的第五代作品大部分出於攝影導演顧長衛之手。然則，第五代作品一貫「靠色彩、靠美術、靠美女等等來渲染氣氛，以至於有些電影，我們剝去了包裝以後裡面沒有什麼內容，大家都已經處在這樣的失望過程中」。〔註74〕就連顧長衛本人對這種精雕細琢的藝術形式也有了一定的厭倦感。於是，西方觀者看到了「沒有一絲一毫的細節相似於迄今為止來自於中國的任何一種創作特點」的，「一部迎刃而上的電影」。〔註75〕主要採用了小說歸還日本鬼子和翻譯官的主線，其他情節屬自由創作，即使說常常扛著攝影機，總是與人物保持最近的距離，以捕捉每個最生動有趣的瞬間狀態，或有時候親自引發那種狀態。

全片兩小時二十分鐘以黑白色為主，一則是因為姜文與攝影導演顧長衛認為傳統的抗戰紀錄片幾乎都是黑白片，黑白畫面更能喚起對那段時期的記憶，影片也保留了對《地道戰》、《地雷戰》、《鐵道游擊隊》等家喻戶曉的經典抗日老電影的戲仿痕跡。再者，更重要的是全片黑白的運用是為了「欲揚先抑」為了最後的徹底反轉——那唯一的一抹驚奇的紅色做鋪墊：獨一無二的彩色鏡頭即是結尾處馬大三人頭落地的那一刻，落地的頭顱轉了九圈、眼睛眨三眨、嘴角上揚，按照劊子手「一刀劉」（四表姐夫吹噓「一刀劉」親手斬了慈禧身邊的八大臣）的說法這叫「含笑九泉」，以示對劊子手的感激之情，從馬大三頭顱湧動而出的鮮血以超現實超自然的紅色表現出來，蔓延開來染紅了整個屏幕。在詼諧中展示著殘酷，在溫情中孕育著危機，在荒唐中揭示著真實。

〔註74〕程青松、黃鷗編：《我的攝影機不撒謊》，濟南：山東畫報出版社，2010年，頁60。

〔註75〕（法）奧利維爾‧德‧布倫，李逸君譯：〈霸氣與絕技〉，法國《視點》週刊2001年3月15日第4版。

　　「真實」即是第六代為自己高舉的反叛旗幟，直逼第五代歷史「寓言」影像進行「祛魅」，立足當下，還原現實中的生命個體。「真正地面對真正」，按照《安陽嬰兒》〔註76〕的導演王超本人的解釋就是「以最簡單的方式，面對中國真正的日常生活，以及在這個日常中間流露出來的悲劇感」，〔註77〕這句話同時明確揭示出了第六代導演的追求真實的創作理念、恪守嚴肅客觀的創作態度和以現實社會為創作對象。第六代影人以反常規的獨立製作模式從國家對電影生產的壟斷機制中突圍而出儼然成為這一代影人的重要標識，第六代影人又以「不撒謊」的真誠態度打破了第五代歷史鄉土、國族寓言的窠臼為西方描繪了一幅「當代中國的肖像」，成功地讓西方國際電影節為其貼上了另一個極為普遍的標籤──「反映了中國大陸的社會現實」。

　　第六代發起的新影像運動，雖在起步階段所呈現的影像風格尚未成形、電影語言難免枯燥無味，技巧運用尚嫌單一稚嫩，甚至清晰可見模仿歐美新一代電影大師的痕跡，在藝術水準上完全與電影語言純熟的第五代作品不可相媲美。然而在於西方，國際電影節新聞樂見這群青年導演所提供的這一「陌生」的甚至有些「奇怪」的新視覺，這一類「個人電影既有區域的獨特性，也有其普遍的吸引力」，充分「承認新藝術家的優勢獲得國際讚譽」，西方評論家及觀眾「就像人類學的田野工作者，或者更隨意的遊客一樣，我們也被邀請潛入不同的體驗，進入陌生的世界，聽到不熟悉的語言，見證不同尋常的風格」。〔註78〕顯而易見，對於成長初期的第六代獨立電影人，西方國際電影節表現出明顯的扶持和栽培的態度。事實證明，在西方殷殷期待的目光下，這場新影像運動也確實日趨走向成熟，賈樟柯的《小武》即是它進入成熟階段的代表性作品。此後的第六代作品，也漸進從早期的較為極端的苛求真實影像開始向更為廣闊的全球電影時期國際藝術電影發展氛圍之中的與娛樂片相對而言的現實主義風格。

　　此外，作為在本土電影圈並不享有話語權的「邊緣人物」，第六代影人

〔註76〕王超執導的《安陽嬰兒》由法國 Les Films du Paradoxe 發行，於 2001 年 5 月 16 日在法國上映，獲美國芝加哥國際電影節「費比西國際影評人聯盟獎」，華沙國際電影節「特別提名獎」，法國亞眠國際電影節「最佳亞洲電影獎」等。

〔註77〕程青松、黃鷗編：《我的攝影機不撒謊》，濟南：山東畫報出版社，2010 年，頁 125。

〔註78〕Bill Nichols, Discovering Form, Inferring Meaning: New Cinemas and the Film Festival Circuit, Film Quarterly, Vol. 47, No. 3 (Spring, 1994), pp.20.

採取了以邊緣對抗中心的後現代性策略。本質上而言，這恰似被迫置於一個跨國且接近後現代的位置的國際電影節對抗電影王國霸主好萊塢所採用的方式。其實，這代導演的主體形象就是「邊緣人物」，他們從一出生就已被註定了邊緣人的命運，「少年時期，他（們）在文革的邊緣，青年時期，他（們）又在經濟大潮的邊緣」，所以「這代人是邊緣的，他們喜歡在時代的邊緣行動」。〔註 79〕是以，影像之外，他們以影壇邊緣人的身份對抗影壇的中流砥柱第五代；影像之內，他們以紀實性對抗寓言性，以真人實事對抗虛構小說，以微觀現實對抗國族寓言，以都市原生態對抗民俗奇觀，以中國現狀對抗歷史追憶，以個人敘述對抗集體書寫，以客觀個體紀實對抗自傳民族誌，以平民精神對抗英雄情懷，幾乎都可以找到與第五代映像一一相對而存在的相關描述。

姜文第一部自編自導自演（主人公成年）的《陽光燦爛的日子》（In the Heat of the Sun）即講述了「他們」這一代在「文革的邊緣」成長的故事。該片在海內外取得的成績單〔註 80〕也自然得益於姜文的明星效應，且該片因涉及文革題材未通過審核發行而滿足了迷影者對「禁片」的窺視心理。同時，影片改編自姜文同時代之人王朔的小說《動物凶猛》（在片中王朔客串名為「小壞蛋」小混混的角色），他嘗試結合自身體驗從成長中的少年人的邊緣視角來感知和追憶那個熾熱的革命時代。影片以文革時期一群生活在北京軍屬大院的少年為主體作為觀察那個特殊時代的切入視點。當大人們忙著到地方「搞革命」（主人公馬小軍的父親即被派到遙遠的貴州地方政府去參與管理，也就是所謂的「三支兩軍」）、兄長們忙著「上山下鄉」勞動學習、師長人人自危學校已不再是尊師重道的育人場所，當外面的世界被鬧得天翻地覆的時候，這群被父輩、被社會所忽略的邊緣少年留在北京城中「躲進小樓成一統，管他冬夏與春秋」般地享受著空前的自由自在。不知天高地厚的一群毛孩子成為這座城市的遊蕩者和主宰者，在處處飄揚的紅旗下、高昂的革命歌曲中肆意地生長著、放縱地生活著，以逃學、抽煙、碴架（找碴打架）拍磚頭、「振婆子」（釣馬子）等方式燃燒著過剩的青春荷爾蒙，荒誕性的暴力、性萌動的苦悶、撬門開鎖彷彿進入人們的潛意識般窺探個人隱私，儼然

〔註 79〕李皖：〈這麼早就回憶了〉，《讀書》1997 年第 10 期，頁 86。
〔註 80〕《陽光燦爛的日子》於 1993 年獲得威尼斯電影節最佳男演員獎（夏雨），1995年獲新加坡電影節最佳影片獎，最佳男演員獎（夏雨）。

成為文革年代下平行於政治鬥爭的一種變異形式，力比多宣洩的另一種渠道。

　　台灣學者焦雄屏由此認為，姜文對青春的回顧雖幾乎沒有觸及文革，但這等年輕、這等激情，卻是文革初期的底色，姜文他們的謂嘆是對青春的恍惚和留戀，是對青春驟然消失的悵惘，然後更多的是對青春及那個時代的謳歌，絕不像第五代導演有那麼多很沈痛和反省，與第五代的中年民族傷痕南轅北轍。〔註81〕對中國大陸千千萬萬的人們而言生命中最黑暗的時期在這一代人的意識痕跡中卻似乎總是陽光燦爛，但是加入了個人感情色彩的真實還真實嗎？導演姜文的客觀存在於主觀裡，真實與虛幻的邊界模糊不清，混沌的時期混沌的記憶，通過片中成年後的主人公的旁白不斷地提出質疑，質疑歷史、質疑自我：「北京，變得這麼快！20年的工夫她已成為了一個現代化的城市，我幾乎從中找不到任何記憶里的東西。事實上，這種變化已經破壞了我的記憶，使我分不清幻覺和真實。我的故事總是發生在夏天，炎熱的氣候使人們裸露得更多，也更難以掩飾心中的慾望。那時候好像永遠是夏天，太陽總是有空出來伴隨著我，陽光充足，太亮了，使眼前一陣陣發黑……」明亮的芳華追憶，黯淡的現實世界（回憶部份使用彩色膠片，現實部份採用黑白膠片的作法類似於《我的父親母親》）。雖說「我的攝影機不撒謊」，但「我的記憶」卻有可能因摻雜了太多的個人情緒而使鏡頭下的影像變得真假難辨，兩者之間存在著緊張而真實的二律背反關係。

　　在這一悖論之下揭示的是，無法釋然的馬克思主義浪漫情懷下從青春自戀到青春烏托邦的幻滅，一如青蔥歲月尾聲部份馬小軍酣暢淋漓的高台跳水卻被曾經親密現已背離的夥伴們一腳接著一腳地踹入水中，一次接著一次地被撞擊；亦如馬小軍期待中蘇開戰並因此成為戰鬥英雄的幼稚理想一般不堪一擊；更如馬小軍對夢中情人米蘭的愛情從霧裡看花的意亂情迷到發現米蘭如女神般的聖潔形象不過是夢幻泡影，以致羞憤之下試圖以強暴米蘭的方式去主動破碎心中的愛情，對理想愛情徹底絕望的他用力扯掉米蘭係在腳踝上的鑰匙（無異於「貞操帶」的一個象徵符號），拆穿了這一切虛偽的矜持與美好。尤為值得玩味的是影片中傻子這一人物的設置，一個幾乎無關故事情節的指向象徵界的符號人物，他的外號「古倫木」源於革命樣板戲《奇襲白虎

────────────

〔註81〕焦雄屏：〈青春烏托邦——我看《陽光燦爛的日子》〉，程青松、黃鷗編：《我的攝影機不撒謊》，濟南：山東畫報出版社，2010年，頁67。

團》（京劇）中南朝鮮軍的夜間暗號〔註82〕。他終日在軍區大院門口歪著身子騎著一根粗壯的木棍，每當有人叫他一聲「古倫木」，他都會煞有介事地回答「歐巴」，他彷彿全知的神一般見證著時代的變遷和人物的喜怒哀樂。當改革開放時代的馬小軍和昔日的小團體重聚坐在加長版林肯上再次喚他為「古倫木」的時候，他不屑地回了一句「傻B！」那個激情澎湃的燦爛年代已然一去不復返，這彷彿是連一個傻子都知道的事實，不過處於當前物欲膨脹精神空虛的灰色現世中的馬小軍們卻依然回望著那段懵懂躁動的熱血歲月。這是不僅是對馬小軍們的嘲諷，更是對既往的時代以及對毛澤東時代所謂的浪漫的英雄主義謊言的戲謔與褻慢，在第五代影像中的歷史現實在第六代的鏡頭下變得愈來愈搖擺不定和不再堅實牢靠。

當叛逆的青春遇見了「偉大的時代」，撞擊之下《陽光燦爛的日子》所帶來的更多的是夢想、愛情、友情的激情勃發如同盎然奪目的燦爛陽光，展現了革命年代的亞文化，截然不同於以往主流影像中殘酷、血腥、壓抑、憤怒甚至悲痛的情緒，找回了淹沒於宏大話語中的發聲渠道，還原了遮蔽於權威敘事之下的個體記憶碎片，他們不再以祖輩父輩的「寓言」為言說對象，而以「我們這一代」——「紅旗下的蛋」〔註 83〕身份一邊眺那片紅旗飄揚的天空一邊講述心裡的故事，從邊緣（既是社會意義上的又是影像上的「邊緣」）審度著國族的集體的生存狀況，展現了一種存在於主觀中的客觀存在。借用學者王德威的論斷，這是一種從「大說」到「小說」的嬗變，「小說」是與「大言誇誇、不可思議的所謂的雄偉論述、崇高修辭」的「大說」〔註 84〕全然相反的「一種『眾聲喧嘩』的力量，具有發現人間各類境況的能量，不見得要合乎某一種道德尺度、意識形態或政治機器的預設。小說有它非常自我的空間」〔註 85〕。顯然，第六代所言說的是忠實於生命個體真實感受和具體情感的「小說」而非以不可思議的所謂的雄偉論述、崇高修辭去概說一個「中國」

〔註82〕現代京劇電影《奇襲白虎團》文革期間被定為八大革命樣板戲之一，1972 年被攝製成為電影藝術片，片中巡邏者問：「古倫木」，韓語為「구름」（guleum），中譯為「雲彩」，回答者則應一聲「歐巴」，韓語為「우박」（wobak），中譯為「冰雹」。

〔註83〕崔健的音樂專輯《紅旗下的蛋》（The red flag Balls Under）於 1994 年發行，剛上市不久即被勒令下架停止銷售。

〔註84〕〈王德威，許子東，陳平原：想象中國的方法——以小說史研究為中心〉，《愛思想》2008 年 12 月 18 日。

〔註85〕崔瑩：〈王德威評莫言閻連科王安憶〉，騰訊文化，2015 年 03 月 06 日。

或民族。鄭洞天將「第六代」和「第五代」在總體上作比，認為第六代首屈一指的文化意義即是他們是作為個人藝術家的第一代。〔註 86〕從這一層面上而言，第六代影人呈現出個體差異性大於集體共性的代際特徵，並將電影創作本體與個人成長的經歷密切掛鉤，努力不懈地發出權威聲音之外的「單音獨鳴」，衝破以往過於誇談的陳詞濫調之侷限與偏執。

因此，第六代在視角與主題上的創新與開拓填補了中國大陸影像圖集的邊緣景觀，「一如張藝謀和張藝謀式的電影提供並豐富了西方人舊有的東方主義鏡像」，第六代作品「在西方的入選，再一次作為『他者』，被用於補足西方自由主義知識分子先在的、對 1990 年代中國文化景觀的預期；再一次被作為一幅鏡像，用以完滿西方自由主義知識分子關於中國的民主、進步、反抗、公民社會、邊緣人的勾勒」。〔註 87〕若說以第五代為創作主體的民俗電影在一定程度上建構了西方對中國的「國族想像」，那麼全球化語境下本土社會轉型期的第六代影人則以現實邊緣主題取代了第五代已不合適宜的歷史邊緣主題，使得西方觀眾從對中國歷史的國族想像中進入中國現實的邊緣想像。也有西方評論者指出這些「在電檢高度敏感的體制中心工作的東方邊緣藝術家，俱尖銳而憂傷地關注其民族生存最日常的方面，拍攝鄉村、外地，空間如織物抽絲後留下的縫隙，那裡不象飽和的都市，在那裡權力猶如苦澀走調的空洞。」〔註 88〕這一點也往往被西方從後毛澤東後社會主義（postsocialist）視角進行解讀。

譬如，傑森・麥格李斯（Jason Mc Grath）則將類似於《站台》這類大陸獨立製片的藝術電影理解為與第五代的寓言式電影和早期政治社會主義現實主義相反的「後社會主義」時代的現實主義審美風格。〔註 89〕賈樟柯電影《任逍遙》和《站台》在法國的發行海報上，上方是一個叼著香煙燙著頭髮衣著較為暴露的青年女子和一個蓄著長髮咆哮著的青年男子，下方則是倒掛著的毛澤東照片，其隱含涵義恰似亦是影射著毛澤東時代的傾覆與後社會主義時代城鄉青年迷離徜仿，並將其作為宣傳的噱頭。反觀影片文本，汾陽縣文工

〔註 86〕鄭洞天：〈「第六代」電影的文化意義〉，《電影藝術》2003 年第 1 期，頁 42。

〔註 87〕戴錦華：《霧中風景：中國電影 1978～1998》，北京：北京大學出版社，2000 年，頁 370。

〔註 88〕Didier Peron，張獻民譯：〈《站台》——漂流的中國青春〉，法國《解放報》，2001 年 8 月 29 日。

〔註 89〕Jason McGrath1 著，聶偉譯：〈我對賈樟柯電影的一些看法〉，《杭州師範學院學報（社會科學版）》2005 年第 2 期，頁 68。

團從毛澤東時代的體制內文化機構轉為鄧小平時代的自負盈虧的私有化商業團體，文工團團員崔明亮等一群年輕人渴望走出落後閉塞「老土」的家鄉。人們這種對外面世界的強烈嚮往是大陸政府對外部世界（主要是西方國家）的信息、思想長期封鎖所導致的，當時不單人們的世界觀、價值觀、人生觀等思維認知已被馬列主義、毛澤東思想所統攝，甚至人們在日常生活中再正常不過的喜好樂趣、自由選擇的權利，也被單一的革命文藝、整齊劃一的服裝髮型所抹煞。

改革開放之後的主人公們穿著自己改做的喇叭褲、燙起了頭髮，髮廊能聽到鄧麗君的《美酒加咖啡》，哼唱著 87 年代唱響大陸各地的流行歌曲「站台」，也有機會觀賞外國電影《流浪者》等，還跳起了時髦的迪斯科……賈樟柯攝像機下的主人公們紛紛開始以西方的生活方式反抗傳統的壓制，以尋找久已失去的選擇權利。〔註 90〕在某些西方評論者眼中，這似乎意味著改革開放下的城鄉青年已經重新建立起個體對世界的認知，並企圖脫離已然崩塌的「社會」（主義）秩序，這表明毛澤東時代的標準已經開始被拋棄。這個方向賦予了這一場「新電影」運動強烈的「後社會主義」色彩。並且在他們看來，早期大陸獨立電影中的享樂主義（hedonistic）表現可以被理解為毛澤東時代禁慾主義（ascetic）的失敗——之所以獨立影像中大量出現妓女、小偷、酒吧歌手、同性戀者、吸毒者等眾多自我放縱、冷漠空虛、茫然失措的青年人形象，歸咎於當初過度的毛澤東主義。〔註91〕

事實的確如此嗎？《站台》中自我意識開始覺醒的崔明亮、張軍等年輕人在憧憬中開啟了各地巡演走穴的生活，然則歷經十年的漂泊後帶著疲憊與失望而返，並非所有出走的人們都會榮歸故里，邊緣人從不會如此幸運。長達十年的旅途起點始於家鄉汾陽，終點結束於內蒙古某城鎮，當時車站廣播中正播放著因「六四學潮」而被通緝的在逃學生名單，昭示著社會「異類」與平凡人物理想一同破碎，一切在兜兜轉轉後無奈而悵惘地回到了原點。彷彿洞曉了這一結局的女主人公尹瑞娟一開始就選擇留在了家鄉，與十年後回

〔註90〕賈樟柯：〈賈樟柯談《站台》〉，程青松、黃鷗編：《我的攝影機不撒謊》，濟南：山東畫報出版社，2010 年，頁 329。

〔註91〕Paul G Pickowicz, "Social and Political Dynamics of Underground Filmmaking in China", Paul G Pickowicz and Yingjin Zhang (eds.), *From Underground to Independent : Alternative Film Culture in Contemporary China*, Lanham, Md.: Rowman and Little field Publishers, 2006, pp.14～19.

來的明亮組成了一個普通的家庭，在狹小的家中，尹瑞娟背著年幼的兒子一邊燒著開水一邊逗著孩子，水開的鳴音聲像極了火車的鳴笛，旁邊沙發上酣睡中明亮聽到後似醒非醒，也許夢中他又重新踏上了追逐夢想的徵程。「結果是幅一整代墜落的全景、一小撮年輕人緊咬著的牙關，時間是 1979 至 1989，終點處，理想不在」，法國評論家迪迪爾·庇隆（Didier Peron）較為客觀地認為「在塵土飛揚的國度中，年輕人玩具過剩而願望失落，週六夜晚的狂熱一到第二天就變成酸澀的調子，這一切於我們（西方觀眾）又何嘗陌生？雖然原本並不知道，我們（西方觀眾）身上可能也有點中國味道……」〔註 92〕《站台》立足於當下的大時代，從平視的視角觀察和真實地記錄著從革命時代跨越到商業時代的文化變遷，演繹了一部平民斷代史，展現了無數平凡人被改革開放大潮裏挾著的人生命運，賈樟柯以客觀冷靜的鏡頭掃過時代，他所抨擊的似乎並非毛澤東時代的社會主義社會，矛頭所指的恰恰是鄧小平時代標榜的追求現代化和市場化的社會主義社會，實則既非資本主義亦非社會主義社會的荒誕性。

三、文化認同：「陌生的熟悉感」

　　在全球電影時期，進入電影節網路幾乎是大陸藝術電影闖入國際電影市場的主要通道，在本土缺少觀眾市場的第六代影人，唯有視西方國際電影節議程規為法度，以獲得電影節最高榮譽的優秀影片為參照物，竭力在影像語言上和題材主題上與國際新一代電影大師作品、西方前衛電影運動、理論相接軌，從而才有超越第五代地位的可能性。同時，也可以讓西方電影節評審或迷影人從這些異質文化中找到他們所能理解的文化符碼，這些進行文化旅行的「觀光者」從中獲得進入另一種文化的「後方區域」（back region）的可能性，鼓勵他們在陌生的「他者」世界感受「陌生的熟悉感」（the strange as familiar），為其享受電影虛構能指的樂趣提供了理想的機會，主動培養並滿足了這種願望。

　　被稱之為「看碟的一代」（張頤武語）的第六代影人，他們自己也坦承他們是看著西方電影學習和成長的，鮮明的跨文化特徵。北京電影學院教授鄭洞天就曾說過，每一代導演都有自己的啟蒙電影，「而這代人（『第六代』），

〔註 92〕 Didier Peron，張獻民譯：〈《站台》——漂流的中國青春〉，法國《解放報》，
　　　　2001 年 8 月 29 日。

對他們影響最大的，一部是《美國往事》、一部是《壞血》，這幾部啟蒙電影實際上跟他們後來的形態是非常相像的」。〔註93〕因此，在第六代影片中常常會看到對西方藝術電影大師的模仿和借鑒，如義大利新寫實主義代表性導演維托里奧・德・西卡（Vittorio De Sica）、賽爾喬・萊昂內（Sergio Leone）、列奧・卡拉克斯（Leos Carax），吉姆・賈穆什（Jim Jarmusch）法國後新浪潮導演路易・卡拉克斯（Leos Carax）等，甚至一些經典作品片段也時有顯現。風格上也有明顯的可比性，譬如法國學者奧利維爾・德・布倫（Olivier Bruvn）即認為姜文與他的同胞張藝謀和陳凱歌相比，其風格更接近西方當代電影大師義大利導演費德里科・費里尼（Federico Fellini）和南斯拉夫導演埃米爾・庫斯圖里卡（Emir Kusturica），影片中融入狂歡式的荒誕不經的鬧劇元素，卻有著強烈的衝擊力。此外，第六代導演也受到海峽兩岸電影領袖人物的啟發和影響，如追求「區別於商業電影的另一種電影」的台灣新浪潮主將侯孝賢、蔡明亮等展現台灣鄉土情懷沈靜內斂的獨特視覺美學，香港王家衛導演的獨樹一幟的電影觸覺等，以及日本、韓國、伊朗等優秀影片都成為他們引用、吸收、發展、轉化的電影文本。

以王小帥的《十七歲的單車》（2001年）為例。《十七歲的單車》中對《偷自行車的人》（1948 年）故事主線的移用：《偷自行車的人》發生在二戰後義大利羅馬，失業工人安東好不容易找到一份騎自行車貼海報的工作，於是妻子賣掉床單贖回剛剛當掉的自行車，可是一個小偷再趁他不注意之時騎走了自行車，再次面臨失業危機的安東開始了艱難的尋車過程，雖在自行車市場找到了偷車人，但因對方也是一個可憐的乞丐而且因證據不足而只能作罷，最終如法炮製想偷走路邊停放的一輛自行車，從丟車的人淪為偷車的人；與之相對應的，《十七歲的單車》中故事被置換到二十世紀末的北京，主人公由中年失業男子變為進北京城打工的農村少年小貴，同樣生活在社會的底層，也是找了一份與自行車有關的工作——騎自行車送快遞，他想攢錢買下公司借給他使用的自行車，結果車卻被偷了也因此險些失業，跑遍了整個北京城尋找他的單車，在街上偶然發現一位高中生騎著他的車，與小貴同歲的小堅跟著再婚的父親生活，但家境貧窮只好偷父親錢去黑市買二手車，幾經波折最終小貴也像安東一樣只好妥協，決定與小堅共用自行車，故事的結局——自行車被小堅得罪的小混混砸爛了。《十七歲的單車》與《偷自行車的人》有

〔註93〕鄭洞天：〈「第六代」電影的文化意義〉，《電影藝術》2003 年第 1 期，頁 43。

著極為相似的故事主線與主題，均藉著自行車得而後失、失而復得、得而復失的故事表達下層社會小人物的悲涼遭遇。此外，在《十七歲的單車》對《美國往事》的情節引用也依稀可見：小貴和堂哥偷看小保姆的片段對應了《美國往事》少年時代的「麵條」偷窺少女黛博拉的場景；同為十七歲的小貴與小堅兩人由失主與買主的關係轉變公用單車的關係與《美國往事》少年時代「麵條」與麥克斯不打不相識的相遇類似；小堅對學校女同學從暗戀到追求再到遭背叛與《美國往事》主人公「麵條」遭遇初戀情人背叛的感情線極為雷同；小貴不慎捲入小堅與小混混的鬥毆，當看到心愛的自行車被小混混砸爛，在沈默中爆發的小貴用磚頭砸破了小混混的頭則對應了《美國往事》中「麵條」為了替夥伴報仇而刺了一個黑社會的情節。同樣是情竇初開的懵懂年少，同樣是少年的煩惱與成長的代價，同樣是青春往事未必美好。

有批評家指責第六代影片模仿了許多西方青年大師作品的經典段落，並歸結為這只是意義蒼白的形式模仿，「如果形式即內容的話，那麼這種自覺的本文互動關係就是有意義的，說明他們有意識地通過對形式的把握來與這些新大師思考相同的世界性主題，這些主題，在中國的現實中並非不存在，只是始終處於遮蔽狀態罷了」。〔註94〕關於這點，賈樟柯就曾多次表示對侯孝賢導演的敬佩之意而且深受其影響，當他看到影片《風櫃來的人》（1983年）時對他產生很大的衝擊，認為「電影拍的是一群台灣青年，但總覺得是在講我山西老家的那群朋友」。〔註95〕而且，他意識到幾個年輕人的亂七八糟的事竟然可以通過創作變成一部耐人尋味的電影。尋根究底，他通過侯孝賢來了解了讓侯孝賢知道如何拍電影的沈從文，閱讀《從文自傳》以及沈從文其他書籍，所以，從他早期的《小武》、《站台》、《三峽好人》等影片中又可以瞥見沈從文的影子。

「世界性主題」正是文化「全球化」的一種表現。學者張英進指出「『全球本土性』或『全球性／本土性』是對比、通過或伴隨著中國城市電影中一系列各不相同的跨國意象來進行描繪的。文化混合持續存在於大多數影片之中」。〔註96〕第六代電影文本本身存在的斷裂性和不確定性是全球電影時期世

〔註94〕李奕明：〈從第五代到第六代——90年代前期中國大陸電影的演變〉，《電影藝術》1998年第1期，頁18。
〔註95〕賈樟柯：〈賈言賈語：我所喜歡的十部影片〉，網易報導，2001年1月21日。
〔註96〕張英進，胡靜譯：《影像中國——當代中國電影的批評重構及跨國想象》，上海：上海三聯書店，2008年，頁361。

界電影地圖集的流動性（flows）特徵的彰顯。再者，一些出色的影人並非對新大師創意構思僵硬地照辦照抄，而是因地制宜、因時制宜、因事制宜地作出恰當的運用和調整，融合到自己的作品之中。就以《十七歲的單車》來說，雖有明顯的仿效痕跡，然而是基於相似背景、情境或情緒下的嫁接，自然而不牽強，或經改寫或經擴展的套用顯得合情合理，與整體劇情發展毫無違和之感，為「始終處於遮蔽狀態」的一直被無視或忽略的未曾在大銀幕上出現的邊緣人物類型找到了適合互動的異質電影本文形式，是有意義的互動學習，是值得肯定的電影自覺。第六代影人從起步到成長至風格成熟，創作中顯示了世界電影發展中所出現的各種電影運動與理論思潮湧動的鮮明痕跡，西方現代主義電影、意大利新現實主義、法國新浪潮、德國新電影運動、新巴贊式現實主義、歐美後現代主義等，都在很大程度上對他們的創作作品或創作理念產生了重要影響，經過不同方式、程度的參照、吸收、內化使得影像風格出現分化和多元性，也表現出全球電影的自覺認同。

在討論全球性的國際化電影現象時，比爾·尼科爾斯（Bill Nichols）還指出：國際電影節迷影人為了將差異恢復為相似性，其中最典型的方法是通過發現一種共同的人性，可以跨越時空、文化和歷史的人性；同時，另一種觀影的形式快樂存在於陌生感本身，在某種程度上，如果電影節體驗的這一方面不足以再次確認或輕易瓦解以迎合好萊塢電影霸主（它將國際電影節置於一個跨國且接近後現代的位置）的現行准則，那麼西方觀者在這個領域的參與使他們有資格成為一個遠離同質文化的世界公民。〔註 97〕換言之，西方迷影人在欣賞一部需要觀看字幕的東方影像之前，對其有著獨立且不苟合於好萊塢電影的流行代碼之預設期待，同時又希望在陌生中發現不受語言阻隔可以感知的普世價值、相通人性、「世界性主題」。於 2003 年「解禁」之後的賈樟柯與王全安以名正言順的體制內導演身份分別獨立製作了獲得大陸政府許可的作品《三峽好人》與《圖雅的婚事》，並先後在威尼斯國際電影節和柏林國際電影節折桂，兩者均以「虛構的紀錄片」的方式著眼於隨著都市化進程逐漸消失的文化習俗、生存空間、生活痕跡，關注於少數民族、邊緣人群、弱勢群體、（自然、社會）生態保護等問題。有論者認為，兩部作品之所以獲獎與影片所選擇的這類全球聚焦的「世界性主題」密不可分：在秩序下行將

〔註 97〕 Bill Nichols, "Discovering Form, Inferring Meaning: New Cinemas and the Film Festival Circuit", Film Quarterly, Vol. 47, No. 3 (Spring, 1994), p.17.

消失的世界裡掙扎求存的底層人們生活。

我們以在 2006 年摘取威尼斯電影節最佳影片金獅獎的《三峽好人》為例，該片以三峽水利工程為背景，以即將永遠湮沒於長江之底的兩千年古縣為拍攝地，以三峽大壩移民的真實生態為對象，反映意識形態上以「發展」為由強制性的環境破壞對社會民生造成的主觀性干擾，影片中每一禎畫面都散發著一股絕望的詩意的憂傷。西方知識分子對三峽大型水利工程幾乎一邊倒地持否定態度，作為一個敏感程度較高的主題，影片雖一波三折地奇蹟般地通過審查，最終卻以短暫的公映收場。賈樟柯在大陸本土公映時撞檔張藝謀的商業大片《滿城盡帶黃金甲》，在一公開演講時他還曾表達他不惜以卵擊石的勇氣：「我想看看在這樣一個崇拜黃金的時代，誰還關心好人」。誰還關心被偉大工程撼動並摧毀的千千萬萬世代繁衍生息於此的人們的生活與曾經的歷史、寶貴的記憶，及其由此所造成的雖不可見的精神疏離與心靈創傷？美籍華裔學者魯曉鵬（Sheldon H. Lu）在《壯麗三峽的最後一瞥：電影紀念與現代化的辯證法》（*Gorgeous Three Gorges at Last Sight: Cinematic Remembrance and the Dialectic of Modernization*）中，透過影像對所謂的現代化三峽水利工程對生態環境所造成的巨大的負面作用，將影片視為對壯麗三峽祭典式的留影，讀解出影片所傳達的大陸生態危機的迫切性。〔註 98〕美籍華裔學者米佳彥（Jiayan Mi）也同樣在《構築環境的恐怖：中國新電影中的生態地理、生態無意識和水之病理》（*Framing Ambient Unheimlich: Ecoggedon, Ecological Unconscious, and Water Pathology in New Chinese Cinema*）中解析電影強調興建三峽水電站所導致的長江大壩的水位上升所引發的原住居民不得不大規模遷徙和所帶來的一系列環境問題，進而喚起了對中國大陸官方所謂的推進現代化的反思與批判。〔註 99〕

影片中的一幕提醒著人們被忽略的現實：負責拆遷的工人問韓三明是否看到三峽夔門，韓三明說沒有。於是那工人遂從口袋中掏出一張面值十元的

〔註 98〕Sheldon H. Lu "Gorgeous Three Gorges at Last Sight: Cinematic Remembrance and the Dialectic of Modernization", Sheldon H. Lu and Jiayan Mi (eds.), *Chinese Ecocinema: In the Age of Environmental Challenge*, Hong Kong: Hong Kong University Press, 2009, pp.39～55.

〔註 99〕Jiayan Mi, "Framing Ambient Unheimlich: Ecoggedon, Ecological Unconscious, and Water Pathology in New Chinese Cinema", Sheldon H. Lu and Jiayan Mi (eds.), *Chinese Ecocinema: In the Age of Environmental Challenge*, Hong Kong: Hong Kong University Press, 2009, pp.17～38.

人民幣（第五套人民幣，1999 年開始發行），指著人民幣背面的風景圖告訴他這就是夔門。韓三明說，我的家鄉也在錢上，然後拿出一張五十元的人民幣（第四套人民幣，1987 年開始發行），背面是黃河壺口瀑布，大家圍上來細看，也覺得很美。然而，目前流通的新版人民幣正面依然是毛澤東頭像，背面的風景卻已被替換，因為黃河壺口瀑布已不再是以前的黃河壺口瀑布了，夔門也快不是以前的夔門了，雖沒有消失，但因為三峽水利工程所致的水位上升江面變寬了，山變低了，險峻的意境不再了，神韻隨之消失了。影片的英文名為"Still Life"，中譯《靜物》，看似平靜的靜物，默默紀錄著生命的流動，古老的奉節縣發生著劇變，新城縣尚未建好家鄉就已被無情的江水吞沒成千上萬戶家庭流離失所，現代性在改變大自然中的參與性尤其是破壞性帶給中國人文、地理、居民巨大的創傷，看似靜物的一張張樸素的三峽人民的臉孔在彷彿展開了「清明上河圖」般的呈現出來，靜默無聲中蘊含著那令人蕭然起敬的生命力。如達德里・安德魯（Dudley Andrew）所言，與之類似的影像讓人感到欣慰，因為在這個景觀社會中，尚幸存著這樣的電影，存在於某個地方和時間，在影像流通近無「時間滯延」（décalage）的全球電影時期，即使情境可能完全迥異，但也能觸動其他地域的觀眾。〔註 100〕

第四節　影像「真實」：藝術風格

　　參照大衛・波德維爾（David Bordwell）對法國印象主義電影的說明：所謂的電影文化現象，「其觀點、理論和活動既形成了內部的一致立場，也構成了對已有風格的明確挑戰」。〔註 101〕早期的第六代的藝術電影製作除少數作品之外，大多數作品製作粗糙，美學與主題經不起推敲，藝術價值略顯單薄，雖已顯現出一定的獨特的創作視野和藝術企圖，但就「其觀點、理論和活動」尚未形成內部的一致立場，也無法構成對第五代已有風格的明確挑戰。經過二十多年的砥礪前行，不斷精進視聽技巧，時至今日第六代已然構成世界電影地圖集中不容小覷的一股創作生力軍。即如湯尼・雷恩（Tony Rayns）所言，

〔註 100〕Dudley Andrew, "Time Zones and Jetlag: The Flows and Phases of World Cinema", Natasa Durovicova, Kathleen Newman, World Cinemas, Transnational Perspectives, New York, London: Routledge, 2010, p.86.

〔註 101〕大衛・波德維爾（David Bordwell）：《法國印象主義電影：電影文化電影理論和電影風格》，轉引自羅伯特・C・艾倫、道格拉斯・戈梅里：《電影史：理論與實踐》，北京：中國電影出版社，2004 年，頁 314。

自第六代出現的二十多年是中國大陸電影產量最高的一段時期，也是二十世紀三十年代以來最具革命性的激動人心的時期。〔註 102〕從個體來看，已基本形成鮮明的導演個人風格且各有所長；就群體而論，日趨成熟的紀實主義風格的「真實電影」不但對大陸電影主流話語產生了顛覆性的效應，而且得到了海內外影壇和評論界的廣泛肯定。單從第六代藝術電影作品在國際電影節上的獲獎數量與級別來看，其在電影藝術上所取得的國際榮譽業已與第五代電影比肩而立。西方國際電影節對於第六代電影藝術性的讚許主要集中在其現代性創新和先鋒意義上，肯定了其對華語電影發展的推動作用。

　　一向標榜將堅持以藝術性為最高指標的國際電影節對於影片藝術層面上的創新與突破始終保持著極高的渴求度，在二十世紀末已進入全球電影時期後，國際電影節不僅需要『去地域化』和『跨地域空間』的開放型全球電影，而且對審美的現代性追求顯得更為迫切。西方評論者認為，第六代「如其所是」的現實影像不同於政治現實主義和第五代的寓言式電影，從而表現出國際藝術片普遍具有的世界性美學特徵。〔註 103〕應運而生的第六代作品所體現的創新精神、與時並進的審美特徵，正暗合西方國際電影節一貫的審美傾向和藝術追求，從而得到了西方的承認。

　　根據大陸學者陳旭光對中國大陸電影發展史的追溯，發現新時期以來紀實美學曾是第四、五、六代導演都有過的追求，只是堅持的時間和徹底性有所不同，無論第四代還是第五代導演，都是主體意識覺醒、主體性極強的一代，難以自棄的憂國憂民的集體無意識、中國人特有的詩性精神與理想主義驅使他們總是要抒情、表意，總要把主體情感投射到對象物上，從而建構起象徵的模式，因而新時期以來的紀實美學潮流曾令人遺憾地在第五代導演手上終止了。〔註 104〕第六代則是將大陸電影史上一度中止的紀實美學進行到底的一代，而國際電影節授予他們獎項是為了「獎勵其徹底的真實，獎勵其對人物和觀眾的尊重，獎勵其對中國電影的獨特貢獻。」〔註 105〕

〔註 102〕程青松、黃鷗編：《我的攝影機不撒謊》，濟南：山東畫報出版社，2010 年，頁 2。

〔註 103〕Jason McGrath1 著，矗偉譯：〈我對賈樟柯電影的一些看法〉，《杭州師範學院學報（社會科學版）》2005 年第 2 期，頁 68。

〔註 104〕陳旭光：〈「影像的中國」：第五代、第六代導演比較論〉，《文藝研究》2006 年第 12 期，頁 94。

〔註 105〕程青松、黃鷗編：《我的攝影機不撒謊》，濟南：山東畫報出版社，2010 年，頁 113。

　　追本溯源，第六代影人與前輩影人在文化立場與審美理念上存在的「斷裂」，除了是一種理性訴求的策略之外，更加是源於一種先天秉有的破碎感。大多出生於六七十年代的他們，像看電影一般，從文革到改革、從計劃經濟到市場經濟，社會從政治本位到物質本位、從社會主義到「後社會主義」（postsocialist），一幕幕社會重大變革從眼前飛速掠過，還未來得及細細品味眼前的一切便已被快進成為了歷史畫面。「那麼，我們就『只有回到內心左右看看』（張楚歌詞），在內心尋找一種渴望已久的歷史完整性。時代是前定的，它恰巧輪回到了這一圈：我們出生的時辰也是前定的。這就是困境所在」，「所以我們對世界的感覺是『碎片』，所以我們是『碎片之中的天才一代』，所以我們集體轉向個人體驗，等待著一個偉大契機的到來」〔註106〕歷史的連續性在他們的眼前被打碎，他們只有抓住「當下」的具體性實存，由此，斷裂感成為第六代影人的一種感受方式而得以存在。這就應和了瓦爾特・本雅明（Walter Benjamin）寓含著後現代主義的觀點，「在這個物的世界的中心矗立著巴黎，那是他們夢縈魂牽的地方。但是只有造反才能完全暴露出巴黎的超現實主義目的」〔註107〕，唯有解構產生的破壞力量才能迫使藝術呈現出本原狀態。在大陸藝術影像中，第六代影人以藝術邊緣人的姿態從碎片的角度開闢了另一條消解話語中心的後現代之路，關注當下性的存在，將感受和視覺以碎片化的方式來建構對當下的整體性理解，在斷裂的碎片中探求世俗的真諦從而確定他們在世俗生活中的位置，並以此冀望實現藝術上的救贖。

　　第六代導演本能地悖逆了第五代影像敘事中的高度形式化的視覺語言，以斷裂性、跳躍性、多元性、開放性的去程式化敘事取代了以往傳統敘事中的線性、連續性、單一性、循環性。他們試圖以漫遊者的觀看方式記錄了城鄉和秘密，發現每一塊現實的碎片都是透視人生百態的萬花筒，殘留著生命體的個人記憶和隱密故事，每一塊藝術的碎片都有著特別存在的意義，也許這些影像的碎片可以帶著人們「越過冰冷的時光之河，共同沐浴片刻的陽光和溫暖」，我們和影像一旦消逝，「世界也不復存在了」〔註108〕。基於他們對

〔註106〕許暉：〈疏離〉，轉引自李皖：〈這麼早就回憶了〉，《讀書》1997 年，第 10 期，頁 82。

〔註107〕（德）瓦爾特・本雅明（Walter Benjamin），陳永國、馬良海編：《本雅明文選》，北京：中國社會科學出版社，1999 年，頁 194。

〔註108〕程青松、黃鷗編：《我的攝影機不撒謊》，濟南：山東畫報出版社，2010 年，前言頁 9。

於把握現實的強烈渴望，於是成為了讓‧弗朗索瓦‧利奧塔（Jean Francois Lyotard）口中「向整體開戰」、「成為那不可表現之物的見證人」以「觸發差異，保留名稱的榮譽。」〔註109〕第六代以現實社會中的日常性碎片為出發點，為了強調藝術的平民化、民主化、客觀化、差異化以及非中心化，而採用了去程式化敘事，然後通過拼貼的方式試圖重構非中心場域中的藝術品，從而在碎片中尋找新的意義整體。

（一）即興‧當下：靈光（aura）閃現

　　總體而言，第六代的電影取材始終保持著與現代中國社會的關聯性，重點表現的是當下城鄉生存狀態，個體的生命體驗，將碎片化的當代中國經驗整合為影像。因此，第六代作品多是取材於社會新聞、真人真事、實際採訪等，而且大多數導演都由自己擔任編劇或參與其中，就像賈樟柯、王小帥、姜文等幾乎所有作品都是由自己導演兼編劇，即使非本人擔當，編劇者也是他們的「同代人」。從這一點上來看，迥然不同於第五代絕大數影片改編於文學作品的作法，也徹底區分於「經過過濾的現實」是一種「虛構的假定性情境」的夢幻式的好萊塢電影。不論是譜寫出走一代的個人心靈成長史以完成主體身份確認，或是關照當下中國大陸邊緣人生存狀態以承擔社會倫理責任，第六代影人堅守的美學核心由始至終是「真實」：影片要來源於真實事例而非虛構小說；影片要揭示人與人之間赤裸裸的關係，而非理想主義者的意淫；影片要展露社會底層的原生態而非粉飾太平的大團結；影片要記錄日常發生的微觀生命體驗，而非充滿戲劇衝突的特殊或巧合性事件。

　　他們拒絕文學性，追求真實的非文學性的藝術，多進行即興創作和採用業餘演員或非專業演員或角色本人（如《北京雜種》中崔健扮演自己）來淡化表演甚至排斥演技，力求生活化的表現。有些則沒有詳細具體的劇本演員直接進行即興表演（如呂樂的《趙先生》等），也有些邊拍邊寫劇本，也有些直接通過後期製作完成整部影片的建構（如《北京雜種》等許多作品）。於是，有學者「把第五代與後第五代電影分別比喻為「戲台」與「站台」，認為前者講述了關於中國的神話故事，而後者卻始終站在「站台」上喃喃自語。站台是進行式的，沒有原初，也沒有終點，他們因此只能站在當下的角度來展開

〔註109〕（法）讓‧弗朗索瓦‧利奧塔，王寧譯：〈何謂後現代主義〉，金丹元：《「後現代語境」與影視審美文化》，上海：學林出版社，2003 年，頁 346。

敘述，緊緊圍繞自己的人生經歷來呈現對歷史文化的認識」。〔註110〕筆者也認為，第五代作品是蘊含歷史演變、經過精心打磨、千錘百鍊的程式化表演，而第六代影像展示的是在「站台」上實時發生的無法「彩排」的鮮活的人與事。

正如義大利新現實主義的倡導者和理論家 C·柴伐梯尼（Cesare Zavattini）所說，「我更感興趣的是自己在周圍生活中親眼看見的事物中所蘊含的戲劇性，而不是虛構的戲劇性。」〔註111〕真正的詩意應當去生活中尋找，真實的時代氣息不在官方的記憶書寫之中，而是散落在民間。通過即興創作、即興表演等創作方法捕捉當下瞬間閃動的靈光（aura），追求的是本雅明所言因保留著原始的神韻而成為獨一無二、不可複製之藝術。如此反映當下現實的藝術價值取向也對創作生產提出了配合傳達在場感與現場感的要求，在拍攝過程中隨時隨地發覺現場所蘊涵的潛在的無數可能性作為第六代導演必備的一種藝術敏感度和自覺意識。賈樟柯在《小武》導演闡述中表示，「我希望從自己的創作開始，回到『當下』的情境裡來。就拍我自己看到的。聽到的，想到的，就拍此時此刻中國正在發生的事情。我喜歡『當下』這個詞，它給我一種在場的感覺，一種現場感。」第六代導演所反覆強調的「在場感」、「現場感」，也恰恰是全球化信息時代對即時性的需求的一種漸顯。這種「在場感」、「現場感」的強化，要求導演像一台攝影機一樣去捕捉，既要隨時進入人物的情感和精神世界，又隨時要抽離出來客觀觀察。就像在《媽媽》、《北京雜種》、《小武》、《左右》、《蘇州河》等影片中，導演有意識地提醒觀眾攝影機的存在，強調攝影機背後人的存在，讓觀眾強烈地感受到電影製作者此時此刻正與他們同在，一同成為影像的或間接或直接的參與者和目擊者，在情感植入和冷眼旁觀兩者間交替進行。

頗為弔詭的是，以邊緣客觀對抗中心杜撰的第六代導演始終有著成為話語主體的迫切渴望，「就像所有的那些歷史上的『青年電影導演』一樣，當時我們（他們）並不清楚自己要拍什麼樣的電影，只覺得電影不應該是當時那個樣子，因為可能我們（他們）這『一撥人』只相信我們（他們）自己眼中

〔註110〕陳犀禾，王艷雲：〈叛逆，協商和協調——新生代電影文化走向研究〉，《杭州師範學院學報（社會科學版）》，2007 年第 4 期，頁 69。

〔註111〕邱華棟、楊少波編：《世界電影大師 108 將》，昆明：雲南人民出版社，2004年，頁 54。

的『世界』」〔註112〕。從九十年代初他們多以類似於自傳中「我」的個體化視角來訴說了一系列的青春囈語如《北京雜種》、《頭髮亂了》、《冬春的日子》、《週末情人》、《長大成人》等，到將視線從自己身上轉移到城市外來者、下崗失業工人、小偷妓女、社會盲流等遊走於社會食物鏈最底層的人物身上，對他們來說，影像已經變成了展示真實生活的手段和工具，他們選擇用個人化的或客觀化的影像來處理當下中國的故事。然而，不管從初期的自憐自艾的自畫像還是到之後現實關懷的眾生相，均離不開他們「自己眼中的『世界』」，導演的個人際遇、情感經歷、生活感悟對如何呈現作品起到關鍵作用，及其觀看故事的方式、顯露的敘事特徵、主題內涵等都具有鮮明的個人烙印。雖然他們通過紀實、寫實手法努力還原客觀世界靠攏，但這個「世界」是主動被納入他們視閾下的現實世界，所觀察到的「真實」仍是經由自我體驗提煉加工後的客觀，呈現出強烈主觀性的作者電影風格。所以，第六代所謂的「平民視角」永遠是透著精英意識的偽視角，這些真實得像生活卻又偏偏是電影的映像，正是這種特立獨行的執扭和真誠打動了西方觀眾。這在一定程度上可以解釋第六代作品為何在編劇方面常受到世界三大電影節青睞的原因之一。王小帥自編自導《左右》於 2008 年獲第 58 屆柏林國際電影節最佳編劇銀熊獎，婁燁執導梅峰編劇的《春風沈醉的夜晚》和賈樟柯自編自導《天註定》分別獲 2009 年與 2013 年獲第 66 屆戛納國際電影節最佳劇本獎，填補了第五代在此方面獎項的空白，同時也是一個頗為值得深入探究的問題。

（二）形式上的斷裂：意義上的重組

　　肢解一切傳統電影敘事，打破固定的藝術形式，打碎劇情的連貫性，割裂故事的敘述性，甚至消解了常規畫面和聲音之間的交融和諧，既是對好萊塢電影傳統三段式結構之破除，也是對第五代寓言象徵性模式之解構。第六代這一切反形式化的嘗試是頗具有現代性意義的動作，為觀者抹去影像上的寓言色彩，撤掉阻礙視野的那一面鏡子，換上了一面窗，甚或不惜砸破了間隔的玻璃，甚或連破碎的玻璃都來不及拆卸，彷彿一切返璞歸真，好若一切清晰可見。尤其是第六代早期作品基本上屬於「真實得不像電影」的半紀實影片，導演不過是像手中攝影機一樣的存在，盡可能成為或自我想像成為單

〔註112〕程青松、黃鷗編：《我的攝影機不撒謊》，濟南：山東畫報出版社，2010 年，頁 234。

純的真實的記錄者或參與者。

張元表明：「我試圖摒棄任何屬於藝術家的主觀視角，我常常忘記我是在拍片，注意力全集中在準確描述那當初引起我興趣的事。我很少想到如何表現我的攝影技巧，像燈光、鏡頭變化、剪接什麼的。對我來說，內容比形式重要得多」。〔註113〕誠然，這種所謂的除去雕琢的自然主義風格具有一定的開創性，奠定了自己和後來者的紀實主義美學，然而以晦澀難懂的電影語言來表達邊緣人群、底層社會這本身就構成了一種有趣的悖論，主題內容與影像敘事的相脫節難免造成了理解的斷裂。如《北京雜種》中對鏡頭變化、電影燈光、剪接等元素的刻意忽略，在幾位主人公不被告知攝影意圖的情況下，情節以不斷穿插閃現的碎片化場面呈現，並在主人公之間交替切換，少之又少的對白幾乎以髒話帶出，這種無主體性、零亂紛雜的敘述與觀眾的觀影習慣形成很強的逆反。《頭髮亂了》（管虎執導）中為了凸顯搖滾樂初現大陸的那個時代特有的氣息和氛圍，在表現一場搖滾樂演唱會的一組短鏡頭中對反傳統的速剪技巧的生澀運用，都使其作品電影感明顯削弱，往往令觀眾感到迷惑不解。

僅僅停留在形式上的反叛流於表面，並非真正內在的造反，一味地為了反形式而缺乏理性地去除一些程式反倒落入了形式的陷阱。如何在個體化、差異化、多元化以及碎片化的現實世界中講述邊緣故事，顯然構成了第六代在僭越現實主義的敘述成規之後的一個主要難題；如何將城鄉、記憶、影像文本三者在遊蕩者的身上得到短暫的統一，也並非無關緊要的問題。筆者認為《洗澡》與《三峽好人》等影片的不乏創意的處理方法，為此提供了很好的借鑒。

餘論：「文化遊戲」與遊戲規則

電影節作為「文化調和者」，「長於包裝並重新呈現其他文化的新奇事物，『奇異之地』和不同傳統給那些迫切想要體驗的觀眾」，這些觀眾多半是中產階級並不斷在增加中，他們「希望用文化遊戲來進行試驗，不再追求最終的真實性和本來面貌，滿足與作為『後旅遊者』既享受真實效果的再生產，以有自製的或嬉戲的方式沈浸其中，同時也檢視這些畫面得以描繪的後台區

〔註113〕Yanhong Wheeler, Culture Scene: Fratricide and Crazy English,（來源：http://www.beijingscene.com/V05I025/culture/culture.html，瀏覽時間：2019 年 3 月 2 日。）

域。」〔註114〕在這場「文化遊戲」中，第六代以一種獨立反叛的姿態替換掉了前輩選手，顯而易見，這是一場相互合作的遊戲競賽，與賽者清楚地瞭解並主動配合遊戲規則，主辦方則予以相應的支持與「獎賞」。這種支持與「獎賞」具體體現在 1992 年至 2002 年十年期間在大陸遭到禁演的作品幾乎包羅了所有主要國際電影節上的獲獎影片，譬如張元的《媽媽》就獲得了 6 個電影節獎項，而賈樟柯的《小武》則獲得了 8 個電影節獎項。

　　許多獨立影人的作品借助電影節這塊展台才得以擁有面向世界的機會，並發揮著海外文化影響力，也有不少影片是在國際電影節獲獎之後經節展宣傳及西方媒體報道，才被本土觀眾知曉，進而上映發行，甚或不乏電影人不惜為此「自禁」。以至於有人未免質疑這種創作生產模式的合理性——創作一部手法新穎主題敏感的小成本、小製作的電影，並稱之為「禁片」，經由海外代理商定位，積極入選國際電影節以吸引相關各界眼球，盡可能通過西方電影評論家發表「這是一部精彩卻有爭議性的作品，在中國大陸被禁止公映」，嘗試在海外電視上播放有關這部電影的新聞，吸引海外投資者提供下一部「地下電影」的資金。最終若能受到大陸官方相關機構的關注，並為他們提供拍攝「地上電影」的機會則更為理想，而且希望可以在地上和地下狀態之間自由穿行，以滿足海內外不同受眾的不同觀影興趣。〔註115〕

　　客觀而論，如湯尼‧雷恩（Tony Rayns）所坦言，中國大陸的獨立電影實際的確從它目前的『獨立』狀態受益頗豐，許多影片中所表現出來的寓意，比如像張元執導、與作者王小波一同改編的《東宮西宮》（1996 年）表達了對同性戀者的理解和同情，這類禁忌題材電影「是不大可能通過主流商業電影來進行表達的」，〔註116〕比爾‧尼科爾斯（Bill Nichols）也指出中國影人在電影節中有相當大的自由獲得發展和資助，而且他們也清楚地知道正面出擊審查制度只會阻礙他們自身的進步。〔註117〕1997 年從北京電影學院畢業的賈樟

〔註114〕邁克‧費爾史東（Mike Featherstone）：《解散文化：全球化，後現代主義與身份》（Undoing Culture: Globalisation Postmodernism and identity），倫敦：Sage，1995，頁 98～99。

〔註115〕Paul G Pickowicz and Yingjin Zhang (eds.), From Underground to Independent: Alternative Film Culture in Contemporary China, Lanham, Md.: Rowman and Little field Publishers, 2006, p.13.

〔註116〕程青松、黃鷗編：《我的攝影機不撒謊》，濟南：山東畫報出版社，2010 年，序頁 3。

〔註117〕Bill Nichols, "Discovering Form, Inferring Meaning: New Cinemas and the Film Festival Circuit", Film Quarterly, Vol. 47, No. 3 (Spring, 1994), p.25.

柯從處女作《小山回家》到《小武》均屬於獨立製作，但他努力嘗試在體制內製作發行《站台》，一部他認為如果不在大陸放映將沒有任何意義的影片，而且自認為是「非常乾淨的劇本」，然而在漫長的等待過後仍舊沒有通過審批，最終也難逃被禁的命運，通過電影節的渠道才得以面向觀眾。回顧賈樟柯二十多年的導演生涯中，只有三四部作品通過大陸審查，拿到「龍標」獲得供應許可。大陸電影審查制度的不開放、審查信息的不公開，一直是大陸電影人創作路上的夢魘，對一個細節的主觀性判定，即可能成為一部影片的雷區，何況題材相較「另類」非主流的影像，更難被體制所容納。「喪失言論自由權」的獨立影人在一定程度上確實得到了電影節的「政治庇護」和被賦予了發聲表達的機會。此一觀點得到了張元的證實，而且張元自認為自己早前的影片內容的確不適合在大陸大範圍公映，因為慣用自身的教育和生活背景來做評判的大陸觀眾過於「挑剔」，相對而言，國際電影節具有開放的電影文化，氛圍更為寬容，觀眾接受度也高。〔註118〕張元指出了大陸藝術電影為何「走出去」尋求海外發展的另一個關鍵問題，即是大多數藝術影片不符合本土觀眾口味，因此在本土市場始終無法打開局面。

然，若一部非西方文本欠缺或不能提供西方理論模式所規定的細節，即不具備西方國際電影節所訴求的不同特質，那麼西方評論家定會大失所望，所謂的「寬容」與「接受」實則建立在一定的前提條件下的。

這一點從經過 2003 年廣電局召開座談會與「獨立電影七君子」進行官民協商之後大陸電影管理政策逐漸完善放寬，處於「地下工作」狀態的獨立電影人紛紛「浮出地表」，而後在國際電影節上的獲獎次數明顯減少及電影節對回歸市場體制和主流認同的獨立影人的態度轉變上可見一斑。西方評論界普遍認為被「招安」後的張元作品越來越商業化，《綠茶》（2003 年）、《我愛你》（2003 年）等小資情調的浪漫都市影片與他早期的「地下電影」相去甚遠，「叛變」了他本應堅持的「持不同政見者」的立場而向官方妥協淪為一名主流電影導演，深感可惜。影片的「政治正確」與否取決於立場與視角的不同，西方國際電影節眼中作為篩選的「政治正確」在大陸看來是與官方主流意識形態相悖的「不正確」，反之亦然，大陸官方認可的「政治正確」在西方國際電影節看來則是販賣了自由立場的「不正確」。

〔註118〕程青松、黃鷗編：《我的攝影機不撒謊》，濟南：山東畫報出版社，2010 年，頁 93。

　　由此可見，獨立電影跨界的流動始於西方的一種偏執的誤讀，獲得多少「獎勵」就須付出多少相應的代價，而獨立影人在反抗大陸主流意識形態壓迫的同時又要反抗帝國主義文化霸權的強行「入侵」，在雙重文化的擠壓中艱難求存。

　　也許，這一窘境會隨著大陸方遊戲規則——電影審查制度的放寬而有所改善。2002 年修訂的《電影管理條例》（1996 年公佈）審查機構將在提交審查申請後 30 天內作出答復。2010 年《關於電影全面實行「一備二審制」的公告》生效，將電影的立項及初審權移交給省廣播電視部門，有些地方也對一些電影具有最終審查權，這意味著電影管理系統逐漸從高度集中化轉向分散化，從而降低了審查的成本和時間。

　　雖說這些年大陸電影部門在一定程度上做出改革，但相應於時代的發展速度和電影的創作需求卻只能望塵莫及。2012 年 12 月 15 日，第四代著名導演及北京電影學院教授謝飛在微博上發表《呼籲以電影分級制代替電影審查的公開信》，發文約一小時以後，中國大陸電影導演協會的官博轉發了他的公開信，一時引起業內輿論譁然。謝飛在公開信中強調以電影分級制來取代行政審查，是大陸電影事業發展面臨的重要改革課題，推翻電影局認為「社會主義不適合電影分級」的荒謬言論，直指電影審查執行中常常出現與具有最高法律效力的國家《憲法》規定的「公民有言論、出版自由的權利」和「有進行文學藝術創作和其他文化活動自由」等相關條文相悖的現象，披露類似於「現代題材不許有鬼」、「不許穿越」、「不許婚外戀」、「不許寫某些政治歷史事件」等一些不見法律法規的要求實為說明現在實行的審查制度並非「法治」，而恰恰相反是我們早就想結束的「人治」，許多所謂「問題影片」實則不過反映了一些社會事實，卻成為了不可涉及及表現的課題。謝飛以已逝大陸電影表演大師趙丹（1915～1980）的臨終之言「管得太具體，文藝沒希望」作為結語，呼籲大陸相關部門和電影行業一起探討研究這一重要改革。〔註 119〕

　　無獨有偶，謝飛發布公開信短短幾天之後的 2012 年 12 月 24 日，早已回歸「地上」的導演賈樟柯發了一則微博，聲稱：「忍無可忍則無需再忍。重回地下！」

　　對於此舉，藝術片影迷多表支持態度，「歡迎賈導歸來」，並期待再次出

〔註 119〕參見〈導演謝飛呼籲：以電影分級制度代替電影審查〉，搜狐電影新聞，2012
　　　　年 12 月 16 日。

現《小武》那樣的神作。當時據猜測，或許是因為賈樟柯的新片《在清朝》再次審查受阻。該片講述了清朝末年，科舉制度被廢除後發生在文人、土匪、地方官之間的動盪故事，整個電影敘事圍繞秀才示威遊行的故事展開，這不僅是他首部武俠片，也是第一次嘗試投資近億元人民幣的商業作品，由香港影人杜琪峰擔任監製。儘管如此，影片依然延續了他十多年一直來關注的主題——中國變革、保留了一貫作風——反映地緣政治的問題，又或許正是此核心主旨導致了該片時至今日仍未上映、夭折的命運。見怪不怪，十多年來賈樟柯美其名曰為「體制內導演」，但期間只有三部影片「得見天日」。賈樟柯並非特例，婁燁、姜文、張元、王小帥等一大批藝術電影導演動輒得咎，輕則「被禁」，重則遭受行政處罰及被剝奪文藝創作自由，究其「為何違規犯法」，官方回應「我們認為所有電影都是代表國家的」，一番奇談怪論難以自圓其說。如北京電影學院教授張獻民所言，「『中國式禁片』的未來依然陰晴未定，中國的電影觀眾還在繼續享受著有人替你的思想和道德操心把關的待遇」。〔註 120〕

當今大陸影壇不乏一些巧用西方「文化遊戲」的急功近利者，也不乏一些真心誠意去關心大陸社會民生的悲歡和人文的湧動的理想堅守者。委實有一種遺憾是「關於我們中國人的電影，無論拿下多少大獎成就，卻不能在國內影院播放」（賈樟柯語）。

〔註 120〕張獻民：〈中國大陸 1990 年後禁片史〉，（來源：http://i.mtime.com/liuchanyue/ blog/5476596/，瀏覽時間：2018 年 4 月 7 日）。

第五章　結論：反思與啟示

　　學者瑪莉·德·法爾克強調國際電影節做為「成長站點」（sites of passage），一旦一部電影被選入電影節，在競賽單元放映甚至得獎，那麼導演和影片在電影院和附屬市場會更受歡迎，這是因為這部影片增加了文化價值，而國際電影節須使用各種力量來保護這個產生文化價值的複雜體系，通過改變從經濟到文化（美學和政治）評估的參數通過評判性讚揚鼓勵，實現跨境傳播的文化合法化作用。〔註1〕從1980年代至今，大陸藝術電影在跨文化價值建構方面的成績和其意義絕不容忽視。目前為止好萊塢電影在全球電影版圖上的壟斷地位仍不易撼動，本土市場的侷限性與現實性又限制了藝術電影的發展，大陸藝術電影「生存」本身即是一個最大最艱巨的問題。大陸藝術電影努力進入西方國際電影節網路以尋求國際化發展，即使處於邊緣（西方國際電影節相對於好萊塢）的邊緣（第三世界文本相對於西方文本）位置，但仍是大陸藝術電影進入世界電影地圖集的主要渠道，亦是支撐大陸藝術保持先鋒性免於（過於／有節制地）「墮落俗世」的重要助力。

　　國際電影節作為一種新型文化產業網路，大陸藝術電影則成為進入這一產業鏈的其中一種品牌化商品，與西方國家電影節構成某種藝術層面的「生產關係」，「消費者」與「產品」類型的相結合絕非偶然而是彼此互相選擇的必然結果，從其互動關係中可讀解出藝術生產的本質問題。在這組「生產關係」的互動發展中，消費者西方國際電影節以獎項／「獎勵」作為神奇的槓桿影響了大陸藝術電影所呈現的「產品」特徵的嬗變——從以第五代為主導

〔註1〕（荷蘭）瑪莉·德·法爾克，肖熹譯：〈電影節作為新的研究對象〉，《電影藝術》2014年第5期，頁116。

的影像「寓言」之歷史反思到以第六代影人為主導的影像「真實」之人道關
懷，前者對照比較延伸了西方觀眾長久以來所形成的有關古老中國的國族文
化想像，而後者則從社會生活的生命體驗對接完成了現在式中國邊緣真實想
像。

　　這條外向化大陸藝術電影發展之路，在 1992 年《秋菊打官司》在威尼斯
國際電影節上摘冠之後得到了張藝謀前瞻性指引：「我和我的同學們以及同輩
人所能做到的，無非是讓世界開始認識我們，開始瞭解中國電影」，「我們只
能做中國電影的鋪路石，而中國電影的希望在於年輕人，更年輕一代的努力。
二十年以後，他們應該以更加強壯的形象，去在國際上打開一定的局面」，因
此「你不能光讓美國人知道一個張藝謀。當你真的希望打入他們的市場時，
你得有一大批人，有一大批作品，而且你還得源源不斷，每年都有，像現在
這樣上氣不接下氣可不行」。〔註 2〕從最佳攝影獎到最佳男演員到最佳導演，
就張藝謀在國際電影節上的個人成就而言，他的預設性藝術電影生產模式頗
具說服力。張藝謀具有在國際電影節議程設置的制約和影響之下，通過強大
營造能力把張揚的外在形式和勃發的內在個性緊密地結合起來。

　　從某種意義上說，《紅高粱》（1988 年）是大陸藝術電影走向規範化的尋
求跨國認同模式的開始，自此湧現出一批批為國際電影市場拍攝世界性主題
電影的影人。這種有意識的策略性的轉變自《紅高粱》發軔，經由典型化、
模式化的第五代民俗電影，到「第六代」現實主義題材電影，這些把民族的、
傳統的寓言影像和現實主義的真實影像轉變成全球化的、先鋒性的和「仿真」
的影像幾乎是當今大陸藝術電影的主要發展趨勢。這種以西方影節或迷影人
為「隱含」受眾，試圖博取海外藝術電影市場認同以實踐跨文化傳播的國際
化發展策略或稱電影節情結對中國大陸電影的意識形態和文化、藝術策略產
生了深遠影響。

　　不可否認，國際電影節作為當今實現藝術品「膜拜價值」及「展示價值」
功能性最強的文化產業網路，大陸藝術電影藉此進入全球視覺製作消費鏈中，
得以立足於在當今世界電影格局中，本身即為我們提供了一個文化流動的參
考模本。值得強調的是，得益於民俗電影與現當代中國大陸文學作品的聯姻
關係，很多成功經由電影改編的文學作品也隨之走出本土文化圈，例如《紅

〔註 2〕李爾葳：〈為中國電影走向世界鋪路──張藝謀訪談錄〉，《論張藝謀》，北京：
　　　　中國電影出版社編，北京：中國電影出版社，1994 年，頁 305、307。

高粱》所改編的莫言的《紅高粱家族》；《大紅燈籠高高掛》所改編的蘇童的《妻妾成群》，《活著》所改編的余華同名小說等等，在一定程度上促進了小說在海外的傳播與接受，獲獎電影為作品及作家提升了海外知名度，從而推動了從影像到文字的跨界流動。

　　電影《炮打雙燈》在獲夏威夷國際電影節大獎和西班牙聖塞巴斯蒂安國際電影節評委特別獎提名獎之後，作者馮驥才的同名小說先後被譯成英、法、德、西、意、日、俄、荷等十餘種文字，共在海外出版各種譯本三十多種。再如，1994 年張藝謀所執導的《活著》獲第 47 屆戛納電影節最佳導演獎、葛優憑藉該片獲最佳男演員獎並在海外上映，該片在大陸地區的禁映也為其作者余華同名原作增添了幾分神秘色彩，更加激發了海內外讀者的閱讀興趣。小說《活著》不但在華人地區獲得多個文學大獎，如台灣《中國時報》10 本好書獎（1994 年）、香港「博益 15 本好書獎」（1994 年）、第三屆世界華文「冰心文學獎」（2002 年），入選香港《亞洲週刊》評選的「20 世紀中文小說百年百強」、中國百位批評家和文學編輯評選的「20 世紀 90 年代最有影響的 10 部作品」之一等，也使原著作者余華得到了更多海外讀者的認知並為其作品譯本的成功傳播助力，並於 1998 年榮獲意大利格林扎納‧卡佛文學獎最高獎項。此外，作家阿城與獲得諾貝爾文學獎（2012 年）殊榮的莫言，也曾多次公開表示自己作品在海外的接受與陳凱歌、張藝謀等電影的推廣關系密切相關。「觀看先於語言」（約翰伯格），電影在有限的時間里濃縮並演繹了小說的精華，以直觀的視覺聽覺感知去打動觀眾，所產生震顫效果顯然要比文字更為直接、迅猛。從莫言、余華及阿城等作家的文學原著因所改編的電影在海外獲獎而受到國際關注，從而在海外得以傳播接受的過程看，張藝謀、陳凱歌等第五代早年執導的走向國際的民俗電影，為這些小說與作者的海外接受提供了重要契機與鋪墊。

　　而第五代的尋根問祖與第六代緊密把握社會時代脈搏，視對時下未滿足之問題的追求為藝術使命，在影像中演繹中國大陸底層社會各種人生苦難諸如貧窮、犯罪、復仇等等，各種壓抑譬如體制壓抑、心理壓抑、性壓抑和長子壓抑等等，不僅因投射的負面中國形象而遭受本土觀眾的抨擊，同時引起了西方影迷對中國大陸電影以及國際電影節網路為受眾創造的「擬態環境」所發出的叩問。美國學者張英進提到這樣一個真實案例：2003 年多次在國際電影節獲獎的獨立故事片《盲井》在美國上映後，一位影迷在《中國電影文

摘》上提問：為什麼美國只放映有關中國「貧窮落後」的中國影片呢？「中國人生活得快樂嗎？」長期與導演張揚合作的美國製片人羅異不禁針對西方的誤讀現象發文《減輕模式化》，文中強調中國大陸電影題材的多樣化，並指出其實在西方，最受觀眾喜愛的影片也同樣是沈重、壓抑的。在《英特網電影數據庫》上網民所選百部世界最佳影片中，前十部所包括的《教父》（1972）和《指環王》（2002）等即為例證。一位英國的中國大陸電影影迷支持羅異的中國大陸電影題材多樣化之說，另一位在美國大學任教的政治學家指出，類似《盲井》和賈樟柯的《小武》（1998）這些國外獲獎的「地下電影」，其實也具有多樣化閱讀的可能性。影像所展示的這個世界並非一個理所當然的既定世界，它展示出來的，毋寧是一個寓言，正如猶太教法典的教訓說「聖經的每一段話都有四十九層意義」（本雅明語），其實每一個影像的背後也有著多層意義。每一種文化都包含著一個群體長期共同形成的群體文化和特有文化，在文化的複雜性和多元性基礎上，文化之間的同一性和異質性並存，為國家之間、地域之間以及民族之間的文化交流和傳播提供了充分的空間和可能性。同時由於傳受雙方的文化價值觀和行為模式的差異，往往會引發強烈的碰撞，從而使傳播效果難以實現，甚至產生跨文化傳播的誤解和衝突。

然而，電影文本是以影像符號的形式儲存著多種多樣審美信息的硬載體，電影作品則是在具有鑒賞力讀者的觀看中，實由創作者和觀眾共同創造的審美信息的軟載體。接受美學家沃爾夫岡・伊瑟爾（Wolfgang Iser）指出「文本具有一種召喚讀者閱讀的結構機制，文本為讀者預留了無數的意義空白點，期待或召喚讀者用自己的經驗、體會、情感和理解去將它填滿。」〔註3〕以此類推，電影文本也同樣具有「召喚結構」，從前期策劃到影片拍攝再到後期製作無不為觀眾預留了無數的不確定性和意義空白，期待或召喚觀眾用自己的經驗、體會、情感和理解去將它填滿，喚起觀眾先驗性心理結構所造就的潛在性的審美期待。「召喚結構」與「期待視野」間的一呼一應，是電影成功的關鍵，這也就是為什麼每一位抱有獲獎（在海外國際電影節上）野心的導演必須考量西方觀影期待的緣故。尤其當一種文化或民族在政經或文化話語權處於弱勢而缺乏充分自信時，「觀看」與「被觀看」之間存在著避無可避的主從關係，這意味著「被觀看」的大陸藝術電影為贏取西方這一觀看者的認同，不自覺或自覺地用「他者」審視目光作為參照來為自我的形塑提供一種意識

〔註3〕童慶炳主編：《文學理論新編》，北京：北京師範大學出版社，2012年，頁281。

形態、文化、藝術價值判斷的暗示，以實現電影生產與再生產的目的。這種
電影製作者在創作時必然要根據「隱含觀眾」（國際電影節網路中觀者）的需
求與期待作出相應調整，從這層意義上而言，實際上「隱含觀眾」也必然參
與了影片之創作生產，這是反饋機制之下的自然反應或是主動投其所好，反
倒顯得無從軒輊了。

　　無奈的是，當這些主動實踐跨文化價值的作品在海外獲得獎項和稱譽的
時候，無論是第五代的國族寓言或是第六代的社會寫實，均被指責為熱衷於
投合西方『他者』眼光來講述中國的故事，或「捏造歷史」遮蔽了對中國人
的人生體驗的現實表述；或「臆造真實」以偏概全地暴露中國大陸社會陰暗
面以獻媚求榮，不但誤導海外受眾還有損國家形象。然而，當他們回歸體制
通過正規國家電影產系統，又會不乏評論者質疑他們已失去了藝術的獨立自
主性，為取悅主流意識形態而淪為國家宣傳工具，或妥協於本土大眾以謀取
商業利益。如此這般，大陸電影藝術家在全球化市場經濟時代中的兩難困境，
避無可避。「在現實可以拿來任意塗抹和改寫的今天能否做到堅持最初的夢想，
是非常艱難的事情」，「怎樣用影像來傳達個人的經驗和感知」？〔註 4〕在當今
「娛樂至上／娛樂至死」的時代，拿什麼拯救電影藝術？如何治癒電影動力
的麻痺？在大陸電影藝術工作者的追問求索過程中，有些人心灰意冷已然放
棄，有些人卻仍在為實踐全球化影像傳播而披荊斬棘，一往無前地為中國大
陸的藝術電影尋找救贖之路。

〔註 4〕程青松、黃鷗編：《我的攝影機不撒謊》，濟南：山東畫報出版社，2010 年，
　　　前言頁 5。

徵引文獻

A 電影

1. 刁亦男執導：電影《白日焰火》，幸福藍海集團／博雅德中國娛樂／中影股份，2014 年。

2. 王全安執導：電影《圖雅的婚事》，萬裕文化產業有限公司，2007 年。

3. 王小帥執導：電影《十七歲的單車》，北京電影製片廠、吉光公司，2001 年。

4. 王小帥執導：電影《青紅》，星美傳媒集團有限公司，2005 年。

5. 王小帥執導：電影《左右》，北京青紅德博影視文化傳播有限公司、星美傳媒集團有限公司、北京冬春文化傳播有限公司、北京多古文化傳播有限公司、WXS production、Debo Film Ltd.、DUOJI Production，2008 年。

6. 何平執導：電影《炮打雙燈》，西安電影製片、Beijing Salon Films、香港翁式夥伴機構，1994 年。

7. 姜文執導：電影《鬼子來了》，中國電影合作製片公司，2000 年。

8. 陳凱歌執導：電影《黃土地》，廣西電影製片，1985 年。

9. 陳凱歌執導：電影《孩子王》，西安電影製片，1987 年。

10. 陳凱歌執導：電影《霸王別姬》，（香港）湯臣電影公司、北京電影製片廠，1993 年。

11. 陳凱歌執導：電影《風月》，Argentina Video Home／人造眼，1996 年。

12. 張藝謀執導：電影《紅高粱》，西安電影製片，1987 年。

13. 張藝謀執導：電影《大紅燈籠高高掛》，西安電影製片，1987 年。

14. 張藝謀執導：電影《菊豆》，中國電影合作製片公司，1990 年。

15. 張藝謀執導：電影《秋菊打官司》，銀都機構有限公司，1992 年。

16. 張藝謀執導：電影《活著》，年代國際（香港）有限公司，1994 年。

17. 張藝謀執導：電影《我的父親母親》，北京新畫面影業公司，1999 年。

18. 張元執導：電影《媽媽》，西安電影製片，1994 年。

19. 張元執導：電影《北京雜種》，北京雜種攝制組，1993 年。

20. 張揚執導：電影《洗澡》，西安電影製片，1999 年。

21. 賈樟柯執導：電影《小武》，衚衕製作（香港），1998 年。

22. 賈樟柯執導：電影《站台》，北野武工作室（日本）、T～Mark（日本）、Bandai Entertainment Inc.（日本）、Artcam International（法國），2000 年。

23. 賈樟柯執導：電影《三峽好人》，上海電影製片廠、北京西河星匯，2006 年。

24. 賈樟柯執導：電影《天註定》，北京西河星匯數字娛樂技術有限公司、上海電影集團公司、Bandai Visual Co. Ltd.（日本）（in association with）、Bitters End（日本）（in association with）、北野武工作室（日本），2013 年。

25. 婁燁執導：電影《春風沈醉的夜晚》，Dream Factory、Rosem Films（法國），2009 年。

26. 謝飛執導：電影《香魂女》，長春電影製片廠、天津電影製片廠，1993 年。

B 中文專書

1. （美）大衛·波德維爾（Bordwell, D），李顯立譯：《電影意義的追尋》，台北：遠流出版公司，1994 年。

2. （美）大衛·波德維爾（Bordwell, D），（美）湯普森（Thompson, K.），曾偉禎譯：《電影藝術：形式與風格》（插圖第 8 版），北京：世界圖書出版公司，2008 年。

3. （美）大衛·波德維爾（Bordwell, D），何慧玲譯：《香港電影的秘密》，海口：海南出版社，2003 年。

4. 王力堅：《回眸青春：中國知青文學（增訂版）》，新北市：華藝學術出版社，2013 年。

5. （美）王德威：《想象中國的方法：歷史·小說·敘事》，北京：三聯書店，1998 年。

6. （德）瓦爾特·本雅明（Benjamin, W.），王才勇譯：《機械複製時代的藝術作品》，北京：中國城市出版社，2001 年。

7. 白睿文：《鄉關何處：賈樟柯的故鄉三部曲》，桂林：廣西師範大學出版社，2008 年。

8. （美）本尼迪克特·安德森，吳叡人譯：《想象的共同體》，上海：上海人民出版社，2011 年。

9. （英）尼克・斯蒂文森，王文斌譯：《認識媒介文化：社會理論與大眾傳播》，北京：商務印書館，2001 年。

10. （英）吉爾・布蘭斯頓，聞鈞、韓金鵬譯：《電影與文化的現代性》，北京：北京大學出版社，2012 年。

11. 朱立元：《接受美學》，上海：上海人民出版社，1989 年。

12. 朱影、駱思典主編：《中國電影中的藝術、政治與商業》，香港：香港大學出版社，2010 年。

13. （法）克里斯蒂安・麥茨，王志敏譯：《想像的能指：精神分析與電影》，北京：中國廣播電視出版社，2006 年。

14. 里爾、姚迅編：《三大電影節完全手冊》，上海：上海畫報出版社，2002 年。

15. （英）里昂・漢特（Leon Hunt），余瓊譯：《功夫偶像：從李小龍到〈臥虎藏龍〉》，北京：北京大學出版社，2010 年。

16. （法）安德烈・巴贊，崔君衍譯：《電影是什麼》，北京：文化藝術出版社，2008 年。

17. （美）希利・斯米勒，申丹譯：《解讀敘事》，北京：北京大學出版社，2002 年。李澤厚：《美的歷程》，北京：生活・讀書・新知三聯書店，2009 年。

18. （美）李歐梵：《文學改編電影》香港：三聯書店，2010 年。

19. （美）李歐梵：《睇色，戒──文學・電影・歷史》，香港：牛津大學出版社，2008 年。

20. （美）李歐梵：《我的觀影自傳》，上海：上海三聯書店，2008 年。

21. （法）杜夫海納，韓樹站譯：《審美經驗現象學》，文化藝術出版社，1992 年。（法）拉康，褚孝泉譯：《拉康選集》，上海：三聯書店，2001 年。

22. （法）拉康、鮑德里亞等，吳瓊譯：《視覺文化的奇觀：視覺文化總論》，北京：中國人民大學出版社，2005 年。

23. （美）周蕾，孫紹誼譯：《原始的激情：視覺、性慾、民族誌與中國當代電影》，台北：遠流出版社，2001 年。

24. （美）周蕾（Rey Chow），《感傷的寓言、當代中國電影：依附於全球視覺時代》，電影與文化叢書，紐約：哥倫比亞大學出版社，2007 年。

25. （美）肯尼斯・陳（Kenneth Chan）：《重造好萊塢：全球化中國在跨國電影中出場》，香港：香港大學出版社，2009 年。

26. （美）約翰・費克斯，王曉鈺譯：《理解大眾文化》，北京：中央編譯出版社，2001 年。

27. （美）約書亞・梅羅維茨，肖志軍譯：《消失的地域：電子媒介對社會行為的影響》，北京：清華大學出版社，2002 年。

28. （英）約翰‧伯格（John Berger），戴行鉞譯：《觀看之道》，桂林：廣西師範大學出版社，2005 年。

29. 姜智芹：《美國的中國形象》，北京：人民出版社，2010 年。

30. 姜智芹：《傅滿洲與陳查理——美國大眾文化中的中國形象》，南京：南京大學出版，2007 年。

31. （澳大利亞）格雷姆‧特納：《電影作為社會實踐》，北京：北京大學出版社，2010 年。

32. （美）埃倫‧迪薩納亞克，盧曉輝譯：《審美的人》，北京：商務印書館，2004 年。

33. （英）泰勒、（英）威利斯：《媒介研究文本機構與受眾》，北京：北京大學出版社，2004 年。

34. （法）莫尼克‧卡爾科馬塞爾、讓娜瑪麗‧克萊爾：《電影與文學改編》，北京：北京文化藝術出版社，2005 年。

35. （加拿大）馬歇爾‧麥克盧漢，何道寬譯：《理解媒介：論人的延伸》，北京：商務印書館，2000 年。

36. （加拿大）馬修‧弗雷澤，劉滿貴、宋金品、尤舒、楊雋譯：《軟實力：美國電影、流行樂、電視和快餐的全球統治》，北京：新華出版社，2006 年。

37. 焦雄屏：《映像中國》，上海：復旦大學出版社，2005 年。

38. 張真：《城市一代：世紀之交的中國電影與社會》，上海：復旦大學出版社，2013 年。

39. （美）張英進：《審視中國：從學科史的角度觀察中國電影與文學研究》，南京：南京大學出版社，2006 年。

40. （美）張英進，秦立彥譯：《中國現代文學與電影中的城市：空間、時間與性別構形》，南京：江蘇人民出版社，2007 年。

41. （美）張英進，胡靜譯：《影像中國——當代中國電影的批評重構及跨國想象》，上海：上海三聯書店，2008 年。

42. 陳犀禾主編：《當代電影理論新走向》，北京：文化藝術出版社，2005 年。

43. 陳犀禾：《華語電影：理論、歷史和美學》，上海：復旦大學出版社，2010 年。

44. 陳犀禾：《當代華語電影的文化、美學與工業》，桂林：廣西師範大學出版，2011 年。

45. 陳犀禾、聶偉主編：《中國電影的華語觀念與多元向度》，桂林：廣西師範大學出版社，2012 年。

46. 陳犀禾：《華語電影的美學傳承與跨界流動》，桂林：廣西師範大學出版，

2014 年。

47. 陳犀禾、石川編：《多元語境中的新生代電影》，北京：學林出版社，2003 年。

48. 陳林俠：《從小說到電影：影視改編的綜合研究》，北京：中國社會科學出版社，2011 年。

49. 陳旭光主編：《華語電影：新媒介、新美學、新思維》，北京：北京大學出版社，2012 年。

50. 程青松、黃鷗：《我的攝影機不撒謊》，濟南：山東畫報出版社，2010 年。

51. （聯邦德國）漢斯・羅伯特・姚斯、（美）R.C.霍拉勃，周寧、金元浦譯：《接受美學與接受理論》，遼寧：遼寧人民出版社，1987 年。

52. （德）漢娜・阿倫特編，張旭東、王斑譯：《啟迪：本雅明文選》，北京：生活・讀書・新知三聯書店，2008 年。

53. （法）熱奈特（Gérard Genette）著，史忠義譯：《熱奈特論文集》，天津：百花文藝，2001 年。

54. （美）魯曉鵬、葉月瑜主編：《華語電影：歷史書寫、詩學與政治》，檀香山：夏威夷大學出版社，2005 年。

55. （美）魯曉鵬主編：《跨國的華語電影：身份、民族性與性別》，檀香山，夏威夷大學出版社，1997 年。

56. 鄭樹森（William Tay）主編：《文化批評與華語電影》，桂林：廣西師範大學出版社，2003 年。

57. 戴錦華：《性別中國》，台北：麥田出版社，2006 年。

58. 戴錦華：《電影理論與批評》，北京：北京大學出版社，2007 年。

59. 戴錦華：《昨日之島：戴錦華電影文章自選集》，北京：北京大學出版社，2015 年。

60. 戴錦華：《霧中風景：中國電影 1978～1998》，北京：北京大學出版社，2000 年。

61. 羅伯特・C・艾倫，道格拉斯・戈梅里：《電影史：理論與實踐》，北京：中國電影出版社。

C 中文論文與文章

1. Jason McGrath1 著，聶偉譯：〈我對賈樟柯電影的一些看法〉，《杭州師範學院學報（社會科學版）》2005 年第 2 期，頁 68～74。

2. 大衛・波德維爾（Bordwell, D）著，葉月瑜、劉慧嬋譯：〈跨文化空間？朝向中文電影的詩學〉，《電影欣賞》2000 年第 104 期，頁 15～25。

3. 石川：〈代群命名與代群語碼〉，《上海大學學報（社會科學版）》2010 年第 2 期，頁 32～35。

4. （美）弗雷德里克‧傑姆遜，張京媛譯：〈處於跨國資本主義時代中的第三世界文學〉，《當代電影》1989 年第 6 期，頁 46～57。

5. （美）：安德魯‧羅斯，吳一慶譯：〈毛澤東思想對西方政治文化的影響〉，《湖南科技大學學報：社會科學版》2008 年第 11 卷第 4 期，頁 22～25。

6. 李正光：〈回顧：第六代導演與兩次「七君子事件」〉，《南京藝術學院學報（音樂與表演版)》2009 年第 3 期，頁 156～161。

7. 李皖：〈這麼早就回憶了〉，《讀書》1997 年第 10 期，頁 80～87。

8. 李奕明：〈從第五代到第六代——90 年代前期中國大陸電影的演變〉，《電影藝術》1998 年第 1 期，頁 15～22。

9. 邵牧君：〈顛覆「第七藝術」清算「藝術電影」〉，《電影藝術》2004 年第 3 期，頁 77～80。

10. 邱海棠：〈中國獨立電影穿做的場域分析，1990～2013〉，台北：《傳播文化與政治》2015 年 12 月刊，頁 61～98。

11. 孫紹誼：〈全球影像消費視野下的中國電影〉，《上海大學學報》2014 年第 31 卷第 4 期，頁 1～12。

12. 焦雄屏：〈中國導演「後五代」的變局〉，《影響電影雜誌》1992 年第 32 期，頁 86～134。

13. 莊宜文：〈文革敘事，各自表述——《棋王》、《霸王別姬》跨地域改編電影之研究〉，《成大中文學報》2009 年 10 月第 26 期，頁 119～146。

14. 黃建業、焦雄屏：〈這些人與那些人——研究中國電影的外國人〉，《400擊》1985 年第 1 期，頁 18～20。

15. 彭侃：〈西方研究視野中的中國獨立電影：回顧與反思〉，《現代中文學刊》2011 年第 3 期，頁 42～51。

16. （美）張英進，張慧瑜譯：〈牛津在線參考書目「華語電影」〉，《華文文學》2017 年第一期（總第 138 期），頁 57～71。

17. 陳犀禾、陳瑜編譯：〈西方當代電影理論思潮系列連載三：類型研究〉，《當代電影》2008 年第 3 期，頁 63～69。

18. 陳犀禾：〈「第五代」電影和臺灣新電影之比較研究〉，《電影新作》1995 年第 6 期，頁 67～70。

19. 陳犀禾、田星：〈中國藝術電影的海外傳播〉，《電影新作》2014 年第 4 期，頁 34～43。

20. 陳旭光：〈抒情的詩意、結構的意向與感性主體性的崛起〉，《杭州師範學院學報（社會科學版)》2005 年第 1 期，頁 68～69。

21. （荷蘭）瑪莉‧德‧法爾克，肖熹譯：〈電影節作為新的研究對象〉，《電影藝術》2014 年第 5 期，108～118。

22. 趙寧宇：〈第六代：一次文化預謀〉，《北京電影學院學報》1995 年第 1 期，頁 150～152。

23. （美）魯曉鵬、陳旭光、王一川、李道新：〈跨國華語電影研究：術語、現狀、問題與未來——北京大學「批評家週末」文藝沙龍對話實錄〉，《當代電影》2015 年第 2 期，頁 68～78。

24. 鄭培凱：〈「霸王別姬」的歷史文化隨想〉，《當代》1994 年 3 月總號 95 期，頁 70～87。

25. 鄭洞天：〈「第六代」電影的文化意義〉，《電影藝術》2003 年第 1 期，頁 43。

26. （美）駱思典，劉宇清譯：〈全球化時代的華語電影：參照美國看中國電影的國際市場前景〉，《當代電影》2006 年第 1 期，頁 16～29。

27. 羅藝軍：〈論《紅高粱》《老井》現象〉，《電影藝術》1988 年第 10 期，頁 29～37。

28. （法）讓‧弗朗索瓦‧利奧塔，王寧譯：〈何謂後現代主義〉，《「後現代語境」與影視審美文化》附錄，金丹元著，學林出版社，2003 年，頁 340～346。

D 英文專著

1. Chris Berry and Mary Farquhar, *China on Screen: Cinema and Nation*, Columbia University Press, 2005.

2. Chris Berry (ed.), *Perspectives on Chinese Cinema*, Cornell University, China-Japan Program 1985.

3. Chris Berry (ed.), *Chinese Films in Focus II*, BFI Palgrave Macmillan, 2008.

4. Gary Xu, *Sinascape-Contemporary Chinese Cinema*. Lanham: Rowman & Littlefield, 2007.

5. John lyden, *Film as religion: myths, morals, and rituals*, NYU press, 2003.

6. Jerome Silbergeld, Hitchcock with a Chinese Face: Cinematic Doubles, Oedipal Triangles, and China's Moral Voice, University of Washington Press, 2004.

7. Linda Ehrlich and David Desser (eds.), *Cinematic Landscapes: Observations on the Visual Arts and Cinemas of China and Japan*, University of Texas Press, 1994.

8. Lucia Nagib and Chris Perriam, *Rajinder Dudrah Theorizing World Cinema*, London: IB Tauris, 2011, xvii xxxii.

9. Maria Pramaggiore, Tom Wallis, *Film: a critical introduction*, Laurence King Publishing, 2005.

10. Nick Browne etc, (eds.), *New Chinese Cinemas: Forms, Identities, Politics*, Cambridge University Press, 1994.

11. Mark T.Conard, Robert Porfirio, *The Philosophy of Film Noir*, University Press of Kentucky, 2007.

12. Paul G Pickowicz and Yingjin Zhang (eds.), From Underground to Independent: Alternative Film Culture in Contemporary China, Lanham, Md.: Rowman and Little field Publishers, 2006.

13. Robert Sklar, *Film: an International history of the medium*, Prentice Hall, 2002.

14. Robert A. Rosenstone, *History on film/film and history*, Longman (Pearson), 2006.

15. Sheldon Lu (ed.), *Transnational Chinese Cinemas: Identity, Nationhood, Gender*, University of Hawaii Press, 1997.

16. Sheldon Lu, Emilie Y. Y. Yeh (ed.), *Chinese-Language Film: Historiography, Poetics*, Politics University of Hawaii Press, 2005.

17. Steve Neale, *Genre and Hollywood*, Psychology Press, 2000.

18. Thomas Elsaesser, *European Cinema: Face to Face with Hollywood*, Amsterdam University Press, 2005.

E 英文論文

1. Bill Nichols, "Discovering Form, Inferring Meaning: New Cinemas and the Film Festival Circuit", Film Quarterly, Vol. 47, No. 3 (Spring, 1994), pp. 16～30.

2. Bill Nichols, "Global Image Consumption in the Age of Late Capitalism", East-West Film Journal 8, no. 1, 1994, pp. 68～86.

3. Dudley Andrew, "Time Zones and Jetlag: The Flows and Phases of World Cinema", Natasa Durovicova, *Kathleen Newman, World Cinemas, Transnational Perspectives*, New York, London: Routledge, 2010, pp.59～87.

4. Havis Richard James, "Changing the Face of Chinese Cinema: An Interview with Chen Kaige", Cineaste 29 (1) (Winter 2003), pp.8～11.

5. Jonathan Crow, "Raise the red lantern", The Village Voice, 2007 August 06.

6. Marijke de Valck, "Drowning in Popcorn at the International Film Festival Rotterdam? The Festival as a Multiplex of Cinephilia", Marijke de Valck and Malte Hagener (eds.), Cinephilia: Movies, Love and Memory, Amsterdam University Press, Chicago Distribution Center, Leiden University Press, 2005, p.101.

7. Max Tessier, "Farewell to My Concubine: Art over Politic", Cinemaya 20 (1993), PP.16～18.

8. Steve Neale, "Art cinema as institution", Screen 22.1 (1981), pp.11～39.

F 中文電子媒體

1. 十四℃：〈張藝謀：《紅高粱》導演闡述〉，（來源：https://www.douban.com/note/485882958/，瀏覽時間：2018 年 6 月 22 日）。

〈十大影評網站〉，英國瑞丹斯電影節網頁，（來源：https://www.raindance.org/top-10-film-review-websites/，瀏覽時間：2018 年 4 月 7 日）。

2. 呂美靜：〈「光棍兒」導演郝傑：解密底層農民性苦悶〉（鳳凰網：http://culture.ifeng.com/renwu/special/haojie/haojie/detail_2011_12/11/11248928_0.shtml，瀏覽時間：2018 年 4 月 27 日）。

3. 李東然：〈專訪導演王小帥〉，《三聯生活週刊》（來源：http://www.lifeweek.com.cn/2012/0423/36970.shtml，瀏覽時間：2018 年 4 月 27 日）。

4. 〈從獨立電影人到觀眾：2009 年度中國獨立電影年度報告〉，《現象工作室》，2010 年 5 月 31 日，（來源：http://ishare.iask.sina.com.cn/f/15121102.html，瀏覽時間：2018 年 4 月 7 日）。

5. 彭侃：〈關於當代中國獨立電影的話語分析：一個初步的東西比較〉（來源：http://blog.renren.com/share/126976384/2930161027，瀏覽時間：2018 年 4 月 10 日）。

6. 張獻民：〈獨立電影十年〉（來源：http://blog.sina.com.cn/s/blog_474b3e2a01011qev.html，2018 年 4 月 7 日）。

7. 張獻民：〈中國獨立影像「強拆年」〉，《紐約時報中文網》（來源：http://cn.nytimes.com/film-tv/20130516/cc16filmfestival/，瀏覽時間：2018 年 4 月 27 日）。

8. 趙珂：〈崔子恩：中國的同性戀電影還處於自發期〉（來源：http://www.fridae.asia/tc/gay-news/2009/07/25/8694，瀏覽時間：2018 年 4 月 27 日）。
〈華語電影海外之路不順利，究竟要如何走出國門〉，北京：《人民日報》，2016 年 5 月 17 日（來源：http://ent.163.com/16/0527/07/BO2BUUHO000300B1.html，瀏覽時間：2018 年 3 月 27 日）。

G 英文電子媒體

1. Andy Bailey, "Festivals: Generation X-6; Chinese Indies Take to the Streets", Indie Wire, February 23, 2001,（來源：https://www.indiewire.com/2001/02/festivals-generation-x-6-chinese-indies-take-to-the-streets-81110/，瀏覽時間：2019 年 2 月 20 日）。

2. James Berardinelli, "Review: Raise the Red Lantern",（來源：http://www.reelviews.net/movies/r/raise.html，瀏覽時間：2018 年 10 月 1 日）。

3. Roger Ebert, "Red Sorghum",（來源：https://www.rogerebert.com/reviews/red-sorghum-1989，瀏覽日期：2018 年 6 月 22 日）。

4. Yanhong Wheeler, "Culture Scene: Fratricide and Crazy English",（來源：http://www.beijingscene.com/V05I025/culture/culture.html，瀏覽時間：2019 年 3 月 2 日）。